十号手术刀

by Zhao Yue

赵跃 —— 著

No.10
Blade

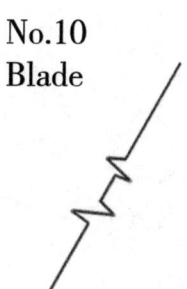

当代世界出版社
THE CONTEMPORARY WORLD PRESS

图书在版编目（CIP）数据

十号手术刀 / 赵跃著. —北京：当代世界出版社，2018.6
 ISBN 978-7-5090-1395-3

Ⅰ.①十… Ⅱ.①赵… Ⅲ.①长篇小说—中国—当代 Ⅳ.①I247.5

中国版本图书馆CIP数据核字（2018）第108214号

书　　名：	十号手术刀
出版发行：	当代世界出版社
地　　址：	北京市复兴路4号（100860）
网　　址：	http://www.worldpress.org.cn
编务电话：	（010）83908456
发行电话：	（010）83908409
	（010）83908455
	（010）83908377
	（010）83908423（邮购）
	（010）83908410（传真）
经　　销：	全国新华书店
印　　刷：	北京盛彩捷印刷有限公司
开　　本：	710毫米×1000毫米　1/16
印　　张：	28
字　　数：	484千字
版　　次：	2018年7月第1版
印　　次：	2018年7月第1次
书　　号：	ISBN 978-7-5090-1395-3
定　　价：	59.80元

如发现印装质量问题，请与承印厂联系调换。
版权所有，翻印必究；未经许可，不得转载！

目录

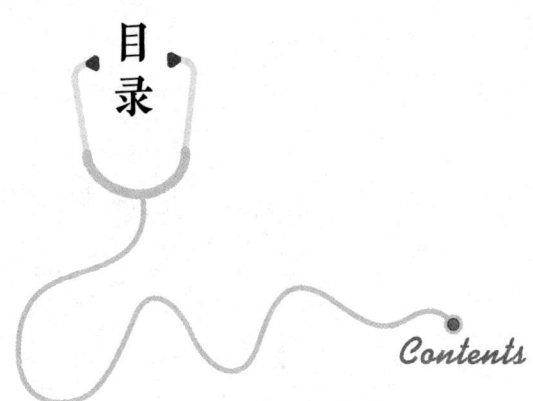

Contents

第一卷 女医生偶遇爱情	001
第二卷 为爱人抉择生死	053
第三卷 手术后沦为被告	089
第四卷 死者背后有隐情	121
第五卷 记者们纠缠不休	153
第六卷 医生家属的愤怒	189
第七卷 女医生忍辱负重	223
第八卷 男医生难隐真情	255
第九卷 在世间颠沛流离	283
第十卷 前途被闺蜜狙击	315
第十一卷 真相刺伤每个人	349
第十二卷 医生逃不脱生死	383

·十·号·手·术·刀·

◎ 第一卷　女医生偶遇爱情

01

世间，不是每一件事情都可以说清楚。
就如，爱情。
所以美丽，只因忧伤！

在医科大上学时，沈信惠不仅是学霸，也是男生口中盛传的"橡胶垫儿"。因为她"绝缘"，对爱情绝缘，二十岁的姑娘依然情窦未开。不过，让沈信惠一举成名的不是"学霸"，也不是"橡胶垫儿"，而是她从女生宿舍二号楼楼顶的纵身一跃。

那是个夏末黄昏，一场大雨奇袭之后，沈信惠湿透的T恤衫变成了全透明的紧身衣。凹凸有致的身体在路人的目光中一览无余，让她自己感觉如同裸奔。

经过男生宿舍楼下，沈信惠的两只胳膊紧紧护着前胸。换成其他日子，早有不怀好意的小青年从窗口向她打口哨。可今天，整栋男生宿舍如死一般寂静，没有一点生者的气息。

绕过男生宿舍，沈信惠吓了一跳，密密麻麻一大群男生拦在她面前，估计全校男生都在这儿聚齐了。情急之下，沈信惠捏住鼻子，冲进男人堆儿里。几次，沈信惠胸前娇柔的部分碰触到男人身体，她感觉恶心。终于挤出人群，沈信惠疯似的钻进女生宿舍，一口气冲到了楼顶。

"子宜，别冲动！"

此刻，沈信惠的同寝闺蜜程子宜正披头散发地站在楼顶边缘。

第一卷
女医生偶遇爱情

"张海斌和我分手了!"程子宜撕心裂肺地喊道。

"你不是说,女医生的幸福是拉斯克医学奖和十号手术刀嘛!"

"我不管!"

"男人没了,手术刀还在。"

"我爱张海斌!我爱他!"

"子宜,除了爱情,还有友谊!我也爱你!"沈信惠挥泪如雨。

望着沈信惠,程子宜跳楼的脚步开始渐渐松动。就在她回心转意的一瞬间,不知楼下哪个混蛋突然大吼一声,"张海斌,你前女友要跳楼,还不来看看!"

"混蛋,你们都是混蛋!"骂完,程子宜一头扎向楼底。

沈信惠不顾一切地揪住程子宜的裙带,可她的身体却不由自主地跟着闺蜜一起冲向地面。

沈信惠没想到,从九楼到地面的垂直速度竟然只有短短的几秒钟。她脑子里刚刚出现两个字"完了",身体就着了地,竟然感觉不到半点疼痛。

沈信惠缓缓睁开双眼,眼前一团白光。白光渐渐散去,程子宜的面孔在沈信惠目光中变得清新。

"子宜,我们在天堂,还是地狱?"

程子宜笑着哭了,"我们在医院。"

"我们还活着?"

"活着!活着!我们还活着。"

多亏消防员铺好的充气垫,程子宜只是一点皮外伤,而沈信惠的指骨、腕骨和尺骨出现粉碎性骨折,差点断送了她做一名外科医生的梦想。

毕业那年,沈信惠去了再希医院,一家私人股份制医疗机构,成了一名心脏外科医生。程子宜则选了一所公立医院,作为自己的事业起点。

五年后。

沈信惠带着自信和骄傲站在手术台前。如今,她已经是再希医院心脏外科的主任医师。今天,她要救治的是一名即将成为父亲的患者,而此时此刻患者的妻子正在产房等待着新生命的诞生,等待丈夫平安的消息。

沈信惠从护士手中接过10号手术刀,沿中线切开患者胸骨,经右心耳插入双层式引流管，建立体外循环。患者体温降至28度，沈信惠将升主动脉阻断，经冠状动脉开口灌注心脏停搏液……

手术接近尾声，一切进行顺利。沈信惠正要为患者关胸，突然手术室里响起焦灼的警报声。

"患者收缩压降至40，出现严重心源性休克。"助理医生急声说道。

沈信惠清楚，患者随时都有心脏停搏的危险。她立刻指示助理医生为患者注射纳洛酮和多巴胺。沈信惠的话音刚落，心脏监测仪也跟着响了起来。

助理医生："心室扑动！患者出现心室扑动！"

沈信惠："立即推注利多卡因。"

助理医生："药物复律无效！"

"准备体内电击复律！"很快，有护士递过电极板，沈信惠喊道，"充电10焦耳，准备，电击。"

"电击无效！"

"充电15焦耳，准备，电击。"

"电击无效！"

……

医生休息室，沈信惠恍惚地坐在沙发上。门开了，有人走了进来，一屁股坐在沈信惠的身边。

"手术室一站就是五六个小时，我这老腿早晚得静脉曲张。"说话的正是沈信惠的大学同学、现任同事、再希医院心脏外科专家金佳楠。

对金佳楠的唠叨，沈信惠毫无反应。

金佳楠转过脸，瞧着满脸忧郁的沈信惠，"怎么，患者没抢救过来？"

"抢救过来了。"

"那你摆什么失落的表情？"

沈信惠说："患者的爱人患有凝血功能障碍，产后大出血，人没留住。"

金佳楠的目光立刻变得紧张，"孩子呢？"

"孩子健康。"

"一辈子没见过妈妈，真够可怜的！"

金佳楠的这句话立刻让沈信惠的目光更加悲伤。金佳楠突然意识到自己说错了

第一卷
女医生偶遇爱情

话,赶紧弥补,"对不起,信惠!我不是说你。"

沈信惠苦苦一笑,"我知道你不是说我。"

就在这时,姜美娟出现在医生休息室,"沈医生,冠状动脉旁路移植已经准备好了。"

沈信惠站起身,"还有手术,我先走了。"

金佳楠带着同情的目光,目送沈信惠离开了医生休息室。

手术进行得很顺利,患者的冠状动脉血液循环被顺利重建,恢复正常。为患者关胸之后,沈信惠离开了手术室。

刚出手术室,程子宜闪电般冲到沈信惠面前,死死地将她搂在怀里,勒得沈信惠喘不过气来。沈信惠也莫名其妙,程子宜的出现完全是场突然袭击。

"我……我被……"程子宜的声音不停地颤抖。

程子宜是个掉进爱情就不顾死活的人。大学时,和男友分手,差一点罔顾了生命。如果历史车轮倒转……想到这儿,沈信惠浑身上下全凉了。

"又……又失恋了?"她胆战心惊地问道。

程子宜眼泪劈了啪啦地往下掉,"我……我被……"

"你被怎么了?说啊!"

"我被……我被录取了!斯坦福医学院,全额奖学金!"

接下来,走廊上传来两个女医生的惊叫声,两人紧紧搂在一起,这场面吸引了不少经过者的目光。

惊叫落幕,程子宜出手阔绰,给沈信惠发了个红包。打开红包,沈信惠立刻惊呆,里面竟然是程子宜的结婚请帖。

"子宜,你什么时候有的男朋友?"

程子宜得意地一笑,"半个月前。"

沈信惠顿时哑然。

程子宜的婚礼很隆重。新郎姓陈,比程了宜年龄大得多,是个导演。人长得嘛,挺粗犷,男人味儿十足,大伙儿都叫他"老陈"。沈信惠倒是觉得叫"陈叔"更合适!

没过几天,程子宜便带着结婚钻戒和入学通知书登上了飞往美国的班机。生活和往常一样,日复一日地走过。程子宜经常给沈信惠发发微信,总是夸奖美利坚合众国的种种优越性，整个人跟脱胎换骨了似的。

半年后的一天深夜，急促的手机铃声将熟睡的沈信惠惊醒。她从床头柜上摸起手机，里面传来程子宜颤抖的叫喊声。

"信惠，立刻去我家！"

沈信惠睡眼惺忪，"子宜，别开玩笑，我明天早上还有手术！"

"信惠，你不去，我就跳楼！"程子宜歇斯底里地叫喊道，"我真的跳！"

程子宜干得出这种事儿！沈信惠只好敷衍地说道："我去，我去！不过，得有个理由吧！"

"抓奸！"

"抓奸？抓什么奸？"

"老陈的摄制组招了个漂亮的女助理，和老陈搞上了。"

沈信惠猛地从床上跳起来，"子宜，你等着，我现在就给你报仇去。"

平时，沈信惠是个秉节持重的外科医生。可遇到道德败坏的渣男，受害人还是自己的闺蜜，怒上心头的沈信惠一路发誓，要为闺蜜程子宜讨回个公道。

站到老陈家门口，疾恶如仇的沈信惠突然又犹豫了。毕竟自己是女的，大半夜敲一个男人家的门，怎么想都是件让人尴尬的事情。为了惩奸除恶，为了给闺蜜报仇，沈信惠一狠心，砸门！没砸两下，门就开了，老陈一脸惊诧地站在沈信惠面前。

沈信惠努力地让自己的声音听上去有气势："我叫沈信惠，程子宜的好友，我们在婚礼上见过。"

老陈不露声色道："沈医生，子宜不在家。深更半夜，您到我这儿来……"

老陈的话让沈信惠一脸的难为情，"我……我……子宜让我来……让我来……检查检查！"

老陈似乎明白了沈信惠的来意，非常客气地将她请进房间。抓奸的事儿，沈信惠平生第一次干。进门的一刹那，她就听到自己心脏在怦怦乱跳。

老陈随手要关门，沈信惠厉声断喝，"别关！"

老陈一愣。

"我和你不熟。门……门开着，你别关！"

虽说老陈是闺蜜程子宜的老公，可沈信惠一点都不了解面前这个男人。谁知道

第一卷
女医生偶遇爱情

他是好人，还是色狼，门开着让沈信惠心里踏实些。

老陈装作一脸疑惑，"门这么开着，沈医生您就不怕有人溜出去？今晚，您可就白跑一趟了。"

沈信惠瞪了老陈一眼，"让你别关，你就别关！"

老陈微微一笑："行，那我听您的。您准备从哪儿查起？"

沈信惠迟疑了片刻，"客厅，先从客厅开始！"

"那沈医生您随意吧！"

沈信惠将客厅搜了个遍，阳台厕所也没放过，一无所获。她转过身，老陈正站在原地，看着她。

"现在查卧室。"沈信惠严肃地说道。

老陈"扑哧"一笑，"这顺序，沈医生够专业啊！看来，这工作不是第一次干！"

沈信惠狠狠瞥了老陈一眼。

老陈并不介意，微笑说道："我带您去卧室。"

老陈刚迈出一只脚，立刻遭到沈信惠的警告："你别动，就站在这儿，不准动！"

老陈停下脚步，微笑着用手指着卧室的方向，"那您自己去，我给您看着门，以免有人趁机跑了。"

沈信惠又狠狠瞪了老陈一眼，转身去了卧室。

沈信惠将衣橱一一查看。就在她跪在地上，撅着屁股检查床下时，老陈突然出现在卧室门口，"沈医生！"

沈信惠吓了一跳，猛地站起身，"你……你想干什么？"

老陈一笑："程子宜同志的电话。"

来到客厅，老陈将茶几上的电话递给沈信惠。沈信惠示意老陈站远一点。老陈笑着向后退了两步。

沈信惠握着电话，"子宜！"

程子宜焦急地问道："信惠，老陈有没有藏女人？"

沈信惠压低声音："没有！"

"厕所、床底下，你都看了？对了，我家阳台上有个空着的橱柜，你去看一眼。"

"冰箱和鞋柜我都检查过了，没有。"

边说，沈信惠边偷眼瞧着不远处的老陈。老陈正在点燃一支香烟，发现沈信惠正在偷窥，他微微一笑。沈信惠赶紧避开老陈的目光，紧张得心脏乱跳。

听完沈信惠的汇报，程子宜算是心满意足，"行，今晚就到这儿！"

沈信惠挂上电话，涨红着脸，"不好意思，我……我走了。"

从这天起，程子宜隔三岔五打来电话，让沈信惠去老陈那儿查房，可始终一无所获。

医生休息室里，传出金佳楠的笑声。

金佳楠看着坐在身边的沈信惠，"你还真去查房啊？"

沈信惠一脸无奈，"我要是不查，程子宜同学就以死相逼。"

"这我能想象得出来，这事儿程同学能干得出来。"

沈信惠叹了口气，"查房不算完，明天情人节，程子宜同志竟然让我和她老公一起吃饭。吃饭的地方，她都在网上给订好了。程子宜同志说，决不能让那个助理小狐狸精和老陈有勾搭成奸的机会。特别在这种为小三儿准备的节日里，做正房的更要加紧对老公的管理。"

金佳楠失笑道："程同学想得够周全的啊！不过，她就不怕闺蜜把自己的老公给偷了？"

"想死啊你！"

金佳楠嬉笑，"开玩笑，开玩笑！查房这事儿，程同学不找我，找你，那是有原因的。这种事情，我们都信得过你！"

沈信惠一皱眉，"什么意思？为什么不找你，找我？"

金佳楠满脸堆笑，"上学的时候，我们就讨论过这个问题。"

"什么问题？"

"你对男性不感兴趣，性取向和别的女生不一样。"

"看来，你真想死了你！"沈信惠举拳就打。

这时，两名男医生走进休息室，沈信惠只好收起拳头，金佳楠也收起脸上的嬉笑。

和闺蜜的老公一起过情人节，沈信惠真是难堪极了。

老陈却很平静，"随便点，什么没吃过点什么。别看价钱，我能在剧组报销。"

既然是这样，沈信惠也就不客气了，这些日子差点没让程子宜给折腾瘫了。程子宜欠她的债，就让老陈来还。想到这些，沈信惠理直气壮地点了一大堆。

边把美食往嘴里送，沈信惠边问老陈，"老陈，有件事儿我特别好奇，想问你。你要拍着良心回答！"

老陈笑了，"想问我把我小三儿藏哪儿了是吗？"

第一卷
女医生偶遇爱情

"出轨是天性，忠诚是选择。老婆常年不在家，你们男人有几个能把持得住的！再说，你还是个导演。"沈信惠理直气壮地说道。

老陈一笑，"我告诉你，没有小三儿，沈医生你信吗？"

沈信惠一脸的不屑，"你们男人一个都不能相信。"

老陈"扑哧"笑了，"怪不得程子宜同志把监督我的任务交给沈医生，看来她说得没错。"

"她说我什么了？"

"她说你不喜欢男人，所以我和你在一起很安全！"

沈信惠咬牙切齿，"这个程子宜！等她回来，我一定找她算账。"

老陈忍不住哈哈笑了起来，沈信惠则是一脸的严肃。

老陈赶紧道歉："对不起！对不起！我不是故意的。"

吃过晚餐，老陈说要去看电影，可沈信惠一心想回家。

老陈："沈医生，您现在还回不了家！"

"为什么？"

"程子宜同志的查岗电话还没到。您要现在回去了，半夜还得跑一趟。"

老陈说得有道理，沈信惠可不想大半夜的再跑一趟，只好和老陈去看电影。

电影还没开始，沈信惠和老陈坐在影院的椅子上聊天。

"你们做导演的是不是经常和女演员接触啊？"沈信惠问道。

"就像你们外科医生和手术刀。"

沈信惠一撇嘴，"那不出事儿才怪！"

老陈反问："医生和手术刀会出事儿吗？"

"如果医生和手术刀出事儿，就是大事儿。当然，不是你说的那种事儿。"

沈信惠的话音刚落，老陈的电话响了，果然是程子宜同志的查岗电话。

"嗯，是还没回家……和沈信惠同志……好！"老陈将手机交给沈信惠，低声说道，"我没说错吧！"

沈信惠瞅了一眼老陈，无奈地接过手机，"子宜！"

"老陈刚才说什么？什么没说错？"程子宜迫不及待地问道。

"你老公说，你肯定会打来电话监察他。"

"他知道就好,别想逃过我的法眼!"程子宜骄傲地说道,"信惠,你帮我把老陈盯住了,别让那狐狸精有机可乘!"

"子宜,我觉得你这样不正常!"

"你没和男人谈过恋爱,你不明白。"

"程子宜,你什么意思呀?我告诉你啊,你们家老陈把你背后说我的话全都交代了。"

沈信惠又瞅了一眼老陈。老陈站在一边,一脸被出卖的表情。

"我说得有错吗?不然,我能放心把老陈交给你看管嘛!"

"程子宜……"

还没等沈信惠说完,便被程子宜打断,"信惠,你现在的首要任务是帮我把老陈看管好。出了事儿,责任就是你的。"

"子宜,你真是不正常!"

程子宜毫不在乎地回应道:"我这才是正常表现,不能给男人太多自由。把老陈给我看住了,回国,我重重有赏。"

电影没看成,就这么被程子宜打断了。不过也好,沈信惠压根儿就没心情和闺蜜的老公一起看电影。

情人节之后,程子宜突然销声匿迹,沈信惠再也没有收到程子宜的电话。不用大半夜跑去老陈家查房,沈信惠终于松了口气。

会诊室里,沈信惠聚精会神地仔细查看大屏幕上的患者胸片。金佳楠走了进来,站在沈信惠的身边。

"程子宜同学怎么样?好久没她消息了。"金佳楠问道。

沈信惠叹了口气,"程子宜同学两个多月没给我打电话了。"

"程同学终于肯放过你了!"

"两口子闹一会儿就得了,总不能闹一辈子。"

金佳楠转过脸,带着八卦的目光看着沈信惠,"她老公到底有没有外遇啊?"

"反正,没看见过。"

"那也应该有迹象吧,内衣内裤什么的。"

沈信惠无奈地看了一眼金佳楠,"我连洗衣机都没放过,什么都没有。"

"果然是导演,深藏不露啊。"

第一卷
女医生偶遇爱情

两人正讲话,医院的副院长李亦晨走了进来。

金佳楠说:"呦,李副院长,今儿你也来了。"

李亦晨站在大屏幕前,"纪委书记为工作倒在办公室了,必须得来啊!患者情况怎么样?"

沈信惠道:"隔瓣叶和后瓣叶下移,前瓣叶位置正常,右心室有两腔,出现心房化的右心室,手术已经安排好了。"

连续十几个小时的手术,沈信惠的两条腿开始肿胀。晚上回到家,她一头倒在床上,瞬间进入睡眠模式。不知过了多久,突然一阵急促的电话铃声响起。

沈信惠抄起手机,条件反射般地问道:"患者什么状况?"

"八十九号床患者突发腹部剧痛,MRI显示腹主动脉瘤已经破入腹腔,腔内大量积血。"电话果然是医院打来的。

沈信惠已经习惯了这样的突发病情。很快,她便出现在再希医院的抢救室。还没等沈信惠给患者做检查,体征监测仪就发出尖锐的警报声。

"患者血压极速下降,出现失血性休克。"值班的姜美娟喊道。

沈信惠道:"输注高渗盐水,补充血容量。立刻送患者去三号手术室,准备手术。今晚值班医生是谁?"

"金佳楠医生。"

"让金医生立刻去三号手术室。"

"金医生在另一台手术上。"

"通知金医生,患者需要做左侧开胸降主动脉阻断,让她十分钟之内必须到三号手术室,我需要她做开腹手术。"

手术室里,沈信惠接过十号手术刀,在患者左前外侧第六和第七肋骨间开胸。接着,她用手指压迫住降主动脉,控制住腹部出血。

"金医生怎么还没到?"沈信惠焦急地喊道。

就在姜美娟准备再次呼叫金佳楠时,手术室的门突然大开,金佳楠现身手术室。

"佳楠,立刻给患者开腹,阻断瘤体颈部近端腹主动脉,减轻脏器缺血。"沈信惠迫不及待地喊道。

凌晨三点，手术结束，窗外的城市依然笼罩在一片漆黑之中。沈信惠疲惫地靠在医生休息室的沙发上，渐渐进入梦乡。突然，手机再次响起，沈信惠猛地抓起电话，"患者出现并发症？"

这次，电话里传来的是程子宜的声音，"信惠，我和老陈离婚了。"说完，程子宜在电话里开始大哭。

沈信惠平淡道："子宜，既然已经离了，就别再想了。"

"等我拿到博士学位，回国，找老陈和那个不要脸的小三儿算账。信惠，找老公千万不能找像老陈这样的王八蛋。我就让这个王八蛋给骗了，男人都不是好人……"

从这天起，程子宜每晚必打电话给沈信惠，把老陈大骂一通。虽然辛苦，但沈信惠感到庆幸，至少这次程子宜没有跳楼的欲望，否则鞭长莫及。

又过了一段时间，程子宜不再骂老陈了。

"这事儿也不能都怪老陈，我当初就不该仓促结婚。时间加上距离，两个人的爱情就成了变数。"

程子宜说得没错。在时间和距离面前，再忠诚的爱情也成了最不可预测的变量，但更重要的是夫妻间的信任。没有了信任，即使近在咫尺，爱情也会悄然离开。不过，沈信惠在电话里没有说这些，她怕刺激程子宜。

随着时间的推移，程子宜打给沈信惠的电话越来越少，最后也没了消息。沈信惠猜想，程子宜是过了那个劲儿，习惯了离婚后的生活，或者遇到了新的爱情。

夜，对于大多数人来说是祥和、是宁静、是酣睡，但对于抢救室里的医生来说，却是一场场生死之战。

再希医院一号抢救室里，沈信惠手持电极板，"加大剂量注射阿托品……准备第三次充电，360焦耳，电击！"

无论沈信惠如何努力，患者的心脏还是停止了跳动。今晚，这已经是沈信惠抢救的第三位心脏病突发患者，也是第三位在这间抢救室失去生命的患者。

沈信惠不是第一次面对死亡，可连续面对三位患者的逝去，悲伤的情绪还是占领了她的内心。回到值班室，坐在椅子上，沈信惠努力地让自己平静下来。

突然，办公室的门猛地被撞开，值班姜美娟闯了进来。

"沈……沈医生，第……第四位心脏病突发患者！"

第一卷
女医生偶遇爱情

姜美娟的慌张似乎预示着什么。此刻的沈信惠只能抛开胡思乱想的心绪,直奔一号抢救室。

冲进抢救室的一瞬间,沈信惠猛地愣在原地。病床上,不省人事的患者竟然是程子宜的前夫老陈。

"沈医生,这是患者的心电图。"

沈信惠从恍惚中惊醒,接过心电图,"患者Q波段和ST段抬高,立刻注射一剂量吗啡,准备PCI,增加心肌血流灌注,开通梗死相关血管。"

话音刚落,心脏监测仪突然发出心搏骤停的警报声,这种声音今晚在这间抢救室里就没有停止过。

沈信惠急道:"电击复跳!电击复跳!"

护士迅速递过电极板。

"充电第一次,200焦耳,电击!"

"电击无效!"

"充电300焦耳,准备,电击!"

"电击无效!"

"第三次360焦耳,准备,电击!"

在强有力的电流作用下,老陈的身体不停地剧烈颤抖。

"电击复跳无效!"护士绝望地看着一旁的沈信惠。

"立刻准备心内注射利多卡因。"

护士递过来九号穿刺针,沈信惠在第四肋间胸骨左缘一点五厘米处,毫不迟疑地将细长冰冷的针头刺穿老陈的胸腔,刺入心脏,利多卡因被渐渐推入停跳的心脏。

沈信惠拔出穿刺针,接过电极板,"充电360焦耳,准备,电击!"

东方的天空渐渐发白,整座城市笼罩在灰白色的朦胧之中。沈信惠走进ICU病房。此时,老陈已经恢复意识,微笑地看着站在床边的沈信惠。

"老陈,我知道你们导演和正常人走的不是一个时区。不过,以后一定要少熬夜,心脏病突发的死亡率最高。"

老陈笑了,"那说明你们医生的技术不过关!"

沈信惠无奈地摇了摇头,"心脏有事,那就是生死攸关的问题。生死之间也就几分钟的距离，很多心脏病患者根本来不及抢救。"

"沈医生，谢谢您在关键时刻没替程子宜同志报仇。"老陈指着自己的脑袋，玩笑地说道，"这里还装着沈医生第一次到我家查房时疾恶如仇的表情。"

沈信惠再次无奈，"好了，你保重！"说完，转身消失在病房外。

老陈出院那天，剧组来了好多人。因为忙，他没来得及感谢沈信惠。不过，每次从外地拍片回来，他都会去看沈信惠，送一些土特产，感谢救命之恩。

又是一年的情人节，老陈邀请沈信惠共进晚餐。两人坐在靠窗的位置，此情此景似乎又回到了一年前。

"老陈，干吗这么客气，又送东西，又请吃饭的！"沈信惠笑着问道。

"能再次睁开双眼，为名利继续努力，必须感谢沈医生。"

"你这是表扬我，还是骂我呀？"

"当然是表扬，救命之恩！"

"行了，别贫了。有什么事儿找我，直说。"

老陈嘿嘿一笑。

"你看，我就知道你有事儿。有亲朋好友要寻医，要我帮你找专家？"

老陈拿起酒杯，将里面的红酒一饮而尽。

沈信惠问："怎么，酒壮怂人胆吗？"

"没错，就这么回事儿。"

"你说，你想找哪个专家，我帮你找。"

"沈医生！"

"找我？就这么点事儿，至于又请吃饭，又喝酒的嘛！"

"信惠，我喜欢你。"

老陈直勾勾地盯着沈信惠，后者却像根木头一动不动。

"信惠，我可坦白了！"

老陈目不转睛地盯着沈信惠，期待着她的答案。

沈信惠抬手拿起面前的酒杯，一饮而尽，"老陈！"

"说！"

"子宜是我闺蜜。"

第一卷
女医生偶遇爱情

02

初冬的深夜,十字路口亮起红灯,在夜幕的衬托下显得格外刺眼。突然,午夜的寂静被一阵车胎与地面剧烈摩擦的轰鸣声震得七零八落,就连四周的空气都跟着不停地抖动起来。

一辆黑色奥迪不顾一切地闯过路口的红灯,两辆警车紧追不舍。尖锐刺耳的警笛声将深夜的最后一片宁静彻底撕得粉碎。

奥迪并没有理会身后警车的追赶,接连闯过三个路口的红灯,猛然向左打轮儿,闯进再希医院,在急诊部门前戛然而止。从车里跳下一位西装革履、帅气十足的青年男子。

一名医院保安冲到青年男子面前,指手画脚地喊道:"不能把车停在这儿,赶紧开走。"

青年男子一把抓拉住保安的胳膊,目光中带着咄咄逼人的气势,"没时间和你讨论停车,现在你要和我救人!"

急诊大厅的玻璃大门猛地大开,青年男子和保安架着一位披头散发、神志不清的青年女性出现在大厅里。

"医生!医生!"青年男子大声喊道。

护士冲上来,将青年女性抬到轮床上,推进抢救室。

青年男子紧跟其后,也进了抢救室,"开通静脉通路,推注硝酸甘油,准备冠状动脉介入治疗。"

就在男子指挥抢救的时候,值班医生沈信惠冲了进来,"患者什么症状?"

青年男子道:"休克前有恶心、呕吐、出汗等状况,并伴有强烈的心前区压榨性疼痛，应该是饮酒过量引发的急性心肌梗死。"

沈信惠狠瞪了男子一眼，"闻都能闻到了，怎么能让女朋友这么没命地喝！行了，你可以出去了！"

沈信惠毫不客气的训斥让青年男子有些突然，他瞪大眼睛盯着面前这位美貌与愤怒集于一脸的女医生。突然，心电监测仪发出预示死亡的尖叫声。

紧接着，传来护士急促的高喊声，"心搏骤停！心搏骤停！"

不等青年男子反应过来，便被强行轰出了抢救室。

抢救室墙上的时钟马不停蹄地向前奔跑，似乎不想给生命留下片刻的喘息之机。沈信惠不断用力按压患者胸部，但心电监测仪并没有停止鸣叫。

沈信惠并不准备放弃，"加大剂量注射肾上腺素。"

一个小时之后，沈信惠出现在抢救室外。

"患者的男友呢？"她问道。

"我让他在这儿等啊！"姜美娟四处张望，可刚才的那位青年男子已经不见踪影，"女朋友还没度过危险期，他怎么就走了？"

"不负责任！"重重地扔下四个字，沈信惠转身返回抢救室。

太阳从东方的地平线上缓缓升起，整座城市又恢复了白日的生机。一缕晨光透过巨大的落地窗，照射在再希医院大楼的走廊上。昨晚夜幕下生命垂危的窒息被阳光带来的温暖驱得烟消云散。

沈信惠穿过阳光，向医生办公室走去。

金佳楠从身后赶了上来，"昨晚的女患者怎么样了？"

"还在ICU观察。"

"现在的小白领要么加班，要么狂欢。殊不知，工作压力加上饮酒过度就等于定时炸弹。"

沈信惠叹了口气，"现在心脏病突发患者年龄越来越小。"

"我听说，女的还没抢救过来，男的就跑了。"

沈信惠无奈地摇摇头。

"钱赚得越来越多，人情是越来越凉。"金佳楠感叹道。

第一卷
女医生偶遇爱情

这时走廊上的扩音器突然响起,"金佳楠医生速到305号病房!金佳楠医生速到305号病房!"

金佳楠说:"昨天收了个女患者,心力衰竭,多器官障碍,今年才二十五岁。太年轻了!"

沈信惠道:"那你赶紧去吧!"

金佳楠转身奔去病房。

沈信惠返回医生办公室。还没等她坐稳,办公室主任崔正卿走了进来,身后跟着一位帅气十足的年轻医生。

"我给大家介绍一位新同事,文池,文医生。文医生的父亲就是我们再希医院的文董事长。文医生刚从美国回来,以后就在我们心脏外科工作。"崔正卿对大家说道。

"大家好,我叫文池,请各位前辈多关照。"尽管是董事长的公子,人还是非常谦逊的。

和大家打过招呼之后,办公室主任崔正卿又将文池带到沈信惠面前。

"这位是沈信惠沈医生。沈医生是我们心脏外科的专家。文池,工作中你要向沈医生多请教。"

"以后请沈医生多关照!"

文池彬彬有礼,沈信惠却视而不见,脸上甚至流露出不屑一顾的表情。

办公室主任崔正卿笑着说道:"沈医生,我把文池交给你了。你费心,多教教他!"

送走办公室主任崔正卿,文池再次来到沈信惠面前,"沈医生,以后请您多多指教。"

这位再希医院未来继承人的谦逊不但没赢来沈信惠的好感,反倒增加了这位心脏外科女专家脸上的厌恶。

"对于医生来说,最重要的就是责任。对自己身边亲近的人都不愿意负责,怎么对患者负责?"沈信惠毫不留情地怒斥道。

所有医生把目光聚焦在沈信惠和文池两人身上。没人猜得出,这位刚从美国回来的再希医院少主怎么就得罪了这位以医德闻名的沈信惠医生。

文池并没有生气,笑容依旧,"对不起!我应该向您解释事情的经过。"

"解释？"沈信惠瞪着文池，"你还有心解释？你现在应该关心的是女朋友的病情，而不是和我解释。"

原来，这位年轻帅气的文医生不仅是再希医院的少主，还是昨晚把女友一个人扔在医院，自己跑掉的青年男子。

就在这时，扩音器突然响起："心脏外科的沈信惠医生请速到抢救室！心脏外科的沈信惠医生请速到抢救室！"

沈信惠转身要走，手却被文池一把握住，而且握得还挺紧。

"你想干什么？你是医生，还是流氓？"沈信惠怒目而视。

漂亮女医生的刻薄并没有让文池失去脸上的微笑，"沈医生，您误会了！她不是我女朋友。我只是见她倒在路边，把她送到医院。我都不知道她姓什么。"

"请你放开我的手！"沈信惠目光中对文池的鄙视已经不见了，不过表情还是相当严肃，"现在是救人的时候！"

沈信惠急步冲进抢救室，文池紧跟其后。

住院医生立刻汇报患者病情："男，五十五岁，一周前因急性心肌梗死入院。半小时前，突发剧烈胸痛，呼吸困难，血压持续升高，意识丧失。X射线胸片显示出现严重肺水肿，左心室造影可见二尖瓣反流。"

没等住院医生汇报完病情，心电监测仪突发警报。

沈信惠迅速将听诊器贴在患者左胸，"心尖部出现收缩期杂音，患者左心室乳头肌断裂。通知手术室，准备手术。"

手术室里，一切就绪，沈信惠站到手术台前。

"十号手术刀。"

就在沈信惠接过手术刀的一瞬间，文池突然说道："沈医生，如果您不介意的话，我来主刀，做心脏切瓣！"

沈信惠抬起头，看了一眼这位初次见面就提出代替自己主刀的再希医院少主。

"沈医生，您不是怀疑我的能力吧？"

沈信惠并没有理会文池的挑衅，接过十号手术刀，熟练地切开患者胸腔，打开心包，通过心脏插管建立体外循环。患者体温开始逐渐下降，沈信惠阻断升主动脉。

"灌注心跳停搏液，首剂1000毫升。每隔20分钟灌注一次，每次300毫升，保持

第一卷
女医生偶遇爱情

心脏温度在10摄氏度以下。"

按照沈信惠的要求,灌注师开始通过冠状静脉窦逆行灌注冷血停跳液,心脏温度降至9摄氏度。

一切就绪,沈信惠将手术刀递给文池,"文医生,接下来的切瓣、缝合、着床由你来负责。"

文池也没客气,微笑着接管了手术。

将人工瓣膜安放在患者心脏内,位置吻合,闭合功能完整,缝合心脏切口……一切顺利,文池松开阻断钳,放开患者升主动脉。突然,心脏监测仪突然发出蓝色警报。

"电击复跳!电击复跳!"沈信惠的声音如响雷一般在手术室里炸开。

护士迅速将准备好的电极板,交到沈信惠手中。

"20焦耳,准备,电击!"

"砰"的一声之后,心脏监测仪停止了警报。所有人都松了一口气!

离开手术室,文池疾步来到沈信惠的面前。

"沈医生!沈医生!"

面对文池,沈信惠已经不再是手术前那副刻薄的面孔,歉意地说道,"文医生,早上我误会你了,我向你道歉。"

"如果沈医生道歉是真诚的,那就接受我的邀请,一起共进晚餐!"文池还真不客气。

"无功不受禄!想不出任何让文医生请吃饭的理由,所以这次恐怕只能拒绝你的邀请了。"

沈信惠拒绝得很直接,但并没有吓走文池。

"一见钟情,这个原因足够了吧?"

沈信惠看着文池稍显稚嫩的脸庞,"文医生,你真是在国外长大的,太过直白,容易伤着自己。"

"沈医生不会……"

文池还没说完,便被沈信惠打断,"非常感谢邀请,不过我已经结婚了。适合文医生的应该是未婚女青年。"

"结婚?您不是找个借口拒绝我吧?"文池怀疑的目光在沈信惠的十指上扫来

扫去。

沈信惠微微一笑,"文医生,别找了,外科医生是不戴戒指的。"

沈信惠确实结婚了,爱人就是老陈。尽管老陈和程子宜感情破裂在前,但沈信惠还是担心会伤了程子宜。所以,两年前她和老陈领证之后,随老陈的剧组去了趟云南,婚就算结了。

"沈……"

文池还不死心,但姜美娟的突然出现打断了他。

姜美娟及时解围:"沈医生,李副院长让您去他办公室。"

"文医生,我还有事,先走了!"说完,沈信惠转身,直奔李亦晨的办公室走去。

沈信惠出现在李亦晨的办公室。

"沈医生,请坐!请坐!"李亦晨异乎寻常地热情。

感谢之后,沈信惠坐到办公椅上。

李亦晨满脸微笑,看上去心情非常好,"沈医生,你知道,咱们心脏外科主任的职位一直空着。你工作一直非常认真努力,是咱们院心外的骄傲。我会向院里提名由你来做这个主任,等你今年的综合评定下来,董事局一通过,就会正式任命你为心脏外科主任。"

沈信惠带着自信的微笑,"谢谢,李副院长!"

下班,沈信惠回到家,老陈正在厨房里准备晚饭。沈信惠将包放在沙发上,走进厨房。

"一个好消息,一个坏消息,想先听哪一个?"沈信惠靠在门框上,得意地看着正在颠着大勺的老陈。

"好消息,当然先听好消息!"

"站在你面前的这位面容姣好的女子就要成为再希医院心脏外科主任了!"沈信惠一副骄傲得意的样子。

老陈脸上扬起一片喜悦,"什么时候?"

"年底综合评定一下来,就走马上任。"

"那必须得庆祝啊!"

第一卷
女医生偶遇爱情

"还有个不好的消息，你要有竞争对手了！"

老陈一皱眉，"什么竞争对手？"

"我们科来个男医生，刚从美国回来，小鲜肉一枚。一见面，就要约我喝咖啡。"

老陈并没紧张，反倒是呵呵笑了起来，"好事儿啊！小鲜肉送上门，沈医生可以改善改善生活了！"

"怎么，要是有小女子送上门，你就收了是不是？"沈信惠上前拎起老陈的耳朵，"当初我就该相信子宜同学的话，一念之差上了你的贼船。"

就在这时，沈信惠的手机在客厅里响起，老陈的耳朵算是躲过一劫。

沈信惠接起电话："喂，哪位？"

"信惠，是我，子宜！"

这么多年，沈信惠第一次听到程子宜的声音，她甚至不相信自己的耳朵。

"信惠，我回国了。"程子宜继续说道。

"你……你什么时候回来的？"

"刚回来不久。信惠，老陈……老陈，他还好吗？"

"你……你没和他联系过吗？"沈信惠尽量让自己的语气听上去平静。

程子宜并没有回答沈信惠的问题，"信惠，我有事请你帮忙！"

"你说。"

"爱情有时让人失去理智，以前是我多疑。我想和老陈复婚，我还爱他。信惠，帮我约老陈好吗？"

电话里一片沉默。

"信惠，这件事只有你才能帮我！"

程子宜的乞求让沈信惠纠结，她找不出半点勇气告诉程子宜她和老陈已经结婚的事实。

"好！那……那我试试。"

吃晚饭的时候，沈信惠尽量让自己看上去平静，可还是被老陈抓到了她目光中的忧郁。

"信惠，不舒服？"老陈关切地问道。

"哦，没……没什么！"

老陈没有再深问。这就是老陈，总是小心翼翼地不去触碰沈信惠的空间。婚姻的真义也许就是这样的信任。但今天，老陈的信任并没有停止沈信惠的不安与忐忑，她失眠了。

第二天清晨，沈信惠正要去病房给患者做晨检，程子宜再次打来电话。
"信惠，老陈的事情怎么样了？"程子宜有些迫不及待。
"子宜，我……我还没联系上老陈。"沈信惠犹豫地回答道。
"这些年在美国，我过得并不好。本以为断绝了和国内的联系，就能忘掉一切，忘掉老陈，忘掉那段失败的婚姻。可是，最后还是决定回来，我想弥补我的错误。信惠，只有你能够理解我的心情，你一定要帮我联系上老陈。"
程子宜的信任与坦诚让沈信惠无言以对。
"信惠，拜托你了。"
"子宜，我……我帮你联系老陈。"
沈信惠挂断了电话。她必须保护自己的爱情，可却又不愿违背自己的承诺。本性与道德，人类内心世界最残忍的组合。
"沈医生，沈医生！"就在沈信惠神思不定时，姜美娟气喘吁吁地出现在面前，"五十七号床的患者突然出现剧烈胸痛。"

沈信惠赶到病房时，患者已经休克，文池正在做体征检查。
"患者什么状况？"沈信惠问道。
文池："两侧肱动脉和股动脉的搏动消失，胸骨上窝和腹部有搏动性肿块。心脑供血不足，并且出现肠梗死。"
就在这时，血压监测仪发出刺耳的鸣叫声。
"患者血压急剧下降！"护士报道。
一切症状都将病情指向了主动脉瘤破裂，而多数病例在破裂数小时后死亡。沈信惠立即命令护士通知手术室，马上准备手术。

无影灯下，沈信惠迅速切开患者胸腔，鲜血如泉水般喷出。沈信惠迅速用手指按压住血管穿孔处，阻止更多的血液涌出。文池迅速从护士手中接过血管钳，阻断破裂的升主动脉。清理干净胸腔内的积血，沈信惠开始着手修补破损血管。

第一卷
女医生偶遇爱情

手术虽然紧张，但并不慌乱，一切都在有序中进行。突然，一阵警报声打破了手术室里的安静。

"心室颤动！患者出现心室颤动！"

"电极板！电极板！"

护士迅速将电极板递交给沈信惠。

"10焦耳，准备，电击……15焦耳，准备，电击……20焦耳，准备，电击……"

电流一次又一次穿透患者的心脏。但无论沈信惠如何努力，生命还是消失在她的手术台上。

程子宜的突然出现，患者的瞬间离世，所有的一切让沈信惠心力交瘁。心烦意乱之际，文池走进休息室，将一杯咖啡递到她的面前。

沈信惠勉强一笑，"谢谢你，文医生，我不喝咖啡。"

文池只好将咖啡放在茶几上，"主动脉破裂很难控制，沈医生您……"

"谢谢你，文医生！"沈信惠打断了文池的讲话，"我也是医生，我知道主动脉破裂手术的风险性。"

"沈医生……"

文池还想继续说些什么，一阵手机铃声将他再次打断。

沈信惠掏出手机，"对不起，文医生，我接个私人电话。"

文池明白沈信惠的暗示，起身离开了休息室。沈信惠犹豫地握着手机，催促的铃声让她沮丧的思绪更加凌乱。

"子宜！"最终，沈信惠还是接起了程子宜的来电。

"信惠，老陈联系上了吗？"程子宜的语气更加迫切。

"哦……联……联系上了。"

此刻的沈信惠只能用谎言彰显自己的道德，掩盖内心的怯懦和对爱情的自私。

"老陈……老陈他怎么说？"程子宜声音显得忐忑不安。

"他……他说周日晚上，市中心的咖啡厅。"

"谢谢你了，信惠，晚上一起吃饭吧！好多年不见，特别怀念曾经的校园时光。"

校园，多么值得怀念的美好时代！沈信惠很想见见多年未见的闺蜜，可话到嘴边，她又突然失去了勇气。

"子宜，对不起！我最近也很忙，而且晚上要值班。要不，等你和老陈见面之后我们再约吧！"

程子宜问沈信惠晚上是不是和男友约会，责怪沈信惠重色轻友。沈信惠说不是。程子宜说，她会给老陈下旨意，让老陈必须给沈信惠介绍一个德才兼备的新青年，不能眼睁睁看着自己的闺蜜成了老姑娘。

挂上电话，沈信惠的胸口闷得出不来气。不知为什么，此刻的她特别想老陈。沈信惠给老陈去了电话，可老陈没接。接连给老陈打了几次电话，都没人接。沈信惠心里更加慌乱了。

晚上回家，沈信惠便责问老陈为什么不接她的电话。老陈说手机忘家里了。他没说谎，沈信惠在大衣柜里翻出了老陈的手机。看着老陈收拾衣柜的背影，沈信惠懊悔自己刚才不应该和老陈发脾气，完全是因为自己心情不好。

"老陈，对不起！"

老陈回头笑了笑，继续弯腰收拾被沈信惠扔在地上的衣物。

沈信惠更是自责，"老陈！"

"嗯！"

"子宜……子宜从美国回来了！"

"是吗！"老陈没抬头。

"她……她给我打了电话，她想见你。"

"还是不见吧！"老陈平静地回答道。

"见吧！早晚要说明白的。"

老陈抬起头，看了一眼沈信惠。

沈信惠笑了，"真的！心里话。我给你们约好了，周日晚上。"

关于程子宜的事情，今晚到此为止。老陈没再提，沈信惠也不想再多说。

第一卷
女医生偶遇爱情

03

　　周日，老陈和程子宜见面的日子，可老陈只字未提。沈信惠不知道老陈心里到底在想什么，便有意地提醒他晚上要去见程子宜。老陈只是"嗯"了一声。沈信惠心里更是没底，还想说些什么。就在这时，医院突然打来电话，说有一台心肺联合移植手术，需要沈信惠尽快赶到。

　　今天与沈信惠合作的医生竟然又是文池。这阵子似乎只要是沈信惠的手术，手术间里都会出现文池的影子。此刻的沈信惠也没心思去计较这事儿，走到手术台前，拿起手术刀，开始了心肺移植手术。

　　手术结束，天已经黑了，沈信惠的身影出现在再希医院楼下。

　　一辆黑色轿车停在她的面前，文池拉下车窗，"沈医生，我送您回家。"

　　"文医生，周末你还是早点回家吧！我坐公车就行。"

　　"沈医生，您别客气！"

　　"文医生，我还有事，你先走吧！"

　　文池也没再自讨没趣，开车离开了再希医院。

　　回家的路上，沈信惠满脑子都是老陈和程子宜再次相遇的画面。虽然她相信老陈，但作为一个正常的女人，想到老公要约会前妻，心里自然不舒服。

　　回到家，开了门，走进客厅，沈信惠被眼前的画面惊呆了。老陈竟然坐在电视前，目不转睛地盯着体育频道。

　　"老陈，你……你怎么没去？"

老陈握住沈信惠的双手，"一起去吧！"
"还是你去吧！咱们俩一起去，不好！"

咖啡厅里，灯光很暗。程子宜还没到，沈信惠和老陈两人坐在沙发上等着，一句话都没有。沈信惠扭头看着老陈，他正在掏烟。
"老陈，我想我还是回去吧！她约的是你。"
"不用，早晚要面对。"老陈把烟点着了。
沈信惠了解老陈，他心里一定也很忐忑，不然，绝不会在自己面前抽烟。平时，老陈要么在厨房，要么去外面的楼道里抽烟。
"我觉得，让子宜一下子面对咱们两个人，对她来说太残忍。我不忍心，我总觉得欠她的！"
老陈看着沈信惠，"信惠，你不欠任何人。"
"我还是走吧！不管怎么说，我心里总有种愧疚感。"
沈信惠站起身，老陈拉住她的手，"和她说清楚，我就回家！等我！"
"你别太伤她！"
"我知道！"

出租车行驶在繁华的城市街头，城市的倒影在车窗上不停地变换着画面。从收音机里流出的音乐让沈信惠有些悲伤。
"师傅，能换个频道吗？"
收音机里换成了相声。相声演员说得很起劲，司机师傅时不时地跟着嘿嘿地笑。沈信惠望着窗外的灯红酒绿，心里有如乱麻。
付了车费，下了车，沈信惠回到家。一百多平方米的房子，平时和老陈两个人也不觉得房子有多大。今晚，沈信惠坐在沙发上，一种空荡荡的感觉不断地袭击她的内心。沈信惠有些后悔，后悔把老陈一个人留下。她突然觉得自己是在拿婚姻赌博，她不该如此。

程子宜出现在咖啡厅。她精心化了妆，看上去光彩照人。头发虽然是新做的，但和当年第一次遇到老陈时的发型一模一样。程子宜站到老陈面前，老陈有礼貌地站起身。程子宜的双眼久久落在老陈的面颊上，目光中透着对爱人的眷恋。

第一卷
女医生偶遇爱情

"子宜，你请坐。"老陈语气客套得如同和一位同事打招呼。

两人坐在咖啡桌的两边。

程子宜的目光从始至终都没有离开过老陈，"老陈，这么多年你没变。"

老陈面露微笑，"很多变化是不会写在脸上的。"

这时，服务生走了过来，对程子宜说道："您喝点什么？"

"绿茶，谢谢！"

服务生走了，程子宜的目光重新回到老陈的脸上，"老陈，以前的事都是我不好，给你带来伤害，对不起！"

"过去的事情就过去吧！"

"谢谢你能这么说。这次找你出来，我是想……是想……"说到这儿，一向直爽的程子宜突然变得吞吞吐吐起来。

"我知道你想复婚。"

老陈的直爽让程子宜的心咯噔一下，心跳开始加速，晶莹的双目闪动着对幸福的期望。

老陈依然平静似水，继续说道："沈信惠已经和我说过了。"

"信惠是个好人。她要是不和你说，我还真难以启齿，毕竟以前是我的错。"

老陈微笑，"子宜，我结婚了。"

程子宜一愣。

"我和沈信惠结婚三年了。"

美丽的期望在程子宜的脸上瞬间崩塌，眼泪如同绝望的潮水扑出眼眶，狠狠地砸在老陈的心上。百年修得同船渡，千年修得共枕眠，虽然和程子宜只有短暂的婚姻，但如果说老陈此刻心如磐石，无动于衷，那就是在撒谎了。

无聊的电视剧结束了。沈信惠看了看表，晚上十点半。

"什么时候回来？"沈信惠给老陈发了条微信。

墙上的时钟不停地画着圈儿，可沈信惠的手机静悄悄的，没有任何动静。

晚上十一点，焦急的等待搅动着沈信惠不安的灵魂。她拿起电话，本想拨通老陈的号码，可胆怯和自尊让她的手指在键盘上停了下来。她害怕老陈的电话无人接听，更不愿意让程子宜看到自己此刻乞求的姿态。

最后，她决定再给老陈发一条微信，可依旧没有回复。墙上的挂钟响了十二下！沈信惠实在按捺不住，她必须给老陈去电话，否则她就要疯了。

电话响了好久，没人接听。打了几次，老陈始终不接。沈信惠快要疯了，她必须找到老陈。沈信惠干脆给程子宜去了电话，可程子宜的电话一直关机！

黑夜总是给心灵涂上一抹浓重的忧伤，心力交瘁的沈信惠在黑色的孤独中一个人落泪。

天蒙蒙亮的时候，她渐渐安静下来。沈信惠是个喜欢素颜的人，可今早她化妆了。不为别的，只想遮盖住昨晚哭过的痕迹，她不想让自己成为别人茶余饭后的谈资。

带着一群医生和护士，从一间病房查到另一间，沈信惠努力控制着自己的情绪。在同事和患者面前，她必须强迫自己处在微笑的状态中。第一次，沈信惠体会到微笑会让心如此不堪重负。

"阿姨，你今天真漂亮！"

说话的女孩儿叫苗苗，今年六岁，患有先天性心脏病。苗苗来自偏远山区，祖祖辈辈都是农民。苗苗的父母白天来医院照看女儿，晚上在火车站过夜。为了给苗苗治病，全家负债累累。

"阿姨，我的病能治好吗？"

望着苗苗天真无邪的双眼，沈信惠有种要失控的感觉。

"沈阿姨，你怎么哭了？"

沈信惠赶紧摸去眼角的泪水，"阿姨一定治好你的病。"

回办公室的路上，沈信惠眼前突然一片模糊。她赶紧用手支撑住墙壁，以免身体跌倒。

"沈医生！"文池出现在沈信惠的面前，"我看您这两天身体不太舒服，我扶您去休息室。"

"不用！不用！"沈信惠立刻将文池的手臂推开，"谢谢你，文医生，我没事。我还有其他的事情要做，你先回办公室吧！"

拒绝了文池的好意，沈信惠勉强支撑着身体去门诊做检查。结果是，她怀孕了，

第一卷
女医生偶遇爱情

十三周。沈信惠的心突然一亮,自己终于有了把老陈留在身边的资本。

很快,她又否定了自己的想法。沈信惠希望把自己和老陈绑在一块儿的是爱情,而不是别的。孩子是孩子,孩子不是逼迫对方的工具。不然,就算在一起,也是痛苦。

沈信惠恍惚的身影出现在走廊上,突然手机突然响起,上面显示的是老陈的号码。一阵恐惧涌上沈信惠的心头,她有种不祥的预感,和老陈的婚姻就要走到尽头了。沈信惠不敢继续想下去,可手机却不饶人地催促着她。

犹豫之后,沈信惠接起电话,"老陈,我现在很忙,不方便讲话。"

"我是程子宜!"

沈信惠的心突然一阵剧痛。她没有想到,老陈和程子宜会用如此残忍的方式摊牌。沈信惠的身体不停地打着哆嗦。

既然输了爱情,就不能再输了尊严。沈信惠竭尽全力让自己的声音听上去平静,"对不起,我很忙,不方便说话!"

她没有再给程子宜说话的机会,挂上电话。可没过几秒钟,手机又拼命地响起。沈信惠干脆关掉了手机。

坐在办公室的椅子上,沈信惠不断告诫自己,绝不能为老陈孕育生命,这孩子坚决不能要。可是,母亲的天性又让她谴责自己的残忍,这个小生命是无辜的。无从选择便是痛苦。沈信惠努力让自己平静,因为再过一会儿,她就要站在手术台前,修复患者的心脏。一条生命就掌握在她的手里,沈信惠深知她必须让自己冷静下来。

这时,有人敲门。

"请进!"

一位年轻的护士走进办公室,"沈医生,有位女士找您。"

"谁?"

"她说姓程。"

一根锋利的钢针猛地刺进沈信惠的心脏,疼得让她难以呼吸。

"请你告诉她,我马上就要做手术,没时间。"

看到沈信惠恍惚的神情,护士问道:"沈医生,您没事儿吧?"

"我没事,你出去吧!"

护士走了，沈信惠极力把碎掉的心一块块地黏合在一起。此刻，她只能是一名心脏外科医生，决不能是即将丢掉婚姻和家庭的女人。

手术室里，沈信惠将患者右心房开口缝合。在文池的协助下，排净各心腔气体，沈信惠开放升主动脉。与此同时，灌注师用微注泵为患者静脉推注多巴胺和多巴酚丁胺。

就在这时，心脏监测仪发出危险的蓝色警报。

"患者心率迅速下降。"文池喊道。

沈信惠急道："注射异丙肾上腺素，保持心率在110至120之间。"

文池迅速将药物推注进患者身体。各项指标终于恢复正常，沈信惠拔掉患者左心房引流管和主动脉插管，彻底止血后关闭体外循环。

手术结束，沈信惠离开手术室，突然感到一阵恶心。跑到洗手池前，她将胃里的酸性液体都呕了出来。

"沈医生，您没事儿吧？"随着声音，文池出现在沈信惠的身后。

沈信惠直起身，"最近胃不太舒服，没事。"

墙上的扩音器突然响起，"沈信惠医生速到抢救室！沈信惠医生速到抢救室！"

与此同时，沈信惠又开始趴在洗手池上不停地呕吐。

"沈医生，您好好休息，我替您去抢救室。"

文池正准备离开，却被沈信惠叫住，"不用，我自己去，我自己能去。文医生，你去忙你的吧！"

说完，沈信惠转身直奔抢救室。

一个多小时的抢救彻底耗干了沈信惠最后一份体力。走廊上，沈信惠的身体如一片落叶，沿着雪白的墙壁慢慢滑落。就在她倒地的瞬间，文池的手臂已经绕过她纤细的腰部，将她结结实实地靠在自己的身体一侧。

靠着文池的身体，沈信惠勉强走回办公室。办公室里，一位长发披肩的女人正站在窗边，向远处眺望。

"请问，你找谁？"文池客气地问道。

女人转过身，看着靠在文池身体上的沈信惠，"我就找她！"

第一卷
女医生偶遇爱情

04

勇气，是别无选择后，让自己依然站着的唯一选择！程子宜出现在眼前的这一刻，沈信惠没有倒下。命运既然真的如此刻薄，她也只能接受这样的安排。虽然痛不欲生，但也是一种修行！

沈信惠尽量让自己的身体不要晃动，"文医生，对不起！我们能单独……"
文池看看沈信惠，又看了眼程子宜，很不放心。
"文医生，就是手术时间有点长，放心，我没事儿。"
"沈医生，那我先出去了！"
"谢谢你，文医生！"
文池很有礼貌地对程子宜微微一笑，转身推门而出。
办公室里，只剩下沈信惠和程子宜两人。气氛像冰一样凝固成一团，沈信惠能清晰地听到自己的一道道呼吸，它们在急促中不停地颤抖。胸口左岸传来阵阵疼痛，就像瓷器被震裂出无数细缝，缓慢地片片脱落，撕心裂肺，可却无法挽回！

文池走出办公室，正要转身去病房，姜美娟来到面前，拦住去路。
"文医生，董事长刚才来电话，让您马上去见他。"
"谢谢你，美娟！"
姜美娟瞪着大眼睛，目不转睛地盯着文池。
"我脸上有什么不对吗？"
姜美娟很认真地点着头，"嗯，是哦！"

文池下意识地摸着自己的脸。

姜美娟笑了,"文医生,和您开个玩笑。您赶紧去吧!"

再希医院董事长的办公室门外,文池整了整领带,恭恭敬敬地敲了两下门。

"进来!"

董事长办公室装修得豪华气派。办公桌前,一组名贵的沙发上,坐着文池的父亲,再希医院董事长文皖成。在文皖成的身边,还有一位年轻女子,年龄和文池相仿,大眼睛、长头发、高鼻梁、白皙的皮肤,长得很像韩国女明星。她叫李冰茵,再希医院大股东李景天的千金。

见到文池,李冰茵微笑着从沙发上站起身,"文池哥!"

文池也注意到了李冰茵,先是一愣,接着问道:"李冰茵?你怎么在这儿?"

文池的父亲文皖成坐在沙发上,"冰茵刚毕业,从美国回来,以后就在你们心脏外科工作。"

"文池哥,以后请多指教!"李冰茵带着微笑,很有礼貌地说道。

文皖成满面笑容,"文池,你带冰茵去心脏外科熟悉熟悉情况。冰茵,你有什么要求,就来找我!"

"谢谢,文伯父!"

文池和李冰茵离开了董事长办公室,两人进了电梯。

"你不是决定留在美国吗?"文池的脸上没有任何欢迎的表情。

"我们是恋人,我当然要在文池哥身边!"李冰茵理所当然地回答道。

"你不是说不愿意成为爱情的奴隶嘛!"

李冰茵高傲地扬着头:"我现在改主意了,我要和你结婚。"

"你爱的不是我。"文池冷冷说道。

李冰茵微微一笑,"对于女人,爱谁不重要,被谁爱才是最重要的!你爱我就足够了。"

"那已经是过去时了!"

李冰茵带着不屑的表情,"我父亲拥有再希医院百分之十五的股份,我和文池哥注定是夫妻!"

第一卷
女医生偶遇爱情

电梯停了。带着胜利者的笑容，李冰茵迈出电梯。两人来到医院大厅，李冰茵伸手挽起文池的手臂。

"现在是上班时间。"文池严肃地说道。

"在纽约曼哈顿广场，当着那么多人，你都吻过我，现在怎么害羞起来了？"李冰茵不以为然，根本没有放手的意思，继续说道，"看来，这里的护士都喜欢你。"

"她们都在工作。"

"不，他们都在嫉妒地看着我！"

就在李冰茵洋洋得意的时候，姜美娟冲到文池面前，"文医生，文医生，沈医生晕倒了！"

文池一把甩开李冰茵的手臂，随着姜美娟急如风般地跑去抢救室。

程子宜坐在抢救室门外的椅子上。看到文池，她站起身。文池向程子宜点了点头，便急匆匆推门进了抢救室。

程子宜和李冰茵跟在文池身后，却被姜美娟拦下，"对不起，请在外面等候！"

李冰茵拉着脸，从包里掏出工作卡，在姜美娟面前一晃。还没等姜美娟反应过来，她已经进了抢救室，门外只剩下程子宜一个人。

在医生办公室，程子宜讲述了昨晚发生的事情。沈信惠再也找不到力量去支撑自己的身体。如果让沈信惠选择，她宁愿选择老陈背叛她们的爱情。但老陈没有，他和程子宜讲清了一切。就在取车的路上，一辆飞驰的汽车将老陈碾压在车轮下……

如果说失去爱情是痛，那么失去爱人就是恨。沈信惠恨自己，她恨自己昨晚不该留下老陈一个人，只是为了展示自己的仁慈。沈信惠无法原谅自己。她爱老陈，他们很快就要有一个可爱的小生命降临人世，可老陈出事了！还没等程子宜把话说完，沈信惠晕倒在地。

沈信惠面无血色地躺在抢救室的病床上，不省人事，处于深度休克中。

"美娟，立刻建立心电监护！"文池喊道。

李冰茵来到文池身后，"她是谁？"

"同事！"

"同事？同事需要这么紧张吗？你喜欢她？"

"她现在是我的患者。我在工作，请你出去！"

李冰茵继续着自己高傲的表情，"别忘了，我也是这里的医生。"

就在这时，体征监测仪突然发出让人毛骨悚然的警报声，沈信惠的收缩压已经降至40。

李冰茵对盯着自己的文池冷笑道："文池哥，别这么看着我！还不赶紧抢救你的患者，休克性低血压，大脑和肾脏持续供血不足，你的患者只能去见上帝。"

文池不再理会李冰茵，急迫地喊道："立刻给沈医生输氧，建立静脉输液通道，补充血容量。"

伴随着体征监测仪刺耳的警报声，抢救室里的护士们开始忙碌起来。

一旁的李冰茵不紧不慢地说道："重度休克导致肾脏缺血，肾血管紧张素系统兴奋导致血管紧缩，加剧微循环障碍。文池哥，你要放松，不然这点常识都忘了，这会害死你的患者！"

虽然李冰茵的语气傲慢，但指出了关键。

抢救室里，体征监测仪已经恢复了平静。文池轻轻卷起沈信惠的衣袖，露出白皙的皮肤。文池小心翼翼地将针头送入沈信惠的皮肤下，鲜红的血液缓慢地将玻璃试管注满。

"美娟，麻烦你送去检验中心。"

姜美娟小心接过试管，疾步离开抢救室。

李冰茵看着病床上的沈信惠，不屑地对文池说道："确实很漂亮，可年龄和你不合适。"

文池没说话，将沈信惠的袖子放下，系好扣子。

李冰茵也不在乎文池的态度，继续说道："是不是现在的男人都喜欢比自己老的女人？"

文池将处置台上的医疗设备整理好，没搭理李冰茵。

"我不在身边，文池哥你怎么染上爱好中年女人的恶习了？"李冰茵语气带着嘲讽。

文池表情平静地转过身，"冰茵，谢谢你刚才的提醒。"

李冰茵高傲地一笑，"文池哥，还是免了吧！要谢我的应该是病床上的那位。"

第一卷
女医生偶遇爱情

就在这时,一位身穿白色制服,四十多岁的中年男医生走进抢救室。

文池道:"李副院长!"

李亦晨来到沈信惠的床边,表情严肃地问道:"沈医生的情况怎么样?"

"血压已经恢复正常。"

李亦晨点了点头。接着,他突然一愣,将目光投向文池身后一身珠光宝气的李冰茵。

李亦晨严肃地责问道:"文医生,你不知道抢救室是不准非医护人员随意进入的吗?"

还没等文池回答,李冰茵傲慢地说道:"我是李冰茵医生,李景天是我的父亲。"

李冰茵本以为凭着显赫的身份能压过对方的势头。没想到,李亦晨的脸比刚才板得还僵硬,"文医生,叫护士照看沈医生,你们两个去我的办公室。"

"是!"文池回答道。

文池和李冰茵一同走进了李亦晨的办公室。李亦晨端坐在办公椅上,文池带着对前辈尊敬的姿态站在办公桌前,身后的李冰茵依旧是扬着头,一副高傲的神情。

李亦晨道:"李冰茵医生,今天是你第一天上班,文董事长已经来过电话。"

李冰茵很得意。

李亦晨严肃如故,"李冰茵医生,在我这里,没有娇纵,只有医生!没有皇亲国戚,只有治病救人!"

李冰茵不服气地撇了撇嘴。

"文医生,请你带李冰茵医生去领制服。李冰茵医生,请尊重医生的形象!"

文池和李冰茵一前一后出了李副院长的办公室。

"他凭什么说我不尊重医生形象?"李冰茵在走廊里大声喊叫道。

文池没理她,头也不回地往前走。

"喂,文池哥你去哪儿?"

"去给你领制服,然后去拿沈医生的化验报告。"

文池继续往前走。李冰茵没办法,只好噘着嘴,跟在文池身后。

"沈医生,沈医生……"

恍惚中，沈信惠听到有人在喊自己的名字。她微微睁开双眼，面前站着姜美娟。

"沈医生，你醒了！感觉好些吗？"

"好多了。美娟，谢谢你！"

"沈医生，有位女士一直在外面等着！"

沈信惠迫不及待地说道："美娟，请让她进来！"

程子宜走进抢救室，看到病床上的沈信惠，很不友好地说道："沈信惠，你不要乱激动，等我把话说完。老陈被车撞了，但他还活着！"

突然，有种力量支撑着沈信惠不顾一切地从病床上坐起来。

"他在哪儿？老陈在哪儿？"

"老陈在急救中心，还没有脱离危险。"

老陈还在！老陈还在！沈信惠跳下床。

姜美娟道："沈医生，沈医生……文医生说你不能下床！"

沈信惠管不了那么多了，她想马上见到老陈。

冲去急救中心，沈信惠并没有见到老陈。老陈已经被推进了手术室，给老陈手术的正是沈信惠的老师朴赫夫教授。

"教授，患者是我爱人，这次，拜托您了！"

朴赫夫教授看了看沈信惠身上穿的白色制服，又拍了拍她肩膀，什么也没说，转身进了手术室。

教授脸上的沉重让沈信惠不安。她明白，教授不想说谎，但也不愿伤害自己。尽管如此，沈信惠还是强迫自己相信老陈没事儿，一切都会过去。

沈信惠坐着，等着。她希望手术永远做下去，不要停，这样老陈就还活着，生活的前方永远有个希望等着她。停了，沈信惠不敢想象结果会是什么！

蓝色制服、乳白色的橡胶手套、散发着冷光的手术刀、记录心跳脉搏的仪器、双手忙碌不停的护士、目不转睛的医生，手术室里紧张却又静得让人发慌。

朴赫夫教授目不斜视。止血钳、高频电刀、手术剪、吸引器等手术器具在他的手里依次经过。护士小心翼翼地擦去教授额头上的汗滴。

突然，监视心跳的仪器发出一阵预示死亡的尖叫声，蓝色屏幕上本来跳动的光

第一卷
女医生偶遇爱情

点,变成一道水平的横线。

"教授,患者停止心跳!"

"电极板……充电20焦耳,电击!"

"电击,无效!"

"充电30焦耳,电击!"

仪器的叫喊声始终没有停止,生命停在了十字路口上。

手术室外,沈信惠焦虑地等待着。白色大门突然向两侧拉开,沈信惠的心猛地一颤。

一位护士高声喊道:"陈永浩的家属,谁是陈永浩的家属?"

护士急促和慌张的叫喊声将沈信惠从恍惚中惊醒。

程子宜已经冲到护士面前,而沈信惠却呆站在原地。作为一名医生,她很清楚,如果手术顺利,此刻出现的应该是医生,而不是护士。

沈信惠是个不相信命运的人,内心一直鄙视那些宿命论者。对她来说,那就是怯懦。今天沈信惠怯懦了,她鄙视的原来就是她自己。沈信惠开始祈祷,希望命运的神灵能听到她这个曾经的叛逆者的乞求,用她的二十年换取老陈的平安。不!三十年、四十年,哪怕用尽自己后半生的时间,沈信惠都愿意。

除了祈祷,沈信惠还能做些什么呢?她什么也做不了,因为她无能为力。她试图劝说自己相信老陈会平安无事,可那些试图只不过是自欺欺人的把戏。沈信惠是医生,可此刻她却无法掌控老陈的生死。沈信惠心甘情愿地抛弃那些所谓的人定胜天的宣言,命运面前她觉得自己渺小如一粒尘沙!

"你是陈永浩的家属?"护士问道。

"是,我是,我是陈永浩的爱人!"程子宜站到护士面前,惶恐不断地点着头。

此刻,沈信惠不怪程子宜,更不想和她去争那个现在没有任何意义的名头。

"陈永浩需要立刻输血。"

"我输,我输,我愿意输血!"程子宜已经慌不择路了。

护士看了程子宜一眼,"陈永浩是RH阴性AB型,你是吗?"

沈信惠和程子宜都是医大毕业,她们都清楚,RH阴性型血俗称"熊猫血",非常罕见。在中国,RH阴性型血的人占人口比例的0.34%,而RH阴性AB型血的人只有0.034%。

程子宜摇了摇头,"我……我不是!"

"不是就赶紧联系患者的直系亲属,最好是兄弟姐妹,也许能找到RH阴性AB型血的人。"

程子宜的目光并没有因此而绝望。她转过身,看着不远处的沈信惠。因为程子宜知道,沈信惠就是RH阴性AB型血。

李冰茵穿上制服,噘着嘴,在镜子前转来转去,看上去对制服设计是非常的不满意。

"这样的制服怎么穿?丑得要死,患者怎么能看得下去!"

身后的文池表情严肃,"医生的职责是治病救人!"

"医生也要带给患者美好的心情啊!"李冰茵继续看着镜子里的自己,"护士,有没有收腰的款式?"

一旁的小护士摇摇头。

李冰茵很失望,"那给我拿件小一号的!"

小护士给李冰茵换了一件。

"文池哥,你觉得这件怎么样?"

"很好!"

"真的?"李冰茵转过身,看着身后面无表情的文池。

文池没说话。

李冰茵并不在意,"文池哥,听伯父说心脏外科主任的位置还空着。"

文池依然沉默不语。

"文池哥,你来坐这个位置吧!再希医院最年轻的心脏外科主任。"李冰茵转过身,欣赏着镜子里窈窕的自己,得意地说道,"然后,就是未来的董事长!我就是董事长夫人。"

"好了,该走了!"说完,文池转身就走。

李冰茵赶紧去追,却被护士拦住,"对不起!领制服,需要您的签字。"

李冰茵气急败坏地从护士手里抢过制服领取表,胡乱地签上自己的名字。

电梯门开了,文池迈步上了电梯。就在电梯门合拢之前,李冰茵及时赶到,闪身也上了电梯。

第一卷
女医生偶遇爱情

李冰茵随着文池穿过一条白色走廊，来到再希医院的化验中心。

"您好，我是心脏外科的文池医生，来取沈信惠医生的血液检验报告。"文池对护士有礼貌地说道。

很快，护士将沈信惠的血液检验报告递给了文池。他边走边看，突然疾步奔向电梯。

李冰茵一路小跑地跟在后面，"文池哥，文池哥，怎么了？"

"沈医生有身孕，休克性低血压可能会导致胎儿窒息！"

手术室外，程子宜那企盼的目光重重地插在沈信惠的心上。沈信惠愿意救老陈，哪怕用她的生命来交换。可是，她现在不只是自己，身体里还有一个未出世的小生命。自己本身就患有休克性低血压，如果大量输血，就会导致婴儿窒息。为丈夫、为孩子，沈信惠都愿意舍弃生命，可命运却没有给她选择的余地。

程子宜死死地盯着沈信惠，似乎在高声叫喊："沈信惠，难道你没有听到吗？"

沈信惠听到了，听得清清楚楚，可是……

护士再次提醒程子宜："请您立刻联系患者的直系亲属，否则患者会有生命危险！"

程子宜的目光像把利剑，带着愤怒的火焰深深刺在沈信惠的胸口，让她痛不欲生，却无力反抗。

05

> "这就如罪是从一人入了世界,死又是从罪来的;于是,死就临到众人,因为众人都犯了罪。"
> ——《罗马书》第五章第十二节

对于原罪,上帝最严厉的惩罚莫过于死亡,可死亡并不是最残忍的,最残忍的是选择失去。沈信惠不是拥有超自然能力的主宰者,她唯一能够奉献的只有自己的生命。如果神灵如是存在,沈信惠心甘情愿地献出自己生命,去换取她的爱人和她的孩子。

沈信惠模糊地看到程子宜站在她眼前,模糊地听到对方在用力喊叫着:"沈信惠,你在干什么?他是你丈夫,你想让他死吗?"

沈信惠依然无动于衷,她也只能用"无动于衷"这四个字来形容自己的残酷。因为她无法选择,只能等待命运的指派。不管命运如何决定,她心甘情愿地服从。

程子宜的手掌重重地落在沈信惠的脸上,一个,两个。对于疼痛,沈信惠依然"无动于衷"!

程子宜抓起沈信惠前胸的衣襟,不停地摇晃,"你想干什么?沈信惠,你想看着老陈死吗?他是你的丈夫!你怎么能这么对待他?你的良心在哪儿?你的良心在哪儿?"

沈信惠"无动于衷"。

不知过了多久,程子宜声嘶力竭的喊叫声消失了。沈信惠感觉程子宜正在抱着她,身体慢慢地往下滑,似乎跪在了她的面前。沈信惠能感到她的双手正紧紧抓着自己的小腿。

第一卷
女医生偶遇爱情

"沈信惠,我求求你,救救老陈。我求你!你要什么都行,我什么都可以不要,只要老陈还能活着。"

程子宜的声音里没了刚才的激动和愤怒,沈信惠听到的是乞求,放弃所有自尊后,一个女人无力的乞求。程子宜的眼泪落在沈信惠脚下的地面上,震耳欲聋。后者的心碎成了粉末。

上帝那里一定没有眼泪,他一定不知道眼泪的苦涩,那是人类的心灵之伤。在命运的戏弄下,沈信惠找不到一丝让自己能够坚强起来的理由。

旁观者的兴趣总是那么冷漠,他们如剧场里的观众,在走廊里越聚越多。沈信惠蹲下身,扶起跪在地上的程子宜,她不能让那纯洁的爱情沾上半滴取乐的口水。

"沈信惠,我求你救救老陈!"程子宜泣不成声。

沈信惠扶着程子宜,"我去,我去给老陈输血。"

握着沈信惠的验血报告,文池急匆匆回到心脏外科的抢救室。可是,病床上已空空如也。

"美娟,沈医生呢?她不能随便走动。"文池急迫地问道。

"文医生,我和沈医生说了,可沈医生不听。"

"美娟,沈医生去哪里了?"

姜美娟皱着眉头,不确定地说道:"沈医生好像去了急救中心的手术室。"

文池转身,冲出门外。

走廊上,李冰茵一手拉住迎面而来的文池,愤怒的目光落在对方脸上。李冰茵用威胁的语气对文池吼道:"她肚子里的孩子最好不是你的!"

尽管李冰茵怒不可遏,可她的目光却在不断颤抖。她抓着文池的右手被用力推开,文池头也不回地疾步走向电梯。

"文池,我命令你站住!我让你站住!"

无论李冰茵怎么嘶吼,文池置若罔闻。走廊里,响起一阵急促的脚步声。李冰茵只能无可奈何地紧随其后。

一辆白色救护车风驰电掣地驶进再希医院,停靠在医院大楼前的紧急入口外。两名身强力壮的工作人员将一名奄奄一息的重患者抬下救护车,小心翼翼地放在固定式担架上。

几名护士推着担架，奔跑在走廊上。轮子在地面上急促滚动，摩擦声让人惶恐不安。走廊上的人们四散让开。

验血室里，沈信惠努力让自己搅动的心绪平静。她脱去外衣，挽起袖子。护士将血压计套在她的上臂，血压计开始充气，手臂上的压迫感让心脏跳动得更加慌乱。

"您的血压偏低，不适合大量抽血。"

"没关系，真的没关系！"沈信惠赶紧回答。

也许是沈信惠的急迫，护士犹豫地看着她。

"我是医生，里面患者是我爱人！放心，血压偏低不会有太大的影响。"

护士带着将信将疑的目光问道："有过血液性疾病和传染病史吗？"

沈信惠摇着头，"没有！"

护士接着问："最近，有过晕厥吗？"

"没有！"

"在妊娠期吗？如果在妊娠期，大量抽血会使胎儿缺氧，导致胎儿死亡。"

沈信惠的胸口突然像针刺一样痛，觉得自己就是个残忍的刽子手，将要亲手结束自己孩子的生命。孩子虽然还没出世，但那毕竟是个小生命，沈信惠开始质问自己有什么权利替这个小生命选择命运。她开始犹豫了！

护士似乎看出了沈信惠的迟疑，再次问道："请问，您是怀孕了吗？"

"没，没有……"

"输血过程中可能会出现突发状况，甚至危及生命，您愿意给患者输血吗？"

"愿意，我愿意！"

"请在表格下面的横线处，签上您的名字。"

沈信惠拿起笔，她看到自己的五指在不停地抖动。花了很长时间，"沈信惠"三个字才完整地留在签字单上。

"您确定要给患者输血吗？"护士再次问道。

沈信惠点了点头。

护士收起表格，"我带您去手术室，准备给患者输血。"

从椅子上拿起外衣，沈信惠感到一阵眩晕，还好她用手顶在桌子上，尽量让自己站得平稳，不想让护士看到她的异常。

"请您跟我来！"

第一卷
女医生偶遇爱情

随着护士,沈信惠走出验血室,进了手术室的输血间。

电梯一层一层向下滑行,李冰茵死死盯着文池,"喂,那女人肚子里的孩子和你有什么关系?"

文池严肃不语。

"你最好祈祷那孩子和你没有任何关系!"

文池脸上甚至流露出一丝嫌弃的表情。

"说话!"

电梯停了,一群叽叽喳喳的小护士拥了进来。看到文池,小护士们"咯咯"地笑着,一个接一个和文池打起招呼,有的护士甚至刻意挤在文池身边。李冰茵紧紧咬着嘴唇,狠狠地看着文池。

更衣室的镜子前,沈信惠脱去白色医生制服。做医生这么多年,她第一次感到那件白色长衣是如此沉重。

换上蓝色的患者制服,手表、项链、耳钉,全部摘下,放到指定的托盘上。沈信惠张开左手的五指,那只闪亮的婚戒落进她的目光。

老陈给她带上这戒指的那天,他们没有隆重的婚礼,没有绚丽的婚纱,也没有亲朋好友的祝福。两人坐在湖边的长椅上,沈信惠靠着老陈的肩膀,老陈贴着沈信惠的长发。

夕阳的余温中,几只水鸟从湖面上轻轻掠过。沈信惠和老陈都没说话,就那么紧紧地依偎在一起。时间似乎穿越到几十年之后,两人两鬓斑白,可沈信惠的手依然在老陈的手里,被紧紧地握着。

当时老陈马上要去山里拍片子,一去就是两三个月。因为不能经常洗头,他干脆把脑袋顶上所有的毛发剃了个精光。

黄昏里弥漫着爱情,沈信惠看着老陈的光头,突然说道:"老陈,我们一起去死吧!"

老陈宽厚的肩膀岿然不动,半天没回答沈信惠的问题。

沈信惠伸手将他的秃瓢拧了过来,"怎么,你不愿意和我一起死吗?"

老陈看着沈信惠,突然他把沈信惠从长椅上抱起,向前奔跑,不停地向前奔跑,直到冲进湖里。

公园的管理员把两人连拖带拽地捞上来,指着眼前一块牌子,上面写着"不准野泳"。除了批评教育外,他们还被罚了两百元。

回到家，沈信惠得了肺炎，老陈取消了拍摄，在家陪她。沈信惠一边擤鼻涕，一边对他的秃瓢表示歉意。老陈说，沈信惠得的是爱情肺炎，必须纪念一下，于是吃空的药瓶便成为他们书架上的收藏品。

电梯停下，文池迅速冲出电梯，直奔急救中心。李冰茵咬牙切齿，用力将前面的护士推搡到一边，跟跟跄跄地下了电梯。

来到急救中心的手术室，文池却被护士拦住。

"对不起，正在手术中，请您在外面等候！"

文池神情焦急，"我是心脏外科的文池，找沈信惠医生。"

"和手术无关是不允许进的，这是院里的规定，请您在外面等候！"护士很客气。

文池从衣兜里掏出沈信惠的检验报告，"拜托，请您务必将这个交给沈信惠医生。我会在外面等着！"

文池局促不安地坐在走廊的椅子上，等待着沈信惠的出现。可出现在他面前的却是目光愤怒的李冰茵。

李冰茵正要爆发，走廊上的扩音器突然响起，"心脏外科的文池医生请速到抢救室……文池医生请速到心脏外科抢救室……"

声音急促而紧迫。

抢救室门外，李亦晨怒气冲冲地盯着气喘吁吁的文池和身后的李冰茵。

"你们俩在干什么？这里是医院，不是谈恋爱的酒吧！"

文池对自己的迟到歉意地鞠了一躬。

李副院长厉声道："还不赶快去救人！"

文池不敢怠慢，径直冲进抢救室。

看到文池进来，姜美娟立刻汇报患者的病情："35岁，男性，有心脏病史。连续加了五天班，今早出现剧烈胸骨后疼痛，硝酸酯类药物无效，送到医院时已神志不清。患者收缩压低于80，血清心肌酶活性增加，CK-MB及肌钙蛋白升高，心律失常。"

"立刻注射肾上腺素！"

文池的话音刚落，监测心脏的仪器突然发出刺耳的尖叫声，预示着一个生命即将停止。

"电击复律！准备电击复律！"文池接过电极板，"200焦耳，准备，电击。"

第一卷
女医生偶遇爱情

"无效!"

"300焦耳,准备,电击。"

"无效!"

"加大剂量注射肾上腺素和溴苄胺。"

"注射完毕。"

"360焦耳,准备,电击!"

"无效!"

"准备第四次,400焦耳。"

突然,李冰茵伸手抓住文池的胳膊,"文池哥,患者救不回来了!"

文池看了一眼李冰茵,又回头看着身后的姜美娟,"400焦耳,准备!"

李冰茵并没有放开文池的手臂。

姜美娟不知所措地看着文池和李冰茵。

"美娟,400焦耳,准备,电击!"这次,文池是在嘶吼。

一位母亲就要结束自己孩子的生命,沈信惠心如刀割。她躺在抽血室的病床上,努力着将眼泪一遍又一遍强咽进喉咙里。

一名年轻医生来到沈信惠的床前,"您好,我是负责给您抽血的医生。"

沈信惠只能微微一笑,表示感谢。

抽血前,年轻医生将献血志愿表上的问题又问了一遍。沈信惠的回答和先前毫无二致,只是声音变得更加沙哑。

"沈医生,那我们就开始抽血了。"年轻医生说道,"如果有不适的感觉,请您立刻告诉我。我会全程在您身边!"

"谢谢您!"

护士开始在沈信惠手臂抽血的部位上涂抹杀菌液体。沈信惠清晰感觉到一阵阵的冰冷,她的心脏不停地猛烈颤动,每一次颤动都让她痛不欲生。

06

我注视你的面容，你却在河的彼岸；
我触碰你的十指，你却随风远行；你
在我心中驻足，整个世界便是等待。

　　心脏外科的抢救室。
　　文池一次又一次不停地用力按压患者的胸部。李冰茵试图阻止文池的疯狂，却被推倒在一旁。她的脸上早已没有了怒气，心疼地看着不肯放弃的文池。
　　文池毫不放弃道："美娟，继续注射肾上腺素！"
　　"文池哥！"李冰茵无奈地喊道。
　　"他必须醒过来，三十五岁，他还不能走！"
　　也许文池的执着感动了带走灵魂的黑色天使，心率监测仪上的光点突然出现有节奏的跳动。
　　文池检查过患者的瞳孔，"美娟，准备给患者做冠脉造影。"

　　抽血室的门开了，一名护士走了进来，将文池送来的检验报告交给那位年轻的医生。
　　年轻医生再次出现在沈信惠的面前，"沈医生，这是文池医生送过来的。"
　　护士已经不再往沈信惠的手臂上涂抹那些冰冷的液体，站到一旁。沈信惠从病床上起身，从年轻医生手里接过化验单。她不记得什么时候做的检查，不过血检报告上列出了所有她不能抽血的理由：低血压、休克、妊娠！

第一卷
女医生偶遇爱情

沈信惠慌忙收起报告,"谢谢!是患者的化验单。"

尽管沈信惠试图用平静来伪装自己的谎言,不想让医生看出自己的异常,可她还是感觉到自己的伪装并不理想。

"医生,可以开始了吗?"沈信惠不自信地问道。

年轻医生依然微笑,"对不起,沈医生!我们不能给您做抽血。"

沈信惠的心猛地往下一沉,"为……为什么?"

"您有过低血压休克,而且怀有身孕。"

"我爱人怎么办?我不能眼睁睁看他走了,我要救他,我必须救他!"

"沈医生,现在抽血,对您,对胎儿都有生命危险。对不起!"

心脏外科手术室,青年男性患者静静地躺在手术台上。

文池将纤细的心导管刺入患者皮下动脉,然后将导管分别置于患者的左右冠脉口。

"美娟,注射显影剂。"

姜美娟小心翼翼地将显影剂注射进患者的冠状动脉,很快,动脉的内部情况显示在电脑屏幕上。

李冰茵指着灰色的影像,"前降支血管近段全部堵塞,回旋支血管良好。"

文池目不转睛地盯着屏幕,"需要消除血栓,要在前降支血管闭塞处植入支架。"

李冰茵点头,表示同意文池的观点。

文池道:"美娟,准备给患者进行心脏介入术!"

急救中心的手术室,老陈的手术依然在紧张地进行。

抽血室里的那位年轻医生来到朴赫夫教授身边道:"教授,沈医生有身孕,不能为患者输血。"

朴赫夫教授突然抬起头,目光中不无担忧。

"教授,沈医生不能为患者输血。"年轻医生再次提醒。

朴赫夫教授低声道:"立刻准备回收式自体输血。"

就在沈信惠出现在手术室外的瞬间,程子宜立刻冲到她面前。

"老陈怎么样了?"

程子宜焦急的目光灼烧着沈信惠,她摇了摇头。

"你摇什么头啊？"

"我……我没给老陈输血。"

程子宜的目光旋即改为憎恨，死死盯着面前的沈信惠。

老陈静静地躺在手术台上，头顶上方的手术灯聚焦在他被打开的胸口处，各种手术钳在鲜红的胸腔内发出冰冷的光芒。

突然，监视心跳的仪器发出一阵预示死亡的尖叫声，蓝色的屏幕上本来跳动的光点，变成一道水平的横线。

助理医生急道："教授，患者停止心跳！"

"准备电击复跳。"

从护士手中接过电极板，朴赫夫教授吩咐："充电20焦耳，电击！"

"电击，无效！"

"充电30焦耳，电击！"

……

作为外科医生，用刀切开患者的胸膛，面对活生生的五脏六腑，甚至用手捧起还在跳动的心脏，沈信惠都没眨过眼睛，没做过噩梦，甚至没什么回忆，就像不会计算每天走了多少步一样。

可今天，坐在手术室外，面对爱人的生命一点一滴消失，她的心如同被人用手紧紧握住，然后猛地用力一挤，碎得鲜血淋漓。

这时，手术室的门开了，朴赫夫教授来到沈信惠面前。沈信惠的身体抑制不住地颤抖，看着朴教授。她等着，等着命运对她和老陈的宣判。

"沈医生，你爱人在ICU。"

沈信惠如释重负！不管怎样，老陈还活着。她还能乞求什么呢？这是命运对她最大的宽恕。

"他能挺过今晚，应该就不会有生命危险。"朴赫夫教授继续说道。

沈信惠给教授深深鞠了一躬，"教授，辛苦您了！"

朴赫夫教授并没有显露出半点欣慰，反而比刚才更加严肃，"沈医生，你爱人失血过多，左侧颞叶出现大面积溢血并扩大到脑室，醒过来的可能性不大。我和脑外科的专家尽全力了，可是……非常遗憾！"

沈信惠呆滞地站在原地。她不明白，命运为什么如此弄人！既然留下了老陈，

第一卷
女医生偶遇爱情

为什么又要囚禁他的灵魂？如果这是惩罚，她愿承担所有的痛苦和折磨。

心脏外科手术室外的消毒室间内。

文池将清水扑在脸上，水珠沿着皮肤一粒粒下滑。他抽出纸巾，将脸擦干。这时，他从镜子里看到伫立在身后的李冰茵。

李冰茵带着对自己未婚夫的骄傲，说道："文池哥，不愧是心脏外科最年轻、最有实力的医生！"

文池谦虚一笑，"冰茵，这次要感谢你！"

李冰茵满足地笑了。

回到医生办公室，文池开始忙着填写手术日志。

姜美娟走了进来，"文医生，患者已经安排到监护室。"

文池微微一笑，"谢谢你，美娟。现在患者的情况怎么样？"

姜美娟将患者的心电图和身体检测报告递给文池，"数据都正常，患者的状况也很好。"

一旁的李冰茵再次为自己的未婚夫露出得意的笑容。

"文医生！"姜美娟说道，"患者的爱人想见您。"

没等文池说话，李冰茵抢先一步，"你去告诉她，文医生刚做完手术，需要休息。有事情，明天再说。"

姜美娟没应声，看着文池。

"患者家属在哪里？"文池问道。

"我让她在护士站等着。"

"请她进来吧！"

没一会儿，一位三十二三岁的中年女人随着姜美娟走进医生办公室。女人面色憔悴，身旁紧紧跟着一个三四岁梳着小辫的女孩儿。小女孩儿的目光中充满了对周围新事物的好奇，看上去，还不十分清楚为什么母亲会带她来这里。

文池赶紧从办公椅上起身，表达对女士的尊重，同时表达对患者家属的同情。

"这位是文池医生，您丈夫的主治医生。"姜美娟介绍道。

中年女人立刻给文池鞠躬，整个身体形成了90度，"非常感谢您救了我丈夫！"

文池赶紧搀扶起中年女人,"您不必客气,这是医生的责任!"

文池蹲下身,抚摸着小女孩儿的头发。小女孩儿瞪着大双眼,盯着面前的文池,伸手去够挂在他胸前的听诊器。

文池将小女孩儿抱起,对中年女人说道:"请您放心,您的爱人已经脱离生命危险。我们会尽力让您的爱人恢复健康!"

女人含着眼泪,"拜托您了!"

ICU外,护士将沈信惠拦下。

"对不起,沈医生,虽然你是医生,但您也是患者家属。医院有规定,没有主治医生的同意,患者家属不能进重症监护室。"

沈信惠并没有为难护士,强忍眼泪道:"我……我知道!"

看到沈信惠的悲伤,护士实在于心不忍,犹豫着说道:"沈医生,要不……要不你在病房外看看吧!"

沈信惠随着护士走进重症监护室,来到老陈病房外。

护士道:"沈医生,我先出去了。有事儿,您叫我。"

"谢谢你!"

护士转身走了。

沈信惠站在病房外,透过玻璃窗,看着静静躺在病床上的老陈被各种仪器包围。粗细不同的管道通过老陈的鼻孔、口腔插入体内,维持着岌岌可危的生命。

玻璃窗上,映衬出沈信惠的眼泪。此刻的她无力反抗命运,她接受命运的一切安排。如果能用心痛去交换,她愿意用一百倍、一千倍、一万倍的痛交换老陈所承受的一切。

这时,从老陈的病房中突然传来一阵刺耳的警报声。血压监视器显示,血压正在急速下降。

随着警报声,几名护士从走廊的一段疾奔过来,推开沈信惠,冲进老陈的房间。

文池来到监护室,为刚做完手术的患者做了检查。

他收起听诊器,叮嘱身边的姜美娟:"每隔两小时给403号床的患者测量一次血压。"

"好的,文医生!"姜美娟点头说道。

文池和李冰茵走出监护室,身后跟着姜美娟。

第一卷
女医生偶遇爱情

文池问:"美娟,沈医生的爱人怎么样了?"

"听说,手术做完了,已经送去ICU了。"

就在这时,几名护士推着抢救车匆匆忙忙地迎面跑来。

姜美娟一把拉住其中一名护士,"怎么了?"

"沈医生的爱人不行了!"

护士的话音刚落,文池抛下李冰茵和姜美娟,风一般跑向ICU。

"文池哥!文池哥!"

无论李冰茵怎么叫喊,也没有唤来文池的回头。

作为医生,对于死亡,沈信惠一直认为那是一种无奈的必然。万物生灵无法逃脱,只是或早或晚。可以悲伤,但要坦然接受。可此刻,站在老陈的病床前,沈信惠作为医生的理性和冷静瞬间被洗劫一空。她悲伤,悲伤到无法接受现实,甚至一遍遍祈祷神灵的降临。

这时,朴赫夫教授疾步走进病房,身后跟着几个脚步急促的年轻医生。

朴赫夫教授表情沉重,"护士,谁让家属进来的?"

两名护士赶紧上前,将目光呆滞的沈信惠拉出病房。

"患者突然出现血压骤降,药物治疗无效。"值班医生汇报道。

朴赫夫教授说道:"立刻给患者做CT扫描。"

病房里,医护人员开始忙碌起来。

站在玻璃窗外,沈信惠目睹着病房里发生的一切。

就在这时,文池出现在沈信惠的身边,"沈医生,我刚听说了您爱人的事情。您不要着急!"

沈信惠转过头,冷冷地看着文池。如果没有文池,没有那张多余的血检报告,老陈就不会成为现在的样子。

"文医生,感谢您送来的血检报告。我的血一滴也没有少,谢谢您的关照!"沈信惠冷冷地回答道。

"沈……"

还没等文池说完,病房的门"砰"的一声被撞开。医护人员推着病床上的老陈,冲了出来。

手术室里,朴赫夫教授从护士手中接过手术刀,沿中线切开老陈的胸腔。

"单极电刀。"

护士递过电刀,朴赫夫教授用电刀切开皮下组织。电刀与皮下组织接触的一瞬间,升起一股充满死神味道的烟雾。

接着,助理医生使用自动拉钩牵开老陈的胸骨。手术台两旁的医护人员愕然相对,老陈的胸腔内装满了鲜红的积血。

手术室外,沈信惠呆滞地坐在椅子上,文池将一杯咖啡送到她的面前。

"沈医生!"

沈信惠一动不动,根本没有理会文池的好意。这时,一名年轻医生走出手术室,走到沈信惠面前。沈信惠缓缓地站起身,目光中充满了恐慌。

"沈医生,您爱人体内出现大面积出血。"

听到这个消息,沈信惠眼前一片空白。就在即将晕倒之际,文池的双手紧紧地握住她的上臂,支撑住她的身体。

"沈医生,您爱人需要立刻输血!否则……"年轻医生道。

"我可以输!我可以输!"沈信惠迫不及待。

"您的情况……"年轻医生犹豫了一下,"现在给您抽血,对您和胎儿都有生命危险!"

"如果我不输,老陈一定……拜托您了!"沈信惠乞求道。

年轻医生将目光转到沈信惠身旁文池的身上。此刻,沈信惠能感觉到文池的十指正紧紧地扣着自己的手臂。

"对不起,沈医生!您现在的身体状况,不能献血。"文池的声音斩钉截铁。

◎ 第二卷　为爱人抉择生死

01

我情愿化做一片落叶,无声无息地滑落在你的面前。
如能吸引你的一寸目光,我便心满意足!
即使你毫无察觉,至少你的气息存留在我的记忆,我依然无悔!

沈信惠愤怒地盯着面前的文池,目光中的冰冷足以冻结所有的海洋。这并没有动摇文池的决心,他决不能让沈信惠踏进手术室。

"您有休克性低血压,而且在妊娠期,抽血对您来说有生命危险。"

"这是我的事情,请你让开!"沈信惠带着怒火,每个字都能击碎一堵墙。

"对不起,我是医生!"文池站在沈信惠的面前,哪怕被后者愤怒的目光燃烧殆尽,他也决不退让!

"我是RH阴性AB型血!"

随着声音,所有人的目光都集中在一位年轻漂亮的女医生身上——李冰茵。

众目睽睽之下,李冰茵带着骄傲的笑容从文池和沈信惠面前走过,来到负责抽血的医生面前。

"还站在这儿干什么?难道患者还能再等吗?"说完,李冰茵又转过身看着文池,"文池哥,你等我!"

第二卷
为爱人抉择生死

爱是会伤人的！它会从一汪清泉瞬间冻结成一把利剑，刺入灵魂，鲜血淋漓。爱至深，伤越痛。此刻，对老陈的爱正如冰冷的利剑渐渐穿透沈信惠的灵魂。她没有表情，没有眼泪，目光呆滞地坐在手术室门前的椅子上，等待着老陈的消息。

文池轻声道："沈医生……"

沈信惠并没有理会文池，后者也没再说下去。他清楚，尽管他喜欢沈信惠，可他此刻无力抚平沈信惠的悲伤。在沈信惠眼里，他只不过是那片无人察觉的落叶，能做的也只能是默默地陪着她。

不知过了多久，在年轻医生的陪同下，李冰茵走出手术室。

年轻医生来到沈信惠面前，"沈医生，手术还在进行中！请您放心，得到及时输血，您爱人已经脱离生命危险。"

李冰茵带着得意扬扬的笑容来到文池面前，"文池哥！我们走吧！"

文池的目光落在沈信惠身上。

沈信惠并没有理会文池，她给李冰茵深深鞠了一躬，"不知道怎样感谢您才好。"

李冰茵看了一眼沈信惠，嘴角带着冷笑，牵起文池的手，离开了急救中心的手术室。

白色的走廊上，李冰茵一直陪在文池身边，但他牵挂的依然是沈信惠。他那罩在白色制服内的躯壳在李冰茵的身边显得格外形单影只。突然，一阵电话铃声响起，文池的思绪才从恍惚中惊醒。

电话是文母吴美英打过来的，主要是询问李冰茵的情况，并叮嘱文池，下班后一定要带她回家吃饭，她要见见自己未来的儿媳妇。

这个消息让李冰茵很高兴，眉飞色舞地说道："好久没见伯母了，这样空手很不礼貌。文池哥，我们去给伯母买礼物吧！你说买什么好呢？"

对李冰茵的建议，文池未显露出半点热情，冷冷地答道："现在是工作时间！"

文池虽然拒绝，但李冰茵并不打算就这样屈服，讨价还价道："也不差这么一点时间嘛！文池哥，我可是刚刚挽救了那位女医生的老公哦！"

这一次，文池没有再拒绝李冰茵。他只想通过这种方式，作为对李冰茵的感谢。

就在文池和李冰茵准备离开再希医院的时候，姜美娟跟跟跄跄地跑了过来，将两人拦下。

"文……文医生……苗苗突然昏厥，已经转移到抢救室了。"姜美娟上气不接下气地说道,"需……需要您马上去一趟。"

文池毫不犹豫地转身奔向抢救室。这次,李冰茵并没有为难文池,而是随他一同赶到抢救室。

抢救室里,苗苗已经丧失意识,脸色苍白地躺在病床上。

文池和李冰茵冲紧抢救室,姜美娟迅速介绍病情:"患者今年6岁,患有先天性心脏病,室间隔缺损0.6厘米。10分钟前,突然出现急性心力衰竭,并伴有肺动脉高压。"

李冰茵从姜美娟手中抢过苗苗的病历,质问道:"患者住院这么长时间,为什么还没安排手术?"

"她家里穷,交不起手术费。"

李冰茵的双眉立刻竖起,"难道交不起手术费就不救人了?"

"这个……这个我们也没办法。"姜美娟无奈的辩解道。

这时,文池收起听诊器,对值班护士说道:"患者出现心源性休克,立刻吊挂5%碳酸氢钠,扩充血容量,推注硝酸甘油和硝普钠。"

文池又转向姜美娟道:"美娟,立刻给患者安排明天的手术,手术费的问题以后再说。"

姜美娟迟疑地站在原地,脸上显露出为难的表情。

李冰茵厉声道:"你还傻站着干什么?还不去安排手术。"

"李医生,交了钱,出了交费单,才能安排手术。没有财务出的交费单,医院不给走安排手术的流程。"

有钱人任性,有钱人家的子女更是任性。李冰茵一把抓住姜美娟的胳膊,"好了,别钱钱钱的,手术费我出。别在这儿傻站着,赶紧带我去交钱吧!"

姜美娟从心眼儿里讨厌李冰茵的骄横,但这次她确实被这位富家小姐的"骄横"给感动到了。看来,要显示自己的财富,并不一定穿金戴银,还有更高级的方式。

李冰茵将姜美娟拖出抢救室,直奔缴费大厅。

天色渐黑,急救中心手术室外的红色警示灯终于熄灭。朴赫夫教授走出手术室,来到沈信惠面前。

"沈医生,你爱人已经脱离生命危险。不过……"教授停顿片刻,"他的脑部受

第二卷
为爱人抉择生死

到严重损伤，你要有长期的心理准备。"

"教授，我代我爱人谢谢您！"

"回去休息吧，这里有护士。以后路还长着呢，这么熬下去不行！"朴教授语重心长地说道。

"教授，那就拜托您了！"

"放心回去休息吧，今晚不会再有什么事情了！"

傍晚，公路上的汽车头接着尾，尾接着头，路面如同一条细长的停车场。拥挤的交通不仅没让李冰茵焦躁不安，还让她看上去心情很好。

文母再次打来电话，文池索性将手机递给了李冰茵。

"伯母，您好！"李冰茵脸上的笑容足够甜倒一窝蜜蜂，"……嗯……我父母身体都很好……我和文池哥在路上，没想到会这么堵……嗯，嗯，我会习惯的……好的，伯母，再见！"

李冰茵把电话还给文池，"晚餐迟到，真是不礼貌！"

"今天要谢谢你！"文池突然说道。

李冰茵自得地扬起眉毛，"谢我？谢我什么？"

"为沈医生的爱人献血。"

"文池哥，该谢我的人应该那个沈医生，不是你吧？"

李冰茵的反问让文池感到尴尬，一下子不知如何回答。

带着胜利的笑容，李冰茵得意扬扬地继续说道："看到沈信惠医生那么爱她的丈夫，真让人感动！所以，文池哥关心的人，我一定也要关心，这样才是夫妻嘛！"

李冰茵的语气温柔得像三月春风，可春风里却夹杂着密密麻麻如刀一般的冰雹，重重砸到文池的心上，又冷又痛。

文家别墅灯火通明。文皖成和文母吴美英对李冰茵视如己出，李冰茵也把文池的父母当作自己的亲人。别墅里的气氛宛如过年团圆般，只有文池默不作声。

"冰茵啊，这次从美国回来，你和文池的婚事应该提上日程喽！"文母笑容满面地催促道。

李冰茵将目光投向文池，"我听文池哥的！"小鸟依人的语气哄得文母乐开了怀。

文皖成放下手中的餐具，对心事重重的儿子说道："文池，你和冰茵的婚事，应该开始准备了。"

文池点了点头，没再说什么。

晚饭后，文池一个人回到楼上的房间。对于和李冰茵这样早已没有爱情的联姻，他根本就没当回事。现在，他担心的只有沈信惠一个人。

文池拿起手机，拨通了姜美娟的电话："美娟，沈医生……沈医生爱人的手术怎么样了？"

"手术顺利，已经送去了ICU。"

"那……那沈医生呢？"

"沈医生刚走。"

"谢谢你，美娟！"

如果说爱情是人类基因的化学产物，那么，婚姻则是男女在化学反应中养成相互依赖的习惯。

沈信惠回到她和老陈的家。房间里空空荡荡，似乎所有物品都在静静地等待着男主人的归来。

沈信惠独坐在客厅的沙发上，目光所触的每个角落都在播放着老陈的身影。眼泪顺着沈信惠的眼角滑落到面颊，又从面颊滚落到衣襟。茶几上，手机在不停地发出嗡嗡的震动声。沈信惠依然目光呆滞，没有任何反应。

打给沈信惠的电话始终无人接听，文池的情绪变得越来越焦躁不安。也许她出了什么意外？也许她正倒在地板上奄奄一息？沈信惠晕倒的画面不断在文池的脑海里上演。终于，他按捺不住了，决定立刻去沈信惠的住处。只要确定她无恙，他才可以安心。

文池穿好外衣，正要出门。李冰茵突然推门而进，挡在他的面前。

"文池哥，你要出去？"

文池只用鼻子"嗯"一声，算是回答。

"去找医院里的那个老女人？"

李冰茵的语气里带着呛鼻的火药味儿，整个房间就要瞬间爆炸。文池并没有选择针锋相对，看都没看李冰茵一眼，径直从她身边擦肩而过。

第二卷
为爱人抉择生死

李冰茵愤怒地喘着粗气,"我可以让她随时离开再希医院!"

文池停住脚步,转过身。此刻,从李冰茵的双眼中射出两支利箭,刺向文池。文池并不畏惧,直视对方,带着寒气的目光铸成一道冰墙。房间里的空气紧张得发抖。

"你要是离开这房间,明天再希医院就不会再有叫沈信惠的医生!"李冰茵再次威胁道。

文池面如铁板,毫不犹豫地转身走出房间。身后,李冰茵咬牙切齿地跺着脚。

文池下了楼,来到客厅。突然,母亲出现在他面前,带着质问的目光上上下下打量着儿子,"这个时候了,你还要去哪里?"

"哦……医院里有些事情,需要去处理!"文池吞吞吐吐地回答道。

母亲一皱眉,"都什么时间了,还有什么要紧的事情?医院里不是有值班医生吗?"

"伯母,请您不要责怪文池哥!医生的工作就是这样。"随声,李冰茵走下楼梯,脸上已经没有了杀气,反倒是挂着一脸笑容。

文母不悦的情绪被李冰茵对自己儿子的体贴和支持吹得烟消云散。

她责备文池道:"冰茵这么替你说话,你还不谢谢她?"

文池只好转向李冰茵,"谢谢你,冰茵。"

"伯母,时间很晚了,就不打扰您和伯父休息了。文池哥,你去医院,能送我去酒店吗?"

文母一惊,"冰茵,你不住在这里吗?"

"伯母,我已经定了酒店。"

文母一脸不可接受的样子,"为什么要住酒店?冰茵啊,你就住在这儿,我们是一家人嘛!"

李冰茵看了一眼身边的文池,后者默不作声。

文母立刻转向儿子,怒气冲冲地斥责道:"还不去酒店把冰茵的行李搬到这里来!一个男人怎么忍心让自己的未婚妻住在酒店?医院的事情你不要管了。我会给医院去电话,问问他们安排值班医生到底干什么用的!"

清晨,灰色的天空仿佛一张忧郁的脸庞。几滴雨珠偶尔随风落下,迎头撞在玻璃窗上,摔得粉身碎骨。程子宜撑着伞,疾步向再希医院住院部走去。

此刻，一台先天性心脏畸形手术正在进行中。手术灯聚焦在患者的胸口处，几把深入体内的手术钳发出冷冷的闪光。

金佳楠将手术刀放在托盘上，"清理心腔内积血。"

器械护士将心内吸引器递到助理医生手中。很快，心脏内的积血沿着透明的胶管注入玻璃容器中。

助理医生道："积血清除完毕。"

金佳楠从护士手中接过心房拉钩，小心翼翼地牵拉开心室组织。

"高频电刀。"

护士递过高频电刀。金佳楠左手稳稳持住心房拉钩，右手接过高频电刀，开始分离组织。

手术顺利完成，金佳楠刚出现在手术室外的走廊上，便被慌慌张张跑过来的姜美娟拦下。

"沈……沈医生的爱人突……突然血压下降。"

金佳楠脸色一紧，"立刻通知朴教授。"

"朴教授正在手术。"

金佳楠疾步来到重症监护室外，正好撞见徘徊在走廊里的程子宜。

"子宜，你怎么在这儿？"金佳楠问道。

"佳楠，我想看看老陈。"

看着程子宜乞求的目光，金佳楠的心一软，"好吧，你跟我来。"

金佳楠和姜美娟冲进老陈的病房，程子宜被护士拦在了病房外。

看到金佳楠，值班护士立刻汇报病情："今早，患者出现低血压，血氧饱和度下降，心率加快。"

看过老陈的病历，金佳楠命令护士："马上推注硝普钠。美娟，准备插管儿。"

白色药液被推注进老陈的身体。就在这时，心脏监测仪突然发出心室扑动的警报。

"电击复率，准备电击复率！"金佳楠迅速接过电击板，"100焦耳，准备，电击！"

"电击无效！"

"150焦耳，准备，电击！"

第二卷
为爱人抉择生死

"电击无效！"

老陈的抢救依旧在进行中，已经重伤的身体随着巨大的电流上下起伏。目睹着病房里发生的一切，程子宜的眼泪忍不住往下流。她是那样深爱着老陈，她把老陈受的苦和她所有的憎恨全部记在了沈信惠的账上。

"200焦耳，准备，电击！"

随着"砰"的一声巨响，心脏监测仪的警报声戛然而止，医护人员终于松了一口气。

金佳楠给老陈检查了体征，然后收起听诊器嘱咐身边的姜美娟："美娟，注意监测SAS2、PO2和PCO2气道阻力变化。有异常变化，立刻通知我。"

姜美娟点了点头。

金佳楠走出病房，程子宜立即迎了上去，"老陈的情况怎么样？"

"术后并发症，还需要继续观察。"金佳楠回答道。

与此同时，沈信惠上气不接下气地跑过来。

"佳楠，老陈……老陈……"沈信惠的声音不停颤抖着。

突然，程子宜打断了沈信惠，撕心裂肺地喊道："沈信惠，看到老陈这个样子，你如愿以偿了吧！"

走廊里，所有人的目光都聚焦在沈信惠的身上。

金佳楠道："子宜，你不能这么说话。"

"对不起，子宜！"沈信惠的声音中充满了愧疚。

程子宜冷冷一笑："沈信惠，你没有什么对不起我！你对不起的是老陈！是老陈！老陈这个样子，你怎么还有脸站在这儿。"

"子宜……"

程子宜并没有给沈信惠解释的余地，转身离开了重症监护室。

董事长办公室。

文皖成坐在豪华办公桌后，拧眉沉思。明年的这个时候，他的董事长任期就要结束，董事局要从新进行选举。董事局的几个大佬正在暗中布局，准备取而代之。

这场腥风血雨的前奏，便是医院几个重要科室主任的任命。文皖成清楚，要连任，要保住自己一生的心血不被别人拿走，必须在这几个重要位置上安排自己的亲信。这样，他就掌握了再希医院的实权。

一阵敲门声打扰了文皖成的思绪。他从椅子上直起身，正了正领带，用董事长特有的、带着权威的声线说道："进来！"

门开了，李亦晨出现在文皖成的视线中。

"亦晨，请坐！"文皖成笑容满面地说道。

"谢谢，董事长！"

"犬子文池和李景天董事的千金李冰茵医生都在心脏外科，真是辛苦您了！还请你替我严加看管啊！"

"董事长，您客气了！在我那里只有医生！"

"那就好！那就好！亦晨，找我有什么事情吗？"文皖成笑道。

"这是心脏外科主任的推荐名单。"

文皖成接过名单，仔细看过，皱起眉头说道："心脏外科主任的候选人沈信惠似乎看不出有在国外学习和工作的背景啊！"

"沈信惠是我们医院自己培养的心脏外科专家。"李亦晨立刻回答道，"无论是理论研究，还是临床经验，都非常卓越。"

文皖成点了点头，"亦晨，我们医院能够培养出这样杰出的人才，都得归功于你啊，辛苦你了！"

"董事长，这个真是不敢当，我只是完成我的工作。沈信惠是非常努力，而且尽职尽责的医生。"

"我会尽快把你的推荐名单拿到董事会上讨论。"

这时，传来一阵敲门声。

"进来！"

办公室的门开了，李冰茵走了进来。

文皖成笑眯眯地说道："冰茵，你来得正好。我给你介绍一下，这位就是主管外科的李亦晨副院长。以后，有什么不懂的，要向李副院长请教。"

看到李亦晨，李冰茵象征性地微微鞠了一躬，以表示对长辈的尊重，尽管她很不喜欢这位昨天狠批了她的副院长。

文皖成又转向李亦晨，"亦晨，冰茵刚刚从美国医学院毕业，还得劳烦你好好培养啊！"

李亦晨微微一笑。

第二卷
为爱人抉择生死

文皖成笑道:"冰茵?你找我有事吗?"

李冰茵没有立刻答复,而是看了一眼李亦晨。

虽说李亦晨主管再希医院外科,是李冰茵的上司,但在这间办公室里,董事长文皖成和李冰茵是一家人,李亦晨只是个外人。

李亦晨知趣地说道:"董事长,没什么事情的话,我先告辞了。"

董事长文皖成也客气地站起身,"关于心脏外科主任的提名,我会尽快给你答复。"

李亦晨离开了办公室。

没等文皖成问话,李冰茵抢先问道:"伯父,什么心脏外科主任的提名啊?"

"你们心脏外科主任的职位一直空着。"

李冰茵拿起桌子上的推荐名单,翻了两页,目光落在"沈信惠"三个字上,立刻露出一副不屑的表情。

"冰茵啊,你有什么意见吗?"文皖成看着李冰茵问道。

"有,当然有了!我提名文池哥做心脏外科主任。"

"那你和文伯伯说说,为什么提名文池做这个主任?"

"文池哥有能力!而且我希望我的未婚夫不只是再希医院董事长的继承者,他应该是赫赫有名的心脏外科专家!"

在董事局内部暗自较力,相互厮杀的时候,李冰茵能够推举文池来做心脏外科主任,这说明再希医院第二大股东李景天是站在自己一边的。想到这些,文皖成展露出欣慰的笑容。

02

  手术室里的白色聚光灯下,麻醉师将药剂推注进为苗苗的身体。苗苗渐渐地失去知觉,幼小的躯体静静躺在手术台上,等待着命运的再一次安排。
  就在大家猜测谁来顶替今天的主刀医生沈信惠的时候,沈信惠的身影却出现在众人惊诧的目光中。
  命运将生活的不幸强加给了沈信惠,毫不留情地将她的生活拆散得七零八落。但作为医生,沈信惠并没有因此推卸掉自己的职责。换上了蓝色手术服,戴上白色橡胶手套,沈信惠来到助理医生文池的面前。
  "文医生,昨天我失礼了,请你原谅!"
  "没事,希望您的爱人能早日康复。"文池赶紧回应道。
  "这次苗苗的手术也要感谢你和你的未婚妻。"
  文池笑了笑,"治病救人,我们医生应该做的。"
  尽管沈信惠的语气中只有同事之间的礼貌,但文池还是很高兴。他不奢望什么,他只希望沈信惠能够振作起来。

  手术开始,沈信惠从护士手中接过十号手术刀,娴熟地切开苗苗的胸腔。
  "胸腔内有积液,准备排液。"
  文池小心翼翼地将苗苗胸腔内的积液排出。
  沈信惠道:"放大镜。"
  护士迅速给沈信惠戴上微型放大镜。透过放大镜,沈信惠看到苗苗那颗幼小鲜红的心脏正在顽强地跳动,就连组织里的毛细血管都看得一清二楚。

第二卷
为爱人抉择生死

时间一分一秒地过去，手术室里紧张得只能听到的心脏监测仪发出的有节奏的滴滴声。心脏手术剪、心房侧壁钳、血管扩张器，一件件手术器具准确无误地递交到沈信惠的手里。

细小的汗珠密密麻麻地涌现在沈信惠的额头上。她扭过头，护士轻轻擦拭掉她额头上的汗水。就在沈信惠接过手术刀，准备扩大心脏切口的时候，一阵眩晕让她的身体微微晃动。

"小心，主动脉！"

沈信惠被文池的警告声惊醒，手中的手术刀在主动脉前猛地刹车，差一点造成切断主动脉的严重后果。沈信惠调整呼吸，努力让自己集中精力。

"沈医生，您没事吧？"文池紧张的目光落在沈信惠的脸上。

"谢谢你，文医生，我没事。"

手术继续进行。

突然"砰"的一声，沈信惠手中的血管钳掉在了地上。所有人抬起头，目光紧紧锁定沈信惠晃动的身体。沈信惠额头上豆大的汗珠已经润湿了蓝色的手术帽。在护士的帮助下，沈信惠拾起掉在地板上的血管钳。

文池说："沈医生，剩下的工作我来完成。"

"我没事。护士，血管钳。"

"沈医生！"文池的声音很严厉，"请您立刻停止手术。"

又是一阵眩晕，沈信惠清楚自己确实不能再继续手术了。她走下手术台，脱下手术服，交给护士，疲倦地走出手术室。

医生休息室。

沈信惠靠在沙发上，紧闭双眼，昏昏沉沉地进入睡眠状态。朦胧之中，似乎有人站到她面前。沈信惠努力地睁开双眼，出现的人正是文池。

"沈医生，手术很顺利。"

"谢谢你，文医生。"沈信惠有气无力地回答道。

"沈医生，我给您做个检查吧！"

这时，姜美娟走了进来，"沈医生，李副院长让您去他的办公室。"

"谢谢你美娟，我马上就去！"

沈信惠努力着让自己清醒，支撑起身体，离开了休息室。

沈信惠来到李亦晨的办公室。平时一向不苟言笑的李亦晨今天是格外的热情，还亲自给沈信惠沏了一杯浓茶。

"沈医生，你爱人的事情，我已经知道了！我会给你的爱人找最好的医生，请你放心！"

"多谢李副院长的关照！"

"事情已经发生了，我希望沈医生能振作起来，坚强地面对一切。"

"李副院长，谢谢您的关心，我会努力！"

"不是努力，是一定要振作起来！我已经向董事长推荐你为心脏外科主任，董事长很满意，应该很快就批下来。"

"非常感谢您的推荐。可是，李副院长，我现在……"

沈信惠的话还没说完便被李亦晨打断。

"沈医生，我了解你现在的心情。你现在不仅是医生，也是患者家属，比任何人更能理解患者和家属的心情。我希望沈医生能够承担起心脏外科主任的责任，救助更多的患者。"

顺利完成手术部分，文池在手术日记上签上自己的名字，离开了手术室。李冰茵在手术室外已经等候多时了。文池一现身，她便冲了上去。

"文池哥，辛苦了，手术一定很顺利吧！"

"前面关键的手术是沈信惠医生做的，我只是完成了最后一小部分。"文池谦虚地说道。

李冰茵并不在乎，"文池哥，我已经向文伯伯提名你为心脏外科主任。你技术这么好，一定能够胜任。"

"技术是为了救人，不是为了当主任。"

说完，文池转身赶往住院部。李冰茵本是期待文池对自己的感激，可迎来的却是他的冷漠。尽管讨了个无趣，李冰茵并不准备放弃，跟在文池身后也去了住院部。

病房里，一位三十四五岁的中年男性患者头上戴着生日皇冠，笑容满面地靠在

第二卷
为爱人抉择生死

床头。一位三十出头的女人和一个四岁大的小姑娘正围坐在床边。看见文池进来，女子赶紧起身。

"这位是昨天给您做手术的文池医生。"姜美娟给中年男子介绍道。

"文医生，谢谢您救了我的命！"

文池微微一笑，然后翻看起病历记录，"血压稳定，心率也恢复正常。以后避免连续熬夜加班，少吸烟，少喝酒！"

"一定，一定！"

"每小时给患者测量一次血压，有什么情况及时通知我。"嘱咐完护士，文池又摸了摸小女孩儿的头，"监督你爸爸，不能抽烟喝酒，不能加班！好不好？"

小女孩儿点点头。

文池和往常一样回到医生办公室，而他身后跟随的李冰茵却引起了不少男医生的注意。

在众多男性医生的目光中，李冰茵有意抬高嗓门提醒道："文池哥，你不准备正式给我介绍一下大家吗？"

几个青年男医生跟着起哄道："文池，不要吝啬，赶紧把美女医生介绍给大家！"

李冰茵就像万众瞩目的公主，得意扬扬地站在办公室的中央。

"这位是李冰茵医生，刚从美国回来，以后就在我们心脏外科工作。"

对于文池的轻描淡写，李冰茵并不满意，仰起头道："自我介绍一下，我叫李冰茵，文池的未婚妻，很快将成为再希医院心脏外科主任的未婚妻！对了，再希医院董事李景天是我的父亲。"

李冰茵的炫耀立刻引起了文池的厌恶。但他并没有立刻与她争执，而是小心翼翼地将目光从沈信惠的脸上扫过。沈信惠安静地坐在办公桌后，整理着患者病历，表情并没有多余的反应。

李冰茵还要继续说什么，却被文池拉出了办公室。

"你想干什么？"文池质问道。

"文池哥，你拉疼我了！"李冰茵的脸上扬起委屈的表情。

"我不是心脏外科的主任，你也不是我的未婚妻，这两点希望你明白！"

"文池哥，这两点好像你都做不了主。"

李冰茵趾高气扬的态度让文池无法忍受。他正要发火，姜美娟急匆匆跑了过来，

"文……文医生！4……403号床的患者突然出现昏厥，快不行了！"

文池瞪了李冰茵一眼，转身随姜美娟跑向电梯。

文池、李冰茵和姜美娟冲出电梯，来到抢救室门前。

刚才在住院部遇到的那位三十出头的女人扑倒文池面前，"文医生，你要救救我老公！"

小女孩儿站在女人身后，带着惊恐的目光看着面前的文池，刚才给爸爸庆祝生日时的笑容已荡然无存。

抢救室的病床上，患者面色苍白，不省人事，所有数据显示患者正走向死亡边缘。

文池吩咐："立刻为患者注射一剂量吗啡，静脉滴注硝化甘油。美娟，准备冠脉造影。"

准备就绪，文池和李冰茵坐在电脑显示器前。

"植入支架后，前降支血管恢复正常。但在回旋支中段形成血栓，远端无血流。患者需要立刻手术。"

就在医护人员准备将患者转移到手术室时，心脏监测仪突然发出刺耳的警告。

"患者心搏骤停！患者心搏骤停！"李冰茵大声喊叫道。

"准备电击复跳，准备电击复跳。"文池接过电极板，"充电第一次，200焦耳，准备，电击！"

李冰茵道："一次无效！"

"300焦耳，准备，电击！"

"二次无效！"

"360焦耳，准备，电击！"

今天之前，所有人都毋庸置疑心脏外科主任的继承者非沈信惠莫属。而李冰茵的一席话如惊涛骇浪，让整个心脏外科躁动起来。尽管文池也很优秀，但从资历、经验、技术等各方面来说都逊色于沈信惠，大家都在为沈信惠鸣不平。

金佳楠拉起办公椅上的沈信惠，直奔楼顶的天台。

"拉我到这儿来干吗？"

第二卷
为爱人抉择生死

"这个还用问吗？主任的位置被抢走了，你还沉得住气！"

沈信惠转过身，眺望远处的城市，沉默不语。

金佳楠更是着急，"喂，你说话啊，到底怎么想的？"

"我不在乎。"沈信惠低沉地回答道。

"我知道你心里装的都是老陈。可事情已经发生，无法改变。老陈的命运你无法掌控，自己的命运总不能自暴自弃吧！沈信惠同志，你应想想将来，下半生还长着呢！"

沈信惠转过身，"佳楠，我怀了老陈的孩子！"

这突如其来的消息让金佳楠大惊失色，"怀孕了？你……你准备怎么办？把孩子生下来？老陈很可能永远醒不过来。"

"不管老陈能不能醒过来，我都要把孩子生出来。"

"如果老陈醒不过来，你怎么办？你还要嫁男人。带个孩子，谁还会要你？我看你是疯了。"

沈信惠的脸上掠过一丝苦笑，"佳楠，谢谢你能替我着想！"

"我替你着想有什么用，你得自己为自己着想才行！既然决定要留下这孩子，主任的位置就更要争取。不仅是你的未来，也是孩子的未来。"

命运的列车似乎从未按照既定的路线行驶过，不加警告地突然转向，将人撞得遍体鳞伤，却又不肯停下，拖着鲜血淋漓的身体继续在命运的铁轨上飞奔。

沈信惠没有回答，沉默的目光再次触摸着远处模糊的城市。

患者心跳停止的那一刻，抢救室里一片寂静。文池将电极板递还给身边的护士，他尽了所有努力，最终无能为力。

接过死亡证明，文池在主治医生一栏里填上自己的名字。这样的时刻总会让他觉得是自己将死者驱离了这个世界，沮丧的情绪渗入他的每一个细胞。

将死亡证明交还给护士，文池对姜美娟说道："美娟，带我去见患者家属。"

女人的第六感总是那么准确无误，李冰茵已经感受到了患者离去给文池带来的悲伤。来到文池面前，她轻声说道："文池哥，我去吧！"

文池的目光中充满了对李冰茵的感谢，不过他还是坚持亲自面对死者的家属，这是一个医生的责任。

朴赫夫闯进办公室的时候，李亦晨正在审阅文件。看到自己的恩师怒发冲冠的架势，李亦晨赶紧恭恭敬敬地站起身，"教授，您请坐！"

朴赫夫板着脸，义正词严地说道："作为教授，我始终教育我的学生，做医生一定要有道德准线，要诚心正意，淑人君子。医生就是治病救人，任何违背道德准线的，都不配做医生。"

被痛批的李亦晨丈二和尚摸不着头，"教授，学生一直铭记您的教诲。"

"铭记？李副院长，您太谦虚了！"

"教授，不知学生做错了什么，请您明示。"

"在李副院长的大力推荐之下，文董事长的公子很快就会成为心脏外科的新主任！李副院长，我看，您很快就要成为院长了！"

李亦晨一惊，"教授，您是不是听错了？这种事情，学生是绝不会做的。教授，您一定是误会了。"

"最好是我误会。否则，教出这样的学生，我真是惭愧！"说完，朴赫夫愤然离去。

目送走朴赫夫，李亦晨坐回到办公椅上，拿起桌上的电话，"崔主任，请来我办公室一趟！"

没一会儿，崔正卿出现在李亦晨的办公室。

"李副院长，有什么急事吗？"

"崔主任，你有没有听说关于心脏外科主任的消息？"

崔主任犹豫了一下，说道："哦，这个，确实听说了一些传闻。"

"传闻？什么传闻？"李亦晨竖起耳朵。

"听说董事长的公子文池将会成为心脏外科的主任，不过我也是听说。"

"是谁说的？"

"好像是院董事李景天的千金李冰茵所说。"

李亦晨拍案而起，"这些有背景的，不用心做事情，整天想的都是名利和权术。医院交到这种人手里，岂不是害人性命！"

"我也是听传闻。是不是确有其事，这就不好说了。我想，这件事您还得和董事长多沟通，再希医院科室主任任命是有流程和规定的。"

崔主任的暗示让李亦晨又坐回到办公椅上。

第二卷
为爱人抉择生死

文池来到休息室门外。死者的妻子目光呆滞地坐在椅子上，小女孩儿静静地守在妈妈身边，紧紧抱着她的胳膊。

"文池哥，还是我去吧！"李冰茵担心地看着文池。

文池沉默片刻之后，还是走进休息室。

看到文池，死者的妻子立刻从椅子上站起来，目光中充满了期待。

"请原谅，没能把您的丈夫带回来。"文池歉意地说道。

死者的妻子"扑通"一声瘫倒在地，小女孩儿扑在妈妈身上失声痛哭。眼前的一幕将文池的心撕成无数碎片。

一位年轻护士来到文池面前，"文医生，李副院长让您马上去他的办公室。"

文池来到李亦晨的办公室，后者脸色铁青地坐在办公桌后。

"李副院长，您找我？"文池尊敬地说道。

"文医生，你父亲是再希医院的董事长。但在我这里，你只是名医生，和其他医生一样，责任只有一个，救死扶伤。"

李亦晨的态度让文池十分困惑，正要询问，却被李亦晨打断。

"想做心脏外科主任，要靠自己的能力，而不是靠家世。想通过权势上位，在我这里行不通。有术无德，不配做一名医生。"

03

在回办公室的路上，文池撞见迎面而来的李冰茵。

"文池哥，文池哥……"

文池没有理会李冰茵，径直从她的身边走过。

李冰茵加快脚步追上文池，"文池哥，李副院长找你干什么？"

文池突然停住脚步，冷冰冰地警告李冰茵："以后不准你再到我父亲那里提主任的事情！"

说完，文池转头离去。

夜幕来袭，文家的别墅里灯火辉煌。

文母下了楼，来到客厅，"陈姐，陈姐……"

陈姐跑进客厅，"夫人，您找我？"

"文池呢？"

"文池医生在楼上。"

"冰茵和文池在一起？"

"李医生在厨房。"

"厨房？"文母眉头一紧。

文母来到厨房，看到李冰茵正聚精会神地切一颗青椒。

她来到李冰茵身边，"冰茵啊，晚餐让阿姨做就可以了。你工作一天，到客厅里休息，陪伯母说说话！"

"伯母，我给文池哥做他最爱吃的沙拉，一会儿就去陪您说话。"

文母笑容满面地点点头，对这个未来儿媳妇十分满意。

李冰茵尝了尝调好的色拉酱，得意地说道，"陈姐，晚饭

第二卷
为爱人抉择生死

的时候,把沙拉放在靠近文池哥的位置。这是他最喜欢的味道。"

从厨房出来,李冰茵特意给文母沏了茶。茶香渗入文母体内的每一个细胞,这让她更是铁定了心要把这媳妇儿娶到家。

品过茶之后,文母却发现这个让她心满意足的未来儿媳闷闷不乐地坐在沙发一角。

"冰茵啊,你怎么了?"

李冰茵长叹了口气,"医院的事情还是不说的好。"

"什么话!伯母也是医院的董事之一,有什么委屈,就和伯母说。"

"文池哥的医术很好!"

文母点点头,"那当然了!我们文池啊,在心脏外科那可是最年轻的专家。"

"伯母,我觉得文池哥的能力绝对能够胜任心脏外科主任。"

文母再次得意地点点头,"那当然了!"

"可是那个李副院长对文池哥的成见很深!"

这话瞬间驱走了文母脸上的笑容,"我知道这个人,年纪轻轻就坐到了副院长的位置。人的仕途要是太顺,目中就会无人,觉得天下都是他的。"

李冰茵挽住文母的手臂,"伯母,就是因为这个李副院长,文池哥的能力被埋没了。"

微笑再次出现在文母的脸上,"冰茵啊,你真的想让文池成为心脏外科的主任?"

"当然啦!"

文母拍着李冰茵的手,"好,这件事情包在伯母身上。明天,我就去找那个李副院长。"

喜悦再次跳到李冰茵的脸上,她起身给文母的茶杯蓄满茶水。清新的茶香再次充斥着豪华明亮的客厅。

天空早已被夜暗涂得漆黑。老陈的病房里,心脏监测仪发出有节奏的嘀嗒声。沈信惠坐在他身边,紧紧握着爱人的双手,静静感觉着他的体温。

"老陈!昨天,我在家看到你了,你就坐在我面前。我说,老陈,让我摸摸你的脸吧?你坐在那儿,不说话,傻笑。我伸手,你不见了。我哭了,你又来了,还是在那儿傻笑。我很想再摸摸你的脸,可我不敢!我说,老陈,你该刮胡子了,头发也该剪了,我看到你哭了……老陈,你知道吗?我想你了!"

就在泪水沿着沈信惠的面颊流淌而下的时候，一名年轻的护士出现在病房里。

"沈医生，探视时间已经过了。"护士提醒道。

"谢谢你。"

护士并没有急着赶走沈信惠，转身离开了病房。

沈信惠站起身，手指轻轻划过老陈的脸庞，"老陈，我回家了！你就留在这儿，别跟着我好吗？我想一个人难过。"

沈信惠不舍地放开老陈的双手，恋恋不舍地消失在病房外。

清晨，和煦的阳光散落在再希医院的楼体上。带领全体心脏外科医生在住院部出完晨检之后，李亦晨回到办公室。

见李亦晨回来，助理赶紧起身，紧张地提醒道："李副院长，董事长夫人在办公室等您呢！"

李亦晨脸色依旧平静，"好，我知道了！"

文母面沉似水，坐在沙发上。

李亦晨走上前去，有礼貌地说道："早，夫人！找我有什么事情吗？"

文母抬起头，不冷不热地说道："李副院长，我是个开门见山的人。说话从来不掖着藏着，所以请不要见怪。"

文母说话很直白，而这种类型的直白大多都起源于对对方的不屑。在她眼里，副院长根本算不上什么重要人物，充其量也是个为她打工的高级白领，根本用不着客气。

对于文母的态度，李亦晨也没有做过多的反应。第一，面前这位毕竟是董事长的夫人；第二，开门见山的方式说话也好，简单明了。

李亦晨心平气和地回应道："夫人，我和您一样，也是个开门见山的性格。有什么话说得不中听，也请您原谅！"

"那好，我就直说了。"

"您请说。"

"李副院长，我听说您对我们家文池成见很深。"

"夫人，医生就是医生，我不知道医生该属于谁家。至于医生的出身、家庭背景，这些和治病救人的职责没有任何关系。"

这话让文母不免一笑，"李副院长，你说得也太过冠冕堂皇了。你不在乎医生的

第二卷
为爱人抉择生死

出身，全部一视同仁？可我怎么觉得，就是因为文池的出身，所以你才对他有成见。李副院长，你不是仇富吧？"

"夫人，我觉得人只有精神上的富有和贫穷。至于精神以外的世界，我个人认为只有愚蠢和智慧之分。"

"李副院长，你太无理了！"

"夫人，我只是就事论事，没有别的意思！话说得不对，请您原谅。"

文母忍了又忍，"李副院长，我们家文池没有资格做心脏外科主任吗？"

"我是医院的副院长，管理的是再希医院的外科部，每一个决定都要对患者负责，对医院负责！如果因为某些特别关系，违背了我作为一名副院长的职责，我只能说，对不起，这件事不行！"

"李副院长，如果因为文池是董事长的儿子，所以不能担任心脏外科主任，这种心态可不健康，更违背了你所说的公平原则。"

"夫人，如果您不是董事长的夫人，您不会有机会站在我的办公室里，执意让文池坐上主任的位置。您觉得您现在的行为，对其他医生公平吗？"

"李副院长，你不要得寸进尺！"文母嘶吼道。

就在办公室里的气氛相当紧张的时候，助理慌慌张张地闯了进来。

"有什么事情？"李亦晨问道。

助理看了一眼怒气满面的文母，没敢往下说。

文母立刻板起脸，"李副院长，医院里还有什么不可告人的事情吗？"

李亦晨微微一笑，"当然没有！"接着，他又转向助理，"有什么事情，你说吧！"

"来了两名律师。"

李副院长一愣，"律师？律师来医院干什么？"

"是来送律师函的！"

文母惊呼："律师函？他们要起诉再希医院？"

"好像是起诉心脏外科的沈信惠医生！"助理小心翼翼地回答道。

听到这个消息，文母立刻步步紧逼，"李副院长，希望这位沈医生的事情不要牵扯到再希医院。否则，您难辞其咎！"

再希医院心脏外科的接待室里，坐着两名西装革履，戴着金丝眼镜的律师。看到李亦晨随着助理走了进来，两名律师站起身。

"这是我们再希医院主管外科的李副院长。"助理介绍道。

律师道："您好，李副院长。"

"二位请坐！"

律师和李亦晨坐到沙发上。

"二位到我们再希医院有何贵干？"李亦晨问道。

"我们是代表公司来找贵院的沈信惠医生。"年龄稍大的律师回答说。

"沈医生在哪里？"李亦晨回身问助理。

"沈医生正在给患者做手术。"

李亦晨转回身，"恕我冒昧，请问二位律师找沈医生有什么事情吗？"

两位律师相互看了一眼，年龄稍大的律师再次说道："这个……我们需要见到当事人。请李副院长见谅！"

作为医生，眼睁睁看着患者失去生命，而自己却无能为力，这对文池的打击很大。手术台前，他显得有些精神恍惚，一不留神，止血钳从他的手中突然脱落，鲜血如泉水一样涌入患者的胸腔。

"患者血压迅速下降！患者血压迅速下降！"护士急促地大声喊道。

手术室里的空气一下子凝固在一起。沈信惠迅速将手伸进患者的胸腔深处，摸索着脱落的血管儿。她用手指小心翼翼地夹起失落的血管，接着从护士手中接过止血钳，迅速将血管牢牢地固定住。

患者的血压随即开始渐渐回升，体征监测仪终于停止了嘶叫。

护士道："100/70！"

"文医生，请将患者胸腔内的积血清理干净。"沈信惠说道。

文池没有任何反应。

"文医生！"

沈信惠一声厉喝，文池才从恍惚中惊醒。

"文医生，请你清理患者胸腔内的积血。"

……

一切回复正常，手术继续进行。

"医生的责任是竭尽所能挽救生命。但医生不是上帝，也有无能为力的时候！"沈信惠边手术，边对文池说道，"尽到一名医生的责任，全力帮助患者，不违背医生

第二卷
为爱人抉择生死

的道德和良知,这是我们唯一能做的!"

"谢谢您,沈医生。"

沈信惠微微一笑,"现在要做的就是认真做好每一台手术。"

从护士手中接过高频电刀,沈信惠集中全部注意力,为患者修补破损的血管。文池目不转睛地注视着沈信惠。他爱上的不仅是美丽的面容,更是这位女医生面对生活的坚强。

就在文池和沈信惠为患者手术的同时,文母和李冰茵正坐在再希医院的咖啡厅里。

"伯母,真是辛苦您了,还要亲自跑来!"

"为了你和文池,我愿意做任何事情!"

李冰茵给文母倒上茶水,"伯母,李副院长哪儿……"

听到"李副院长"四个字,文母的脸色立刻阴沉下去。她放下手中的茶杯,"这个李副院长满口冠冕堂皇的仁义道德,在他眼里,富人家的儿女都是纨绔子弟,典型的仇富心态。"

"伯母,您别生气,气大伤身。"李冰茵赶紧解劝。

文母平复了一下心情,"冰茵啊,你认识一个叫沈信惠的医生吗?"

"认识。您怎么突然问起她来?"

"早上我在李副院长办公室,突然有两个律师来找这个叫沈信惠的医生,听说是要起诉她!"

"李副院长就是推荐沈信惠来做心脏外科主任。"

"律师函都送到医院来了,还推荐这种人做主任?都说李副院长是个大公无私的人,我看他就是利用职权安插自己的亲信,结党营私。再希医院要是被这些人把持,名声就被毁了。"

"伯母,您不用动气。如果那个沈信惠医生真的做了损害医院名誉的事情,那我们只能请她离开。至于李副院长,作为医院的管理人员,更是难辞其咎,他必须向院董事会有个交代。到那时,再按照医院的规章制度处理就好了!"

文母看着未来的儿媳妇,"冰茵啊,李副院长推荐这个沈医生的事情,你怎么不早告诉伯母?"

"伯母,我是怕有人在背后说三道四,影响文池哥!"

"冰茵啊！你对我们家文池的这份儿心，伯母替他心领了。你得替伯母多开导开导这个傻小子。他从小就忠厚，除了做医生，脑子里什么都不想。以后有什么事情，一定要告诉伯母。伯母才能帮你们啊！"

"伯母，您放心，我会尽全力帮助文池哥！我相信文池哥有做心脏外科主任的实力。"

手术终于结束，沈信惠和文池并肩走出手术室。

"沈医生，对不起。因为我，差点造成事故。"文池突然说道。

沈信惠微微一笑，"文医生，我理解！你是一名优秀的医生，所以千万不要失去自信！"

"谢谢您，沈医生！有件事情，我必须要和您解释。"

"你说。"

"竞聘主任的事情，其实我……"

姜美娟突然气喘吁吁地跑到两人面前，打断了文池。

"沈医生，沈医生，李副院长请您到接待室去一趟，现在就去。"

"对不起，文医生。有事，我先走了！"说完，沈信惠转身去了接待室。

文池一把拉住姜美娟，"什么事儿这么急？"

"来了两位律师，说是给沈医生送律师函的。"

"什么律师函？"

"这个我也不清楚。"

注视着沈信惠远去的背影，文池内心又平添了一份不安。

第二卷
为爱人抉择生死

04

文池魂不守舍地坐在实验室外的椅子上,脑袋里不停地猜想着为什么会有人起诉沈信惠。一位年轻的实验室女医生走出实验室,将一份检测报告递到文池的面前。文池失神地坐在原地,没有任何反应。

"文医生!文医生!您要的检测报告。"

文池猛地站起身,"谢谢你!报告先放您这儿,我一会儿取!"

文池离开实验室,直奔接待室而去。

此刻的接待室里,李亦晨已经怒不可遏。

"你们这是落井下石,太过分了!"他对两名律师嘶吼道。

"房子是抵押物,我们只是按照合同办事!"年轻一点的律师毫不客气地回应道。

"合同?有了合同,你们就可以不要人性了吗?你们也太狠了吧!"

年纪稍长的律师带着无奈的表情,"李副院长,您别激动。我知道这件事给沈医生添了不少麻烦!不过,我们是律师,也只能按照客户公司的要求,走相关的法律程序。还请您谅解!"

"谅解?你们已经无情到这种地步,怎么能让人谅解?"李亦晨大声喊道,"张助理!张助理!"

助理赶紧跑进接待室。

"送客!"李亦晨断然说道。

助理站到两位律师面前,"二位,请吧!"

两名律师留下律师函,离开了再希医院。接待室里,只剩下李亦晨和沈信惠两人。

李亦晨坐在沙发上,余怒未散,"一群见利忘义之徒。金钱面前,连人性都可以不要。无耻,无耻到了极点。"

沈信惠并没有作声,李亦晨意识到自己的情绪有些过于激动。他平复了一下心情,问道:"沈医生,你打算怎么办?"

"既然他们提交到法庭,那就让法庭来决定吧!"沈信惠的语气似乎已经接受了现实,毫无反抗之力。

李亦晨叹了口气,"也只能这样了!不过沈医生你不用担心,我会找几个很有名望的律师,一定帮你打赢这场官司。"

沈信惠站起身,"李副院长,非常感谢您的关照!"

李亦晨也站起身,"沈医生,这个时候,你就不用客气了!回去安心工作,其他的事情我来帮你处理就好。"

文池下了电梯,急不可待地奔向接待室。就在这时,手机响了,是母亲打来的,要他立刻到咖啡厅见面。母命难为,文池只好改道去了咖啡厅。

看到文池走进咖啡厅,李冰茵兴奋地挥动着手臂,"文池哥!文池哥!"

文池站到母亲面前,"妈,您怎么来了?"

"怎么,我就不能来了?我也是再希医院的董事。"

李冰茵微笑,"文池哥,你坐啊!"

文母端起茶杯,品了一口,然后放下杯子,对文池说道:"我今天来,主要是为你做心脏外科主任的事情。"

文池心里清楚,这事儿肯定是李冰茵挑起来的。他不由自主地瞪了李冰茵一眼。后者并不在意,脸上反倒透出胜利者的笑容。

文母苦口婆心地对儿子说道:"文池,你不能只看到眼前,也该为自己的事业想一想。不要一介绍就是董事长的儿子,你要成为医学界最年轻的心脏外科主任,给妈长长脸。"

"妈,我对主任这个位置不感兴趣。"

第二卷
为爱人抉择生死

"兴趣？这个不是你有没有兴趣的问题！这是关系到我们文家脸面的问题。"文母一脸严肃。

文池有些无奈，"妈，请您不要插手医院的事情，主任的选拔是有规定和流程的。"

"你年纪轻轻，懂什么？什么规定和流程？都是那些心怀不轨的人拿来为自己谋私利的借口。我们再希医院有这样的人存在，我这个做董事的就不能不管。"

"我不同意您的观点。如果都不按规则办事，完全靠权力，这个社会就没有了公平！"

"公平？"

文母正要发作，扩音器里传来一阵急迫的呼叫声："心脏外科的值班医生，速到抢救室！心脏外科的值班医生，速到抢救室！"

文母收起对儿子的火气，"还坐在这儿干什么？还不赶紧去！"

文池赶紧从椅子上起身，和母亲道别，风一般冲出咖啡厅。

李冰茵也站起身，"伯母，我也去看看！"

"去吧，救人要紧！"

沈信惠第一个出现在抢救室。

姜美娟立刻汇报道："患者史玉柱，男，37岁，半个小时前出现恶心呕吐，心前区不适，四肢麻木，并伴有严重的头痛。"

沈信惠问："患者血压是多少？"

"210/150。"

"心电图。"

姜美娟迅速将心电图递给沈信惠。

"V3到V6导联ST段抬高，立刻给患者静脉注射乌拉地尔降压。"

按照沈信惠的指示，姜美娟小心翼翼地将细长的针头刺入患者的静脉血管。随着药物被推注进患者体内，患者血压开始回落。

就在沈信惠准备采取下一步治疗的时候，心脏监测仪突然发出患者心搏骤停的警报声。

"准备电击复率！准备电击复率！"

姜美娟以最快的速度将准备好的体外除颤仪交给沈信惠。

"200焦耳，准备，电击……300焦耳，准备，电击……350焦耳，准备，电击。"

在巨大电流的作用下，患者的身体一次又一次地剧烈颤抖，但停止运动的心脏依旧没有复跳的迹象。

沈信惠将体外除颤仪交还给姜美娟，双手顶在患者的胸口，不断地用力按压。

一次、两次、三次……在沈信惠不懈的努力下，心脏监测仪上的光点终于跳动起来。在场的医护人员终于松了一口气。

沈信惠擦了一把额头上的汗水，"美娟，准备给患者做冠脉造影。"

姜美娟正要去准备造影设备，身边的沈信惠突然栽倒在地板上，人事不省。这时，文池和李冰茵出现在抢救室，气氛再次紧张起来。

文池冲到沈信惠身边，"沈医生！沈医生！"

地板上的沈信惠毫无反应。

"文医生，送沈医生去病房吧！"姜美娟提醒道。

文池抱起沈信惠，正要离开，却被身后的李冰茵拦下。

"文池哥，你哪儿都不能去！"

文池根本不理会李冰茵，抱着昏迷不醒的沈信惠与李冰茵擦肩而过。

"文医生，这里还有患者，需要你去挽救生命！"李冰茵厉声喊道。

抢救室里一下子安静了，所有的目光注视着文池。此时，文池也停下慌乱的脚步。

李冰茵道："文医生，病床上还有一位没有脱离危险的患者。"

姜美娟来到文池面前，"文医生，我送沈医生吧！"

文池小心翼翼地将沈信惠放在移动病床上，姜美娟和另一位护士将她推出了抢救室。

文池转过身，看着李冰茵，"李医生，立刻准备给患者做冠脉造影。"

文母来到再希医院的董事长办公室。

"夫人，您好！"秘书恭敬地问候道。

文母友善地问道："董事长在吗？"

"董事长正在开会，应该很快就结束了。"

"好，那我进去等！"

董事长办公室对别人而言充满了权威的压迫感，但对文母来说和自己的书房没

第二卷
为爱人抉择生死

什么区别。她信步走进办公室，一屁股坐在沙发上。

很快，秘书端来茶水，放在茶几上，"夫人，有事您叫我！"

"谢谢你！有需要我会叫你的。"

秘书退出办公室。文母边喝茶，边拿起茶几上的报纸。

再希医院的走廊里，响起一阵急促的脚步声。平时一向稳重的办公室主任崔正卿此时却慌慌张张地直奔李亦晨的办公室，也没有敲门，直接推门而入。

看着急三火四的崔正卿，李亦晨玩笑地问道："什么事儿把我们崔主任急成这样儿？"

崔正卿没心情开玩笑，"李副院长，心脏外科出大事了！"

会议结束，文皖成回到办公室，笑呵呵走到妻子面前。

"你今天怎么突然想起来医院了？"文皖成问道。

文母放下手里的报纸，"我是董事，难道就不能来视察一下工作吗？"

文皖成将她的茶杯注满茶水，"视察工作，当然欢迎！不过，不会只是视察工作这么简单吧？"

文母看着自己的丈夫，"我今天来，确实是有件重要的事情要和你商量！"

"有什么事情不能在家说，非要跑到医院里来？"

"工作上的事情，当然要在这里谈。"

"你什么时候开始关心起医院的事情了？"

"当然是咱们的儿子！"

"这小子又怎么招惹你啦？"

"我来找你，是想和你商量商量咱们儿子做心脏外科主任的事情。"

"这件事，你还是不要插手！医院有医院的流程和规章制度，不能因为是我的儿子，就可以凌驾于规章制度之上。"

文母对丈夫的话不屑一顾，"我是医院的董事。按照规章制度，我有权提名科室主任的候选人。"

"你以为把儿子按在主任的位置上，这事儿就算完了？我告诉你，你今天宣布文池做心脏外科主任，明天就有一大堆医生跑到我这里来请辞！到时候，我这个董事长也得请辞了。我们做的是企业，不是家族作坊。"

"我儿子有能力,为什么不能做主任?难道就是因为他是董事长的儿子?再希医院的用人原则不是以能力为标准吗?"

"没有你想象得那么简单。我们是股份制,还有董事局的监管。要想成为主任,除了提名,还要经过医院董事局的投票,票数过半才行,这不是我一句话能解决的问题。"

"按照你说的,如果我儿子能够通过选举这一关,就是名正言顺了?"

文皖成点点头,"我不反对文池做心脏外科的主任,但必须名正言顺,别让人抓住把柄。"

文母冷冷一笑,"那就好!我儿子一定会名正言顺成为心脏外科主任。到时候,看谁敢说三道四!"

一阵急促的敲门声突然响起。

"进来!"文皖成说道。

秘书推门走了进来,"董事长,李副院长要见您!"

还没等文皖成说话,文母从沙发上起身,"好,来得好!我正要找这位李副院长呢!他不请自到,让他进来。"

秘书的目光落在文皖成身上。

文母的气势汹汹让文皖成有些无奈。他摆了摆手,对秘书说道:"请李副院长进来吧!"

李亦晨疾步走进董事长办公室。

文皖成立刻面带笑容,"李副院长,找我有什么事情吗?"

"是关于文池文医生的事情。"

"李副院长,没想到你还会跑到董事长这里来告状!"文母突然说道,"不过,你来得正好,我有件事正要问你。"

文母兴师问罪的态度让文皖成有些尴尬,但李亦晨对文母的挑衅并不错愕。

他平静地回答:"夫人,您请问。"

"听说,你推荐的心脏外科主任的候选人叫沈信惠。"

"是,是叫沈信惠!"

"如果我没记错的话,今天早上收到律师函的那个医生也叫沈信惠!"

"您的记忆力很好!"

文母冷笑,"我的记忆力当然很好!我想问问李副院长,一个被起诉的医生,影

第二卷
为爱人抉择生死

响我们再希医院名誉的医生，怎么还有资格成为心脏外科主任的候选人？李副院长您不会是徇私情吧？"

"沈信惠医生的事情和我们医院毫无关系，请夫人您放心！"李亦晨沉稳地回答道。

"不管和医院有没有联系。医生被起诉，总是会对医院有影响。不是吗，李副院长？"文母不依不饶。

"这件事您不用担心，对沈信惠医生的起诉不会影响到我们再希医院的名誉！"

"呦，李副院长这么有自信！那我倒想听听，什么样的起诉会对我们再希医院没有任何影响。"

"对不起，夫人！这是沈信惠医生的私事，未经沈信惠医生的同意，我恐怕不能告诉您！"

李亦晨的回答没留一点情面，文母顿时火冒三丈，"李副院长，你……你这是搞裙带关系。"

李亦晨并没有和文母继续争执下去，"夫人，我强烈建议您还是抽时间关心一下文池医生。他的事情更有可能影响我们再希医院的声誉！"

七彩的阳光透过玻璃，纷纷扬扬地涌进沈信惠的病房。白色的屋顶、白色的墙壁、白色的床单，一切似乎都在发光，整间屋子一下子亮了起来。

病床上，沈信惠却依然昏迷不醒。

"沈医生怎么样了？"姜美娟焦急地问道。

金佳楠收起听诊器，"血压还是很低。"

"会有危险吗？"

"不会有生命危险。不过……"说到这儿，金佳楠停了，"美娟，每隔十五分钟给沈医生量一次血压。一个小时之内，沈医生的血压如果还没有恢复正常，你要及时通知我。"

"我记住了，金医生。"姜美娟回答道。

就在两人说话的时候，沈信惠缓缓地睁开双眼，"美娟，抢救室的患者怎么样了？"

"已经脱离生命危险，送去重症监护室了。文医生说，还需要继续观察。"

金佳楠无奈地看着沈信惠，"你现在就别惦记患者了，先把自己养好。"

"我没事儿。低血压，老毛病！"

"你现在这种状况，必须做个全面检查。"

"没那么严重！"

金佳楠不再征求沈信惠的意见，直接对姜美娟说道："美娟，麻烦你准备给沈医生做个全面检查。哦，对了，包括孕检。"

姜美娟一脸欣喜，"沈医生，您要做妈妈了！那我恭喜您了。"

沈信惠笑了。

"还没做孕检呢，你怎么知道就有了？"金佳楠质问道。

姜美娟被问得有点儿晕头转向，"没怀孕？没怀孕为什么要做孕检？"

"以防万一！别问那么多，赶紧准备给沈医生做检查。"

姜美娟被金佳楠轰出了病房。

沈信惠不解道："怀孕就是怀孕，你怎么还骗她？"

"血压过低，你休克了这么长时间。我担心……"说到这里，金佳楠停顿了片刻，"我觉得，还是先别声张的好！"

"佳楠，谢谢你！"

"你就不用和我客气了！一会儿，我带你去做检查。我听有人传闻，早上有律师给你送律师函。咱们医院胡说八道的人可真够多的。"

沈信惠苦苦一笑，"这件事情不是传闻！"

金佳楠吃了一惊，"真有人起诉你？你平时除了医院，就是回家，我真想不出你这个宅女能招惹谁？"

重症监护室里，文池又为患者做了一次检查。一切正常后，文池和李冰茵并肩走出ICU。

文池诚挚地对李冰茵说道："冰茵，谢谢你的提醒，我应该履行一名医生的职责。"

李冰茵有点小得意，撒娇地说道："文池哥，作为你的未婚妻，这是我应该做的。"

"冰茵！我们的感情已经是过去时了，我希望我们还是很好的朋友。"

"文池哥，你还在怪我吗？以前是我不懂事，伤了你，我道歉还不成吗？"

李冰茵的诚恳，文池能感觉到。不过，爱情就如不能回头的列车，错过了站，

第二卷
为爱人抉择生死

恐怕剩下的只有遗憾。

"冰茵,爱情不是'对不起'三个字能够找回来的。"

"文池哥,我相信我们一定会找回来的。"

李冰茵话音刚落,一名小护士跟跟跄跄地跑到两人面前。

"文医生……董……董事长让您去他办公室!现……现在就去!立刻就去!"

文池走进父亲文皖成的办公室。父亲、母亲和李亦晨都在,每个人的脸上都挂着焦虑与不安,气氛压抑得让人胸闷。

文皖成板着脸说道:"李副院长,这件事还是你来说吧!"

"这是一名患者的死亡证明书,下面有你的签字。"李亦晨将一份文件递给文池。

文池看了一眼,"我是主治医生,是我签的字。"

"患者家属质疑是手术不当,造成患者心脏受损,导致死亡,他们已经提出审查患者的整个治疗过程和手术过程。"

"当时,患者前降支血管近段全部堵塞。为消除血栓,采取了闭塞处植入支架的方法来疏通阻塞的血管。"

无论文池怎样解释,每个人脸上依然布满焦虑。

·十·号·手·术·刀·

◎ 第三卷　手术后沦为被告

01

再希医院董事长办公室,气氛紧张压抑,就连呼吸声都犹如火车轰鸣般刺耳。文母走到文池身边,紧紧握起儿子的双手。

"妈相信你,这绝不是医疗事故。"接着,文母又转向李亦晨,"李副院长,有句古话'养兵千日,用兵一时'。这个时刻,你应该站出来为再希医院洗清名誉,绝不能让他们随意毁了医院的声望。"

文母的语气如同长官下达命令,毫无商量,必须执行。相比之下,董事长文皖成的态度婉转了许多。

"李副院长,你是主管外科的院长,我想听听你的意见。"

李亦晨将目光落在文池身上,"文医生,现在只有一种解决方法。你要将整个手术过程清清楚楚地写一个报告,不能隐瞒一丝一毫的细节。"

文池点头同意,文母却勃然大怒。

"李副院长,你这叫什么解决办法?你这不是把文池和再希医院往火坑里推嘛!"

"夫人,您的意思是,这就是一起医疗事故了?"李亦晨反问道。

"我当然不是这个意思!一份报告解决不了问题,不论责任在谁,都要保住再希医院的声誉,不能一味地把责任推给院方。想办法把患者的家属搞定,不要闹下去,这才是你李副院长要做的事情!"

李亦晨表示:"对于再希医院的声誉来说,应该以诚信为

第三卷
手术后沦为被告

本；对于一名医生的声誉来说，更应该以诚信为本。"

文母话锋一转："李副院长，您一定没有子女吧？"

"我还没结婚！"

"等你有了子女，你就会明白，儿女就是父母的一切。为了保护自己的儿女，做父母的可以抛舍一切。金钱、名誉，甚至牺牲自己的生命，只要儿女平安，做父母的什么都不在乎。"

"好了，好了！大家都是关心文池和再希医院。人家死了人，要求调查，也符合情理。今天就先到这儿，大家回去再想想。"文皖成特意走到李亦晨面前，拍着他的肩膀，"这件事还要好好斟酌，再希医院的声誉不能丢啊！"

众人离去，空旷的办公室里只剩下文皖成一个人。他坐在办公椅上，焦虑的目光紧紧落在对面的墙壁上。那墙上挂满了各种获奖、证书和照片，记录了他大半生的荣誉和骄傲。

文皖成用了几十年的心血才换来再希医院的今天，而这件损害医院名誉的事情偏偏发生在自己儿子身上。是舍弃医院的名誉，保住儿子？还是为维护医院，断送儿子的医生前途？难！舍弃哪一个，文皖成都不忍心。思前想后，他还是决定亲自去找李亦晨。不过，他并没有去对方的办公室，而是打电话约他共进晚餐。

文皖成把吃饭地点定在这座城市最豪华、最奢侈的餐厅。通常，他只在这里宴请那些能够决定医院前途的权势人物，副院长的职位根本够不上级别。但这次，文皖成破例了。

"亦晨，你坐，你坐！"文皖成非常热情。

"董事长，您先坐。"李副院长赶紧说道。

两人先后入座，服务生端上酒水。

"这次，我是特意给你道歉的。我太太有些激动，希望你能原谅。"说完，亲手给李亦晨倒上一杯酒。

文皖成如此示好，让年轻的李亦晨有些受宠若惊。他赶紧站起身，"董事长，您说得严重了。夫人也是爱子心切，遇到这样的事情，激动是难免的。我理解！我理解！"

"你坐，你坐！"文皖成依旧相当客气，"亦晨，我敬佩你的胸怀，来我们喝一杯。"

将杯里的酒饮尽，文皖成继续说道："我比你大十几岁，对家庭的认知要深一些。我就这么一个儿子。说实话，出了这样的事情，我也是措手不及！希望你能够体谅啊！"

"当然！当然！"

"你主管外科，犬子的事情还得拜托你呀！"

"董事长，非常感谢您的信任。上医学院的第一天，我就告诫自己，一定要对得起患者的信任和自己的良心。所以，如果您让我来处理这件事情，我恐怕只能秉公办事。"

文皖成微微一笑，"亦晨，你误会我的意思了。我把这件事交给你处理，就是因为只有你才能查清楚事情的真相。如果真是医疗事故，文池就该承担起他该承担的责任。"

"董事长，您能这么想，真是让人敬佩。"

"都是为了再希医院，为了维护医生的荣誉。不过，我有个小小的请求，不知道你能不能答应？"

"只要能秉公办事，您的要求我一定答应。"

"亦晨，调查报告公开宣布之前，能不能先让我看一看？"

"董事长，这个恐怕……"

"亦晨，请不要多虑。我只是想，如果一旦调查结果是文池的责任，我们全家提前有个心理准备！你也知道，我太太心脏不是太好。"文皖成又给李亦晨满了杯酒，"当然，这件事我不会为难李副院长，一切都由你决定。"

虽然深陷医疗纠纷，但文池担心的还是沈信惠的病情。工作一结束，他便急着跑去住院部。

沈信惠的病房越来越近，文池的脚步却越来越犹豫。他在脑子里翻了好半天，也没翻出一个听上去合情合理，不会让沈信惠察觉自己爱意的探视缘由。看来，想在心中藏住爱情，是个十分艰难的事情。

病房门外，文池越来越厌恶起自己的优柔寡断。最后，他终于下定决心，鼓足勇气，推门走进沈信惠的病房。

病房里空荡荡的，看不到沈信惠的身影，也不见护士。他正要闪身离开，正好撞见进来的金佳楠。

"文医生？下班了，你怎么还不回家？"

第三卷
手术后沦为被告

"我……"

金佳楠的问题让本就心慌的文池更是不知所措，他总不能说，"我想陪着沈信惠，因为我担心她。"

"我今晚值班！"文池顺口找了个借口。

金佳楠笑了，"今晚的值班医生就在你面前，是我，不是你！"

文池的脸腾地一下红了，"那……那是我看错值班表了。"

"那你就早点儿回家吧！"

幸好金佳楠没深究，文池慌乱的心脏终于落回心窝。他假装随意道："沈医生怎么样了？"

"下午做了全面检查，报告刚出来，情况喜忧参半。"金佳楠一笑，"不过，没有太大问题，休息休息应该没事儿！"

"做孕检了吗？"文池赶紧追问。

金佳楠微微一愣，"你的意思是？"

"沈医生第一次晕倒，我给她做过检查，她在妊娠期。她有严重的低血压，我担心对胎儿有影响。所以，孕检是必须要做的。"

"既然文医生已经知道了，那……"说到这儿，金佳楠没再说下去，而是将沈信惠的身体检查报告递给了文池。

傍晚，文家的别墅空旷冷清，巨大的水晶吊灯孤独地悬挂在屋顶，放射出刺眼的光芒。

楼梯上响起一阵犹豫的脚步，让整座房间显得更加凄凉。文母出现在客厅，看上去焦虑而又沮丧。

"陈姐！陈姐！"她大声喊道。

陈姐慌慌张张从厨房跑了出来，"夫人，您有什么吩咐？"

"董事长和文池还没回来？"

"都还没回来。"陈姐恭敬地回道，"夫人，晚餐您是等董事长和文池回来一起用，还是不等了？"

"冰茵呢？"

"李医生在房间。"

"你去叫冰茵下来。"

陈姐转身上楼。没一会儿，李冰茵也出现在客厅，空旷的客厅算是有了一些人气。看到未来的儿媳妇，文母脸上算是露出一丝安慰。

"陈姐啊，你去准备晚餐吧！我们不等了。"

陈姐转身走了，客厅里只剩下文母和李冰茵两人。文母心事重重地坐在沙发上，李冰茵倒上茶水。

"伯母，您身体不舒服吗？"

文母叹了口气，将李冰茵递过来的茶水放回到茶几上。

"出什么事情了吗？"

"冰茵啊！有件事情早晚你是要知道的，我也就不瞒你了。"文母牵过李冰茵的手，握在自己的手心里，"文池的一个患者死了。"

"伯母，这事儿我知道，当时我就和文池哥在一起。患者去世也是很正常的事，特别是心脏外科的急诊，都是命悬一线的患者。医生也只能尽全力挽救，遗憾在所难免。您也别太担心！"

文母拍着李冰茵的手，"如果每个人都像你这么通情达理，理解医生就好了。死者家属已经启动医疗事故调查，硬说死因是文池造成的治疗事故。"

李冰茵一惊。她明白，医生一旦碰到这样的事情，就很难脱身。即使最后查出并非医生的责任，但整个过程也会让当事者身心俱疲，甚至有可能改变一个医者对职业的信仰。

为了安慰文母，李冰茵故作镇静道："伯母，从这个患者入院，到最后离世，整个治疗过程我都跟着文池哥，绝对不是医疗事故。您就放心吧！"

此言并未令文母宽心，她叹了口气，"遇到这种事情，还是发生在自己儿子身上，我是如何也放心不下的。文池虽说医术好，可毕竟还年轻，遇事少，经历浅。我怕他想不开，承受不了这样的压力。"

"伯母，有我在，我会陪着文池哥的。"

"这些患者家属到底怎么想的？病治不好，难道都是医生的责任？以后谁还敢当医生？谁还敢给他们看病？"文母越说越激动。

这时，陈姐走进客厅，"夫人，晚餐准备好了。"

李冰茵赶紧说道："伯母，去吃点东西吧！这个时候，身体最重要。"

黑夜中，再希医院的住院大楼玲珑剔透，从每个房间发出的银白色灯光如同一

第三卷
手术后沦为被告

块块洁白的汉白玉，镶嵌在黑色的夜幕之上。

文池看过沈信惠的检测报告，焦灼的目光落在医生金佳楠的脸上，"MRI显示，沈医生患有肥厚型梗阻性心肌病，左心功能低下！"

金佳楠也显露出忧郁，"这就是为什么心肌收缩力极度降低，心排血量下降，产生休克的原因。"

"可以采取室间隔肌切除。"

金佳楠的表情并不乐观，"沈医生怀有身孕，加上左心功能低下。手术中，一旦出现低心排综合并发症，大人和孩子都保不住。"

"肥厚型梗阻性心肌病有猝死的危险。如果不手术，沈医生随时都有生命危险。"

"是选择自己，还是选择孩子？认识信惠这么久，我想她会选择后者。"

"即使现在没事，沈医生也很有可能走不出产房。孩子生下来，总不能没有母亲啊！"文池焦急地争辩道。

"文医生，我们无法代替信惠去做决定，能做的只是告诉她事实，然后支持她的选择。"

"不，这太残忍！"

"我明白你的心情。虽然我们是医生，但必须尊重患者，尊重患者的选择。"

吃过晚餐，李冰茵陪文母回到客厅。陈姐端上茶水。文母哪有心思品茶，焦虑的情绪让客厅里的气氛更加沉闷。这时，文皖成回来了。

文母立刻冲着丈夫抱怨："你怎么才回来？儿子出了这么大的事情，你该早点儿回家，商量商量这件事该怎么办！"

文皖成将公文包交给陈姐，一屁股坐在沙发上。李冰茵不失时机地倒上茶水，递到文皖成面前。

文皖成还没来得及将茶水送到嘴边，妻子又冲他喊道："你还有心情喝茶！文池的事情怎么办？总不能让我儿子的前程就这么断送了吧！"

文皖成无奈地把茶杯放回到茶几上，用心良苦地劝道："这种事情着急也没有用。今晚，我找李副院长吃了顿饭，就是为了解决文池的问题。"

听到"李副院长"这几个字，文母的愤怒立刻将整个客厅点着了。

"你去找他！找他有什么用？这个姓李的本身对文池就有偏见。把这件事交给他，不就等于承认患者就死在文池手里吗？"

"伯父，伯母说得没错。这个李副院长确实对文池哥有很深的成见，总是找文池哥的麻烦。"李冰茵附和道。

文皖成："你们等我把话说完。"

文母哪里有耐心听下去了，立刻打断了丈夫，"还有什么可说的！你这是把儿子往火坑里推。我明确我的态度，这事儿坚决不能让姓李的插手。"

文皖成皱眉道："不要把话说得那么死，你知不知道李副院长是什么人？"

"我管他是什么人！谁敢断了我儿子的前程，我就和他没完。"

"我的夫人，你听我把话说完好不好？"

文母怒气不散。

文皖成继续道："虽然我是再希医院的董事长，可在医学界，我的声望远不如他李亦晨。除了他的高超医术，人们更佩服他一心只为患者的从医态度。有他在，我们再希医院招牌上就贴上了'信任'二字。如果能由李亦晨出面证明患者的死亡与文池无关，你儿子的前途不就保住了吗？"

文母还是难以释怀："你说的这些话，我都懂。可是姓李的根本不可能帮我们！"

"让他作假，他当然不肯。我今晚找他，让他来负责这次事件的调查工作。如果不是文池的过失，他出具的证明在医学界那就是不容置疑的，谁也说不出二话。如果……万一……"

"万一怎么办？你说万一怎么办？"文母急不可待。

第三卷
手术后沦为被告

02

文母的目光紧紧盯着丈夫,就连李冰茵也焦急地看着文皖成。

此刻,文皖成的脸色稍显凝重道,"万一是文池的责任,你们也不用担心。"

这样的回答并没有让文母找到多少安全感,"不用担心?第一个断了文池前途的就是这个姓李的。"

"我已经和李亦晨说好,调查报告公布之前,他会先交给我。"

"结果都出来了,交给你又有什么用?"文母不悦道。

"报告在我们手上,我们就能够对症下药。他李亦晨虽然从来不出卖人情,可别忘了,再希医院谁说了算!只要是人,就会有欲望,有弱点。他也绝非铁板一块。"

陈姐收拾好厨房,出门去倒垃圾。刚走出大门,就被一个二十四五岁、流里流气、面黄肌瘦的男青年盯了上。他转身进了胡同,男青年紧随其后。

昏暗的街灯下,陈姐踪影皆无。就在男青年四下寻找的时候,陈姐从暗处猛地跳了出来,抡起垃圾袋便往男青年头上砸去。

"小流氓,我让你跟着我!我让你跟着我!"

"别打!婶儿,是我,别打!婶儿!"男青年捂着脑袋哀求道。

陈姐停手,上下左右仔细打量着男青年。

"婶儿!我呀,郑俊才!咱们以前住邻居!"

借着街灯的亮光，陈姐又仔细将男青年瞧了一遍，确实是当年邻家的郑俊才，只是现在个头长高了。

"郑俊才？"

"对对对！婶儿，我是郑俊才。"

"小时候长得挺健康一孩子，现在怎么成这样了？"

"唉，您别提了！家门不幸，家门不幸啊！"郑俊才捶胸顿足，一把鼻涕一把泪地说。

"一个男人，别动不动就掉眼泪。有什么事情就说！"

郑俊才停住眼泪道，"婶儿，我还没吃晚饭呢！"

陈姐带着郑俊才进了一家小馆子，给他叫了碗面条。

看着狼吞虎咽的郑俊才，陈姐问道："俊才，你怎么跑这儿来了？"

对方放下筷子，擦了把嘴，"婶儿，您和刚才那家儿什么关系？"

"哪家？"

"就是您出来那家。"

"我在人家做保姆。"

"婶儿！这事儿，您得帮我！"说着，郑俊才又开始痛哭流涕。

"这么大一男人，还哭个没完了！有事儿说事儿，你不说，我可要走了。"

"婶儿，我说，我说。您做保姆那家是开医院的吧？"

"是！"

"那我就找对人了。他们家把我姐夫害死了。"

陈姐一惊，"难道他们说的就是你姐夫？"

郑俊才立刻竖起耳朵，"婶儿，他们说什么了？您知道他们怎么把我姐夫害死的吗？"

陈姐一瞪眼，"俊才，我可告诉你，调查结果没出来之前，咱们可不能胡说八道。文池医生是个好人。"

"婶儿，您不能站在他家的立场上说话，我们才是受苦受难的老百姓。"

"这种事情，要根据事实说话。"

"事实就是他们家人把我姐夫治死了。我姐年纪轻轻，带个孩子，就守了寡。他们必须赔偿。三十万，他们要出三十万，这事儿就算过去了。"

"你小子，越来越不学好。你这叫讹诈！"

第三卷
手术后沦为被告

"我姐夫一条命换他们三十万，便宜他们了。我姐就是善良。要我，我给他们凑个整儿，一百万。他们也不吃亏，花点儿钱，可以保住名声。"

文家不缺钱，和这三十万比起来，文家少爷的名誉更重要。而且，文池是个好人，年纪轻轻就被毁了前程，真是可惜了。既然对方提出要求，可以解决问题，破财消灾也是一条捷径。陈姐不由思忖起来。

见状，郑俊才立刻鸡贼地说道："花钱免灾！婶儿，你说是不是这个道理？"

陈姐犹豫地问道："给了钱，就不追究了？"

"当然了！"

"这事儿你能做主？"

"必须的！今天我就是代表我姐来和他们谈判的。人不能白死，但为了我姐下半辈子的生活，这事儿可以谈。"

陈姐微微点了点头，郑俊才说的不无道理。双方坐下来谈一谈，各取所需，大事化小，小事化了，对谁都好。看来，老祖宗留下的中庸之道还是有用的。

郑俊才趁热打铁，"婶儿，您不是说，那个文池是个好人吗？您也不忍心看他就这么毁了前途，不是？把这事儿解决了，您可是文家的救命恩人。"

陈姐点点头道："那好，这事儿我给你说说。不过，没我的消息之前，不准胡来。"

老陈的病房里亮着灯，心脏监测仪发出有节奏的滴滴声。声音虽然单调，却能让沈信惠感觉到爱人生命的存在。她站在病床边，手指从老陈凹凸有致的脸颊上轻轻滑过。

"老陈，有两件事，我还没告诉你。先说让你高兴的事儿吧！"说到这儿，沈信惠的脸上透出女人独有的幸福，"你现在已经是准爸爸了。不过，不知道是男孩儿还是女孩儿。我把起名字的权力移交给你，等宝宝出世，你一定要给宝宝起一个漂亮的名字。说个小秘密给你听，其实我想要个女孩儿！这个秘密千万不能让宝宝听见，万一是个男孩儿，他会不高兴的！"

沈信惠紧紧握住老陈的手，脸色变得有些沉重，"还有件让人不太高兴的事情，我和你说了，你也不要太担心……律师找过我，说你拍片子借了他们公司的钱，他们要收走我们的房子。我不在乎房子，我在乎的是……那里有我们的回忆，有你的影子，我舍不得。"

沈信惠的眼泪顺着眼角滚落，"老陈，你不用担心我。只要有你，有我们的宝宝，无论到哪儿都是家！"

沈信惠强做笑容，脸颊上的眼泪跟着微微颤抖，"你看，我没事！"

这时，身后传来两声轻轻的敲门声。沈信惠擦拭掉眼泪，转过身。门外站着的是金佳楠，手里拿着沈信惠的体检报告。

白色的荧光灯将住院部的走廊照得通明，沈信惠和金佳楠肩并肩出现在荧光灯下。

"信惠，你得的是梗阻性心肌病，随时……"说到这儿，金佳楠没有勇气继续下去，转脸看着好友。

"佳楠，我知道你想说什么。我父亲就是梗阻性心肌病，我六岁的时候他就走了。"

金佳楠一惊，"那你还不赶紧手术！"

"这个时候，做这样的大型手术对胎儿很危险。我不想！"

"信惠，老陈也许一辈子都醒不过来，你这么做值吗？你还年轻，生活不能就这么毁了。"

"人这一辈子重要的不是为了得到什么，而是要留下什么。"

"我没你那么崇高，我就是觉得你太苦了。"

沈信惠微微一笑。

"你还笑得出来？"

"谢谢你，佳楠！"

深夜，李冰茵躺在客厅的沙发上已经睡熟了。陈姐拿着毯子，小心翼翼地盖在她的身上。李冰茵身子微微动了一下，醒了，顺势坐起身。

"对不起，李医生，把你吵醒了。"陈姐赶紧道歉。

李冰茵拿掉身上的毯子，"陈姐，文池哥回来了吗？"

"还没呢！"

李冰茵一副很失望的表情，"陈姐，帮我冲杯咖啡吧！"

白色的杯子，浓黑的咖啡，杯口处飘起的一层淡淡薄雾。这样深的夜，李冰茵没心情品味咖啡的浓香，只希望这些黑色的液体能让她足够清醒，等待文池的归来。

第三卷
手术后沦为被告

李冰茵没有加糖,一仰头将整杯咖啡吞到肚子里。

"陈姐,再帮我冲一杯。"

"李医生,天都这么晚了,喝这么多咖啡伤身体。"

"没事,去帮我冲吧!"

咖啡杯再次摆在李冰茵的面前,她毫不犹豫地端起杯子。就在这时,文池回来了。

李冰茵赶紧从沙发上站起身,迎了上去,"文池哥,这么晚回来,没事吧?"

"医院里突然有个急诊手术。冰茵,你还没睡?"

"没,我等你回来。陈姐,去给文池哥煮碗燕窝羹。"

"我这就去。"

陈姐正要转身,被文池拦住,"不用麻烦了!这么晚了,您去睡吧!打扰您,真是不好意思。"

接着,文池又对李冰茵说道:"冰茵,谢谢你!"说完,便转身上楼,回自己房间了。

望着文池忧郁的背影,李冰茵心里一阵酸楚。文池的消沉、李冰茵的担忧,都被陈姐看得清清楚楚。

陈姐再度来到李冰茵面前,轻声道:"李医生……有件事,我想跟你说说。"

"陈姐,有事明天再说吧!"

"是关于文池医生的事情。"

清晨,一丝阳光穿过白色的纱帘,透进文家的客厅,却不足以驱走室内的阴霾。

文母走下楼梯,来到客厅。

"陈姐!陈姐!"

陈姐应声跑了进来。

"你把窗帘拉开。客厅太暗,让人心情不好。"

纱帘被拉开,客厅里总算是有了点清晨的感觉。

"陈姐,文池昨晚回来了吗?"文母问道。

"回来了。昨晚,李医生一直等他回来,刚刚才回房睡觉。"

文母欣慰地点了点头,"冰茵这孩子真是有心,对文池体贴照顾。把文池交给她,我这个当妈的也就放心了。对了,陈姐,不用叫文池起床,让他多睡会儿。"

"夫人，文池医生一早就起来了，现在正和李医生在餐厅用餐。"

陈姐话音刚落，文池和李冰茵两个人就出现在文母面前。

"伯母，早！"李冰茵恭敬地说道。

"冰茵啊，昨晚等文池等到那么晚，你该多睡会儿。"

"伯母，我没事儿！"李冰茵回答。

文池在一旁说道："妈，我去上班了。"

"昨天回来得那么晚，还上什么班！今天你和冰茵在家里好好休息。"

"妈，今天李副院长要检查病房，不能迟到。"

听到"李副院长"四个字，文母的脸色立刻阴沉起来，"姓李的愿意检查就检查，没人拦他。你今天哪儿也不用去，就在家里休息。"

"妈，我不是大少爷，我是一名医生。"文池争辩道。

"医生怎么了？医生也是人，不是机器。你是我的儿子，其次才是再希医院的医生。"

母子二人争执不下时，李冰茵站了出来，"伯母，文池哥还有患者。按照医院的规定，他今早是要向李副院长汇报患者病情的。如果不去，一定会有人在背后说他不负责任。我觉得，这个时候，他必须通过实际行动让大家看到所有的指控都是对他的诋毁。"

文母顿悟道："冰茵，你说得对。得让那些不怀好意的人看看，我们文池是不会被诽谤压倒的。陈姐，让老王送文池和冰茵去医院。"

"妈，不用！我自己能开车。"

"我说用就用！陈姐，去叫老王。"

明媚的阳光中，一辆黑色轿车冲出文家的院子，直奔再希医院而去。

文池由衷道："冰茵，谢谢你！"

李冰茵挽住文池的胳膊，把头轻轻靠在对方的肩膀上，"文池哥，我是你的未婚妻，不用这么客气！伯母昨天把事情和我说了。你不要压力太大。你放心，一定不会有问题的。在我心里，你是最杰出的外科医生，永远都是。"

文池没有回答，也没有躲闪。他只是沉默着望着窗外，看着繁华的城市一片接一片地向后闪躲。

第三卷
手术后沦为被告

住院部的大厅，心脏外科的医生们整齐列队等待着李副院长的到来。没一会儿，李亦晨的身影就出现在众人面前。

"李副院长早！"大家齐声说道。

李亦晨回礼："各位早！大家都辛苦了，我们开始吧！"

众人正要随李亦晨去病房晨检，文池和李冰茵两人上气不接下气地从住院部外跑进来。

文池来到李亦晨面前，连声说："对不起，对不起！李副院长！"

李亦晨看了一眼文池，又看了一眼他身后的李冰茵，没说什么，直奔病房而去。文池和李冰茵跟在众人之后，前者的目光不由自主地落在队伍中沈信惠的身上。

李亦晨每走到一张病床前，主治医生便会详尽报告该患者的病情和治疗情况。在706号床前，李亦晨停下脚步。

一旁的姜美娟介绍道："文池医生是706号床患者的主治医生。"

文池赶紧从队伍中走出，站在李亦晨的一侧道来："患者是昨天上午入院。入院时，有恶心呕吐现象，心前区不适，四肢发麻，并带有严重的头痛。入院检查过程中，一度停止心跳，ST段抬高，伴有显著的高血压。"

"诊断的结论是什么？"李亦晨严肃地问道。

"患者持续ST段抬高，持续时间较长，心肌损伤标志物增高，所以我们排除了变异性心绞痛。患者有胸闷现象，超声心动图显示患者左心室心尖部运动异常，冠状造影和冠状内超声都无异常，所以我认为患者是急性心肌梗死。"

李亦晨拿过患者的病例，"患者心电图ST段抬高，心肌酶升高，冠脉造影正常，并伴有高血压。"

"是的！"文池回答。

"很有可能是病毒性心肌心包炎，这一点，文医生你没有考虑过吗？"李亦晨质问的目光落在文池的脸上。

文池立刻答道："病毒性心肌心包炎的可能性不大。病毒性心包炎常伴有发热、肌肉疼痛、腹泻等病毒感染等症状，但患者并没有出现此类症状。心肌炎患者心电图多显示ST段弓背向下广泛抬高，PR段偏移。ST段回至基线后，T波开始倒置，伴有坏死性心肌炎患者还会出现Q波。患者的状况与之不符，所以排除了病毒性心肌心包炎的可能性。"

李亦晨沉着脸,"那请文医生解释一下,为什么一个从没有高血压的患者,会出现严重的高血压现象?"

"这个……"文池犹豫了一下,"这个需要做进一步的检查。目前,还不知道是什么原因。"

"文医生,这个患者以后你不用负责了。你把患者的资料转交给沈信惠医生,以后由沈医生负责。"

李亦晨并没有把病例交还给文池,而是直接交给了身后的沈信惠,转身离开病房。

沈信惠一直保持沉默,文池也没有争辩,只有李冰茵用愤怒的目光扫射着沈信惠。

回到办公室,文池整理好患者的所有资料,来到沈信惠面前。

"沈医生,这是706号床患者的全部资料。"

沈信惠微笑着接过资料,"文医生,你的事情我知道了。李副院长这么做,是想在调查结果出来之前,让你暂时避开人们的目光。希望你能理解。"

"我理解!"

"我相信调查结果一定会将事情说清楚。你不用太担心。"

"我不在乎调查结果,我担心的是……"文池停顿了片刻,"沈医生,请您原谅,我看了您的体检报告……室间隔肌切除是很成熟的手术。"

沈信惠再次微笑:"我想,我选择的是另一条路。"

她的笑容那样坚决,这让文池更加担心,"您的选择会有生命危险。"

"文医生,谢谢你的关心。"

"可是……"

文池还要继续往下说,办公室的门"砰"的一声被推开,一个皮肤黝黑,看上去五十岁上下的中年男子闯了进来,身后紧跟着气喘吁吁的姜美娟。

"谁是文池?我找文池!谁是文池?"男人高声嚷道。

第三卷
手术后沦为被告

03

办公室里的医生们带着惊愕的目光，注视着闯入的中年男子。

姜美娟冲到男人面前，厉声喝道："这是医生办公室，请你出去！"

男人依然不肯离开。

文池走上前，"谢谢你，美娟！这件事情交给我来处理吧！"

姜美娟很为难，"文医生……"

"你就是文池？"男人欣喜若狂的表情如同一座巨大的金山落在一位穷困潦倒的淘金者面前。

"是的，我就是文池。"文池很有礼貌。

"我叫金秉阳，《朝南日报》的记者。"

听说对方是个记者，姜美娟立刻将文池挡在身后，"文池医生很忙，不接受采访。"

金秉阳对姜美娟的话置若罔闻，"文医生，听说您的患者在治疗过程中死亡。"

这时，沈信惠也走到记者金秉阳面前，礼貌地说道："金记者，您好，现在是工作时间，不适合接受采访。您可以联络再希医院的新闻处，他们会为您安排医生的采访时间。"

记者金秉阳的目光并没有放过文池，"文医生，公众有权利知道真相。"

姜美娟对金秉阳怒目而视，"真相？真相就是文医生没有做错任何事情，全都是诽谤。"

金秉阳不屑地一笑，"文医生，这就是你们再希医院的态度吗？事情还没有开始调查，就被定性成诽谤！以这样的态度，后面调查的公正性真是值得怀疑。"

"我……我不是这个意思。"姜美娟慌张地补充道。

沈信惠沉稳道："金记者，采访之前，您最好先熟悉医疗事故的调查流程。医院的调查结果并不是最终结论。整个调查的过程、细节和报告都必须送交第三方机构审查，由第三方机构做出最后的判断。医生要对患者负责，记者应该对公众负责。任何的个人情绪对于医生和记者来说都是不应该有的。"

这番话并没有让金秉阳产生任何自责，他反问文池："文医生，如果你是无辜的，为什么惧怕记者的采访？"

姜美娟气道："什么怕不怕的！现在是工作时间，文医生没时间接受你的采访。"

文池点点头，轻声道："沈医生、美娟，谢谢你们。"

接着，他又对金秉阳说道："金记者，这里是办公室，不适合接受采访。我们去别的地方，以免打扰其他医生的工作。"

看着文池离去的背影，姜美娟不知所措地说："这……这……沈医生这儿怎么办？"

"美娟，去通知李副院长。"

姜美娟恍然大悟，"哦，对对对，我现在就去。"说完，风一般地冲向李亦晨的办公室。

再希医院的咖啡厅属于欧式风格，空气中流动着舒缓的交响乐，整个气氛将医院的紧张感完全剥离。

沙发座上，金秉阳面带微笑，"文医生，感谢您能接受这次采访。"

"金记者，您客气了！"

"那我就开始提问了？"

"好的，您的问题我尽量回答。"

"听说您还不到三十岁，现在是再希医院最年轻、最优秀的心脏外科医生，是这样吗？"

"是不到三十岁，不过比我优秀的医生还有很多！"

"文医生，你很谦虚。"

"我只是实事求是。"

"文医生，我请教一个一般性的问题。"

第三卷
手术后沦为被告

"您说。"

"医生对病情的判断是不是和临床经验有关？也就是说，接触的患者越多，遇到的病例越多，医生对病情的判断越准确？"老道的金秉阳开始步步为营。

文池诚实地点点头，"是，是这样的！"

"那么，会不会因为医生对某种疾病缺乏足够的经验，而对患者的病情不能做出精确的判断？"

"有这种可能。"

"文医生，您还不到三十岁，从医学院毕业没几年，临床经验不是那么丰富，如此看，您是有可能会对患者的病情产生误判的。"

文池突然意识到如果诚实回答这个问题，会对自己造成严重的影响；可说谎又不是他的性格。此刻，文池进退两难。

看到文池的犹豫，金秉阳决定趁热打铁，让对方无路可退。

"文医生，其他医生会因缺乏经验，对病情产生误判。那您是不是个例外呢？在任何情况下，您对患者的病情都会做出百分之百的准确判断吗？"

金秉阳的咄咄逼人将文池逼进了道德的死角。

"砰"的一声，姜美娟撞开李亦晨办公室的大门，冲了进来。

李亦晨沉着脸问道："美娟，怎么慌慌张张的，门都不敲？"

"李副院长，出……出……出大事了！"

"出什么大事了？对长辈的尊重都忘记了。"

此时，姜美娟哪儿还顾得上道歉，气喘吁吁地说道："文……文医生被……被记者叫走了。"

李亦晨猛地从椅子上站起身，脸色铁青，"谁允许他去的！记者采访要经过新闻处预约，这个规定他不懂吗？"

姜美娟站在一旁，吓得不敢说话。

咖啡厅里，金秉阳对文池的采访仍在进行中。

"文医生，您认为这次患者的离世与治疗有多少关系？"

"这个问题，我个人回答不合适，调查小组的调查报告会给你答案的。"

"您的意思是，您自己也不确定患者的离世和治疗有没有关系？"

"不管我个人的想法是什么,都是带有主观性的。调查小组的结果才是客观的、最终的结果。"

"除了客观材料,我想调查小组也会当面质询您,倾听您的说法。"

"是的,这是调查的一部分。"

"我想,他们一定会提出和我同样的问题:患者的离世和治疗有没有关系?文医生,您不是没有信心回答这个问题吧?"

金秉阳如刀锋般的问题一波接一波冲向文池的阵地,让他无所遁形。

就在文池准备放弃阵地之际,突然有人高声喊道:"文医生!"

随后,李亦晨表情严肃地出现在文池面前,"文医生,现在不是私人会客时间,你应该去照看你的患者。"

文池赶紧起身,"对不起,李副院长!"

李亦晨严肃道:"文医生,请你回到自己的工作岗位,要喝茶等到下班再喝。"

金秉阳也站起身,"李副院长您好,我是《朝南日报》的记者金秉阳。"

李亦晨的脸上没有一丝笑容,依旧严肃地说道:"记者先生,如果想采访,请先到医院的新闻处提前预约。您这样闯进来,会影响我们的正常工作,耽误患者的治疗。"

"听说,文医生的患者已经转给了其他医生。李副院长,这是不是说明院方也认为文医生对患者的死亡负有责任?"

"再希医院会根据患者的具体情况,做一些治疗上的调整,和其他事情毫不相干。请记者先生不要断章取义。"

说完,李亦晨带着文池扬长而去。

办公室内,李亦晨脸色阴沉地坐在办公椅上。

文池恭敬地站在办公桌前,"私自接受记者的采访,是我的不对,请李副院长原谅!我只是想……"

文池的话还没说完,便被李亦晨打断:"你只是想证明自己的无辜,是吗?这件事不仅仅关系到你自己,更关系到再希医院的名誉。报告出来之前,你个人的任何解释都会让问题更复杂,给医院招来更多的麻烦!文医生,我希望你能从医院的角度处理问题,不要动不动就把个人得失放在首位。"

"李副院长……"

第三卷
手术后沦为被告

"好了,你不要再解释了。从今天起,任何采访必须通过新闻处,今天的事情决不能再发生。你可以出去了!"

文池没有再试图解释,而是恭敬地退出李亦晨的办公室。

第二天清晨,文母正坐客厅的沙发上品着茶。

陈姐面色惊慌地跑出来,"夫……夫人!"

"陈姐,什么事情慌慌张张的?"

陈姐将手里的报纸递给文母,"您看看头版头条。"

"你读,我听着就行。"文母不紧不慢地说道。

陈姐偷偷扫了一眼文母,战战兢兢地读道:"再希医院未来继承人,心脏外科医生文池承认自己有可能会对患者的病情产生误判。"

"砰"的一声,茶几上的青花瓷茶杯被狠狠地摔在地上。

很快,文母便怒气冲冲地来到李亦晨的办公室前,没等助理通报,推门便闯了进去。

"夫人,您有什么事情吗?"李亦晨问道。

"李副院长,我希望您没有错过今天《朝南日报》的头版头条。"

说着,文母将手里的报纸摔在李亦晨的面前。

"夫人,我已经看过了。"李副院长并不惊慌,平静地回答道。

听到李亦晨这么平静地回答,文母更是怒不可遏。

她厉声质问道:"作为主管副院长,你怎么会让这种事情发生?你这是失职,是对文池的不负责任。"

"夫人,这次让再希医院陷入尴尬的境地,是我的失职。"

文母本是设想李亦晨会找出各种理由推卸责任,没想到他坦诚承认失职,完全打破了她继续发飙的计划。

"好,你……你承认是你的错误就好!立刻想办法把这件事解决。登报澄清、记者发布会、电视台专访,不管你用什么方法,必须马上恢复文池的名誉。"

李亦晨坦言:"夫人,我认为这个时候,最好的办法是保持沉默。"

"保持沉默?事不关己,高高挂起!你还配做再希医院主管外科的副院长吗?"

"夫人,我是再希医院的医生,再希医院的名誉与我息息相关。"

"那你就赶紧想办法把事情解决了。"

说完,文母把门摔在身后,离开了办公室。

当文池和李冰茵推门走进董事长办公室的时候,母亲正怒气冲冲地坐在沙发上。

李冰茵赶紧上前,小心翼翼地问道:"伯母,您这是怎么了?"

文母拿起报纸,扔给文池,"你看看你自己做了什么!"

看了新闻,文池并没惊慌,"妈,我说的是事实。医生不可能每一次都会对患者的病情做出百分之百准确的判断。"

文母站起身,"我的儿啊,你诚实得过了头。现在这个社会,你的诚实会被那些居心不良的人利用,吃亏的是你自己。"

说到这儿,文母感到一阵眩晕。李冰茵赶紧扶文母坐回沙发。文皖成站起身,倒了一杯水,放在妻子面前的茶几上。

文皖成道:"你先别着急,这件事我来处理。"

李亦晨正在办公室与崔正卿商量文池的事情,办公桌上的电话突然响起。崔正卿看了李亦晨一眼,没说话。

李亦晨接起电话:"好的,我明白,我现在就过去。"随后放下电话,站起身。

崔正卿问:"董事长?"

李亦晨点了点头。

李亦晨出现在董事长办公室的时候,房间里只有文皖成一个人,愁眉不展地坐在办公桌后。

看到李亦晨进来,文皖成客气地说道:"亦晨,你坐。"

秘书给两人倒上茶水。

"亦晨,昨天的新闻你已经看到了?"

李亦晨赶紧从沙发上站起身,"是的,看到了。作为副院长,这是我的失职。"

文皖成赶紧说道:"不不不,你误会了,你坐。现在不是追究责任的时候,我们要想办法解决问题。否则,不仅对文池,对我们再希医院影响都很不好。"

李亦晨坐回到沙发上,"董事长,我非常赞同您的观点。"

"亦晨,我想听听你的意见。"

第三卷
手术后沦为被告

"董事长，我认为我们应该对此事保持沉默，不做任何回应。"

文皖成目光犹豫，没做回答。

李亦晨继续说道："如果我们立刻做出回应，这件事就会被媒体越放越大。舆论习惯于此地无银三百两的思维，我们做的所有解释，在没有真凭实据的情况下，只能是越抹越黑。我建议，我们等待最后的调查结果。到时候，清者自清。"

听了李亦晨的一番话，文皖成从沙发上站起身，给对方鞠了一躬，"亦晨，再希医院的名誉就拜托给你了。"

无论从年龄，还是从职位，文皖成这一突如其来的举动让一向性格耿直的李亦晨愧不敢当。他赶紧从沙发上起身，扶住文皖成道："董事长，为了再希医院的名誉，我一定尽心尽力。"

就在文皖成和李亦晨谈话之际，文母和李冰茵正坐在《朝南日报》办公大楼附近的咖啡厅里，等待着金秉阳的出现。

漫长的等待之后，金秉阳终于出现在文母面前。

"夫人，您好！"

看到金秉阳，文母虽然愤怒，但还是把火气压了下去，和气地说道："金记者，你请坐！"

待对方坐稳，文母开门见山道："金记者，我今天找你，是想请你收回对文池文医生的报道。"

金秉阳一笑，"夫人，您开玩笑了！发出的报道怎么能收回呢？"

"只要刊登一个声明，说报道的内容有偏差就好。"

"夫人，您可能不了解实情。报道里的采访内容全部是文医生的亲口所言，不会有半字偏差。报道中，我们并没有针对某一事件，只是报道医学领域存在的现象。"

"金记者，我不否认你报道的内容是事实。但是，在这个特殊的时候，你这样的报道会诱导读者，诱导读者可是违反新闻记者职业道德的。"

"夫人，我是记者，只负责报道事实。至于读者怎么去想，那是读者的事。"

文母再也忍无可忍，大声斥责道："你这是不负责任！"

金秉阳依然面色平静，"对不起，我只对我的工作负责。"

"你想借文池的事情来炒作自己！这么做，你良心过得去吗？"

"夫人，我再说一遍，作为记者，我只负责报道事实。"

文母强压心中的怒火，"好吧，金记者，我们不争论这个问题。如果金记者在生活上有什么困难，我很愿意帮忙。"

　　金秉阳突然笑了，"夫人，谢谢您的慷慨，给我送来这么一条爆炸性的新闻。再希医院董事长夫人愿出重金收买记者，我想这比我对贵公子的采访更有价值。"

第三卷
手术后沦为被告

04

文母万万没想到竟然遇到了这么个油盐不进的记者，本想帮儿子把问题给解决了，反倒把事情闹得更糟。

关键时刻，李冰茵突然发话："金记者，你这可是诽谤。伯母是个乐善好施的人，只想尽量帮助身边的人解决困难。如果说我们出重金收买记者，请问，我们开出了什么明确条件了吗？"

金秉阳微微一笑，"聪明，你很聪明。今天的谈话到此为止吧！我金秉阳求的是新闻真相，不是钱财。"

平时，在医院呼风唤雨，今天竟被一个小小的记者给耍了，回到车上，文母恨得咬牙切齿。

"这个一心想出名的混蛋，就是想通过文池来炒作自己。这个无耻的混蛋！"

"伯母，别因为这样的人伤了身体。"

文母长叹，"我们文池怎么会遇到这样的事情？"

"伯母，有件事不知道该不该说。"

文母握住李冰茵的手，"冰茵，咱们是一家人，有什么话，你直说。"

"几天前，陈姐说死者的家属找过她。"

"陈姐？死者家属找陈姐干什么？"

"他们想要一笔钱。如果我们能出这笔钱，他们就不再追究。我也很矛盾，就一直没和您说。"

文母立刻暴跳如雷，"敲诈，这就是赤裸裸的敲诈！"

回家的路上，一想到那个混蛋记者，还有上门敲诈的死者家属，文母就气得浑身发抖。她恨不得能够亲手撕了这些人。可一想到自己的儿子文池，做母亲的还是选择了忍耐。

回家后，文母把陈姐叫进书房。

"陈姐，我听说死者的家属找过你。"

陈姐看了一眼身边的李冰茵。

李冰茵轻声道："陈姐，有什么话你就说吧！你也是家里的成员之一。"

"是的，夫人！死者妻子的弟弟找过我。"

"你怎么会认识这些人？"

"我们以前是邻居，不过也有好多年不见了，那天是在大门外突然碰上的。"

"他们想要多少钱？"

"三十万。"

"三十万，他们就不追究了？"

"当时，他是这么说的。不过，从那天以后我就没和他联系过。"

文母再次陷入沉思。三十万对她来说倒是不多。如果真像陈姐说的，破财消灾，问题就简单了，但她还是心存疑虑，毕竟这事儿关乎自己儿子的前途。

她转过身问李冰茵："冰茵啊，你是怎么想的啊？"

"事到如今，我们可以和死者家属接触接触。也许满足他们的条件，这件事就能解决了。"

"三十万不是问题，我就是怕会招来麻烦。"

"我们可以让陈姐出面探听一下情况。如果他们真的只求财，那就给他们三十万。"

文母点了点头，补充道："不过，这件事千万不能让文池知道。他的性格我了解，他是绝不会同意的。"

"伯母，这个我明白！"

文母又对陈姐说道："陈姐，你联系一下死者的家属，看看他们现在有什么想法。不过，先不要告诉他们我知道这件事情。"

"好的，夫人，我现在就给他打电话。"

陈姐掏出电话，可拨了半天也没拨通。

"对方的电话关机，打不通。"

"你尽快和他们联系上，有什么消息立刻通知我。"

第三卷
手术后沦为被告

再希医院心脏外科的会议室里,沈信惠、文池和金佳楠正在研究706号床患者的持续高血压的病因。

金佳楠说:"患者血压持续升高,对乌拉地尔极其敏感,这些反应应和嗜铬细胞瘤有关。B超和CT也证实患者存在肾上腺占位。"

"患者出现急性心肌梗死时出现高血压、心悸、出汗和头痛现象,这些症状表明急性心肌梗死与嗜铬细胞瘤的相关性。文医生,你的诊断是正确的。"沈信惠轻声道。

文池表态:"首先应该给患者做肿瘤切除手术。"

这时,姜美娟推门而进,"沈医生,外面有人找您。"

"佳楠,文池,你们联系普外。手术前,一起做个会诊。"说完,沈信惠离开了会议室。

文家的书房内,文母焦虑不安地坐在椅子上。这几天,陈姐那儿一点消息都没有,她的心一直悬着,放不下。

"冰茵啊,看来他们要追究到底了!"文母忧心忡忡地看着一旁的李冰茵。

"伯母,您别担心。他们不想谈也好,患者的死亡和文池哥根本就没有任何关系。"李冰茵安慰道。

"话虽然这么说,可我这心里就是不踏实。前几天,我还在犹豫要不要花钱买个平安,我就是看不了那些小人得逞。可现在,能花钱买个平安,那是最好的。只要文池能平平安安,就让那些小人得一次逞。冰茵啊,你把陈姐叫来,我再问问她。"

陈姐来到书房。

"陈姐,怎么还没有联系到死者家属?"文母忧心忡忡地问道。

"他给我的电话一直不通。"

"要不……"文母停顿了片刻,"要不,你去他们家看看。"

陈姐一副为难的样子。

文母立刻道:"陈姐,这件事不会让你白做的。"

"不不不,夫人,我不是这个意思。我很想帮文池医生的忙,但我确实不知道他们现在住哪儿。"

文母的脸色更加焦虑。就在这时,一阵手机铃声从陈姐的衣服兜里传出。

陈姐掏出手机,看了一眼,"夫人!"

文母摆了摆手，意思是让陈姐出去，手机的铃声让她心烦。不过，陈姐似乎没弄懂文母的意思，还是站在原地不动。

"你出去吧！"文母不耐烦地喊道。

"夫人，是……是死者的小舅子。"

文母的眼睛一下子亮了，"接，赶紧接啊，还等什么！"

陈姐慌忙接起手机，"喂！"

"婶儿，是我，郑俊才。"

"跑哪儿去了你，找也找不到你！"

"最近倒霉。心里郁闷，喝了点儿酒，开车被警察抓去学习了。婶儿，你这么急找我，是不是上次和你说的事儿他们同意了？"

"我想问问你，你到底能不能做主。如果能，我就给你说说；要是你做不了主，说了不是白说？"

郑俊才赶紧回答："能能能，当然能！不过……"

"不过什么？你要要什么心眼儿，我可不帮你。"

"婶儿，我能要什么心眼儿？现在物价飞涨，这人命关天的事儿，是不是也得涨涨！"

"你想要多少？"

"八十万！"

"混蛋小子，你疯了吧！"

"婶儿，你想想，那可是我姐夫的命啊！八十万，我是给他们打了八折的。"

"行行行，我给你打听打听。成不成，我可不能保证，你等消息吧！"

陈姐挂上电话，文母迫不及待地问道："他们怎么说？"

"他说可以，不过……"

"不过什么？"

"不过，他现在要八十万。"

"啪"的一声，茶杯重重地落在地上，摔了个粉身碎骨。

文母暴怒道："用死人来讹诈，简直是卑鄙无耻！"

陈姐站在一旁大气都不敢出，书房里静得只能听见文母愤怒的喘息声。

"伯母！"李冰茵说道，"八十万总比他们不愿谈得好。"

"八十万不算什么，只不过让这些小人轻易得逞，我心里……我心里就是不

第三卷
手术后沦为被告

舒服。"

"伯母,为了文池哥,我们就不和这些贪得无厌的人计较了。"李冰茵劝道。

"冰茵,你说得对。"文母转头说道,"陈姐,告诉他们,八十万我出。找个时间,约他们出来,事情要当面讲清楚。"

"是,夫人。"

"另外,陈姐,八十万的事情不要出去乱说,特别是不能让文池知道,明白吗?"

"夫人,我明白!"

文母挥挥手道:"好啦,你出去办事吧!"

事情终于有了进展,文母和李冰茵都松了一口气。

天色渐暗,再希医院心脏外科的医生办公室里,文池恍惚地坐在办公椅上。自从卷入医疗纠纷,他的心绪就变得纷乱。不过,此刻他担心的不是自己。

文池拿起电话,"美娟,如果不忙的话,来一趟医生办公室。"

没一会儿,姜美娟进来了,"文医生,您找我有事?"

"美娟,你坐。"文池客气地说道。

姜美娟坐在椅子上。文池刚要继续,手机突然响起。

"对不起,美娟,我接个电话。"文池拿起手机,"喂?"

"文池哥!"电话里传出李冰茵的声音。

"有什么事情吗?"

"伯母让我问问你有没有吃晚饭。"

"我已经吃过了。"

"我煮了燕窝银耳汤,一会儿给你送去。"

"谢谢你。这么晚,不用过来了。我这里很忙,先不和你说了。"文池挂上电话。

姜美娟笑着问道:"文医生,您和李医生什么时候办婚礼啊?我们都等着吃喜糖呢!"

文池笑了笑,没做回答。

"文医生,蜜月旅行您和李医生计划去哪儿玩啊?我有个朋友刚从欧洲度蜜月回来,说欧洲非常漂亮,特别是远离城市的那些小镇,就像行走在童话里。等我结婚,一定去看看。"

"美娟,今天是谁来找沈医生了?我看你慌慌张张的。"

文池突然打听起沈信惠,这让姜美娟有些意想不到。

"文医生,你也喜欢八卦啊?"

文池不置可否地笑了笑。

姜美娟先叹了口气,"唉,沈医生也够倒霉的。"

"到底谁找沈医生?"

文池正急不可待地等着姜美娟的回答,可墙上的扩音器突然响起:"心脏外科的文医生速到抢救室!心脏外科的文医生速到抢救室!"

文池冲进抢救室,一名年轻护士急忙向他汇报患者病情:"江晨曦,8岁,突发心前区剧烈疼痛。疼痛向左肩、左手、颈部和牙根部放射,伴随大汗、恶心和呕吐。"

文池问:"心电图做了吗?"

"做过了。"

接过患者的心电图,仔细查看之后,文池说道:"马上给患者做冠状动脉造影。"

冠状动脉造影准备就绪,文池聚精会神地盯着屏幕,"前降支中段瘤样扩张,血流缓慢,远端闭塞。通知手术室,立刻准备给患者做导引钢丝。"

手术室里一切准备就绪。文池站在手术台前,将细长的钢丝插入患者体内的血管。

"美娟,你说今天谁来找过沈信惠医生?"文池边手术边问道。

"是法院来送传票的。"

"法院为什么来送传票?"

"这个我也不清楚。"

监视器的屏幕上,导丝一点点向患处移动,很快便通过了血管闭塞部位,远端血流开始恢复通畅。按照文池的要求,助理医生给患者注射了抗凝和阿司匹林和氯吡格雷。

患者的状况终于稳定。文池摘下口罩,脱去手术服,离开手术室。

突然,他似乎想起了什么,回身问道:"美娟,你知道沈医生什么时候出庭吗?"

姜美娟摇了摇头,"我不知道,但是我可以给您查查。"

第三卷
手术后沦为被告

"你怎么能查到?"文池好奇地问道。

姜美娟得意地一笑,"我查查沈医生什么时候请假不上班,不就是出庭时间吗?"

"美娟,那就拜托你了。"

姜美娟瞪着好奇的眼睛看着文池,"文医生,我最近发现您对沈医生的事情特别感兴趣。"

这个问题让文池不知道如何回答,他赶紧岔开话题,"患者需要二十四小时心电监控,你去ICU看看,有情况随时通知我。"

夜色黑得不见五指。金佳楠出现在沈信惠家的门外,这让沈信惠有些突然。

"佳楠,你怎么来了?"沈信惠问道。

"怎么,家里有异性,我这个闺蜜不宜入内是吗?"金佳楠不着四六地说道。

沈信惠将金佳楠拉进房里,给她倒了茶,"佳楠,有什么事情吗?"

"法院的传票都送来了,我这个做闺蜜的能不来看看你吗?"

"佳楠,我真心谢谢你。"

金佳楠一笑,"得了,别肉麻了。和我,你就甭客气了。信惠,你准备怎么办?"

"既然上法庭,那就由法官来决定吧!"

"要是他们真的收走你的房子怎么办?"

沈信惠微微一笑。

"你还笑得出来?"

"经历了这么多事,我的心似乎越来越平静了。"沈信惠抬起头,目光扫过房间,"房子没了可以租,我只是舍不得和老陈在这里留下的那些回忆。不过既然命运这么安排,我也只能接受。现在我只希望能把孩子顺顺利利地带到人世,其他的事情该怎么结束,就怎么结束吧!"

"信惠,出庭那天我陪你去。"

"佳楠,我真的很感激命运让我有你这样的朋友。"

房间里的气氛有些伤感,金佳楠赶紧转移话题,"信惠,我还没吃饭,总不能让你的挚友饿一晚上的肚子吧!"

说完,金佳楠站起身,走进厨房,打开冰箱,"让我看看,你这里有什么能吃的。"

这时,门铃再次响起。

"除了我,看来还有人惦记着你呢!我看看是谁。"金佳楠跑到门前,从门镜向外望去。

突然,金佳楠大声惊叫道,"不会吧!"

◎ 第四卷　死者背后有隐情

01

目瞪口呆的金佳楠转过头,吃惊地盯着沈信惠。

"佳楠,谁来了?干吗这副表情?"

"李副院长!李副院长就在你家门外。"金佳楠大惊小怪地喊道。

"那你还不赶紧开门?"

开了门,金佳楠站在李亦晨面前,这让后者突然一愣。

"金……金医生?"

"呦,李副院长!"金佳楠故意将表情搞得十分夸张,"您不是来找我的吧?什么大事儿,让您亲自登门啊?"

李亦晨显然有些尴尬,"对不起,金医生,我记错地址了。"

金佳楠依旧不肯放过他,"李副院长,这夜黑风高,您要找哪位医生啊?"

"我……"

就在李亦晨为难之际,沈信惠出现在门前。

"李副院长,您别听佳楠胡说八道,请进来坐。"

在医院,李亦晨是个拿得起放得下、办事绝不犹豫的人。可到了沈信惠家里,这个平时做事果断的男子却腼腆起来,一动不动地傻站在客厅中央。

沈信惠赶紧说道:"李副院长,您请坐啊!"

"哦,好的!"李亦晨轻轻地坐在沙发上。

沈信惠端来茶水,给李亦晨倒上,"您喝茶。"

"谢谢!"

金佳楠可没李亦晨那么拘束,一屁股重重地坐在沙发上,

第四卷
死者背后有隐情

好奇的目光在李亦晨身上扫来扫去，让本来就拘束的李亦晨更是坐如针毡。

客厅里的气氛一下子沉默下来，大家都不知道说什么。

"李副院长，您有什么重要的事情吗？"沈信惠先开口。

金佳楠赶紧跟上，"哦，我是不是该回避一下？"

李亦晨忙说："不用，不用。我听说法院送来传票，就过来看看。我已经和医院的法律顾问谈过，让他帮助沈医生处理这个案子。"

金佳楠笑道："李副院长，您真是个爱护下属的好领导。信惠，这下你就不用担心了，有人为你出头了。"

沈信惠并没有理睬金佳楠，"李副院长，非常感谢您的关照。"

"沈医生，你太客气了。有什么困难，就提出来。我就不打扰你们了，先告辞了。"

李亦晨站起身要走，却被好事儿的金佳楠拦下。

"李副院长，听说您厨艺不错。我和沈医生还没吃饭，您好人做到底，今晚为我们这些妇女同志做点贡献吧！"

医生值班室里，李冰茵在等待文池。看到文池进来，她立刻打开办公桌上的汤煲，小心翼翼地盛了一碗热汤，递到他面前。

"文池哥，值夜班非常伤身体，这是我特地给你熬的燕窝银耳汤。"

"谢谢你，冰茵。以后，不用专门到医院送汤。虽然是夜班，但也是工作时间。"

"是不是工作时间不要紧，要紧的是不能伤了你的身体。"

文池看了看表，"很晚了，你该回去了。我要去住院部查病房，就不送你了。"

李冰茵一脸的不高兴，"文池哥，我做的汤你还没喝呢！"

"我要去查病房，没时间。"说完，他便离开了办公室。

文池当然明白李冰茵对自己的感情，但那份感情对他来说已时过境迁。他不想给李冰茵造成任何感情上的错觉，那样会让后者更加受伤。

煎炒烹炸，李亦晨今晚在沈信惠和金佳楠面前展示了自己精湛的厨艺。

金佳楠看着一桌子美食，由衷赞叹道："李副院长，您这双手是专职在手术台上给患者开刀，还是专职烹饪美食啊？"

李亦晨谦虚一笑,"金医生,请坐!"

吃过晚饭,李亦晨便告辞离开了。

金佳楠懒洋洋地躺在沙发上道:"信惠,李亦晨对你的关照已经超出了同事间的友谊呀!不仅推荐你做心脏外科主任,还主动为你找律师打官司,大晚上跑来给你做饭吃。这样的献媚,我看目的不纯!"

沈信惠无奈地看着金佳楠,"佳楠,是你非要他展示厨艺的。"

金佳楠从沙发上跳起来,"你说得没错,可至于这么丰盛吗?明摆着他是在展示自己是个好男人。这你都看不出来?李亦晨才四十岁,年轻有为,至今单身,可以考虑。"

沈信惠有点不屑道:"佳楠,你应该去写爱情小说。"

"信惠,不管李亦晨有意无意,我觉得你都应该为自己想一想。你才三十多两格,老陈永远醒不过来,你也不能就这么守着啊!现在可没人赐你贞节牌坊了。"

"现在我没心情想这些。"

"女人越过越没有将来,容貌尽失,那可就一点机会都没有了。我劝你还是未雨绸缪!"金佳楠凑到沈信惠身边,"干脆现在就想,我陪你想。"

离开办公室,文池来到重症监护病房。刚刚抢救过来的江晨曦还没睡,瞪着大眼睛看着给自己做检查的文池。

"是你救了我?"江晨曦问道。

文池微笑地点点头。

"我叫江晨曦,你叫什么?"

"我叫文池。"

"我会死吗?"

"过两天做完手术,你就会没事。"

"是你给我做手术?"

"是的。"

"我的病会治好吗?"

"当然。"

江晨曦看上去很失望,"你能让我一直病下去,但不会死吗?"

"你这个想法倒是很特别。"

第四卷
死者背后有隐情

江晨曦看着文池,"我爸妈总是让我上各种学习班,我讨厌学习班。如果能一直病下去,他们就不会逼我上学习班。"

文池微笑,"那是因为你父母很爱你。"

"难道爱就是每天都要学习吗?我不这么认为。不过,我不想死,我会想他们。你小的时候,父母逼你学习吗?"

文池摇着头,"不,他们没有逼我学习。"

"你很幸运。他们为什么不逼你学习?"江晨曦羡慕地说道。

"因为我和父母不住在一起。"

"他们在哪儿?"

"他们在中国,我在美国。"

"就你一个人在美国?"江晨曦很好奇。

"是啊!"

"你不想他们吗?"

"想。"

"那他们为什么不去美国陪你?"

文池收起听诊器,"他们要赚钱。"

"为什么要赚钱?"

"因为他们想我能留在美国,在美国上学。"

"他们赚钱就是想让你离开他们,他们又不会逼你学习,你真是幸运。"

文池笑着摸了摸江晨曦的头,"早点睡,你会没事的。"

第二天一大早,文池结束了整宿的夜班,正要离开办公室,李亦晨的助理突然打来电话,让他去一趟。办公室里,除了一脸严肃的李亦晨,还有一男一女。女的眼圈红肿,看来已经哭了好一会儿了。

"李副院长,您找我有事?"文池小心翼翼地问道。

李亦晨站起身,"文医生,这两位是江晨曦的父母。"

文池向江氏夫妇有礼貌地点了点头。

李亦晨继续说道:"文医生,按照患者家属的要求,从今天起江晨曦转由沈信惠医生负责。"

这时,江晨曦的母亲饱含歉意地说道:"文医生,请您原谅。我们不是质疑您的医术，只是……只是……有些传闻，希望您能够理解我们做父母的心情。"

护士站向来是医院的"情报中心"。小护士们围坐在一起，叽叽喳喳地你一句我一句，分享各自的收获。

一位小胖护士将护士帽放在电脑旁边，神神秘秘地说道："喂，你们听说了吗？"

另一位护士眨着大眼睛，"你又打听到什么消息了？快说，快说！"

"文池医生的手术全都被取消了！"

大眼睛护士有点失望，"我还以为你有什么爆炸性新闻呢！"

"本来以为董事长的公子会没事，看来也不行！"

"生死攸关的事情，就是董事长也没用。"

姜美娟叹气，"唉！文医生真倒霉。事情还没调查清楚，就被盖棺定论了。我要是文医生，恐怕早就崩溃了。"

大眼睛护士说："我觉得，患者家属这么做也没什么错！要是我，也肯定不愿意让文医生给自己的亲人做手术。一台手术，相关生死。这种事情宁可信其有，不可信其无。"

姜美娟说："到底是不是医疗事故，要等鉴定结果出来才知道，不能乱下结论。"

小胖护士道："就是因为鉴定结果没出来，所以是不是医疗事故的可能性各占百分之五十。谁也不愿意拿一半的可能性去赌自己孩子的性命！要我，我肯定不会。"

众人基本赞同小胖护士的看法。这时，李冰茵突然出现，冰冷的目光扫过护士站里的每一张脸孔。小胖护士赶紧把护士帽戴在头上，其他护士也赶紧低下脑袋，不再作声。

李冰茵道："姜美娟，你出来。"

姜美娟无奈得站起身，走出护士台，跟着李冰茵走进一间没人的会议室。李冰茵将门紧紧关在身后，转过身，板着脸，狠狠地盯着姜美娟。

姜美娟感觉自己的小腿正在发抖，胆战心惊地问道："李医生，您……您有事儿？"

"文医生出什么事情了？"

"您……您没听说啊？"

李冰茵瞪着姜美娟，"我要是听说还用得着问你吗？"

"李副院长把文医生的手术都停了。不过，我也是听他们说的。"

第四卷
死者背后有隐情

"停了？手术怎么会停？"

"文医生的手术都转给沈信惠医生了。"

听到沈信惠的名字，李冰茵的脸上立刻电闪雷鸣。

李亦晨的办公室里，响起一阵敲门声。

"请进！"

门开了，沈信惠不请自来。

李亦晨有些吃惊，连忙问道："沈医生？有什么事情吗？"

"李副院长，我想和您谈谈关于取消文医生手术的事情。"

"哦，这件事啊！没和你商量就把文池医生的手术全部转给你，真是辛苦你了。"

沈信惠微微一笑，"李副院长，我认为取消手术对文医生不公平。毕竟，最后的医疗鉴定还没有最后结果。"

"沈医生，你的责任是做好每一台手术，而不是判断公平不公平。这个时候，你不应该站到我的办公室，而是去找文池，了解患者的病情。"

"李副院长……"

沈信惠还想继续，却被李亦晨打断，"沈医生，这么做也是对患者负责。还有，院董事会正在考核你的业绩，回去好好准备手术，这也是展示能力的机会！"

文池并没有记恨江晨曦的父母，也没有责怪李亦晨取消自己的手术。也许是因为在国外长大，文池对医院里的一些流言蜚语和那些异样的眼光还是有些不习惯。

来到住院部，走进江晨曦的病房，文池掏出听诊器，贴在江晨曦的前胸。

"我说实话，你可不要笑话我。"江晨曦突然说道。

"当然不会。"

"我有点害怕！"

"怕什么？"

"我怕手术会疼。"

文池摸了摸江晨曦的头发，"手术不会疼的。"

"你保证？"江晨曦望着文池。

"我保证。"

"你会治好我的病是吗？"

"会有一位非常优秀的医生阿姨治好你的病。"

江晨曦一愣,"不是说,文池哥哥会亲自给我做手术吗?"

文池笑着摇摇头。就在这时,江晨曦的父母进了病房。

江晨曦抬起头,对父亲大声喊道:"为什么不是文池哥哥给我做手术?我只要文池哥给我做手术,我不要换医生!"

江父并没有理会儿子,而是对文池说道:"文医生,我们到外面说话。"

病房外,江父愤怒地对文池训斥道:"换医生并不是我们的原因,这一点你比谁都应该清楚!希望你心里还有一点做医生的职业道德,不要在孩子面前胡说八道!请你自重!"

离开李亦晨的办公室,沈信惠向手术室走去。李冰茵迎面走来,拦住她。

"沈医生,我要和你谈谈。"李冰茵冰冷地说道。

沈信惠一愣,抱歉地回答:"李医生,一会儿还有一台手术,能不能……"

"不能!"

沈信惠看了看表,为难地说道:"李医生,恐怕我们只有十分钟。"

"我和你用不了十分钟。"

沈信惠不想与李冰茵争执,便随她来到楼梯间。

"沈医生,这个时候你不要落井下石!"李冰茵咬牙切齿地说道。

"李医生……"

李冰茵并没有给沈信惠说话的机会,"我要是你,就把抢来的手术还给文池哥,你不要忘了这家医院是谁的!"

第四卷
死者背后有隐情

02

对于李冰茵的无礼，沈信惠并没有生气，而是保持平日的笑容，"李医生，你的心情我理解。我也希望能够做些什么帮助文医生。"

"既然沈医生这么说，现在就有一件事情，你可以去做。去找李副院长，推掉所有文池哥的手术。"

"这样恐怕帮不了文医生！"

李冰茵冷冷一笑，"帮不了？我看你是求之不得李副院长取消文池哥所有的手术。不管你怎么做，都别想成为心脏外科主任。"

这时，文池突然出现在楼梯上。

为了不让事情更糟，沈信惠赶紧转移话题，"李医生，你对手术的建议很有帮助。非常感谢！一会儿，我们手术室见。"

沈信惠微微向文池点了点头，然后离开了楼梯间。

不管沈信惠怎样帮李冰茵掩饰，李冰茵尖锐的声音早就收入文池的耳朵。

"请你以后不要再骚扰沈信惠医生。"文池怒斥的目光落在李冰茵的脸上，

"文池哥，我是为你好。他们凭什么取消你的手术，给了沈信惠？"

"取消手术和沈信惠医生没有任何关系，这件事情不需要你来插手。"

"文池哥，你能忍，我可忍不了！"

"我说了，这件事不需要你来插手。"

"文池哥！"

文池转身走了，将李冰茵扔在身后。李冰茵那高不可攀的自尊心受到前所未有的挫伤，但她并没有把仇恨记在文池的头上，而是更为憎恨沈信惠了。

爱情伟大，但当它盲目的时候，便会将人炮制成为恶魔。

给双手双臂消过毒后，沈信惠和助理医生李冰茵一同走进手术间。护士帮两人穿上深蓝色的手术服，戴好橡胶手套。

沈信惠站到手术台前，接过十号手术刀，娴熟地从正中切开患者胸骨。接着，李冰茵用自动拉钩牵开患者的胸骨，一颗鲜红跳动的心脏展露在眼前。

"准备体外循环。"

按照沈信惠的指令，医护人员迅速将患者心脏与体外循环仪链接在一起。"嘀"的一声之后，体外循环仪开始工作，以机械取代心脏为患者提供全身的血液循环。

灌注师从主动脉根部将心脏停搏液注入患者心脏。很快，心脏监视器上跳动的波纹变成一条平滑的直线，患者的心脏停止跳动。

沈信惠道："下面的手术由李冰茵医生完成。"

李冰茵一愣，"我……我是助理医生。"

"要成为真正的心脏外科医生，总要有第一次。"

"沈医生，你知道这样的手术我从来没做过，你不是有意害我吧？"

这句话一出，所有人的目光都聚焦在沈信惠的身上。

"手术室里，医生只有一个目的，那就是治病救人。"沈信惠的语气虽然不急不躁，却重如千斤。

文家别墅，陈姐将茶水端进书房，轻轻地放在文母的面前。

文母根本没有心思品茶，焦急地问道："陈姐，死者的家属联系好了吗？"

"已经联系过了，应该很快就到。"陈姐赶紧回答。

"说好了八十万？"

"说好了。拿到钱，他们就不再追究。"

"为了儿子，我这个做妈的只能这么做。如果让文池知道这件事情，他肯定会责怪我。"文母叹了口气，"陈姐，这件事情千千万万不能让文池知道。这孩子的自尊心太强。"

第四卷
死者背后有隐情

"夫人，我想文池医生一定能够理解您的苦心。"陈姐安慰道。

这时，楼下传来一阵门铃声。

"夫人，死者的家属可能来了。"

文母摆了摆手。

陈姐跑下楼，开了门，门外果然是死者的小舅子郑俊才。

"婶儿，我没迟到吧！"郑俊才鬼祟地说道。

陈姐将郑俊才拉进门，严肃地叮嘱道："一会儿见到夫人，不要乱说话，别惹夫人不高兴。"

"她儿子害死我姐夫，我管她高兴不高兴！"

陈姐瞪了郑俊才一眼，"好，你小子不要见夫人了，也别想要那八十万。"说着将郑俊才往外推，后者只好屈服，"婶儿，我听您的，我听您的还不行嘛！"

两人来到书房门前，陈姐压低声音再次叮嘱："记住了，别胡说八道！"

"好好好，我记住了。"

陈姐轻轻敲了两下门。

"进来！"文母的声音从房间里传出。

手术室里，李冰茵从护士手中接过直角小拉钩，牵开患者心脏的右冠瓣，细小的汗珠密密麻麻地出现在她的额头。

"现在怎么办？"李冰茵问道。

沈信惠冷静道："第二切线可直接向下延伸。小心不要向右下，以免损伤左束支。"

护士为李冰茵擦去额头上的虚汗。

"给李医生换15号手术刀。"沈信惠说道。

李冰茵从护士手中接过15号手术刀，看着沈信惠。

"李医生，你现在可以切除紧靠主动脉瓣环下方的肥厚肌肉组织。在右心室前壁和室间隔前方用手指压迫心壁。"

"为什么？"

"这样有助于肥厚肌肉组织的显露和切除，一定注意不要切透室间隔。"

陈姐将郑俊才带进书房，小心翼翼地说道："夫人，死者家属来了。"

文母抬起头，厌恶地看了一眼郑俊才，"来了，那就坐吧！"

陈姐给郑俊才搬了把椅子。

文母道："陈姐，你出去忙你的吧！"

陈姐恭恭敬敬地退出书房。

文母接着问郑俊才："你是死者的什么人啊？"

"死的是我姐夫。"

"姐夫？那你姐姐怎么没来？"

郑俊才并不客气，"我姐忙，来不了。"

文母冷冷一笑，"你能代表你姐吗？"

"当然！"

郑俊才的回答并没有打消文母的顾虑，她继续问道："我怎么能够相信？给了你们钱，你们就不再追究此事？"

郑俊才想了想，"这好办，我给你立个字据。"

郑俊才在字据上签上自己的名字。文母拿起字据，满意地看了看。就在这时，陈姐慌慌张张地跑进书房。

"夫人，文池医生回来了。"

文母摆了摆手，示意陈姐赶紧把郑俊才带走。

郑俊才跟在陈姐的屁股后面溜出书房，蹑手蹑脚地沿着走廊悄悄向楼梯走去。

"婶儿，干吗偷偷摸摸的？"郑俊才问道。

"嘘！"

郑俊才挺直了胸脯，"他们害死我姐夫，是他们请我来的。"

陈姐使劲瞪了郑俊才一眼，压低声音说道："钱拿了，这事儿就算完了，还说什么害死不害死的。我让你别出声，你就别出声，别那么多废话。"

"婶儿……"

郑俊才的话还没说完，身边的房门开了，文池出现在两人面前。陈姐有些不知所措，慌乱地将郑俊才拉到身后。

"陈姐！您看到我的蓝色衬衫了吗？"文池问道。

"在洗衣房，我现在就去拿！"

文池注意到陈姐身后的郑俊才，后者带着仇恨的目光正盯着他。

第四卷
死者背后有隐情

陈姐赶紧解释:"夫人房间里的卫浴出了问题,他是来修理水管的师傅。"说完,拉着郑俊才慌慌张张下了楼。

将郑俊才送出大门外,陈姐不放心地叮嘱道:"钱已经给你了,这件事情到此为止。回去和你姐姐好好生活,别到处惹事。"

郑俊才点点头。

陈姐摆了摆手,"走吧,回家吧!"

望着郑俊才的背影,陈姐深深地叹了口气,转身回到院子里,将大门关得严严实实。

手术终于结束,沈信惠出现在再希医院心脏外科手术室外的走廊上。李冰茵正加快脚步,从身后赶了上来,再次将沈信惠拦下。

"李医生,有事吗?"

"谢谢你在手术里对我的信任!不过,这并不会改变我对你的态度。文池哥是我的未婚夫,我不准有人伤害他,伤害我们的感情。"

沈信惠微微一笑,"李医生,没人会伤害文医生,也没有人会伤害你们的感情。"

"我现在只是警告。如果真有什么事情,我不会这么客气!不过,今天我还是要感谢你。"

沈信惠微笑看着面前的李冰茵,"李医生,我衷心祝你和文医生幸福。"

"我希望这不是花言巧语的表演。"

扩音器突然响起:"心脏外科的沈信惠医生、李冰茵医生速到重症观察室。心脏外科的沈信惠医生、李冰茵医生速到重症观察室。"

郑俊才哼着小曲,沿着街道朝着公车站的方向走去。他从兜里掏出那张八十万的支票,贴在嘴上,比吻自己的女友还开心。突然,一只大手重重地拍在郑俊才的肩膀上,吓了他一跳。郑俊才赶紧收起支票,转过身,身后站着一名陌生中年男子。

"喂,你想干什么?"郑俊才恶狠狠地问道。

"我是《朝南日报》的记者,金秉阳。"中年男子自我介绍道。

郑俊才警惕地打量着对方,"记者?记者找我干什么?"

"我们正在调查再希医院的一起医疗事故。"

郑俊才装傻道："什么医疗事故？和我有什么关系？"

金秉阳不慌不忙道："如果我没认错的话，你是死者妻子的弟弟。"

"你认错人了！"说完，郑俊才转头就走。

金秉阳紧紧跟在郑俊才身后。

过了几个街区，见没有甩掉金秉阳，郑俊才停下脚步，回过身道："再跟着我，我可对你不客气了！"

郑俊才的警告并没有起到任何作用，金秉阳依然不肯放过他。

郑俊才猛地回身，抓住金秉阳的衣领，将他逼到墙角，"你到底想干什么？"

"你到文家干什么？"金秉阳反问道。

"这个用不着你操心！最好给我滚远一点。"郑俊才恶狠狠地说道。

金秉阳并不畏惧郑俊才的警告，"文家和你达成了什么协议？"

"告诉你，给我滚远一点。"

"他们出了多少钱买你姐夫的命？"

郑俊才的双眼带着血丝，挥拳将金秉阳打倒在地，"我警告你，别再跟着我！"

金秉阳趴在地上，用手擦去嘴角的鲜血，看着郑俊才的背影消失在街道的尽头。

沈信惠和李冰茵一前一后冲进重症观察室。病床上，刚刚做完手术的患者正在不停地抽搐着。

姜美娟道："患者血压突然下降，QRS波增宽，心室率过慢，每分钟35次。"

话音刚落，心脏监视器突然发出刺耳的鸣叫。

"患者出现心室颤动！"沈信惠喊道，"李医生，准备电击除颤！"

李冰茵被眼前的景象惊呆了，站在原地一动不动。

姜美娟将除颤仪递到她的面前，"李医生！李医生！"

李冰茵这次反应过来，接过电极板，"充电200焦耳，准备，电击！"

姜美娟道："电击无效！"

"充电300焦耳，准备，电击！"

在巨大电流的冲击下，患者的心脏终于恢复了有节奏的跳动。沈信惠立刻让护士通知手术室，准备手术。

"是不是手术时，我操作有误？"消毒室里，李冰茵惊魂未定。

沈信惠道："完全性房室传导阻滞是术后并发症的一种。李医生，这不是你

第四卷
死者背后有隐情

的错。"

李冰茵跟随沈信惠再次站到手术台前。

沈信惠道："李医生，现在要做的事情就是为患者安放心脏起搏器。"

李冰茵深吸一口气，从护士手中接过手术剪，开始拆除患者胸口的缝线。

郑俊才带着酒气从小酒馆儿里出来，一路哼着小曲来到姐姐郑燕华的家中。郑燕华并没有责怪弟弟，而是给他倒了杯热茶，解酒。

"俊才，以后少喝酒，对身体不好。"

"姐，今天为了你，为了姐夫，为了敏儿，我干了件大事。"郑俊才自豪地说道。

"你不要惹事就好。你姐夫不在了，以后你要少惹是生非，找份正经工作。"郑燕华边收拾桌子，边说道。

郑俊才从怀里掏出那张八十万的支票，"啪"的一声拍在桌上，"姐，你以后再不用担心今后的生活了。八十万，我从文家拿来的。"

郑燕华惊诧地、不知所措地盯着郑俊才。

郑俊才面带自豪般的道："姐，要是不够，我再去文家要。他们欠咱们的。"

郑燕华怒目圆睁，伸手给郑俊才一记耳光。

郑俊才一只手捂着脸，委屈道："姐，你干吗打我？"

"你把你姐夫的命卖了八十万！你滚，你给我滚出去！"

郑俊才一脸委屈，"姐，我也是为你好。"

"出去，你现在就给我出去！"郑燕华气得浑身哆嗦。

"姐，你现实一点好不好。敏儿得了尿毒症，每个星期要做透析。没有钱，拿什么给敏儿治病？你又没有工作！"

这时，卧室房门开了一条缝隙，从里面走出一个四岁大的女孩儿。郑燕华将女儿搂在怀里，泪如雨下。

郑俊才在一旁不知好歹地劝道："姐，我也是为了这个家好！八十万，你就不用再辛苦了。"

郑燕华紧紧抱着女儿，"出去！你给我出去！"

郑俊才被赶出门，晃晃悠悠地走在昏暗的街道上。金秉阳站在郑燕华家对面的角落里，看着郑俊才的背影消失在黑夜中。

03

　　夜幕下，文家的别墅灯火通明。和死者家属达成协议，文母的心情大好，不仅褪去了愁眉苦脸的表情，还送给陈姐一块千元的手表做奖励。

　　看到未来儿媳妇李冰茵从医院回来，文母心里像开了一朵花，"冰茵，工作一天很辛苦吧！"

　　"伯母，今天，我做了毕业后第一台心脏手术，现在患者状况很稳定。"李冰茵兴高采烈地回答道。

　　文母露出欣喜的笑容，"我们冰茵从小就聪明伶俐。伯母相信，你一定会成为一名非常杰出的心脏外科医生。你和文池真是天生的一对儿，般配得很！"

　　"伯母，您太夸奖了！我哪里能比得上文池哥。以后，还要文池哥多教教我呢！"

　　看着李冰茵，文母心中喜不自禁。

　　李冰茵洞察到文母今天心情大好，立刻询问："伯母，您今天的心情这么好，是不是文池哥的事情有了什么眉目？"

　　"冰茵啊，我给你看样东西。"

　　说着，文母将李冰茵拉到楼上的书房，从抽屉里拿出与郑俊才签好的协议，递给李冰茵。一开始，李冰茵还表示出惊喜，可没一会儿，脸色就变得阴郁起来。

　　"你怎么了？有什么事情就和伯母说。"

　　"伯母，我和您说了，您可千万别动气。"

　　"你说！"

　　"李副院长取消了文池哥的手术资格，文池哥的手术都转给了沈信惠。"

第四卷
死者背后有隐情

"啪"的一声，文母拍案而起，"最近有几个董事一直借着文池这件事找你伯父的麻烦，我看这个李副院长一定是和他们一伙的。"

李冰茵赶紧起身，"伯母，您别生气。今天文池哥的事情解决了，我们应该庆祝一下，不能因为那些居心叵测的人影响了您的心情。我今天亲自下厨，给您和文池哥做几样拿手菜，庆祝一下。"

文母的脸上笑容恢复，握着李冰茵的手，"冰茵啊，我们文池能娶到你这样的媳妇，真是福分！"

餐桌上摆满了李冰茵精心为文池烧的菜。文母看在眼里，喜在心上。
"陈姐。"
"夫人，您有事？"
"去，叫文池下楼吃饭。"
文池下了楼，文母的脸上立刻扬起微笑，"儿子，你看看，这都是冰茵专门给你做的。"

李冰茵目不转睛地看着文池，期待着对方的感动。
"妈，今晚要去医院值班，晚饭我就不在家吃了。"
"吃完饭去医院也来得及。"
"我要迟到了！"
文池头也不回地离开别墅，李冰茵脸上的期待一下子变成了沮丧和委屈。

黑夜，文池驾车穿梭在霓虹交织的混沌之中。突然，他似乎想起什么，拿起手机，"美娟，真不好意思，这么晚还打扰你。"
"没关系，文医生！有事儿，您说。"电话里传出姜美娟的声音。
"上次托你打听沈信惠医生上庭的时间，不知道有没有消息？"
"现在还不清楚。不过，您放心，一有消息，我会立刻通知您。"
"那就拜托你了，美娟。"
文池收起手机，继续向再希医院驶去。

文母走进书房，将参茶放在丈夫面前。
"谢谢，夫人！"文皖成微笑道。

文母不解风情地板着脸。

"呦,这又是谁让夫人不高兴了?"

"有件事我要问你。"文母兴师问罪道。

"请说!"

"李亦晨取消了文池的手术资格,这件事情你知不知道?"

文皖成一愣,"我没有听说过。"

文母咬牙切齿道:"看来,姓李的非要和我们文家过不去了。这次必须要让他明白再希医院到底是谁在做主,不能白白让文池受了委屈。"

文皖成收起笑容,"这件事情你最好不要管!"

这话让文母气不打一处来,怒声斥责道:"一个副院长都骑到你这个董事长的脖子上了,你怎么还是这种态度!"

文皖成道:"他是董事局任命的副院长,主管外科。他有权力终止任何外科医生的手术资格,文池当然在内。文池的事情,我们不宜过多插手,否则会让人家说三道四。人心散了,队伍就不好带了,这话是有道理的。"

"我不管什么人心不人心的。文池是我儿子,谁欺负他,就是和我过不去。"

"我劝你还是搞清楚原因,再去兴师问罪。文池处在风口浪尖上,是不是医疗事故,还没有最后定论。李亦晨停止他的手术,让他避避风头,这也没什么不好。"

文母冷冷一笑,"我可不觉得他有这份儿心思。以后,文池的事情就不麻烦姓李的操心了!"

"你什么意思?"

"文池这件事我已经搞定了。我给了死者家属八十万,他们答应不再追究此事。"

"什么!"文皖成从椅子上跳起来,"你给他们钱了?"

"是啊!为了我儿子别说八十万,八百万我也要给。"

文皖成气得浑身发抖,厉声道:"你糊涂啊!你以为你是在帮儿子解脱困境?错!我告诉你,你是在毁掉文池的前途。"

病房里,江晨曦无聊地拿着电视遥控器,走马灯似的调换着频道。看到文池走了进来,他立刻关掉电视,兴奋地问道:"文医生,我们去吃汉堡怎么样?我请!"

文池一笑:"你,需要好好休息!"

文池的拒绝让江晨曦很是扫兴,"文医生,生活需要创意。你这么老套,女孩子

第四卷
死者背后有隐情

是不会喜欢你的。"

"看来,你很有经验。"

江晨曦叹了口气,"怎奈缠绵病榻!"

文池笑了,"我相信你会好起来的。"

"我宁愿死在汉堡堆里,也不愿在无聊的病床上奄奄一息。我过往的生命除了作业,就是考试。"江晨曦无奈地摇了摇头,"实在太沉重!上手术台前,我就想实现一个汉堡的愿望。"

"下了手术台,我就实现你一个汉堡的愿望。现在,你需要睡觉。"

文池的话音刚落,江晨曦的呼吸突然变得困难,脸色苍白,身体不停地颤动。文池迅速给江晨曦戴上吸氧面罩。

这时,护士也冲进病房。

文池吩咐:"立刻注射5毫克吗啡、0.4毫克西地兰和20毫克呋塞米。"

就在医护人员奋力抢救江晨曦的时候,心脏外科会诊室里,沈信惠和金佳楠正在向江晨曦的父母介绍病情。

沈信惠说:"江晨曦的主动脉窦壁先天性薄弱。在主动脉的压力下,形成主动脉窦瘤。由于瘤囊较大,导致三尖瓣关闭不全,所以产生心房颤动。"

"会不会有生命危险?"江父不无担忧地问道。

金佳楠接道:"随着瘤囊逐渐扩大,瘤壁会渐渐变薄,最后破裂。如果破入心包腔中,会引起猝死。"

江晨曦的父母相互对视,目光中充满了焦虑。

"我们会尽快安排手术,切除江晨曦的主动脉窦瘤,以防破裂。"沈信惠安慰地说道。

突然,会诊室的门被猛地推开,姜美娟面色惊慌地出现在众人面前。

"江晨曦……江晨曦……突然心力衰竭!"

江晨曦的母亲冲进病房,看到病床上人事不省的儿子,立刻扑了上去。为了不影响抢救,沈信惠让护士将江氏夫妇拉出房间。

文池急道:"患者突然出现心悸和气急症状,并迅速进入心力衰竭。"

沈信惠拿起听诊器放在江晨曦的左胸,仔细听过之后,说道:"患者主动脉窦瘤有可能破裂,立刻送去做CT血管造影。"

CT室里，巨大的白色扫描仪扫过江晨曦的全身。几秒钟之后，电脑屏幕上清晰地显示出他的血管造影图像。

沈信惠诊断道："主动脉窦瘤已经破裂，马上准备手术。"

通往手术室的走廊上，急促纷乱的脚步声与轮床摩擦地面的声音交杂在一起，似乎奏响起生命的结束曲，让人焦躁和恐惧。

手术室门外，沈信惠将文池拦下。

"文医生……"沈信惠注视着文池。

"我明白。"

"文医生，我一定尽力。"说完，沈信惠转身跑进手术室。

沈信惠和金佳楠以最快的速度穿好手术服，站到手术台前。护士将手术刀递过来，沈信惠熟练地切开了江晨曦的胸腔。

沈信惠道："佳楠，给患者插管，建立体外循环。"

医护人员立刻为江晨曦建立体外循环。一切就绪，沈信惠切开江晨曦的右心室。动脉瘤果然破裂，鲜红的血液正从瘤体破口处大量喷出。

突然，血压监视器发出刺耳的警报声。85、80、75、70……显示器上，江晨曦的血压开始急剧下降。

全体目光焦急地落在主治医生沈信惠的身上。她将手指伸入江晨曦的右心室，不停地摸索。

"佳楠，我已经按压住瘤体破口。"

金佳楠心领神会，迅速用止血钳夹住瘤体破口，阻断升主动脉。江晨曦的血压开始逐渐回升，刺耳的警报声也随之消失。

接下来的几个小时里，沈信惠将心脏内的瘤体剪除，缝合好破口。

"佳楠，可以放开阻断钳了。"

一切进展顺利，可就在金佳楠放开止血钳的一瞬间，江晨曦的左心室就像被吹起的气球，迅速膨胀，心脏随时都有破裂的危险。

"立刻阻断循环，立刻阻断循环，停跳心脏！"沈信惠的声音也失去了往常的冷静。

第四卷
死者背后有隐情

　　观察室里，文池透过巨大的玻璃，目睹着手术室里发生的一切。这时，墙上的扩音器突然传出："值班医生文池，请立刻到抢救室。值班医生文池，请立刻到抢救室。"
　　文池没有选择，只好转身跑出观察室。

　　文池冲进抢救室，正在抢救患者的竟然是今晚并不值班的李冰茵。
　　李冰茵说："患者周蓝凤，女，60岁，突然心绞痛。服用硝酸甘油，无缓解。心电图表现为ST段抬高，肌酸激酶同工酶及肌钙蛋白升高。"
　　文池道："准备给患者做冠状动脉造影。"
　　灌注师将造影剂注入患者冠状动脉，整个冠状动脉的影像呈现在电脑屏幕上。
　　文池指着影像上的血管说道："前降支中段完全闭塞，这里有明显的血栓影。"
　　李冰茵表示："我们可以尝试球囊扩张，必要的话可以植入支架。"
　　"患者血栓负荷过大，植入支架有可能会产生血栓逆向，进入回旋支，造成更大范围的心肌梗死。"
　　"文池哥，那怎么办？"
　　"可以采用血栓抽吸导管，吸出血栓。"文池斩钉截铁地说道。
　　在文池和李冰茵的努力下，抢救室的患者终于脱离生命危险，被送进重症监护室做进一步观察。文李二人并肩来到护士台前。
　　"周蓝凤的家属在吗？"文池问道。
　　一名护士将文池和李冰茵带到一位六十多岁的大妈面前。
　　"您是周蓝凤的亲属？"文池问道。
　　大妈说："我不是周蓝凤的亲属。我们住对门，晚上我听见有人敲门，我就去开门。一开门，就看见她躺在地上。"
　　"她没有亲属吗？"
　　"她老伴儿死得早，留下一男一女。女儿呢，在外地工作。儿子虽然在本地工作，但工作忙，个月都不来看他妈一次。"
　　文池和李冰茵相互看了一眼。
　　文池对护士说道："尽快通知老人家的儿子和女儿。"
　　"刚才打过电话，女儿的电话没人接。儿子正在外地开会，说开完会就赶回来。"护士无奈地回答道。

"医生，周蓝凤怎么样了？"邻居大妈关切地问道。

李冰茵回道："血栓导致患者冠状动脉持续性缺血，引发心肌坏死，就是我们经常说的心肌梗死。我们已经给周蓝凤进行了排栓，恢复了血液循环。"

病房里，周蓝凤依然昏迷不醒，苍老的躯体孤零零地躺在病床上。文池轻手轻脚地为老人做了术后检查。

"文池哥，她情况怎么样？"李冰茵关切地问道。

"从数据上看，体征稳定。"

"孤独真让人感到凄凉！"李冰茵突然说道，"没有人陪伴是件让人伤心的事情。"

文池转过身，将患者的病例递交给李冰茵，"冰茵，你是第一个抢救患者的医生，患者就交给你了。早点回家，不要忘了明天给患者做早检。"

"文池哥，我不回去，我陪你！"

"医生的职责是帮助患者解除病痛。你明天还有手术，一会儿把病例交到护士站，早点回家休息。"

文池转身离开病房。看着病床上周蓝凤孤独的身影，一阵心酸猛然袭伤李冰茵的心灵，眼泪悄然而下。

出了病房，李冰茵擦去面颊上的泪滴，挂上平时她那不可一世的神情，走向护士站。

数小时后，当手术室的白色大门向两侧滑开的时候，江晨曦的父母带着焦急和恐惧从椅子上缓缓起身。沈信惠和金佳楠两位医生面色疲惫地来到他们面前。

沈信惠摘下蓝色的手术帽，"江晨曦的主动脉瘤已经被切除，目前患者的状况相对稳定。"

听到儿子平安的消息，眼泪不由自主地从江母的眼眶中涌出。手术室外数小时的等待已经耗尽了这位母亲最后一丝坚强，她瘫倒在丈夫的怀里，身体不停地颤抖。

这样的场面让沈信惠欲言又止，作为医生，她应该告知全部事实，可作为一位准妈妈，她实在不想再让面前这位母亲受到伤害。

见沈信惠不说话，金佳楠挺身而出，"手术虽然顺利，但还不能排除术后并发症的可能。"

"术后并发症？那……那会有生命危险吗？"江父手足无措地问道。

第四卷
死者背后有隐情

金佳楠的心也突然软了，沉默片刻之后道："不排除有生命危险的可能。不过，我们会密切观察患者的体征变化。江晨曦已经送到了重症监护室。你们平复一下情绪，就可以去看望患者了。"

天还没亮，一所公立医院的挂号大厅里已经排起了长长的队伍。郑燕华怀里抱着熟睡的女儿，夹杂在队伍当中。几个小时之后，她终于拿到了女儿的化验单。

仔细查看过化验单，医生对郑燕华说道："郑女士，你女儿的尿毒症必须通过换肾才能治愈。只要找到匹配的肾脏，我们就会立即为您女儿进行器官移植。"

"医生，什么时候能找到匹配的肾脏？"郑燕华焦虑地问道。

"这个就不好说了，可能一两个星期，也可能几个月，甚至更长。不过，您别着急。按时带女儿来做透析，在找到肾脏之前，不会有太大的问题。"

办公室主任崔正卿的身影匆忙地穿过办公大楼那条长长的走廊，停在李亦晨的办公室门前。他没敲门，直接推门而进。

"文池医生的案子，患者家属主动放弃调查了！"崔正卿激动地叫喊道。

李亦晨猛地从办公椅上站起身，"放弃调查？为什么突然放弃调查？"

"这个，我也不清楚。不过，他们确实不再要求调查这件事了。"

李亦晨并没有惊喜，反倒陷入沉思。片刻之后，他拿起办公桌上的电话，"请文池医生到我这里来一趟。"

崔正卿不解："李副院长，您……"

"患者家属突然放弃调查，一定有问题。"

李亦晨的话音刚落，办公室的门"砰"的一声被推开，文池的母亲气势汹汹地走了进来。

"李副院长，我听说你取消了文池的手术资格？"

"夫人，我并没有取消文医生手术资格，只是将文医生的患者转交给了其他医生。"李亦晨并不回避，礼貌地回答。

"你凭什么这么做？"

"我是主管外科的副院长。"

文母气得浑身发抖道："副院长就能胡作非为吗？"

"夫人，作为副院长，我认为在事件没调查清楚之前，文医生暂时不适合参加手术。无论是对医院，还是对文医生本人，都没有坏处。"

"你这样做严重伤害了文池的感情。我看你李亦晨是有意打击文池，你是想毁掉文池的前途！"

"如果文池医生这么容易丢弃自己的职业梦想，那我劝他还是不要做外科医生得好。"

文母正要大发雷霆，一阵敲门声响起。

李亦晨沉着道："请进！"

门开了，沈信惠出现在众人面前。

看到满脸怒气的文母，她意识到气氛不对，马上道："李副院长，那您先忙，我晚些时候再过来找您。"

沈信惠刚要走，却被文母叫住："沈医生，有什么事情不能当着我的面说吗？"

沈信惠看了一眼李亦晨，后者面色依旧平静。

沈信惠遂道："李副院长，重症室的102号床患者已经脱离危险期，我们认为可以转入普通病房。您是患者的主治医生，我们想听听您的意见。"说着，将患者的病例交到李亦晨手中。

李亦晨查看了病例，随后说："沈医生，那就按你说的办！"

沈信惠要走，再次被文母拦下："等等！如果我没猜错的话，你就是沈信惠医生。"

"是的，我就是沈信惠。"

文母转身又对李亦晨说道："我记得，这位沈医生是您李副院长推荐的心脏外科主任。"

"是的，我是推荐了沈医生作为心脏外科主任的候选人。"

文母一只手重重地拍在桌子上，怒喝道："李副院长，你们这是结党营私，记住，再希医院永远不会姓李！"

随着文母的吼声落地，房间里一下子肃静下来。就在紧张的气氛当中，凝结的空气中再次传来一阵敲门声，这次推门进来的是文池。

看到面色铁青的母亲，文池不由一愣："妈，您在这儿干什么？"

"你不要说话！"文母呵斥道，接着转向李亦晨，"李副院长，我不想再多说什么，现在通知你一件事，死者家属已经撤销了调查。我要求你立刻恢复文池的全部手术。"

第四卷
死者背后有隐情

"撤销调查"四个字让文池惊诧莫名。

郑燕华牵着女儿的小手,疲惫地走出医院。每一次带女儿排队看病都会让她身心憔悴,特别是在丈夫去世后,更是力不从心。但为了治好女儿的病,郑燕华从来没放弃过,再怎么艰难也要让女儿好好生活下去。

就在郑燕华带着女儿走去公车站的路上,突然冲出一名陌生中年男人,将母女二人拦下。

"您是郑燕华女士?"男人问道。

郑燕华警惕地看了一眼面前的陌生人,转身要走。男人抢先一步,再次拦住郑燕华。

"我叫是金秉阳,《朝南日报》的记者。对您丈夫的离世,我非常遗憾。"

"你想干什么?"郑燕华警惕地问道。

"我想知道,为什么您突然放弃对丈夫死因的调查?"

郑燕华拉着女儿要走,金秉阳一把抓住小女孩的胳膊,"郑女士,如果他们威胁你,我可以帮助你。"

郑燕华的女儿被吓得哇哇大哭。

"你放开我女儿!"郑燕华高声叫道。

金秉阳并没有放手,"郑女士,难道你就这样让你的丈夫不明不白地死去吗?"

"放开我女儿!"郑燕华声嘶力竭道。

"作为妻子,您应该查明丈夫的死因!"

在金秉阳的叫喊中,四岁的敏儿突然晕倒在地。

04

　　《朝南日报》的办公楼昏昏沉沉地矗立在城市一角。阳光照射在灰色的外墙上，整座大楼显得更加老旧。郑俊才靠在马路对面的角落里，点着一支烟，眼前立刻形成一团烟雾。

　　就在烟雾缭绕中，金秉阳的身影出现在大厦外。郑俊才将烟头扔在地上，狠狠碾了一脚。他迅速走出角落，横穿过马路，直奔金秉阳而去。

　　金秉阳拐进一条小巷，突然身后遭到猛击，随后趔趄地倒在地上。郑俊才上去对地上的金秉阳就是几脚。金秉阳晃晃悠悠地爬起来，脸上又遭到对方的一记猛拳。金秉阳靠在墙上，从嘴角流出一股鲜血。

　　郑俊才死死抓住金秉阳的领子，吼道："你要再敢骚扰我姐，我就让你永远躺在街道上。"

　　金秉阳喘着粗气，"你……你误会了！"

　　郑俊才在金秉阳的脸上啐了口唾沫，接着又是一拳，金秉阳应声倒地。

　　正午阳光驱散了户外的寒冷，再希医院住院部的花园里不少患者享受着一天中最温暖的时刻。谈笑声时隐时现，病魔似乎已经被遗忘在身后的那栋白色大楼里。

　　在沈信惠的陪同下，江晨曦坐在轮椅上也出现在花园里，享受着暖阳。他的神情看上去好了很多，不过身体上还是附带着心电监护的仪器。

　　"沈医生！"随着声音，文池出现在沈信惠面前，"我母亲一定为难您了！真是对不起！"

第四卷
死者背后有隐情

沈信惠并不介意，微笑着说道："作为一位母亲，担心自己的儿子，是可以理解的。"

"非常感谢您能够这么理解，我代我母亲向您道歉！"

"你太客气了，文医生。我还没恭喜你呢！患者停止调查，文医生又可以回到手术室了。"

"这件事情，我也是才知道。"

"这么大的事情，你之前不知道？"

文池摇了摇头。

"不管怎样，事情过去了。希望你今后能够救治更多的患者。"

这时，沈信惠的手机响起，她接起电话，"喂……好的，好的，我马上就到。"

收起电话，沈信惠对文池说道："我需要马上回办公室。你帮我照看一下江晨曦。"

文池接过江晨曦的轮椅，目不转睛地目送沈信惠离开。

"喂，人家都走远了！要看，我陪你去办公室看怎么样？"轮椅上的江晨曦突然说道。

文池拍了拍江晨曦的脑袋道："小鬼头，你又在胡思乱想什么？"

江晨曦叹了口气，"你这么专注地看女生，我还能想什么？"

"看来你很有经验。"

江晨曦又叹气。

"怎么，有什么伤心的往事？"文池玩笑地说道。

"非常想念小静姑娘。"

"我可以花点时间，听听你和小静姑娘的故事。"

"你要请我吃汉堡，才能听故事。"

这一次，文池并没有拒绝江晨曦吃汉堡的要求，他推着江晨曦来到医院的咖啡厅。

"好吧，有故事的人，我还欠你一个汉堡。你在这里等着，不要乱动。"文池笑着说道。

江晨曦挑了挑眉毛，得寸进尺道："外加一包薯条，还有一杯可乐。"

咖啡厅的交款台前，文池掏出一张一百元的纸币交到收银员手里。突然，从不远处传来一声惊叫。文池顺着声音望去，江晨曦正直挺挺地躺在咖啡厅的地板上。

文池丢下餐盘，冲到江晨曦身边。此时，江晨曦已经完全丧失意识，身体不停地抽搐。文池举起拳头对着江晨曦的胸前区猛击，一次，两次，三次……毫无效果，江晨曦的身体依旧不停地在抽搐。

李冰茵出身于医学世家，父母在美国都是知名的华人外科医生，拥有一座私家医院，无论到哪儿，都备受尊敬。女儿要富养，这个传统理念也贯穿了李冰茵的成长过程。不过，除了骨子里性情高傲，习惯性目中无人，李冰茵对待医生这个职业却从来都是一丝不苟的。

就在李冰茵聚精会神地研究周蓝凤的病历时，姜美娟静悄悄来到她的身后。

"李医生！"

李冰茵吓了一跳，回身对姜美娟怒斥道："你什么时候进来的？一点声都没有，鬼呀你！"

姜美娟一脸的委屈道："周蓝凤的儿子来了。"

"人呢？"

很快，姜美娟带着一个四十岁左右的中年男人，走进办公室。李冰茵抬起头，鄙视的目光落在中年男人身上。

"这位是李冰茵医生，令堂的主治医生。"姜美娟对中年男人说道。

"李医生，您好！"中年男人面带笑容，伸出一只手。

李冰茵瞥了一眼中年男人，根本没有握手的意思。中年男人只好尴尬地将停在李冰茵面前的手收回，但脸上的笑容没减。

"李医生，非常感谢您救了我母亲。"

"你知不知道你母亲有严重的心脏病？"李冰茵就像刑讯室里审问杀人犯的警察。

中年男人依然笑着回答道："知道！知道！"

"既然知道，你还留自己的母亲一个人在家？"

中年男人赶忙解释："忙，工作太忙！"

看到李冰茵脸上的怒气，姜美娟赶紧打圆场："李医生，带患者家属去病房吧！"

周蓝凤的儿子就像一只得罪了主人的猫老老实实地跟在李冰茵身后，进了母亲的病房。

第四卷
死者背后有隐情

见到自己的儿子，周蓝凤脸上病痛的褶皱立刻充满笑意，"儿子，你怎么来了？妈没事儿。"

中年男子站到母亲床前，不耐烦地说道："您都被送医院来了，我能不来嘛！"

周蓝凤继续笑道："儿子，我给你介绍一下。这位是李冰茵，李医生。"

"老太太，您不用介绍了，已经见过了。"李冰茵态度相当和蔼，不过当她转身对中年男人说话时，态度变得相当冷酷，"你好好听着，我给你介绍一下老太太的病情。"

中年男子赶紧欠身，"好的！好的！谢谢您，李医生。"

"老太太患的是冠状动脉粥样硬化。血管壁上沉积了一层类似小米糊样的脂类，致使血管弹性降低，管腔变窄。由于粥样斑块破裂，血中的血小板在破裂的斑块表面聚集，形成血栓，阻塞冠状动脉管腔，导致心肌缺血。以后一定要注意……"

李冰茵话还没说完，中年男子的口袋里传出一阵急促的电话铃声。他不敢怠慢，赶紧掏出手机，"不好意思！我接个电话。"

没一会儿，中年男子返回病房，急匆匆地说道："妈，我们副总来电话，我得赶紧回公司一趟。"

周蓝凤忙不迭道："你赶紧去吧！工作要紧，不用担心妈，妈能照顾自己。"

话音未落，中年男子就消失在病房外。李冰茵脸上显露出不悦的表情。

"李医生，您别怪他。我儿子刚刚升了公司总监，特别忙。"周蓝凤赶紧替儿子解释。

"忙？忙也不能忘了自己的亲妈啊！"李冰茵不客气地说道。

这话说得周蓝凤不太好意思，姜美娟赶紧捅了捅李冰茵。

"李医生，我儿子……"

周蓝凤的话刚说了一半，便开始剧烈地咳嗽。姜美娟给老太太端来一杯清水。周蓝凤喝了一口，脸色突然变得煞白，直挺挺地倒在病床上，一动不动。

"我……我什么也没做啊！"姜美娟惊慌失措地喊道。

在护士的帮助下，文池将江晨曦送进抢救室。很快，沈信惠赶到现场。

沈信惠吩咐："立刻静脉注射利多卡因。"

可就在护士将药物注入江晨曦体内的同时，体征监测仪突然发出让人不安的警报声。

接着，护士焦急地喊叫："患者血液中氢离子浓度正在上升，出现酸中毒，并伴有心室颤动。"

沈信惠一边给江晨曦做CPR，一边喊道："静脉点滴5%的碳酸氢钠。文医生，立刻准备电击复律。"

护士迅速准备好除颤仪，将电极板交到文池手中。

文池道："充电200焦耳，准备，电击……充电300焦耳，准备，电击……"

在医护人员的努力下，徘徊在生死边缘的江晨曦再次被抢救回来。

就在文池将电极板交还给护士的时候，江晨曦的父亲冲进抢救室，一把揪住文池的领子，恶声喊道："你对我儿子做了什么？你对我儿子做了什么？我早就告诉过你，离我儿子远一点。"

抢救室里的护士们全被惊呆了。

沈信惠赶紧上前，对江晨曦的父亲说道："请您冷静！"

"冷静？他想害死我儿子，我怎么冷静？"

沈信惠说："江晨曦已经脱离生命危险了。"

江晨曦的父亲仍然不肯放手，死死抓着文池的衣领，"以后，我不允许你再见我儿子。你还想害死更多的人吗？"

沈信惠赶紧解释："江晨曦突然丧失意识，是由于术后并发症造成，与文医生无关。"

江父这才缓慢地松开文池。

沈信惠安慰道："江晨曦需要住院观察一段时间。您放心，危险期已经过去了。"

这时，姜美娟慌慌张张地来到沈信惠面前，"沈医生，周……周蓝凤突……突然不行了。"

沈信惠跟随姜美娟跑进病房，周蓝凤直挺挺地躺在白色的病床上。

一番检查后，沈信惠收起听诊器表示："患者已经死亡。"

自己的患者死在眼前，这对于李冰茵来说还是第一次。她不停地喊道："完了？就这么完了？注射肾上腺素，电击起搏啊！"

沈信惠面无表情道："左心室游离壁破裂是急性心肌梗死并发症的一种，特别是急性破裂，任何医生都无能为力。"

这时，周蓝凤的儿子慌慌张张地闯进病房，痛哭流涕地嘶喊道："我妈怎么了？

第四卷
死者背后有隐情

刚才还好好和我说话。你们对她做什么了？"

一股怒气涌上李冰茵的心头，"哭！现在哭有什么用！忙啊，你去忙啊！为你的老板，亲妈都可以不要了。"

"李医生！"沈信惠喝住了情绪激动的李冰茵，"美娟，麻烦你带李医生到外面休息！"

姜美娟将李冰茵拉进医生休息室，也不敢和这位大小姐说话，干脆站在门外守着。没一会儿，沈信惠走过来。

姜美娟终于松了口气，"沈医生，我先走了。"

沈信惠点了点头。

走进休息室，沈信惠倒了一杯清水，递到李冰茵面前，"我们是医生，要控制住自己的感情。对待患者家属，我们不应该带有私人情绪。"

"医生也是人，应该有起码的道德认知。"

"他已经失去了母亲。最悲伤的不是你，也不是我，是站在母亲病床前的儿子。"

李冰茵不说话了，站起身，瞪了一眼沈信惠，转身离开了休息室。

傍晚，文皖成阴沉着脸回到家中。

见到妻子，他训斥道："听说，你今天去找李副院长了。以后，不要再去医院无理取闹了。"

文母一听这话，急了，"我去为儿子鸣不平，怎么就成无理取闹了？你不管儿子，还不让我管！"

"管，可以！但不能乱管。"

"姓李的就是在故意排挤你儿子，你还为他说话。"

"别以为死者家属突然停止调查是好事。医院里谣言四起，董事局里有人在猜疑。虽然我是董事长，也不是一手能遮天的。我也要听下面的声音。董事局里有多少人都盼着坐上我的位置，你又不是不知道，决不能有把柄落到他们手里。文池的事情以后你不要插手了。"

"为了你自己，你就不要儿子了？"妻子质问道。

"你糊涂！没有我，谁还在乎你儿子？只有我在董事长的位置上，你儿子才能保住前途。以后，你少去医院。你拿钱贿赂死者家属的事儿，一旦被人知道，我没法向董事局交代。我被搞下去，你儿子前途也就彻底毁了。"

夫妻两个各执己见，谁也不肯让步，看来文家又会有一个不眠之夜了。

门铃"叮咚叮咚"响个不停，郑燕华赶紧跑去开门。出现在门外的竟然是《朝南日报》的记者金秉阳，脸上青一块紫一块的。

看到郑燕华，金秉阳立刻深深鞠了一躬，"给您带来这么大的麻烦，真是对不起，希望您的女儿尽快恢复健康。"

金秉阳突如其来的道歉让郑燕华不知如何是好。这时，郑俊才从屋里冲了出来，一把抓住金秉阳，狠狠给了他一记耳光。

"混蛋，今天吃老子的拳头没吃够，还找上门来了！"

◎ 第五卷　记者们纠缠不休

01

郑俊才举拳还要打，郑燕华厉声喊道："郑俊才，你想干什么？给我住手！"

看到姐姐一脸怒气，郑俊才只好放开金秉阳。郑燕华代弟弟道歉之后，将金秉阳让进客厅。四岁的敏儿立刻躲进妈妈怀里，紧紧抓着妈妈的衣角。

郑燕华给金秉阳倒上茶水，"您喝茶！"

对方赶紧起身感谢。

"您坐，不用客气。"

郑俊才站在姐姐身后，恶狠狠地瞪着不速之客。

"真是对不起，我本是想查明真相，让再希医院还您和您爱人一个公道。没想到给您带来这么大的麻烦！请您原谅。"金秉阳再次道歉。

"金记者，谢谢您的好意，我现在只想治好女儿的病。敏儿的父亲走了，我不能让女儿也离开我。敏儿才四岁，我必须让女儿健健康康地生活下去。"郑燕华轻轻擦去眼角溢出的眼泪，"金记者，我希望您能够体谅一个做母亲的心情。"

"理解！理解！当然理解。如果需要帮助，请您不要客气，我一定尽全力。"

"金记者，那就请您以后不要再打扰我女儿，让我这个做母亲的能够给女儿一个平静的生活。"

"我非常理解您现在的想法，敏儿一定要健健康康地生活。不过，您丈夫的离世不明不白的。女儿长大以后，也一定想知道真相吧！"

此刻，金秉阳在郑燕华的目光中捕捉到一丝忧郁，赶紧

第五卷
记者们纠缠不休

趁热打铁道："您可以把调查权委托给我,我一定会查明真相,还您和您逝去丈夫一个公道。我保证,绝不打扰乱您的生活。"

夜晚的都市色彩斑斓,在各色霓虹的盛装下充满了生机与活力。各大商场被灯火渲染得通透明亮,下班后的人们在光芒四色的高大建筑间川流不息,享受着视觉的奢华。时尚、美食、娱乐,所有的一切让这座城市沸腾、疯狂。

再希医院的病房里,老陈静静地躺在病床上,面无血色,双眼紧闭,眼眶塌陷,嘴唇苍白,只有胸口微弱的起伏显示着生命的迹象。

沈信惠用毛巾轻轻给爱人擦拭着消瘦的面颊和突起的额头。毛巾被放进水盆,在温水里打了转,接着被沈信惠拧干,小心翼翼地擦拭着老陈的双手。病房外,文池默默地看着沈信惠的每一个动作。

不知道什么时候,金佳楠已经站到文池身后,用力拍了一下他的肩头,"文医生,站了很久吧?"

金佳楠的突然出现让文池有些慌乱,他不知所措地回答道:"刚刚路过。"

看着手腕上的手表,金佳楠不紧不慢说道:"文医生,您这'刚刚路过'的时间可够长的啊!"

文池的脸腾地红了。

"你找沈医生?"金佳楠接着问道。

"不……不找沈医生。我还有事,先走了。"

文池转身,慌张地离开病房。

最深的爱,总是一点一滴刻画在人的心底,如此深刻,让人触碰时泪如满仓。看到沈信惠默默地给老陈擦拭着身体,金佳楠心里一阵难过,眼泪在眼眶中打了几个滚,最后还是被吞到肚子里。

金佳楠还是拿出那副坚硬的表情,走上前去,"信惠,这些事情有护工去做。"

沈信惠苦苦一笑,"我也只能为老陈做这些了。"

"你还有老陈的孩子。"

沈信惠的脸上终于闪现出一道幸福的曙光,握起老陈的手道:"希望老陈能给孩子起个名字。"

轮到金佳楠苦苦一笑,"信惠,我劝你还是为自己想想。"

这时,程子宜的身影突然出现在老陈的病房。

金佳楠一愣,"子宜?"

沈信惠也转过身,看到的是程子宜两束充满冰冷的目光。

"子宜,从美国回来怎么也不和大家说一声?"金佳楠打破了房间里的沉默。

程子宜的目光还是没有放过沈信惠,"沈信惠同学早就知道我回来了。"

房间里的气氛再次陷入尴尬。

金佳楠忙说:"好久不见,我们去咖啡厅聊吧!别吵到老陈。"说完,伸手拉起程子宜和沈信惠,三人一同离开了老陈的病房。

天空落下瓢泼大雨,劈里啪啦地敲打在文池的车前窗上。街道上,人们开始四散奔跑,有的冲进地下通道,有的闪进附近的高楼大厦。刚才繁华的场面,被突如其来的雨点扰了一个乱七八糟。

"那个沈信惠就是故意找麻烦,和李亦晨是一丘之貉。"驾驶室里的李冰茵心情烦乱地抱怨道。

"这种话以后不要再说了。"

文池的语气冷得如车外面的雨,狠狠地敲打在李冰茵的心上,让她从里到外冷得发抖。

李冰茵委屈地噘着嘴,"文池哥,我是你的未婚妻,应该和我站在一起,怎么能这么和我说话!"

"再希医院里只有医生,没有什么未婚妻。"

"停车!停车!我要下车!"说着,李冰茵任性地去拉车门。

文池一把抓住李冰茵的胳膊,"你不要闹了!"

"我要下车!"李冰茵不停地用力挣扎。

突然一声巨响,文池的车子撞碎了高架桥的护栏,一头扎向桥底的辅路。接着,又是一次巨大的碰撞声。整座城市突然安静了,文池的耳边再无任何声响。

街道上的人们停止了躲避雨点的脚步,慢慢围拢过来。一道鲜血顺着车窗,伴着雨点流淌到灰色石灰砖的地面上。

再希医院咖啡厅的灯光有些昏暗。沈信惠和程子宜两人面对面坐着,相对无言。

第五卷
记者们纠缠不休

沉默中,金佳楠端来散发着浓香的咖啡,可这沁人心肺的味道并未让尴尬的气氛有半点松动。

"子宜,这几年在美国怎么样?"作为沈信惠和程子宜的好友,金佳楠打破了沉寂。

程子宜依然没有笑容,死死地看着沈信惠,"离婚了!"

沈信惠默不作声。

金佳楠只好装着微笑,"子宜,那你还回美国吗?"

"只要老陈活着,我就不会回美国。"

此刻,程子宜的目光如刺般扎进沈信惠的心头。

小酒馆儿里散发着热气,老板忙碌在餐桌和后厨之间。收账时,他脸上带着热烈的微笑,期望着每个结账的人都成为明天的顾客。

朝南日报社副主编给金秉阳满上一杯热酒,"老金,死者家属突然放弃对再希医院的调查,里面一定有原因!这事儿你得继续查下去,不能就这么断了。"

金秉阳端起酒杯,一仰头干了,"我见了死者的爱人。死者有个四岁女儿,得了尿毒症,等着换肾呢!"

副主编再次给金秉阳满上酒,"那就更说明这里面有问题了。刚死了老公,她哪来的钱给女儿换肾?文家一定给了钱。"

"我觉得这事儿,一个愿打,一个愿挨,还是算了吧!"

副主编盯着金秉阳,"老金,咱们可都是吃新闻这碗饭的。没有新闻,报纸卖不出去,报社七八十人吃什么?再希医院是条大鱼,捞上来我给你发奖金。"

金秉阳没有任何反应,一个人喝闷酒。

报社副主编放下手里的酒杯,"老金,你可是老记者,记者的职责就是挖掘真相。你关于再希医院的几篇文章非常犀利,在读者眼里你就是维护正义的使者,都等着你报道事实真相呢!"

"这事儿……我……"金秉阳还是很犹豫。

副主编赶紧给他打气,"老金,你可不是半路跑人的性格。当年你为了揭露黑煤窑,解救那些孩子,被流氓关了十几天,你都没退却过。今天,挨了几拳,你就怕了?"

"我不是怕,我是可怜孩子。"

"你有没有想过，如果我们不去揭露真相，可能还会有更多的孩子失去父亲。"副主编接着说道。

金秉阳一言不发，一个劲儿地喝酒。

"老金，你表个态。如果你怕了，我绝不强求。"

金秉阳将酒杯里的酒一饮而尽，放下酒杯，"我继续调查！"

报社副主编给金秉阳倒上酒，"老金，对付郑俊才这样的小混混，你得用点儿特殊手段。"

金秉阳抬起头，困惑地盯着报社副主编。后者最后说："去和他做哥们儿，交交心。"

沈信惠走上天台，忘着远处的灯光。

金佳楠站在身后，点着了一支香烟，"老陈的事儿，程子宜同学还没释怀。爱情真是把剑，刺下去毫不留情，两败俱伤。"

沈信惠低吟："是我对不起子宜！"

"老陈和子宜离婚又不是因为你，别总把自己赶到道德的悬崖上。"

沈信惠没说话，金佳楠吐出的烟圈在空中弥漫。

"佳楠，你不是已经戒烟了吗，怎么又抽上了？"

"烟就是我的旧情人，我和你一样，放不下啊！"

"佳楠，你也不能和烟过一辈子！找个男朋友，把婚结了，别再抽了。"

金佳楠似乎想起了什么，"对了，我在老陈病房门口看到文池了，他盯了你半天。我问他是不是找你有事儿，这小子磕磕巴巴半天，最后跑了。"

"你又想说什么？"

"我觉得文池不错。虽然富家子弟，人挺踏实的，工作也很努力。姐弟恋也挺好，找个年轻的，味道不同。"

"我看你是抽烟抽晕了，开始胡说八道了！"沈信惠刚说完，手机突然响起，她接起电话，"喂……我立刻就到。"

看到沈信惠紧张的神情，金佳楠问道："怎么了？"

"文池出车祸了，人在抢救室！"

金佳楠丢下手里的烟头，随着沈信惠冲下楼梯。

第五卷
记者们纠缠不休

急诊室里,一位创伤科医生正为李冰茵处理额头上的伤口。文池的母亲冲了进来,一眼看到急救床上满脸血迹的李冰茵。

"冰茵,你没事吧?"文母焦急地问道。

"李医生有轻微脑震荡,额头的伤缝几针,没什么大碍。"处理外伤的医生说道。

李冰茵不想文母为自己担心,附和道:"伯母,我没事儿!"

"那就好!文池呢?文池怎么样了?"

李冰茵眼泪唰地流了下来。

"冰茵,你别吓伯母,文池到底怎么样了?"

"伯母,文池哥还在抢救室,没出来。"

文母"扑通"一声晕倒在急诊室的地板上。

沈信惠和金佳楠冲进抢救室。病床上,文池紧闭双眼,面无血色,头顶上的血压监视器不停地发出刺耳的警告声。

急诊值班医生声音急迫地说道:"文医生肋骨完好无损,但胸腔内有积血。血压已降到了19/0毫米汞柱,心跳只有40到50次。"

沈信惠接过CT照片,照片显示文池的胸腔里已经充满了血液。

金佳楠边给文池做检查,边焦急地说道:"呼吸已经停止,瞳孔开始扩散,基本体征处在死亡状态。"

此刻,文皖成和李冰茵围在文池母亲的病床前。

护士给她挂上点滴,然后说道:"夫人刚才过于激动,血压有些偏高。不过,现在已经稳定了。"

文母缓缓睁开双眼,握住文皖成的手,急切道:"文池怎么样了?"

"还在抢救中。"

妻子要从病床上坐起身,被文皖成拦住,"你好好休息。你不用担心文池,他会没事的。"

看着身旁不停掉眼泪的李冰茵,文母有气无力地说道:"冰茵啊!"

"伯母!"

"冰茵啊,你替伯母去看看文池怎么样了。伯母的心慌得很,一阵一阵乱跳。"

"让护士给你做个心电图检查吧!"文皖成说道。

文母摆了摆手,"现在给我做什么都没有用。只要文池没事,我就没事。冰茵啊,你现在就去看看。"

还没等李冰茵走出病房,沈信惠和姜美娟出现在病房内。

李冰茵一把抓住沈信惠,慌乱地问道:"沈医生,文池哥怎么样了?"

沈信惠的目光中掠过一缕遗憾,随后又看了一眼病床上的文母。这时,姜美娟再也控制不住自己,眼泪从眼眶中翻滚而出。

文皖成赶紧站起身,"沈医生,我们到外面说。"

"不,你们就在这儿说。"文母喊道。

文皖成看了看妻子,也没有别的办法,只好说道:"沈医生,有什么你就说吧!"

沈信惠道:"董事长,文医生左心室侧裂,需要立刻手术。"

"那你还站在这儿干吗?还不赶紧去手术室。"文母怒斥道。

沈信惠并未因文母的无理而愤怒。此刻在她心里,自己的尊严与即将失去生命的文池相比,是那样的微不足道。

沈信惠目光中带着焦虑,声音却保持着一名医生的冷静,"按照文医生现在的身体状况,手术成功的可能性非常低。所以,需要家属决定做还是不做。"

"成功的可能性有多大?"文皖成迫不及待地问道。

"手术成功的可能性小于1%。"

文母猛地坐起身,"如果不做手术,文池会怎么样?"

"手术是文医生唯一的希望!"

文母再次瘫倒在床上。

沈信惠从姜美娟手里拿过手术同意单,"如果你们同意,就在上面签字。"

此刻,文氏夫妇已是不知所措。

李冰茵道:"我来签!"

沈信惠摇头:"对不起,李医生,只能家属签字。"

别无选择,文皖成只好接过手术单,双手颤抖着签上了自己的名字。

上帝并没有赐予每个人固定的角色。就如医生,也会和普通人一样,躺在手术刀下,等待命运的裁决。

手术室里,文池静静地躺在手术台上。沈信惠从护士手中接过十号手术刀,手

第五卷
记者们纠缠不休

腕用力,锋利的刀片沿着中线将文池的胸腔切开。

眼前的景象让手术组全体成员都吃了一惊,在他们的职业生涯中还是第一次见到这样的场面。

文池的左胸腔内充满了积血,沿着切口不停地往外涌出。整个心脏浸在鲜血之中,虽然已经瘪了,但仍在微弱地跳动着。

"文池哥需要立刻输血!"李冰茵心如火焚地喊道。

沈信惠却默不作声。

看到沈信惠毫无反应,李冰茵急了,"沈信惠,你还在想什么?再不输血人就没了。"

沈信惠依然不说话。

"你们傻站在这干什么?还不赶紧准备给文医生输血。"李冰茵疯狂地对护士叫喊着。

金佳楠对愤怒的李冰茵说道:"已经派人去血站取了,但最快需要十几分钟。文医生的心脏需要立刻修补,根本等不到调来的血浆。"

李冰茵一下子慌了神,"那……那怎么办?"

全体目光再次集中在医生沈信惠身上。

"心脏修复手术必须马上进行!使用自体血回输机,从胸腔内吸取血液,清洗后重新输回体内。"

就在医护人员忙碌着准备心脏修复手术的时候,沈信惠仔细检查着文池体内各器官的受伤程度。

"左肺下韧带挫伤出血,肺部广泛损伤并伴肺内出血,上腔静脉挫裂渗血。心脏包膜撕开一道十五厘米长的裂口,大量血液正从裂口处涌进胸腔。"

听到这些,李冰茵突然失控,大哭起来。爱情总在这种时刻暴露它的残忍,甚至让人无力生存。

此时此刻,手术室里的年轻护士们都被李冰茵的眼泪击碎了心,可是沈信惠并没准备安慰李冰茵。她严肃地说道:"李医生,如果你止不住自己的眼泪,就请离开我的手术室。我们在救人,没时间安慰你。"

李冰茵努力地让自己平静下来,护士为她擦去脸上的眼泪。

金佳楠问:"那我们从上腔静脉开始?"

沈信惠没有立刻回应,手术室里陷入死一般的寂静。

突然，沈信惠抬起头，看着对面的金佳楠，"不能从上腔静脉开始。左心室上有一道长达八厘米的不规则裂口，已经撕开了左心室。这是真正的致命伤，如果不及时修复，这就是我们和文医生的最后一面。"

沈信惠刚说完，李冰茵便急不可待地命令护士："立刻给文医生建立体外循环。"

护士正要准备，沈信惠突然喊道："你们不要动！"

护士们瞪大眼睛，盯着沈信惠。

"你还在等什么？想害死文池哥吗？"李冰茵即刻质问。

"不能给文医生做体外循环。"沈信惠的语气很坚决。

金佳楠质疑道："信惠，不建立体外循环，怎么修补心脏？总不能在心脏上直接缝合吧？"

"直接缝合！"

沈信惠的回答让李冰茵怒不可遏，"沈信惠，你是不是疯了？"

沈信惠断言："体外循环会对文医生的白细胞造成破坏。"

李冰茵执意道："不管什么原因，心脏修复，必须建立体外循环。"

"直接缝合风险太高，况且我们从来没有做这种直接缝合的经验。"此刻，金佳楠也站到李冰茵的一边。

沈信惠咬紧嘴唇道："现在左心室内压力非常高，在压力继续上升之前，必须完成缝合，否则无法挽救。建立外循环需要时间，文医生恐怕挺不过去。"

"直接缝合，就等于在文池哥的心脏上钉钉子。沈信惠，你这是不负责任，我决不允许！"李冰茵愤怒的目光死死盯着沈信惠。

金佳楠犹疑道："信惠，这样风险太高！"

沈信惠看了一眼李冰茵和金佳楠，严肃且平静地说道："准备给文医生做心脏修复。"

"谁也不准动！谁动，我就让谁滚蛋。"李冰茵歇斯底里般地嘶喊道。

医护人员面面相觑，不知道到底应该听谁的。这时，手术室的门突然大开，李亦晨身穿手术服出现在众人面前。

"文医生的情况怎么样？"

李冰茵急道："沈信惠医生不建立体外循环，要直接在心脏上缝合！"

沈信惠斩钉截铁道："已经没有时间了！"

沈、李二人僵持不下。

李亦晨转头看着金佳楠，"金医生，我想听你的意见？"

第五卷
记者们纠缠不休

02

再希医院心脏外科的手术室里鸦雀无声,所有人都等待着医生金佳楠的回答。可对于这样的期待,金佳楠似乎有些承受不起。

李亦晨再次问道:"金医生,你的意见是什么?"

金佳楠看着沈信惠,后者的目光依然坚定不移。

金佳楠喃喃道:"我……我同意沈医生的意见。"

一旁的李冰茵立刻暴跳如雷,"不行,我坚决不同意。文池哥不是你们的试验品!"

沈信惠看了一眼李亦晨,严肃地对李冰茵说道:"李冰茵医生,请你离开手术室!"

李冰茵怒目而视,"你……"

没等李冰茵说完,沈信惠喝道:"请你立刻离开手术室!"

李亦晨重复道:"李医生,请你离开手术室!"

李冰茵愤怒地走下手术台,脱下手术服,冲出手术室。

沈信惠从护士手中接过心脏缝合线,所有人屏住呼吸。整间手术室里静得只能听见众人急促的呼吸声。

"信惠,你有多大把握?"金佳楠担忧地问道。

沈信惠没说话。

"信惠,一旦出事,责任就都落在你头上了。"

"现在没时间考虑责任。目前,这是救文医生的唯一方法。"

李亦晨沉着道:"救人要紧!责任你们不用考虑,我来承担。"

握着缝合线，沈信惠定了定神，然后小心翼翼地将纤细的钩状银针刺入文池微弱跳动的心脏。

被赶出手术室，李冰茵满怀怒气地冲向文池母亲的病房。她必须阻止沈信惠对文池下手。可站到病房门前，李冰茵又犹豫了。如果就这么闯进去，文母一定承受不住。权衡利弊之后，她让护士将文皖成叫出病房，将刚才在手术里发生的一切告知后者。文皖成勃然大怒，直奔手术室而去。

李亦晨走出手术室，迎面撞见前来阻止手术的文皖成。他毫不犹豫地将文皖成拦在手术室外，"董事长，您不能进去。"

"她们想害死文池哥。"一旁的李冰茵喊道。

"她们是医生，唯一的目的就是治病救人。"李亦晨严肃地说道。

李冰茵尖叫道："她们要在文池哥心脏上直接手术，这就是谋杀。"

"李冰茵医生，请你注意你的用词。"

文皖成板着脸喝道："李副院长，请你让开！"

李亦晨面不改色道："董事长，手术已经开始。您现在闯进去，唯一可以肯定的结果就是断送文医生的生命！"

文皖成怒目而视，"你给我让开。"

李亦晨依旧挡在文皖成的面前，"董事长，请相信医生，她们正尽全力挽救文医生的生命。如果出了什么事情，我一定负责。"

"文池的性命，你李副院长负不起这个责任。"

"董事长，为了文医生的生命，我是不会让您进去的。"

夜幕沉重，路灯发出微弱的灯光，静静地落在街道黑色的路面上，让本就无人的街道变得更加苍凉。

郑俊才走出小区大门。一阵带着初秋微寒的夜风从他的脸上划过，钻进他敞开的领口。郑俊才打了个哆嗦，将夹克衫的拉锁一直拉到脖子下方。

街口处，郑俊才停下脚步，点着了一支香烟。就在他起步要走的时候，金秉阳突然出现在面前。

郑俊才吓了一跳，迅速将香烟扔在地上，抓起金秉阳的衣领："小子，你是来找

第五卷
记者们纠缠不休

死的吗？"

金秉阳并不惊慌，举起双臂，带着歉意地说道："我是来向你道歉的！我想我们之间有误会。"

"误会？"郑俊才冷笑，"别在老子面前来这套。你要再敢骚扰我姐，我让你满脸开花。"

"我请你喝一杯怎么样？我来付钱，算是赔礼。"

郑俊才瞪着金秉阳。

"总不会连喝杯酒的胆量都没有吧？"金秉阳继续友善地说道。

犹豫了片刻之后，郑俊才缓缓松开金秉阳的衣领。

手术室外的走廊上，安静地只剩下荧光灯发出的白色光芒。李亦晨、文皖成和李冰茵三人早已停止争执，坐在椅子上，焦急地等待。

没一会儿，文母坐在轮椅上，在护士陪伴下来到三人面前。

"冰茵，你……你怎么坐在外面？"

文母的问题让李冰茵有些不知所措，她站起身，"伯母，我……我……"

"冰茵，不是文池……"文母的脸色变得痛苦焦灼。

李冰茵赶紧回答："伯母，文池哥还在抢救中！"

"冰茵，有什么事情你一定要和伯母说。"

李冰茵知道此刻绝对不是自己抱怨的时候，无论如何也不能让文母得知手术室里发生的一切。

她看了一眼文皖成，低头对文母说道："伯母，我……我不忍看，所以就出来等了。"

眼泪止不住地从李冰茵的眼眶中滚落。虽然李冰茵是个骄纵的大小姐，可此时此刻她对文池的担心是那么真诚。

文母握住未来儿媳妇的双手，老泪纵横，"冰茵，你和伯母说实话，文池到底怎么样了？"

"伯母，您别担心，文池哥一定会没事的！"

李冰茵是医生，她清楚文池在手术台上的生存概率近乎为零。可此刻，她只能用佯装平静，来安慰即将失去儿子的母亲。她宁可对自己残忍，也不愿意伤害文池的母亲。在李冰茵心目中，对方已然是自己的亲人。

手术室里,心脏监测仪上显示着文池微弱的心跳。沈信惠将最后一针刺入文池脆弱的心脏,然后将线高高拉起。护士递过手术剪,沈信惠小心翼翼地将缝合线剪断。

金佳楠终于松了口气,"信惠,就凭这台手术,你可就是全院独一无二的了,心脏外科主任非你莫属。"

对金佳楠的赞许,沈信惠并没有任何反应,而是抬起头说:"给文医生增加输血量。"

护士将刚刚从血库取来的血液注入文池的身体。

沈信惠道:"佳楠,我们现在要缝合文医生心脏包膜上的裂口。"

"准备心包缝合。"金佳楠对身边的护士说道。

就在大家更换手术设备时,文池的心脏突然毫无节奏地颤动起来,监测仪立刻发出预示生命即将结束的警报声。

"信惠,文医生出现心颤!"金佳楠大声喊道。

"立刻准备电击除颤!"

护士将准备好的除颤仪递到沈信惠的手中。

沈信惠将电极板伸进文池的胸腔,紧紧贴在心脏的外壁上,"15焦耳,准备,电击!"

"点击无效!"

"20焦耳,准备,电击!"

"砰"的一声之后,手术室里全体医护人员目瞪口呆,文池的心脏竟然停止了跳动。沈信惠将电极板递给姜美娟,右手伸进文池的胸腔,不停挤压着那颗已经毫无生机的心脏。

夜色已深,小酒馆里只剩下郑俊才和金秉阳两人。金秉阳给郑俊才倒满酒,后者也不客气,一仰脖,杯里的酒一滴没剩,全都灌了下去。就这样,几杯下肚,郑俊才的脸就像裹了块大红布。见时机差不多了,金秉阳开始布设圈套,从郑俊才身上套取文家和郑家背后的交易。

"俊才兄,有什么不痛快的和哥哥我说。哪怕打哥哥两拳,只要你心里能舒服!"

第五卷
记者们纠缠不休

郑俊才放下手里的酒杯,醉眼惺忪道:"行,还是哥哥你够意思。"

"来来来,哥哥给你满上。"金秉阳又给郑俊才倒满酒。

看着郑俊才把酒干了,金秉阳问道:"俊才兄,现在家里一定很困难吧?"

郑俊才叹了口气,自己给自己倒了一杯,"我姐姐命苦啊!女儿得了尿毒症,我姐夫又这么不明不白地死了。"

"尿毒症是要换肾的啊!没有几十万,可治不了这病。你姐姐能负担得起吗?"

郑俊才一口气把杯里的酒全干了,"我姐是个家庭妇女,没工作,她哪负担得起啊!"

"那你外甥女的病总不能这么拖着吧?"金秉阳继续询问道。

郑俊才的脸上扬起了一丝骄傲,拍着胸脯,"有我在,钱就不是问题。敏儿的病一定能治好,我也不会让我姐吃苦。"

"俊才兄,在哪儿高就啊?"

郑俊才轻轻一笑,"什么高就啊!我没工作,凡是有工作的都花不起钱治病。"

看到郑俊才毫无防范,一步一步走近自己布下的陷阱,金秉阳赶紧给他再次倒满酒杯,"俊才兄,有什么好赚钱的门路,也介绍给哥哥。"

看到沈信惠和金佳楠走出手术室,文皖成、李亦晨和李冰茵立刻从椅子上起身。几个人的目光中带着焦急,也带着恐惧。

李亦晨首先问:"沈医生,文医生手术进行得如何?"

沈信惠平静道:"文医生的心脏受损已经修复,但是还没有脱离危险,需要留在重症室观察。"

"心脏损伤不是已经修复了吗,怎么……怎么还有生命危险?"文母急切地问道。

"手术前后,文医生一共输了两万多毫升的血液,相当于给文医生换了三遍血,身体承受过重。而且,他心脏多处损伤。手术虽然顺利,但并发症的可能性很高。"金佳楠道。

"我要去看文池,赶紧推我去看文池。"文母慌不择路地喊道。

小酒馆内,金秉阳一杯接一杯地给郑俊才灌酒。

金秉阳道:"俊才兄弟,哥哥做了一辈子小记者,工资也就勉强够养家糊口。家里一旦有什么事情，哥哥我也得倾家荡产。"

"理解！理解！"

"俊才兄弟，有什么发财的路子，你得带上哥哥啊！"

郑俊才将酒杯里的酒再次一饮而尽，然后把酒杯往桌子上一放，"老哥，不是兄弟不帮你。我这条路，你走不了！"

郑家终止调查的真相近在咫尺，金秉阳迫不及待问道："兄弟，跟哥哥说说。"

郑俊才没做回答，只是喝酒，这让金秉阳心里着急，继续引诱道："兄弟，别是什么违法的事情吧？哥哥劝你一句，触犯法律的事情千万不能做。"

郑俊才放下酒杯，拍着胸脯，"我郑俊才虽然没什么文化，也没正经工作，可做人从来都是堂堂正正的。钱，我只拿自己该拿的。伤天害理的不义之财，我郑俊才一分钱都不拿。"

"哥哥敬你一杯。"金秉阳不气不馁地继续问道，"俊才兄，和哥哥说说这是条什么发财路，让哥哥也开开眼界。"

郑俊才张开醉醺醺的双眼，盯着对面的金秉阳道："你老打听这事儿干什么？有什么目的吧？"

金秉阳笑了，"哥哥我能有什么目的啊！俊才兄虽然年纪轻轻，可在我金秉阳眼里，老弟你可是个能人，是个有血有肉的大丈夫，我自愧不如！哥哥就是想听听兄弟你的传奇故事。"

说完，金秉阳竖起大拇指。

郑俊才难免得意忘形，用手拍着金秉阳的肩膀道："老哥，谢谢你这么瞧得起我郑俊才。不过……这事儿我不能说。说了，那就是我郑俊才不仁不义了。"

金秉阳做了几十年的记者，虽然郑俊才并没有指名道姓点明和谁签的协议，但他确定对方必定是文家。往下，他必须把文池的名字从郑俊才嘴里挖出来。再希医院重金收买患者家属，逃避追责，这事儿就有证有据了。

午夜，遥远的天空悬挂着一轮寒月，阵阵寒风在空荡的街上一遍遍扫过。一颗流星突然滑过夜空，鸟无声息地消失在寂静的天际，没有留下半点余痕。有人在着瞬间许下心愿，也有人为这瞬间感到哀伤。

再希医院的重症监护室里，心脏监测仪发出"滴滴"的响声。文池面无血色地

第五卷
记者们纠缠不休

躺在的病床上,依然没有苏醒的迹象。床边,母亲的眼泪已经浸透了手里的绢帕。

文皖成来到妻子面前劝道:"还是先回去休息吧,这里有医生和护士。"

妻子没有任何反应,仍然紧紧握着儿子的双手。

这样的场面让李冰茵心如刀割,轻声道:"伯母,您回病房休息吧!我在这里照看文池哥。"

文母再次擦干面颊上滚动的泪珠,"冰茵啊,那就辛苦你了!"

"伯母,照看文池哥是我应该做的。"

文母抓住李冰茵的手,后者能感到一阵微微的颤动。

"文池有什么状况,你要第一个通知伯母。"

"您放心,文池哥不会有事的。"

文皖成陪着妻子离开病房。李冰茵坐在床边,静静守候着徘徊在生死边缘的文池。

整整一夜的手术让沈信惠疲惫不堪。虽然将文池从生死线上抢救下来,但她依然担心术后并发症的爆发。回家之前,她决定再给文池做一次检查。

来到病房门前,一阵剧烈的晕眩让沈信惠的身体突然向一侧倾斜。她赶紧伸手扶住墙壁,努力调整自己的呼吸,不让自己倒在地上。

恍惚中,李冰茵感觉身后的房门似乎被轻轻推开。她赶紧拭干眼泪,转过身,看到沈信惠出现在她的面前。

"李医生,我给文医生做个检查。"沈信惠说道。

李冰茵站起身,让开位置。

"沈医生,文池哥出现术后并发症的可能性有多大?"李冰茵担心地问道。

沈信惠收起听诊器,"现在还很难说。他的心脏受损严重,手术中失血过多,身体承受力超出极限。不过,现在血压正常,心跳平稳。目前看,正朝着好的方向发展。"

"谢谢你救了文池哥。"李冰茵突然脱口而出。

沈信惠脸上显露出淡淡的微笑,"李医生,不用客气,这是做医生的职责。"

李冰茵低声道:"在手术间,是我不对,我向你道歉。"

"换成我,也会和你一样。这不是谁的错。"话音刚落,突然一阵眩晕让沈信惠瘫倒在地板上。

金秉阳将醉醺醺的郑俊才扶出小酒馆，一步一晃地走在漆黑的街道上。

"俊才兄，我送你回你姐姐家？"

听到"姐姐"两个字，郑俊才有些激动，"我姐姐命苦，要不是为了救敏儿，她也不会让自己的老公就这么不明不白地死了。"

"谁也不忍心让自己的老公不明不白地死了。"

郑俊才突然痛哭流涕。

金秉阳安慰道："俊才兄，我知道你心里苦。有什么事情，和哥哥说。说出来，心就痛快了。"

郑俊才哭道："我姐姐从小把我拉扯大，可我不争气，没本事给敏儿治病。我要是有本事，坚决不会要文家的钱。那钱是用我姐夫的命换来的啊！"

金秉阳停下脚步，紧紧盯着靠在自己肩上的郑俊才，急切地问道："俊才兄，什么文家的钱？文家给了你们多少钱？"

昏暗的街道上，郑俊才微微抬起脑袋，看着金秉阳，然后伸出拇指和食指做了个八的手势。

"八十万？"金秉阳惊讶地问道，"俊才兄，你是说文家给了你八十万？你们有没有签书面协议？"

这次，郑俊才是彻底人事不省了。不管金秉阳怎么叫喊，郑俊才的脑掉始终是往下耷拉着。

天蒙蒙亮，金秉阳便急匆匆地一头扎进办公大楼，坐在电脑前，聚精会神地敲起了新闻稿。

第五卷
记者们纠缠不休

03

清晨的一缕阳光穿过病房的玻璃,落在雪白的被子上。沈信惠微微睁开双眼,目光中出现金佳楠的身影。

"信惠,你醒了!昨晚你血压过低,昏倒在文池的病房。"

沈信惠的一只手很自然地放在小腹上。金佳楠明白,她是担心肚子里的胎儿。

"放心!检查过了,胎儿没事儿!"

金佳楠虽然这么说,脸色却显得不安,没给人半点轻松的感觉。

沈信惠赶紧问道:"佳楠,你是不是有什么事情没有告诉我?"

金佳楠无奈地一笑,"信惠,你也是医生,要是有什么事儿想瞒也瞒不住啊!"

"那你干吗把脸色搞得那么让人心慌?"

金佳楠叹了口气,"信惠,如果不手术,生育对于你来说可能会有生命危险。你要不要考虑……"

金佳楠没说完,便被沈信惠打断,"孩子是老陈生命的延续,我必须这么做。佳楠,如果有一天我躺在手术台上,必须做出选择的时候,无论如何你要帮我保住孩子。"

沈信惠紧紧握住金佳楠的双手,恳求地望着她。金佳楠的脸色更是仓皇不安。

"好啦!好啦!我拧不过你。"金佳楠不忍地说道。

"文医生的情况怎么样?"沈信惠转移了话题。

"还处在昏迷状态,暂时还没有清醒的迹象。"

"佳楠，带我去看看他。"说着，沈信惠就要从病床上起身。

金佳楠慌忙拦阻，"信惠，你还是多休息，文医生那儿有护士呢！"

沈信惠坚持要去看看文池，金佳楠也没有办法，只好陪她去。

十多年没有装修，《朝南日报》的办公室显得陈旧不堪。走廊和角落里堆积着铺满灰尘的报刊，破旧的办公桌椅颓废地站在已经掉渣的地板上。

金秉阳撅着屁股，忙着修理办公桌上那台早就该淘汰的黑色打印机。没一会儿，他开始用沾满油墨的双手敲打着面前的电脑键盘。接着，打印机发出"咔咔"的声响，从黑色的肚皮里吐出几张稿纸。拿着新闻稿，他疾步冲进副主编的办公间。

"再希医院八十万收买患者家属，终止医疗调查。"副主编的脸上不由自主地泄漏出惊喜之色，犹如即将死去的老柳突然长出了嫩芽，"老金啊老金，你不仅拯救了《朝南日报》，更为所有患者讨了一个公道啊！"

"作为一名新闻工作者，挖掘真相是我的责任。"金秉阳的语气犹如一名保家卫国的士兵。

"这篇新闻一定会引起广泛的社会关注。老金，你要继续追踪报道下去，挖出事件背后的所有隐情。涉及这件事的人，不管多么位高权重，也不能放过。《朝南日报》要让人们知道，这个社会不仅充斥娱乐，还要有真相和正义。"

随着副主编的话音，一束阳光照射进房间，让老旧的办公间突然充满了豪情壮志，到处飘散起公理正义的芳香。

金秉阳表忠心："您放心，我一定会追查到底。"

"好！老金，你的文池就是今天的头版头条。"

文池母亲和李冰茵围在病床前，各种仪器的线路附着在文池的身体上。沈信惠和金佳楠为其做了检查。

文母的目光聚集在沈信惠的脸上，"文池情况怎么样？"

沈信惠轻声道："文医生还处在深度昏迷状态。"

"那我儿子……我儿子什么时候能醒过来？"一向强势的文母，此刻的声音竟然抖动得让人心碎。

尽管对方视自己为敌，处处为难，但此时的沈信惠实在不忍伤害一位母亲的心。她紧锁眉头，没有立刻回答。

第五卷
记者们纠缠不休

"说话啊！我问你我儿子到底什么时候能醒过来，你为什么不说话？"文母追问道。

金佳楠赶紧解释："现在很难说文医生什么时候能够醒过来，也许下一分钟，也许几天，也许会更长。不过，从他现在的体征看，还是在好的方向上。"

"很难说什么时候能够醒过来？你们这些医生是怎么当的？给患者家属就这样的答案？"文母大声嚷道。

沈信惠沉稳道："夫人，我们会尽全力。但是，现在只能靠文医生自己了。我相信文医生一定能够挺过最艰难的时刻。"

沈信惠的话让文母勃然大怒，"只能靠文池自己？这是医生该说的话吗？你这是为自己推卸责任。心脏外科主任的位置，你沈医生抢得比谁都欢。现在文池生命垂危，你却把责任推个一干二净。自己小日子过得高兴，不管患者死活，你对得起医生的良心吗？你对得起再希医院对你的培养吗？"

沈信惠并没有反击。在手术室外等待老陈生死消息的时候，她也对文池吼过。此时此刻，她非常理解文母此刻的心情。

金佳楠可不是沈信惠，对文母的无理指责忍无可忍，"董事长夫人！沈医生的爱人刚刚遭遇车祸，成了植物人，醒来的机会微乎其微。"

"既然自己体会到患者家属的心情，那就更应该努力地抢救患者，而不是推卸责任！"文母不仅没有被打动，反倒更加不依不饶。

金佳楠道："夫人，我认为您这样指责沈医生，有失公允。沈医生为了抢救文池，昨晚晕倒在医院，刚刚醒来。文池也是医生，您应该比任何人更理解医生！"

"那我应该感激你们了？"文母继续说道，"工资、奖金、福利你们一分都不少拿。一到治病救人的时候，你们就摆资格、要红包、推卸责任。医院养你们这些医生有什么用！"

文池被患者家属起诉，遭到调查的时候，文母大肆抱怨患者家属不理解医生，处处为难医生；此刻，转身成了患者家属，面对生死未卜的儿子，母亲的天性让她难以自控，医生也立刻成了她的敌人。

沈信惠也曾经历过这样的时刻。所以，她没有选择为自己辩护，而是安慰文母道："您别着急，我们会尽全力。"

"尽全力？你们这些医生除了说这句话，还会做些什么？"文母持续激动的情绪让本应安静的病房变得躁动紧张。

这时，姜美娟慌慌张张地冲了进来，上气不接下气地喊道："朴……朴赫夫教授突然晕倒在手术室。"

沈信惠猛得转过身，"朴教授怎么会晕倒在手术室？"

"朴教授连续做了六台手术，十几个小时没休息，心脏病突发，倒在了手术室。"

沈信惠没再理会文母，随着姜美娟冲出文池的病房。

手术室里，麻醉师为朴赫夫教授做了全身麻醉。

"手术刀……自动拉钩……准备体外循环……"沈信惠的每个字都沉甸甸地压在医护人员的心头，让人不敢有半点疏忽。

突然，金佳楠急声喊道："朴教授肺动脉压急剧上升，肺血管阻力加大，心脏随时有停跳的可能。"

沈信惠急道："立刻推注前列腺素PGE1！"

没等护士反应过来，血压监测仪突然发出生命即将停止的蓝色警报。

接着，金佳楠急迫地喊声："血压迅速下降，血氧分压低于50毫米汞柱，患者出现低氧血症。"

声音未落，心脏监测仪也跟着叫了起来。

"心颤！出现心颤！"金佳楠声声紧迫。

手术并发症接踵而来，让医护人员措手不及。

"电极板！电极板！"

随着沈信惠的声音，护士将电极板交到她的手中。

"10焦耳，准备，电击……15焦耳，准备，电击……20焦耳，准备，电击……"

李亦晨冲进手术室，急切问道："朴教授怎么样了？"

沈信惠放下手里的电极板，目光中充满了遗憾和悲伤。手术室里，全体医护人员也陷入极度的悲伤之中。

就在大家的静默中，一名护士突然闯进手术室，"李副院长，董事长让您赶紧去他办公室。"

李亦晨看着沈信惠等人，沉吟道："通知朴教授的爱人吧！尽量婉转一些，别让朴教授的爱人太激动。"

第五卷
记者们纠缠不休

重症监护室里，文池紧闭双目，身体恍如被夺去灵魂的外壳一动不动地平躺在挂满各种电子仪器的病床上。他脸色苍白，如被岁月渗透的白纸，那是身体过度失血后留下的痕迹。一名年轻有为的心脏外科医生，此刻却成了心脏随时都有停跳危险的重症患者。

床边，文母紧紧握着儿子的双手，眼泪一遍又一遍地洗刷着刻满沧桑的脸庞。早年，为了给儿子创造一个富足的未来，她和丈夫文皖成耗尽心血将一个小小的私人诊所发展成如今的再希医院。此刻，面对病床上生死未卜的儿子，她的人生如同地震后塌陷的废墟，大半生的努力变得毫无意义。

就在她心情焦灼的时候，李冰茵推门冲了进来，焦急地喊道："伯母，出事了！"

对于李冰茵的惊慌，文母无动于衷。她看着病床上人事不省的文池，有气无力地说道："什么事儿能比文池的事情还大？"

"《朝南日报》说，患者家属承认再希医院给了八十万和解费，要求停止调查。"

文母猛然转过身，拿过李冰茵手里的报纸，尖叫道："混蛋！混蛋！不讲信用的混蛋！"

半个月前，文皖成的办公桌前还是一片实木地板，现在，地板上已经铺上了一张绛红色的羊毛地毯。听说，这是某位知天命的大师给他的建议，说是能够逢凶化吉。

李亦晨走进董事长办公室的时候，文皖成正焦急地在那块儿能辟邪的地毯上来回踱着步。

"董事长，您找我有事？"李亦晨问道。

"亦晨，你先看看。"文皖成将《朝南日报》递过来。

李亦晨打开报纸，顿时眉头一皱，"这简直就是诽谤！我们从来就没有贿赂过死者家属。董事长，我会找律师，起诉这家报纸。"

文皖成看了一眼对方，不好意思地说道："先不忙找律师。这钱，这钱确实给了。"

李亦晨本就皱起的眉头突然一拧，带着半信半疑的目光，直勾勾地盯着文皖成。

文皖成歉意地说道："亦晨，我知道文池母亲做得不对。如果我事先知道她会这么做，是决不会同意的。但，事已至此，还请你多理解理解做母亲的心情。"

"董事长，从感情上来说，我理解。但这么做不仅让再希医院失去信誉，对文池来说，也毁了他的职业生涯！"

文皖成带着怫郁的面色，没有立刻做出回应。在医疗行业做了几十年，他深刻知道这样的事情一旦曝光，医院的名声将会尽毁，医生的职业生涯也从此断送。一个是自己用心血建立起来的医院，一个是自己唯一的儿子，文皖成心如乱麻。

这时，办公室的门"砰"的一声被撞开。李冰茵上气不接下气地闯了进来，"伯父，文……文池……文池哥……"

朴赫夫教授的办公室，一面雪白的墙壁上挂着一幅字：责有攸归。朴夫人站在这幅字前，泪如雨下。

沈信惠上前，轻声道："师母，我帮您摘下来。"

朴夫人拉住沈信惠，哽咽道："不用，就挂在这儿吧！赫夫做了一辈子的医生，他的精神应该留在这儿。"

金佳楠也哀伤道："师母，以后您有什么事儿，就跟我和信惠说。我们俩就是您的女儿。"

朴夫人握住沈、金二人的手，欣慰道："你们是让赫夫最自豪的学生。做好医生，你们的老师一定会为你们骄傲的。"

董事长办公室里，文皖成和李亦晨焦急地盯着气喘吁吁的李冰茵。

李冰茵道："文池……文池哥醒了。"

文皖成简直不相信自己的耳朵，怀疑道："文池……醒了？"

李冰茵用力点头。

文皖成激动着说道："好！好！好！冰茵你先回去照看文池，我一会儿就去病房。"

沈信惠正在帮助朴夫人收拾教授的遗物，办公室的门开了，姜美娟闯了进来。

"沈医生，文医生醒过来了。"

沈信惠放下手里的纸箱，扭头道："师母，我先去给文医生做个检查。"

朴夫人善解人意道："去吧！患者的事情不能耽误。"

沈信惠又对金佳楠说道："佳楠，麻烦你在这儿陪师母！"

金佳楠点了点头。

第五卷
记者们纠缠不休

董事长办公室里，只剩下文皖成和李亦晨两人。前者脸上的兴奋已经消失殆尽，紧皱眉头，又开始在地毯上踱步。突然，他猛地转过身对李亦晨说："亦晨，你回去，立刻发个文池停职的全院通知。"

李亦晨没想到文皖成会这么对待刚刚从死亡边缘挣扎过来的亲生儿子。他迟疑地问道："董事长，真要给文池医生停职？他刚刚苏醒。"

文皖成长叹一声，"现在顾不了那么多，再希医院的名声一定不能受损！我本人也暂时退出董事会，医院的事务暂时由董事局接管。亦晨，再希医院就拜托给你了！我代表医院的全体医护人员谢谢你了，李副院长！"

文皖成的感情牌立刻奏效，李亦晨当场表态："董事长，这件事我一定全力以赴！"

"好！好！好！"文皖成满意地点着头。

"董事长，还有一件事。朴赫夫朴教授在手术间心脏病突发，抢救无效，刚刚过世！"

文皖成一声哀叹，"朴教授六十岁了，一辈子都在治病救人，连儿女都没留下。亦晨，朴教授的后事一定要办好。"

"董事长，您放心！"

李亦晨的话音刚落，又响起一阵急促的敲门声。

文皖成道："进来！"

这次进来的是秘书。

"董事长，医院里来……来了好多记者。"秘书慌慌张张地说道。

一群记者冲入再希医院大厅，将走廊堵得严严实实。沈信惠和姜美娟两人好不容易才挤出人群，朝住院部走去。

"美娟，怎么这么多记者？"沈信惠诧异问道。

姜美娟赶紧拉住沈信惠，"沈医生，您别看了，都是冲文医生来的。"

"文医生？文医生怎么了？"

"听说，文医生贿赂死者家属八十万元，所以死者家属取消调查了。八十万，真是有钱啊！"

"这种谣言也有人相信？"

姜美娟撇了撇嘴，"报纸都登出来了，不是真的也变成真的了。"

沈信惠突然停住脚步,"报纸登出来了?"

"今天的头版头条,这种事情我哪敢开玩笑啊!"

就在两人说话之际,办公室主任崔正卿匆匆忙忙来到医院大厅。记者蜂拥而上,将其团团围住。

崔正卿无奈地对记者们说道:"各位记者,请你们到会议室。我们再希医院的李副院长将回答各位的问题。各位!各位!请到会议室,请到会议室!"

跟随办公室主任崔正卿,记者团一窝蜂地扑向再希医院会议室。

嘈杂声中,李亦晨一脸严肃地走进会议室。

崔正卿拿起麦克风,维持秩序道:"各位,请安静!现在由我们李亦晨副院长回答各位的疑问。"

还没等崔正卿点名,人群中便有人高声喊道:"再希医院是否贿赂死者家属八十万?"

这个问题立刻得到众人的附和,会议室喊声此起彼伏。

李亦晨从崔正卿手中接过麦克风,尽量保持冷静道:"大家安静一下,我来回答这个问题。"

此话一出,会议室里瞬间安静下来。

李亦晨的目光扫过台下躁动的记者。他清了清嗓子,严肃说道:"再希医院并没有贿赂死者家属。"

人群中再度骚动起来。

一名记者高声喊道:"那为什么再希医院突然中断对患者死因的调查?"

众人的目光犹如一盏盏探照灯聚焦在李亦晨的脸上,会议室里的空气似乎有些灼脸。

李亦晨挺直身体,站立在主席台上,"再希医院从没有中断对患者死亡原因的调查,调查仍在进行中。"

会议室里再一次躁动起来。

李亦晨继续说道:"此次调查不仅有再希医院医生参与,还有第三方医院医生参加。稍后,我们将公布所有参与这次调查医生的名单。"

某记者问:"《朝南日报》披露的八十万是从哪里来的?"

李亦晨道:"这是文……"话刚到嘴边,便被崔正卿拦了下来。

第五卷
记者们纠缠不休

崔正卿从李亦晨手里接过话筒,"再希医院并没有贿赂死者家属,你们可以调查,我们可以公开账目。至于《朝南日报》说的八十万,我们院方也不清楚。你们是记者,我们也希望你们查明真相,还再希医院的清白。"

记者会终于结束,记者们依然不肯离开。在保安的护送下,李亦晨和崔正卿才得以从记者的包围圈中脱身。

李亦晨将崔正卿拉进自己的办公室,问道:"崔主任,董事长夫人明明给了死者家属八十万,为什么不说?"

"李副院长,您是对再希医院负责,只要再希医院没有贿赂死者家属,就可以了。至于谁贿赂的,和李副院长您没有关系。这样的事情让记者自己查吧!我们没有义务提供线索。"

"这件事迟早会水落石出,刻意隐瞒会使问题更麻烦!"

"董事长夫人和死者家属之间发生了什么,我们并不清楚。董事长夫人的事情让她自己解决吧!我们的责任是再希医院!"

看到文池从昏迷中清醒,沈信惠的心终于落地。她仔细给文池做了身体检查,欣慰地说道:"文医生,你的身体状况很好。不过,还要多休息!"

文池感激地望着沈信惠,由衷道:"沈医生,谢谢你!"

沈信惠微微一笑,"我是医生,都是应该做的。文医生,你不用客气。"

对于病房外发生的事情,沈信惠只字未提,姜美娟也守口如瓶,文母和李冰茵亦保持沉默。他们都知道,文池刚经历这样大的手术,绝不能再受刺激。

就在众人为文池能够度过危险期感到欣喜之时,病房的门突然开了一道细缝,从门缝里挤进来一位身材消瘦的陌生男子。

李冰茵立刻警觉道:"你找谁?"

"这是文池医生的病房吗?"

"你想干什么?"

"我是记者,问文医生几个问题。"陌生男子理直气壮地说道。

04

竟然有记者闯进文池的病房,这让文母顿时火冒三丈。

"出去,请你立刻出去!马上给我出去!"

男记者并不甘心,"我就问一个问题,就一个问题!"

文母转向姜美娟,责问道:"你还站在这儿看什么?还不把他拽出去!"

姜美娟心中不悦,可自己毕竟是护士,职责就是为患者创造一个安心的治病环境。于是,她上前死死抓住男记者,用力往外拽,"出去!你还不出去!"

尽管姜美娟使出浑身力气,但她那小巧的身躯怎能撼动一个下定决心要弄到独家采访的男性记者。

就在两人僵持不下之际,文池突然说道:"美娟,你放开他!"

姜美娟本能地把目光落在文母的脸上。后者面沉似水,让美娟不寒而栗。她只好死抓着男记者的胳膊,不知所措地站在原地。

沈信惠来到男记者面前,心平气和道:"您好,我是文池的主治医生。文医生昨晚接受了一台非常大的心脏手术,刚刚醒过来,还处在危险期,不能接受采访。希望您能够理解!"

这时,病房的门大开,从外面冲进几名保安。

李冰茵指着那个男记者,大声喊道:"把这个人请出文医生的病房。"

保安上来就要拖走那个记者,文母突然一反常态地说道:"没事,没事,你们可以出去了。"

保安们一下子摸不着头脑,看着李冰茵。后者也是一愣,

第五卷
记者们纠缠不休

不知道文母到底想要做什么。

保安陆陆续续走了，病房安静下来。

文母似乎变了个人，态度和蔼地对男记者说道："我儿子文池昨天遇到车祸，心脏被撕开八厘米的口子。多亏医生们连续几个小时的手术，挽救了他的生命。我刚才的态度不好，希望记者先生理解一个做母亲的心情。"

男记者点头道："理解，当然理解！"

文母继续说道："我知道，您是想详细了解文池的病情，可现在他实在没办法接受您的采访。关于文池的情况和昨天的抢救细节，您可以采访这位沈信惠医生。我保证，您是第一个得到这些信息的。"

接着，文母又对沈信惠说："沈医生，还请你帮忙和这位记者介绍一下文池的病情。我想这位记者先生一定想知道详细的抢救过程，就请沈医生从一个专业医生的角度介绍一下。沈医生，您明白我的意思吗？"

沈信惠点头道："您放心！我是医生，一定会从医学角度给这位记者先生详解的。"

文母满意地点了点头。

沈信惠遂扭头道："文池医生还需要休息，您跟我来吧！"

沈信惠带着那名记者离开了文池的病房。

董事长办公室里，文皖成心神不定地在办公桌前走来走去。这时，传来一阵敲门声。

"进来！进来！"文皖成焦急地喊道。

门开了，走进来的是崔正卿。

文皖成问："记者的事情都处理完了？"

"已经处理完了。"

"李亦晨怎么说的？"文皖成又问。

"李副院长否认了贿赂患者家属和再希医院有关。"

"那……"文皖成不安地盯着崔正卿。

"董事长您放心，其他的李副院长什么都没说。"

文皖成点了点头，"好，没说就好。"

"董事长，有一件事情必须要和您说一下。"

文皖成抬起头,"什么事情?"

"虽然,死者家属不再要求对患者死因继续调查,但是李副院长并没有停止调查。"

"什么!"文皖成瞪着充满怒气的双眼,"你一直知道这件事情?"

崔正卿点了点头。

"你……你为什么不和我说?"

"第一,无论对医院,还是对文池,这件事都应该有个明确的结果;第二,这也是李副院长职责内的事情。"崔正卿平静地解释道。

"我是这家医院的董事长,他只不过是副院长而已。"

"董事长,如果不是李副院长继续调查患者的死因,恐怕再希医院花钱贿赂患者家属的事情就做实了。正是因为他没有停止调查,所以保住了医院的声誉。这篇新闻报道就是不实报道,就是污蔑再希医院的报道。"

崔正卿的一番话让文皖成陷入了沉思。

为了让儿子好好休息,文母离开了文池的病房。

走廊上,她嘱咐身后的李冰茵:"冰茵,报道的事情千万不能让文池知道。"

"伯母,我明白!不过,有件事我还是搞不懂。"

"你是想知道,我为什么让沈信惠接受记者采访?"

李冰茵点点头。

"知道为什么公众会抓住医疗调查的事情不放吗?"文母反问道。

"现在闲人太多。"

"是因为弱势群体太庞大了。在真相和弱势者之间,大众更愿意选择站在弱势者的一边,因为支持弱势者就是支持他们自己。这个时候,文池出了车祸,做了这么大的手术,也不是没有好处。医生转变成患者,在某种程度上,文池也会被归到弱势群体,会博得一部分人的同情。这就是为什么我让沈信惠详细介绍文池病情给记者的原因。这都是天意安排啊!"

"您不怕沈信惠胡说吗?"

李冰茵显然有些担心,文母却信心十足。

"这个沈信惠虽然让人讨厌,但她是个聪明人。这个时候,她不会乱说的。冰茵啊,报纸上登的事千万不要让文池知道,他需要休息。"文母再次叮嘱道。

"伯母,您放心,我已经嘱咐过护士了。"

第五卷
记者们纠缠不休

"冰茵,你对文池的心,伯母都知道。等文池恢复了,就把你们的婚礼办了。"

李冰茵脸上不由自主地渗透出幸福的笑容,"谢谢您,伯母。"

"冰茵,还有一件事。你现在就给银行打电话,看看那八十万他们有没有取走。要是还没拿走,立刻把支票给取消。"

"伯母,钱肯定被他们拿走了。"李冰茵劝道。

"那也得给银行打电话,看看能不能把钱追回来。让这些不讲信用的混蛋把钱拿走,我心里憋屈!"

病房里,姜美娟小心翼翼地给文池换好了药。就在她准备离开的时候,被文池突然叫住。

"文医生,您有事儿?"

"对不起,美娟,刚才我妈说话太不礼貌了。"文池诚恳地道歉。

"没关系!我理解夫人的心情;再说,她是长辈,没关系的。"

人只有工作不同,没有地位不同。文池一直反感母亲对医院员工蛮横的态度。姜美娟的话让文池心里更觉不妥,再次歉意地说道:"美娟,谢谢你能够这么想。"

姜美娟微微一笑,"文医生,那我先出去了。"

"美娟!"

姜美娟再次被文池叫住。

"文医生,您还有什么事儿?"

"到底出了什么事情?"

文池的问题让姜美娟心里"咯噔"一下。李冰茵警告过每个一护士,绝不能将再希医院发生的事情透露给文池。

姜美娟磕磕巴巴地敷衍道:"没……没出什么事啊!"

"美娟!"

文池的目光紧紧地盯着姜美娟,让她更是心慌。

"这个……这个……我……"

姜美娟吞吞吐吐的回答让文池更加确定自己的猜测,"美娟,我知道肯定发生了什么事情。"

"文医生,您……您别问我成吗?我承担不起这责任。"

"美娟,我不会告诉任何人。"

"这个……"

姜美娟还是犹豫不决，文池费力地举起右手，"我发誓！"

"文医生，您别乱动。这样吧，我……我把报纸给您拿来，您自己看吧！不过，千万别说是我给您拿的报纸。"

郑俊才带着姐姐和侄女准备去医院检查，三人刚出家门便被一群记者团团围住。

"郑女士，听说你承认收了再希医院八十万的和解费，所以放弃了对自己丈夫死因的调查，是这样吗？"

"谁他妈胡说八道！我们一分钱也没收！"郑俊才气急败坏地喊道。

"郑女士，你没有工作，请问你哪里来的钱给女儿治病？"记者不依不饶地继续问道。

在镜头的包围下，郑燕华紧紧拉着女儿的手，眼泪一串串地往下掉。

郑俊才就像只被激怒的野犬，不停地嘶吼道："滚！你们都给我滚！不然老子可就不客气了……给我滚开……"

对于郑俊才的叫喊，记者们根本不予理睬，而是将郑燕华和她四岁的女儿重重包围。敏儿吓得哇哇大哭。郑燕华拨开堆积在面前话筒，蹲下身，抱住自己的女儿，头顶压满了记者的镜头和话筒。

无论郑俊才怎么喊，怎么叫，记者们依然不肯放过郑燕华母女两人。郑俊才扒开记者，冲出包围圈，甩下姐姐和敏儿，一个人钻进旁边的一条胡同。

热情高涨的记者们继续对母女二人穷追不舍。郑燕华紧抱女儿，不让其受到惊吓。突然，郑俊才从胡同里咆哮而出，手中高举着一根木棒。一阵挥舞之后，记者们才四散奔逃。

再希医院的咖啡厅里，沈信惠详细地讲述了昨晚抢救文池的全过程，听得男记者目瞪口呆。

"患者心脏破裂八厘米，不经过体外循环，直接在心脏上缝合，这样的手术在全国也是罕见。如果您不介意的话，我希望能将您的这次手术刊登在我们的网站上。"男记者敬佩地说道。

沈信惠微笑，"这可不是我一个人能够做到的。手术能够成功是再希医院心脏外科的医生和护士共同努力的结果。"

第五卷
记者们纠缠不休

男记者连连点头,接着又问:"沈医生,听说对文医生那起医疗事件调查突然停止,是因为再希医院为保文医生,私底下给了死者家属八十万的赔偿。您对这件事了解多少?"

"八十万的赔偿,我不清楚。"沈信惠很平静地回答道,"不过,再希医院心脏外科从来没有停止过对死者死因的调查,我本人就是再希医院调查组的成员之一。"

"沈医生,我很佩服您的医术。但是,文池医生是再希医院董事长的儿子,也是再希医院未来的继承人。所以,无论是院方,还是医生,不约而同地维护文池医生,这既符合逻辑推断,也是人性使然。"

沈信惠淡淡一笑,直言不讳地问道:"您的意思是,我在说谎?"

"医者治病救人,而治病救人的基础是实事求是。还是那句话,我敬佩您的医术,所以非常希望能听到您真诚的回答。"

"实事求是是医生必须遵守的准则,而不是没有证据的推断和娱乐大众的阴谋论。调查结果出来之前,任何的猜测都是对文医生的不公平,也是对死者和家属的不尊重。希望媒体不要娱乐医生,也不要娱乐死者家属。医学不是头版头条的几行文字,更不是十指间的游戏。"

"沈医生……"

男记者还要追问下去,墙壁上的扩音器突然响起,"心脏外科的沈信惠医生请立刻到重症观察室!心脏外科的沈信惠医生请立刻到重症观察室!"

重症观察室里,病床上的文池再次不省人事。

看到沈信惠进来,姜美娟慌忙汇报情况:"文医生突然出现心律不齐,血压急剧下降,昏迷不醒。"

姜美娟的话音刚落,心脏监测仪突然发出心搏骤停的警报。

沈信惠急道:"立刻准备电击起搏!立刻准备电击起搏!"

匆忙中,姜美娟将准备好的电极板递给沈信惠。

"200焦耳,准备,电击!"

随着沈信惠的话音,"砰"的一声巨响,文池的身体跟着猛烈颤动,监测仪的屏幕上却仍然显示着生命停止的状态。

"300焦耳,准备,电击!"

巨大的电流再次穿透文池身体，但心脏还是没有任何跳动的迹象。就在全体医护人员专注于抢救文池之际，文母和李冰茵闯进重症监护室。

"儿子！儿子！"文母拼命地哭喊道。

沈信惠严肃地对李冰茵说道："李医生，请把患者家属带出去。美娟，350焦耳，准备，电击！"

门诊室里，医生看过敏儿的化验报告，目光中透出忧虑。

郑燕华一下子慌了神，声音颤抖地说道："医生，我……我女儿……"

"郑女士，敏儿病情开始恶化。如果不尽快手术，恐怕……"说到这里，医生的目光落在了敏儿身上，"手术越快越好，不然就危险了。"

郑燕华如同被铁棒猛地击中头部，脑子里一片空白。

医生继续说道："郑女士，赶紧给敏儿办理住院手续，我来安排手术。你放心，做完换肾手术，孩子就没事儿了。"

郑燕华激动的泪花顿时在眼眶中不停地滚动，"太感谢您了，医生。"

"郑女士，您太客气了，带你女儿去办住院手续吧！"

出了医生办公室，郑燕华坐在椅子上，目光呆滞地看着医院儿童乐园里天真活泼的女儿，眼泪再次不由自主地涌出眼眶。

"姐，你还考虑什么？赶紧取钱给敏儿办理住院手续。换了肾，敏儿就没事儿了。"郑俊才不耐烦地说道。

郑燕华用纸巾拭去眼泪，"我总觉得对不起你姐夫……"

"咳！我姐夫都死了，你还想那么多干什么！把敏儿的病治好才最重要。"

郑燕华的眼泪又开始往下掉。

"姐，哭有什么用，别哭了！我去银行拿钱，回来就给敏儿办住院手续。"说完，郑俊才起身冲出医院。

重症监护室里，对文池的抢救正在紧张地进行。走廊上，李冰茵陪着文母焦急地等待着。

沈信惠终于出现在重症监护室外，李冰茵焦急地问道："文池哥怎么样了？"

"文医生已经脱离危险，不过还没醒。你们可以进去看看。"

第五卷
记者们纠缠不休

文母和李冰茵冲进了病房。

沈信惠和姜美娟沿着走廊往护士站走去。
"沈医生,对不起!"姜美娟抱歉地说道。
"怎么突然说起对不起来了?"
姜美娟带着悔恨的目光说道:"要不是我给文医生看了报纸,文医生也不会这样。"
沈信惠一愣,"你给文医生看了新闻?"
"我也没办法,文医生非要看不可。"姜美娟委屈地解释说。
"文医生现在没事了,这件事就到此为止,你也不要和别人说了。"
"谢谢您,沈医生,您真是个好人。这事儿要是被董事长夫人知道,我肯定完蛋了。"姜美娟感激地回答道。

郑俊才在银行大厅足足等了两个多小时,终于坐到柜台前。
"您好,有什么可以帮助您的吗?"银行职员很有礼貌。
郑俊才从怀里掏出那张八十万的支票,扬起土豪般的表情,说道:"开个账户,把支票里的钱存进去。"
银行职员接过支票,"先生,您的身份证。"
郑俊才又掏出自己的身份证。
银行职员在电脑上操作了好一会儿,然后皱起眉头对郑俊才说道:"先生,您这张支票无法兑现。"
郑俊才一惊,"不可能!"
"对方已经取消对这张支票的支付。要不,您回去问问?"
接着,那张八十万元的支票连同郑俊才的身份证一同被推出了柜台。

·十·号·手·术·刀·

◎ 第六卷　医生家属的愤怒

01

重症监护室里,安静得只剩下电子仪器发出的声响。文池微微睁开双眼,围在床边的母亲和李冰茵立刻显露出惊喜的表情。

"儿子,你要出什么事儿,妈也活不下去了。"握着儿子的手,文母喜极而泣。

文池的脸上展露出笑容,气息微弱地说道:"妈,我没事儿!"

李冰茵含着眼泪,"文池哥,刚才都吓死我们了。"

"冰茵,谢谢你,让你们担心。"

"文池哥,干吗说谢谢,这么客气!"

"儿子,我和冰茵不打扰你了,你多睡一会儿!"文母说道。

文池握住母亲的手,"妈,新闻我已经知道了。"

文母一惊,"儿子……你……你说什么新闻啊?"

"八十万……妈,我想知道事实。"

"儿子,那些报纸都是胡说八道!"文母双眼透着焦虑的目光。

李冰茵赶紧转移话题,"文池哥,你刚做完手术,需要休息。"

文池并没有打算就这样结束谈话,坚持说道:"如果患者因为我的过失而失去生命,我必须承担这个责任。"

文母心疼地看着病床上的儿子,"在妈眼里,你永远是个孩子。妈要保护你!"

"妈,我明白。但是除了是您的儿子,我还是一名

第六卷
医生家属的愤怒

医生。"

郑俊才蹲在银行旁的胡同里,一缕青烟从手指尖升起。他面前的地面上散落着十几颗烟头。这时,手机响起,是郑燕华打过来的。

郑俊才站起身,硬着头皮接起电话,"姐!"

"俊才,你在哪儿?"

"姐,我……我还在银行。"郑俊才扯谎道。

"什么时候能办完手续?"郑燕华问。

"数目太大,手续真是麻烦。今天办完了,钱也得过两天到账。姐,你和敏儿先回家吧!"

"好,那办完手续,你也赶紧回来。"

"完事儿,我就回去。"

挂断电话,郑俊才将指间的烟头扔在地上,狠狠地用脚碾死,然后,转身走出胡同。

最后的夕阳消失在地平线下,黑夜开始统治整座城市。忽明忽暗的街灯下,郑俊才立着领子,哆嗦着站在姐姐家门前。犹豫了好一阵后,他终于抬手按动了门铃。

郑俊才进了门,默不作声地坐在椅子上,姐姐郑燕华给他端上来冒着热气的晚饭。

敏儿跑到郑俊才怀里,撒娇道:"舅舅,我们一起看动画片好吗?"

郑俊才抚摸着敏儿的头发,心里难过。

"让舅舅先吃饭!"郑燕华说道。

敏儿很听话,跑到一边自己玩去了。

"银行的手续都办好了吗?"郑燕华问。

郑俊才一边往嘴里塞饭,一边点了点头。

郑燕华的目光里闪现出对未来的希望,"敏儿的病终于有希望了,我的心也算是放下了。希望你姐夫能够原谅我这么做。只要敏儿健健康康的,怎么惩罚我都行。"

突然,郑俊才放下筷子,转身就走。

"俊才,饭还没吃完,你又要去哪儿?俊才?"

不管郑燕华怎么喊,郑俊才头也不回地冲出家门。他自觉对不起姐姐和死去的姐夫，更对不起重病在身的敏儿。在姐姐和敏儿面前，郑俊才无地自容，愧疚让他对这个冷漠的社会更加憎恨。

昏暗的街灯下，郑俊才的身影时隐时现，很快消失在夜幕中。

在李冰茵的陪同下，文池的母亲回到自己的病房。今天遭受的境遇让这位平时趾高气扬的再希医院女董事满脸倦色。

"伯母，我去给您倒杯热茶。"李冰茵说道。

"冰茵，不忙。你坐下，陪伯母说说话。"文母将李冰茵拉到自己的床边，叹了口气，"冰茵啊，你说我这次是不是真的做错了？"

"伯母，您要注意身体，其他就别想了。"

文母又叹了口气，"我只是想保护自己的儿子。作为母亲，谁不希望自己的儿女平平安安呢！"

"伯母，我理解您的心情。"

"姓郑的这家人出尔反尔，主动来要钱，我给了他们钱，他们反倒去报社告发。"说到这儿，文母似乎想到了什么，紧紧抓着李冰茵的手，"我明白了！他们是设计好了来陷害文池，咱们中了他们的奸计。这都怪我，一时糊涂，都怪我啊！"

就在文母懊恼之际，文皖成推门，走进病房。

李冰茵赶紧站起身，"伯父，您来了！"

文皖成由衷道："冰茵啊，辛苦你了。"

"伯父，您别客气，这是我应该做的。"

"冰茵啊，你也忙了一天，回去休息吧！"

和文母道了晚安，李冰茵离开病房。

文皖成来到妻子身边道："有件事要告诉你，医院所有事务暂时由董事局接管。在风波过去之前，我不会参与医院的事情。对文池，也做了停职处理。"

文母立刻从病床上坐起身，"你这么做不是等于承认了嘛！"

文皖成把茶杯放在桌子上，"不承认怎么办？钱是你给的！"

"可你也不至于退出董事局啊！你不在，谁还能为文池说话？"

"现在没有别的办法，我这也是以退为进。风口浪尖，还是避避得好。文池的事情，我已经交给李副院长处理。董事局里有些人一直惦记着董事长的位置，李亦晨没门没派，做事一向秉承公正，应该不会被那些居心叵测的人利用。而且，关于患

第六卷
医生家属的愤怒

者的死因,他一直没有停止调查。"

"什么!"文母突然大怒,"姓李的一直瞒着我们调查文池?这种人你还能信任?绝不能把文池的事情交给他,我不同意!"

"少安毋躁!至少从现在看,李亦晨没有停止调查对文池是有利的。"文皖成耐心地说道。

"有利?我可没看出对文池有什么利!姓李的就是想通过这件事,把文池搞臭,好让那个沈信惠坐上主任的位置。"

"你听我把话说完。"文皖成不慌不忙地说道,"《朝南日报》不是说我们给了死者家属八十万,就是要封口,取消对文池的调查吗?但事实是,医院对患者死因的调查始终没有停止过。听说死者的女儿患有尿毒症,那八十万就算是资助死者家属的慈善捐款,不是什么封口费。"

"资助?"文母冷冷地说道,"我可没钱资助给这些不守承诺的小人。八十万的支票我已经取消了。他们一分钱也别想拿走!"

"什么!你把支票取消了?"文皖成的脸色突变,"你……你糊涂!"

文母也急了,"我糊涂?把我儿子害成这个样子,还想白白拿走八十万?我看你糊涂了。"

文皖成气得在病房里直打转,"我刚刚让崔正卿把慈善捐款这事儿放给媒体,你就把支票给取消了,你可真够及时的。我看你怎么收场!"

夜深,从北方吹来的风重重敲打着玻璃。文池躺在病床上,始终无法入睡。他按下床头的呼叫按钮。几秒钟之后,姜美娟急匆匆地推门冲了进来。

"文医生!文医生!"姜美娟惊慌失措地喊道。

"美娟,我没事儿。"文池带着微笑,"你坐!"

姜美娟可没有心情坐下,开始仔细检查所有电子医疗仪器显示的体征数据。

"你坐吧!我有件事儿想问你。"

听文池这么说,姜美娟迟疑地坐在床边的椅子上,"文医生,你吓死我了。"

"美娟,我问你件事儿。"

"文医生,您现在的任务就是好好睡觉,把身体养好。"

"问完了,我就睡觉。"

"好,您问。"

"美娟，沈信惠医生上法庭的时间你查出来了吗？"

"文医生，您都这样儿了，还想别人的事情呢！自己都被停职了，心里还惦记着沈医生，您是不是对沈医生有什么想法啊？"

面对姜美娟的提问，文池突然感觉自己脸上有些发烫，赶紧找借口掩饰道："沈医生……沈医生救了我的命。她有事情，我应该帮忙。"

这样的说辞听起来确实很有说服力，姜美娟也就没再多想。她叹了口气道："文医生，你真是个好人。那个《朝南日报》的记者真是胡说八道，炒作自己。"

"我想，那个记者也是想查出真相，替患者讨个公道。"

姜美娟噘起嘴，"您还替这种人说话？可真够想得开的！"

"美娟，沈医生的出庭时间你查到了吗？"文池有些迫不及待了。

姜美娟带着遗憾的表情，摇着头。

"美娟，还得请你帮我留心这件事。"

"文医生，您放心！一有消息我就通知您。"

"谢谢你，美娟！"文池感激地说道。

姜美娟一笑，"您和沈医生都是好人，我希望您二位都能平平安安的。"

此时此刻，难以入眠的除了文池，还有沈信惠。尽管文池的手术和白天发生的一切让她精疲力尽，可回到家，她便开始仔仔细细打扫每一个房间。老陈躺在医院，成了植物人，留给沈信惠的除了一场房产官司，还有他们两人在这座房子里度过的美好时光。

沈信惠收拾好吸尘器，呆坐在沙发上，目光扫过每个角落。今晚，上帝似乎为她按下了时光回放键，带着她的思绪回到曾经和老陈恩爱的那些日子。恍惚中，电话突然响起，打断了回忆。

"信惠，没打扰你睡觉吧？"打电话来的是正在医院值夜班的金佳楠。

"我还没睡呢！"

"又想你们家老陈了？"

沈信惠没有正面回答，只是苦苦一笑。

"信惠，老陈醒不过来，事情已经这样了，该放手的你怎么握也握不住。"

"佳楠，文医生的情况怎么样了？"沈信惠转移了话题。

很多时候，痛到极致也就失去诉说的勇气。金佳楠似乎感到了沈信惠的心痛之

第六卷
医生家属的愤怒

处，也就没把老陈的话题继续下去。

"文池目前的体征状况很稳定，应该不会再有什么意外了。"金佳楠回答道。

"那就好！"

"对了，文皖成因为八十万的事儿已经退出董事局，暂时不主持工作了。"

"这种事情和咱们医生没什么关系。"沈信惠回答得很平静。

金佳楠却万分激动地说道："是和我没关系，可和你沈大医生关系密切呀！"

沙发上的沈信惠对金佳楠的话没起一点兴趣，"佳楠，你怎么也对八卦消息感兴趣了？"

"这可不是什么八卦新闻。信惠，你就不想知道这事儿和你有什么关系？"

"没兴趣！"

"你这人真没意思。好吧，我告诉你吧！"金佳楠败兴地说道，"李副院长本是想提名你为心脏外科主任，这大家都知道。后来，又有人提名文池，大家也知道。结果，心脏外科主任始终空着。现在，出了八十万的新闻，文池被停职，董事长也退出董事局，心脏外科主任非你莫属啊！"

"佳楠，这又不是写推理小说，你就别乱猜了。"

"信惠，这可不是乱猜，我是听办公室主任崔正卿说的。董事局已经开始启动审核流程了，你就等着上任吧！"

这个消息依然没能让沈信惠激动，她反而在电话里深深叹了口气。

金佳楠推心置腹道："信惠，生活必须往前看，总是长吁短叹，小心皱纹爬满脸。"

沈信惠又叹了口气，"人生总是向前走，却从不让人带上什么，美好的都留在了过去。"

夜更加浓重，窗外的风也刮得更加猛烈。无论是文池的病房，还是沈信惠公寓的客厅，灯光始终没有熄灭。

清晨，金秉阳刚刚走进办公室，便被副主编叫了去。办公桌前，副主编面色凝重，时不时在门和办公桌之间来回踱着步。

金秉阳问："您找我？"

副主编停下脚步，"老金，你坐，你坐。"

金秉阳坐到椅子上，看着焦虑不安的副主编。

副主编的屁股靠在办公桌上，带着怀疑询问道："老金，再希医院给死者家属八十万封口费的事儿，你查清楚了吗？"

"查清楚了，死者家属确实收了八十万。"金秉阳的回答信心十足。

"死者家属收了八十万确实没问题，再希医院董事长文皖成也承认给了这笔钱，但钱是捐给死者女儿治肾病的，不是封口费。再希医院压根儿就没停止对患者死因的调查。"

这消息让金秉阳一下也慌了神儿，"这个……这个……"

副主编："老金啊，就别这个那个了，你到底查清楚没查清楚啊？我们上的可是头条，这要是错了，对报社的影响可就大了。"

金秉阳此刻也是手足无措，"八十万肯定是给了，死者有个四岁患尿毒症的女儿也没错，其他的……其他的……"

金秉阳的态度更让副主编焦躁不安，又开始在办公室里走来走去。

"如果事情真的是那样，我们的责任可就大了。实在不行……"副主编犹豫了一下，接着说道，"实在不行，我们只能登报道歉。"

金秉阳坐在椅子上一声不吭。

副主编转过身又说："老金啊！你去查查清楚，看看这背后是不是有什么内幕。无论如何，我们都要真实报道，那才能保住报社的名誉。"

从副主编的办公室回到自己的办公桌，金秉阳便接到前台打来的电话，说有访客在会议室等他。进了会议室，还没等金秉阳看清楚对方是谁，脸上便重重挨了一拳。金秉阳晃晃悠悠地从地上爬起来，又一记重拳击中了他的左眼。这一次，金秉阳是被对方从地上拎起来的。他终于抽空看清楚了对方的脸，伏击他的竟然是郑俊才。

郑俊才一脸恶气，拎着金秉阳，骂道："你这个混蛋，今天我让你一辈子也站不起来！"

紧接着，金秉阳的脸上又挨了一拳。"扑通"一声，他再次摔倒在地上。

金秉阳用胳膊勉强地撑起身体，"我是想帮你们……"

郑俊才根本不听解释，上去就是一脚。金秉阳趴在地上，喘着粗气。郑俊才上前，正要抬脚，会议室的门"砰"的一声被撞开，闯进几名保安，将郑俊才按在会议桌上。

第六卷
医生家属的愤怒

郑俊才一边挣扎,一边骂道:"你这个混蛋,我不会放过你的!"

金秉阳从地上爬起来,擦了擦嘴角上的血迹,"我是在帮你们讨回公道。"

"讨公道?我呸!文家把钱收走了,敏儿的病怎么办?都是你这个坐在办公室里整天想着出名的混蛋。"

"我真的是想帮你们。"金秉阳苦口婆心地说道。

郑俊才死死盯着金秉阳,"你这个混蛋,害了敏儿,害了我姐,咱俩没完!"

副主编办公室里,金秉阳龇牙咧嘴地坐在椅子上,脸上青一块紫一块,眼眶也肿得老高。

"老金,喝口茶,压压惊!"副主编将茶水递给金秉阳,接着问道,"郑俊才人呢?"

"我让他走了。"

副主编一惊,"你让那小流氓走了?应该送他去警察局!"

金秉阳叹了口气,把茶杯放在桌上,"算了,他也不容易。"

副主编略有所思,"老金,郑俊才说的都是真的?"

"他肯定是没拿到那笔钱,不然也不会来这里找我。"

"文家把那八十万的支票给取消了?"副主编嘴里嘀咕着,突然眼睛一亮,激动地叫了起来,"好!好!我就说嘛,他们怎么会好心捐给死者家属这么一大笔钱。一定是想让死者家属闭嘴,没想到事情败露,一怒之下把钱收回去了。"

副主编犹如溺水中一把抓到了救生圈,急不可待地催促道:"老金,你赶紧把这条新闻发出去,今天必须见报!"

副主编激动得直打转,金秉阳却呆滞地坐在椅子上一动没动。

"老金,还发什么呆啊,还不赶紧回去赶稿子!"

金秉阳低着头,并没有理会副主编。

"老金,怎么,被一个小流氓吓住了?"副主编带着激励的口吻继续说道,"想当年,你去调查黑砖窑,被关了十几天。为了解救那几名被拐骗的童工,刀架在脖子你都没退缩过!"

见金秉阳依旧保持沉默,副主编把话拉了回来,"年纪大了,咱们也都是快五十岁的人了,顾虑也就越来越多了。这很正常,我理解,我理解。"

说完，副主编拿起金秉阳的茶杯，走到饮水机前，续满了热水。转身，把杯子递给金秉阳。

"老金啊，我何尝不想休息休息，过过清闲日子，可是不行啊！报社的效益越来越差，我是整宿整宿睡不着。"副主编叹了口气，"为了咱们报社一百来号人的生计，为了揭露真相，还社会一个公平，咱们还不能停啊！"

金秉阳放下手里的茶杯，从椅子上站起身。

得意的笑容涌上副主编的面颊，他拍着金秉阳的肩膀，"老金啊，《朝南日报》再现辉煌就全靠你了！"

金秉阳没说话，点了点头，转身离开了办公室。

第六卷
医生家属的愤怒

02

再希医院的重症监护室里,沈信惠正专注地给文池做检查。后者则专注地、深情地望着近在咫尺的沈信惠。这还是他第一次如此近距离地靠近自己深深暗恋的女人,他甚至沉迷在对方那淡淡的发香里。

沈信惠收起听诊器,文池也赶紧收回多情的目光。

"文医生,你现在情况很稳定,不用担心。"

"谢谢您沈医生。如果上帝不安排我们相遇,恐怕我的心脏已经停止跳动了。"

沈信惠抿嘴一笑,"这个世界存在'如果'的话,我相信只有美好的事情才会发生。"

"为什么?"

"对于命运,如果人们拥有了选择的权利,谁还会选择遭遇不幸呢!文医生,你应该好好休息!"说完,沈信惠转身要走。

"沈医生!"文池突然喊道。

沈信惠停住脚步。

"沈医生,您……您相信我吗?"

"你的意思是?"沈信惠莫名其妙地看着文池。

"八十万的事情我也是昨天才知道!"

沈信惠微微一笑,"文医生,现在你的任务是好好养病,不要乱想。"

"沈医生,我真的不知道,请您相信我!"

这一次,沈信惠只是微笑,没有说话。文池还想继续解释,却被推门进来的李冰茵打断了。

沈信惠对李冰茵说道:"李医生,文医生的状况很稳定。有什么事情,找我就好。"

说完,她转身离开重症监护室,把身后的空间留给了文、李二人。

看到文池气色不错,李冰茵自然很开心,讨好地说道:"文池哥,你现在是我唯一的工作重点。"

文池并没展现出对李冰茵的感激,严肃地说道:"你是医生,你的责任是尽全力为更多的患者解除病痛,而不是私家护士。"

李冰茵很委屈,噘着嘴道:"文池哥,你还生我的气啊?我和伯母也是想帮你把事情早点儿解决,不想影响你的事业,所以最后才给了他们八十万。"

听到八十万,文池的脸色愈加地难看,"我们是医生,在我们手里是患者的生命。如果我们拒绝承担责任,不承认自己的错误,我们有什么资格面对患者?我们还有什么资格做医生?"

突然,床头的体征监视仪发出刺耳的警报声。文池用手紧紧按在自己的左胸上,脸色显露出痛苦的表情。与此同时,几名护士冲进了重症监护室。

"文医生血压迅速升高,立刻注射硝普钠。"李冰茵焦急地喊道。

护士道:"李医生,用药需沈信惠医生批准才行。"

李冰茵瞪了护士一眼,"那你还不赶紧去叫沈信惠过来!"

李冰茵的话音未落,沈信惠已经出现在文池的病床前。在她的指导下,护士迅速给文池注射了降压和安定药物。随着血压逐渐恢复正常,体征监测仪停止了报警声,文池也昏睡过去。

沈信惠和李冰茵一前一后走出文池的病房。

一名小护士跑到沈信惠的面前,"沈医生,李副院长让您立刻去一趟。"

沈信惠礼貌地和李冰茵告辞,去了李亦晨的办公室。小护士也准备离开,却被一旁的李冰茵一把抓住。

"知道李副院长找沈医生有什么事情吗?"李冰茵问道。

"可能是主任任命的事儿吧!"护士无心答道。

"什么主任任命?"

看着李冰茵发狠的面孔,小护士不知所措地站在原地。

第六卷
医生家属的愤怒

"我问你话呢！听不见啊，你？"

"您……您不知道？"

"废话！知道，我还问你。"

"听……听说，李副院长要任命沈医生做咱们科的主任。"

"李副院长任命？他有什么资格任命？必须通过院董事会同意才行。"

"那……那可能董事会通过了？我……我也不清楚。"

李冰茵忧心忡忡地来到文母的病房。就在她迟疑要不要把从护士那里打听来的消息告知文母时，对方迫切地问道："冰茵啊，文池怎么样了？"

"文池哥血压不太稳定，不过没事了，已经睡了。"

听到儿子没事，文母的脸上显露出一丝安慰，"没事就好！没事就好！冰茵，你坐！"

李冰茵闷闷不乐地坐在病床边。

"你脸色怎么这么差啊？我和文池都躺在病床上，这两天真是辛苦你了！"

"伯母，我……我没事儿！"李冰茵吞吞吐吐地回答道。

"冰茵，有什么事情你一定要告诉伯母，别让伯母担心。"

"伯母……"

"冰茵，到底怎么了？你这么吞吞吐吐的，是不是想把伯母急死啊！"

看着护士收起血压计，出了病房，李冰茵犹豫着说道："伯母，李副院长要任命沈信惠做心脏外科的主任，听说董事会已经批了。"

"什么！"不出李冰茵所料，文母的血压立刻爆表，"我就知道姓李的就是争权夺势，心思根本不在患者身上。他瞒着我们私底下调查文池，就是不想让文池成为心脏外科的主任。现在文池出了事，最高兴的就是他！你伯父刚宣布暂时离开董事局，不插手医院的事务，他就迫不及待地跳到桌面上来结党营私，帮那个叫沈信惠的上位。他和沈信惠的关系肯定不干不净！"

"伯母，这么看，文池哥做主任的事儿不就没戏了吗？"

文母喘着粗气，"这个姓李的拉帮结派，根本没有资格做医生！很有可能，八十万的事儿就是他勾结患者家属，一手安排，陷害文池的。为了再希医院，我们绝不能听之任之，让这些害群之马胡作非为。"

李冰茵听了这话，显得有些慌张，"伯母，不……不太可能吧？他们不能那么坏吧？"

文母握住李冰茵的手，世故道："冰茵，你和文池都还年轻，涉世不深，还很单纯。为了权和利，为了个人利益，有些人什么事情都能做得出来。我和你伯父这大半辈子经历的事情太多，很多人坏到你都无法想象。害人之心不可有，但防人之心绝不可无。"

沈信惠离开住院部，走进再希医院的行政大楼。这里的装饰颜色和门诊大楼一样，墙壁和屋顶都涂成白色。也许是因为缺少了排队挂号看病的人群，行政大楼显得格外冷清，沈信惠的脚步声回荡在空荡的走廊上。

沈信惠出现在了李亦晨的办公室。

李亦晨十分热情，笑逐颜开地说道："沈医生，快坐，快坐！"

在沈信惠的印象里，李亦晨一向是个不苟言笑的人，突然看到对方笑得毫无遮拦，她竟然有些不适应。

看到沈信惠的拘谨，李亦晨从办公桌后走出来，"沈医生，请坐！请坐！"

沈信惠随着李亦晨坐在沙发上。

"李副院长，您找我有什么事情吗？"

"大事，也是好事！"

他抑制不住内心的喜悦，将手里的一份文件递给沈信惠。接过文件，她从头到尾认真地看了一遍，久违的笑容立刻跳到她的面颊上。

李亦晨欣喜地说道："这件事就像块巨石，一直悬在我脑袋顶上。今天终于有了结果，我的心终于能放下了。"

"李副院长，为了这件事，您操了不少的心！"

沈信惠的话音刚落，"砰"的一声办公室的门打开，李冰茵推着文母闯了进来。李亦晨和沈信惠从沙发上站起身。

"夫人，您有什么事情吗？"李亦晨恭敬地问道。

文母瞟了一眼沈信惠，冷嘲热讽地对李亦晨说道："李副院长，我不请自来，没打扰你们二位商量大计吧？"

"您有事，随时都可以来！"

文母从鼻孔哼了一声，"李副院长，趁我们文家现在有难，你安插自己亲信的速

第六卷
医生家属的愤怒

度可真够快的啊!"

面对董事长夫人的无礼,李亦晨心平气和地回应道:"夫人,再希医院里只有医务人员,没有什么亲信。"

"李副院长,你可真会演戏!"说着,文母把鄙夷的目光转移到沈信惠身上,"听说,这位沈医生在您的保驾护航下很快就要成为再希医院心脏外科的主任了。李副院长,在再希医院最艰难的时刻,你不辞辛苦地为这位沈医生争权夺位,可真是用心良苦啊!"

李亦晨正色道:"夫人,谁来担任心脏外科主任是要通过董事会表决的!"

"文池被停职,董事长暂时退出董事会,这个时候正是你李副院长推动表决的最佳时机。您在这位沈医生身上用的心思可真是让人感动!"

面对文母的讥讽,沈信惠并没有选择争执。对心脏外科主任的头衔,对迎面扑来的无理指责,她无动于衷。现在,她心里只装着两件事:作为妻子,她祈祷命运让自己的丈夫早日苏醒;作为医生,她能够挽救更多的生命,为更多的家庭留住亲人。

"李副院长,还有一个会诊,我先走了。"沈信惠说道。

"沈医生,先别走,我的话还没说完!"文母不依不饶,"为了能坐上主任的位置,你们狼狈为奸,勾结死者家属,陷害我儿子文池。别以为你们这些下三烂的事情,我不知道。我告诉你们,有我在,你们就别想得逞!"

李亦晨面如止水,"夫人,您太激动了,您需要冷静。"说完,他拿起桌子上的文件,递给对方。

"这是什么?"

"对文池医生的调查结果。在第三方医院参与和医患管理中心的监督下的调查结果,文池医生的治疗方法和手术过程并没有错误。"

听到这个消息,文母激动得就连拿报告的那只手都在不停地抖动。

"调查排除了医疗事故的说法。沈信惠医生作为调查组的主要成员,在这次调查过程中做了大量的调研和鉴定工作。夫人,我认为您应该为您刚才说过的话,向沈医生道歉。"李亦晨义正词严地说道。

这时,一阵手机铃声打破了办公室里紧张的气氛。

"喂……好的,我马上就到。"挂上电话,沈信惠对李亦晨说道,"患者出现突发状况,我必须去一趟!"

"沈医生,你去忙吧!"

沈信惠转身，离开了办公室。

阳光透过百叶窗挤进《朝南日报》社的办公室。副主编办公间的门敞开着，路过的人不难发现办公桌后副主编那一副焦头烂额的表情。助理熟练地穿过办公桌之间狭窄的通道，匆匆忙忙走进副主编的办公间。

"找到老金了吗？"副主编立刻问道。

"找了，到处都找了，每层洗手间都找了，没有啊！"助理无奈地回答。

"我再给老金打电话。我就不信，他还不接。"

副主编伸手去拿办公桌上的电话，却被助理拦住，"领导，您就别打了，打了也是白打。老金的手机就在他办公桌上呢！他压根儿就没带。"

副主编将电话听筒狠狠地扣在电话机身上，"这个老金，我让他赶紧发稿子，跑哪去了他？工作时间，也不说一句，人就没了。再不发稿子，再希医院那条新闻就上不了今天的版面……"

助理束手无策地站在原地，不情愿地听着副主编的满腹牢骚。

副主编抬起头，"找！继续找，挖地三尺，就是把这破楼给拆了，也得把老金给我找出来。"

就在副主编为金秉阳突然消失暴跳如雷之际，金秉阳正推门走进文池的病房。

尽管金秉阳将八十万元巨款的消息放在头版头条，让文池成了整座城市的众矢之的。但见到金秉阳走进病房的那一刻，文池并没有恼羞成怒，反倒友善地让金秉阳坐在床边的椅子上。文池的举动让金秉阳这位从事新闻工作几十年的老记者倍感意外。

"文医生，没想到你会接受我的采访。"

文池微微一笑，"记者如实报道新闻就像医生真诚对待患者，都是职业责任。"

"文医生，你的一言一行将会如实出现在新闻中。至于读者是什么态度，就是我这个记者能力之外的事情了。"

"谢谢金先生的坦诚，您开始吧！"

"文医生，听说那八十万是资助，捐给死者患尿毒症的女儿，是这样的吗？"

"我也是第一次听到这样的说法。"

文池的坦诚让金秉阳一愣，接着问道："那就是说，八十万并不是慈善捐款？"

"不是！"文池毫不隐瞒地回答道。

第六卷
医生家属的愤怒

"能说说关于八十万的具体细节吗？"

虽然这八十万是母亲一手策划，但文池并不想把责任推卸给自己的母亲。作为儿子，作为医生，文池都觉得自己应该承担起所有后果。无论是母亲，还是再希医院，都不应该受到牵连。

"八十万完全是个人行为，与院方没有任何关系，再希医院并不知情。请金先生原谅，这件事我也只能讲到这里。"

金秉阳点点头，"死者家属收到八十万后，提出停止对死因的调查，那再希医院有没有就此停止调查呢？"

"调查组要求我交出有关治疗过程的全部材料。至于他们如何调查，调查到什么程度，这些对当事人都保密，所以我并不清楚。"

"文医生，你有没有想过，你这样的回答会毁了你的前途？"

"我是一名医生，必须尊重事实，尊重患者。自己的责任自己承担。不能因为我，而影响了再希医院其他的医护人员。"

"文医生，你会因为媒体将此事曝光，而收回那八十万吗？"

"不会！"文池斩钉截铁地答道。

"为什么？"

"治疗尿毒症的费用很高，那笔钱能够挽救一条生命。"

"文医生，我很敬佩您承担责任的勇气，也愿意相信您的正直和您所说的一切。可是，似乎您说的和事实并不一致。"

"您的意思是？"

"那张八十万的支票已经被取消支付，死者家属并没有拿到钱。您能解释一下这是为什么吗？"

金秉阳的提问让房间内的气氛瞬间陷入沉默。

03

文池的病房里,沉默依旧。他发自内心地不愿相信自己的母亲会做出这样冷酷无情的事情,可事实就如同一把利剑,已经刺到了自己的面前。

金秉阳穷追不舍道:"文医生,你说要帮助死者的女儿,却给死者家属开了张空头支票。你的言行真是让人迷惑啊!看来,不用我们记者渲染,您的言行就会引起轰动。"

金秉阳的咄咄逼人让文池哑口无言。这时,病房的门开了,文母和李冰茵出现在记者金秉阳的面前。

"你!"看到金秉阳,文母立刻火冒三丈,"谁让你进来的?出去!给我滚出去!冰茵,去叫保安,把他给我赶出去。"

对记者金秉阳来说,类似的场面他经历无数,已经习以为常。他从容地站起身,有礼貌的问候道:"夫人,您好!"

文母气得浑身发抖。

文池赶紧说道,"是我让金记者进来的。"

文母根本不予理睬,"冰茵,把这人给我轰出去,立刻!"

"文医生,我就不打扰了,先告辞了!"说完,金秉阳转身要走。

文母厉声喝道:"等等!"

金秉阳停住脚步。

文母将调查报告狠狠地摔在金秉阳的手里,"拿回去好好看看,别以为自己是记者就可以到处信口雌黄。"

沈信惠离开李亦晨的办公室,疾步走进抢救室。医护人

第六卷
医生家属的愤怒

员正在抢救一位人事不省的患者。

"患者男性,15岁,患有肾病综合征,突发心前区剧烈疼痛。疼痛已经向左肩和手部放射,同时伴有大汗和呕吐。已经采取急救措施,症状有所缓解。"说完,姜美娟将心电图递给沈信惠。

这时,医生金佳楠也出现在抢救室内。

"什么情况?"金佳楠问道。

"从症状上看,应该是急性广泛前壁心肌梗死。美娟,准备给患者做冠状动脉造影。"

一切准备就绪,灌注师将造影液灌注进患者的冠状动脉。沈信惠和金佳楠坐在电脑屏幕前,冠状动脉的内部状况清晰地显示在银屏上。

沈信惠道:"前降支中段瘤样扩张,血流缓慢,远端闭塞。"

金佳楠心领神会地对姜美娟说道:"通知手术室准备,患者需要立刻手术。"

手术室里,沈信惠目不转睛地盯着面前的屏幕,小心翼翼地操作着穿行在患者血管中的金属导丝。屏幕上,导丝已经通过左前降支血管,到达远端的血管闭塞处。

沈信惠吩咐:"给患者注射抗凝和阿司匹林,还有氯吡格雷。"

"药物已经注入患者体内,血液流动恢复到三级。"接着,金佳楠突然喊道,"超声心动图显示患者心尖部无运动迹象。"

沈信惠急道:"注射卡维地洛。"

"卡维地洛注射完毕,症状开始缓解。"

"准备切除瘤体。"

金秉阳离开病房之后,气氛一下子轻松起来。无论是李冰茵,抑或文母,脸上都不由自主地挂上了消失已久的微笑。

李冰茵站在文池的病床前,兴奋地说道:"文池哥,有个好消息要告诉你。调查报告出来了,患者的死因和文池哥一点关系都没有。"

"谢谢你,冰茵。"文池并没有兴奋,反而问母亲道,"妈,您有没有干预这次调查?"

文母心情好,对儿子的质问自然也没放在心上,笑容可掬地答道:"这次调查有第三方医院参与,还有市里医患处理中心的监督,再加上那个六亲不认的李副院长,妈哪有本事干预调查啊！妈要是能左右调查，就用不着花那八十万了。"

"文池哥，放心吧！调查结果绝对客观公正，必须还你和再希医院清白。"李冰茵在一旁说道。

文池并没有理会李冰茵，继续质问母亲："妈，您是不是把八十万收回来了？"

"当然要收回来了！"文母回答得很干脆，"绝不能让那些贪心的小人占了便宜。"

"妈，这钱我们不该拿回来。"

"不该拿回来？儿子，那个混蛋记者给你灌了什么药，你糊涂了吧！"

"死者有一个患有尿毒症的女儿，今年才四岁。"

"拿自己患病的女儿出来讹诈，这是人做的事情嘛！况且，君子要取财有道！现在什么样不要脸的人都有，拿自己子女骗钱的大有人在。儿子，你还年轻，同情心多了，容易上当受骗。"

"妈……"

文池还想继续，却被母亲打断，"穷人到处都是，咱们又不是开慈善机构的，想帮也帮不过来。既然和患者的死没有任何关系，咱们也就不欠谁的。这件事你就不要再想了，好好修养，把身体养好。"

李冰茵倒了杯水，递到文池面前。

"谢谢你，冰茵。"

李冰茵微微噘起嘴，"文池哥，我是你的未婚妻，你怎么总这么客气啊！"

文母也随声附和道："冰茵说得对，一家人就该随便一点。儿啊，那个混蛋记者和你说什么了？"

"金记者问了些关于八十万的事情。"

文母看上去有些紧张，"儿子，你没告诉那个记者什么吧？"

"我说八十万是我私下给死者家属的，和再希医院无关。"

文母立刻大惊失色，"儿子，你……你不是毁了自己的前途吗！"

"本来这件事就和再希医院没有任何关系，不能连累了整个医院。"

"儿子，那是妈给他们的钱，你干吗往自己身上揽呢！"

"妈，您年纪大了，就别卷进来了！"

"儿子，你糊涂啊！妈辛辛苦苦大半辈子为什么啊？不就是为了你吗？只要你能平平安安，不管他们把什么恶毒的语言用在妈身上，妈都不在乎。为了你，妈什么都豁得出去！"

第六卷
医生家属的愤怒

"妈,我明白您用心良苦。您想想死者患尿毒症的女儿,才四岁,她也有母亲!我想您一定理解她们的处境。"

文母把脸往下一拉,"这都什么时候了,你还惦记别人的事情?好啦!好啦!这件事到此为止,不要再说了。"

带着一身酒气,郑俊才垂头丧气地回到家,正好遇到要带女儿去医院检查的郑燕华。

看到弟弟胸口被扯破的衣服,郑燕华担心地问道:"俊才,你昨晚跑哪儿去了?是不是又和人打架了?"

郑俊才哭丧着脸,一屁股坐在凳子上,一声不吭。

郑燕华有些着急了,"你说啊?到底怎么了?"

突然,郑俊才"扑通"一声跪在姐姐面前。

郑燕华一下子慌了神,"俊才,你……你……你又闯什么祸了?"

郑俊才涕泪横流。

"你……你不是把人打死了吧?啊?你姐夫刚走,剩下我和敏儿。俊才,你可不能给姐闯祸啊!姐就你这么一个弟弟!"说着,郑燕华泪如雨下。

郑俊才跪爬了两步,"姐,我对不起你,更对不起敏儿!"

说完,他开始不停地抽自己嘴巴。

郑燕华也跪在地上,抓住郑俊才的双手,"俊才,到底怎么了?你和姐说啊!"

"给敏儿治病的钱没了!"

郑燕华一屁股坐在地上,不知所措。

李冰茵推着文池的母亲出现在走廊上。

"有时候,沈信惠看上去还是个好医生……"李冰茵犹豫地说道。

"冰茵,你还年轻,绝不能从表面上判断一个人,不然会吃大亏。他们背后做的事情比你想象得还要丑陋。"说到这里,义母叹了口气,"文池从小就被我送去美国,我这个做妈的欠儿子啊!为了文池,为了你,为了再希医院,伯母绝不能让这些伪善的害群之马得逞。"

"伯母,我和文池哥会照顾自己的,你要注意身体。"

"伯母现在唯一的希望就是你和文池能平平安安,不要经历我和你伯父经历的那些事情。在我死之前，谁要敢欺负你和文池，我绝不答应。"

沈信惠出了手术室，摘掉手术帽，取下别在头上的发卡，乌黑的长发如水般倾泻而下。

金佳楠从身后赶了上来，"信惠，听说文医生的案子结了？"

"佳楠，别胡说。什么叫案子啊？人家文医生又没犯法。"

"文池真没事儿了？"

"调查报告出来了，文医生的治疗方法和手术过程都没问题。"

金佳楠摇了摇头，"不好！不好！"

"佳楠，你怎么能这么说话！"沈信惠责备道，"文医生人不错，对患者，对同事，都很好。"

"我不是说文池不好……对了，李副院长没提让你做主任的事儿？"

沈信惠摇了摇头，"没有！"

金佳楠叹了口气，"现在是你升职的关键时刻，我是怕主任的事儿节外生枝，煮熟的鸭子可千万别飞了。"

"佳楠，这事儿你就别操心了！我要去看老陈了。"

看到沈信惠对自己职业前途不管不顾的态度，金佳楠灰心丧气地说道："你去吧！去吧！我回办公室了，我也不操你这份儿心了。"

就在两人准备各奔东西之际，李冰茵推着文母迎面走过来。文母挥了挥手，示意李冰茵停下。

"沈医生，我有话要和你说。"文母拉着铁青的长脸看着沈信惠。

本来要回办公室的金佳楠转身又回来了，稳稳地站在沈信惠身边。

沈信惠不想闺蜜为自己招惹麻烦，说道："佳楠，你先回办公室吧！"

金佳楠没动，"信惠，我也没什么事儿，我等你。"

看到有人和沈信惠站到一起，文母恶狠狠地质问道："怎么，再希医院的医生都闲得到处乱逛了是吗？"

金佳楠倒是心平气和，"董事长夫人，外科手术都是有计划，严格按照时间表走的。您要是对我们外科医生的工作感兴趣，可以让李冰茵医生给您介绍一下这里的规章制度。不然，在您眼里我们这些外科医生都成了游手好闲的了。干了活儿，还

第六卷
医生家属的愤怒

受委屈,你说我们这些医生多冤啊!您是文医生的母亲,应该最明白被冤枉是什么滋味儿!"

文母火冒三丈,可又找不到发作的理由,也只能忍了。她瞥了一眼金佳楠,然后转向沈信惠,"沈医生,别以为有李副院长给你撑腰,你们就可以为所欲为。想坐上主任的位置,没那么容易。冰茵,咱们走!"

李冰茵推着文母走了。

金佳楠拉了拉沈信惠,"喂,你怎么不反击啊?就这么让她欺负你?现在是社会主义,董事长夫人也不能为所欲为!"

沈信惠无奈得一笑,"算了,没什么可说的。说多了,就得给李副院长找麻烦。"

金佳楠看着文母和李冰茵远去的背影道:"我预测得没错吧,煮熟的鸭子也有长毛飞走的可能!"

郑燕华抱着敏儿走进医生办公室,将化验单交给医生。

医生笑容满面对郑燕华说道:"好消息是敏儿的状况没有进一步恶化。不过,还要尽快手术,否则就失去机会了。"

郑燕华目光中透露出无尽的忧郁。

"你也不用太担心,手术之后,敏儿就健康了!"

医生的话句句如锋利的尖刀割在郑燕华的心上,她恳求地说道:"医生能不能再等等?"

"从检查报告上看,现在是手术的最好时机。如果再等,恐怕敏儿的病情会进一步恶化。到时候,手术也来不及了。"

郑燕华牵着女儿的手,走出医生办公室。

在外等候的郑俊才窜到姐姐身边问:"姐,医生怎么说?"

郑燕华没说话,只是摇头,眼泪不由自主地从眼角涌出。为了不让女儿看到,她赶紧用手擦掉。

郑俊才转身要走,被姐姐一把抓住,"俊才,你又要去哪儿?"

"我去找那个混蛋记者算账!"

郑燕华死死抓着弟弟的衣角,"俊才,你不能再犯浑了!我就剩下你和敏儿两个亲人,姐不能没有你啊!"

四岁的敏儿紧紧抓着母亲的一角，惊恐地看着郑俊才。

办公室主任崔正卿来找文皖成，却被秘书拦在门外。
"董事长不在？"崔正卿问道。
"在。不过，崔主任，您最好找个别的时间再来。"
"为什么？"
文皖成的秘书没说话，用目光瞟了瞟办公室的大门。崔正卿走近，细听，一阵争吵声从门的另一侧传了出来。

办公室里，文皖成正指着妻子训斥道："糊涂！糊涂！糊涂的是你，不是你儿子。"
"我糊涂？"文母争辩道，"难道让那些贪财的小人把钱白白拿走了，就不糊涂了？"
"给钱的时候，你不和我商量；把钱拿回来，你还不和我商量。几十岁的人了，这独断专行的性格就不能改改？一辈子就这样！最后，怎么样？把自己儿子的前途给毁了。"
这话让文母急了，"文皖成，你别借题发挥！没有我，你能有今天？我毁了儿子的前途？我看罪魁祸首是你。儿子出事儿，除了找那个姓李的，你还做了什么？"
"好，好，好！我不和你吵，咱们心平气和地想想。"文皖成说道，"虽然现在文池在技术上没有错误，但是毕竟你给了死者家属封口费，这事儿全都落到你儿子头上了。媒体往外一报，受损的是你儿子的人格。这点道理你都不明白吗？"
"好了，你不用再说了！"文母厉声打断丈夫，"文池是我的儿子，我会害我儿子吗？"
"你！你！"妻子的态度差点让文皖成背过气去。
"你管好你的再希医院。儿子，我来管，不需要你操心。"扔下狠话，文母愤愤地离开了办公室。

回到《朝南日报》社，金秉阳直奔副主编的办公室。
见到金秉阳，副主编便是一腔怒火，"老金，你跑哪儿去了你？马桶盖底下我都让人翻了，你连人影都没有！是不是不想继续调查再希医院了？不想干，早说，我

第六卷
医生家属的愤怒

换人!"

"我去再希医院了!"说着,金秉阳将调查报告放在副主编的办公桌上。

副主编看了一眼,"这是什么?"

"关于文池医疗事件的调查报告。"

一句话让副主编立刻喜笑颜开,"老金,我就说嘛,你要是出手,钓上来的绝对是大鱼。"

从办公桌上拿起报告,副主编戴上眼镜,从头到尾仔仔细细地读了一遍。然后,他抬起头,失望地看着金秉阳,"这个文池没有任何责任?"

金秉阳点了点头。

"这个报告会不会有问题?他们动了手脚?"

"这次调查是由第三方医疗机构参与调查,医患处理中心监督。如果我们只是推断再希医院在报告上做了手脚,缺乏事实根据。这样的消息登出去,会影响公众对我们的信任。"

"对!对!对!"副主编连忙说道,"老金,你说得对。不过,既然再希医院没有停止调查这次医疗事件,为什么还要给死者家属钱呢?难道真是慈善捐款?可他们又把钱收回去了啊!"

"文池已经承认,给死者家属钱就是为了私下了结纠纷。"

副主编一惊,"他……他自己承认的?"

记者金秉阳点了点头。

"你亲耳听到的?"

"文池亲口告诉我的。"

副主编喜形于色,"老金啊,你可是咱们报社的功臣啊!现在医患关系这么紧张,这新闻放出去,咱们报纸不火都不行!当事人都承认出钱是为了封死者家属的嘴,这次我看再希医院还怎么诡辩!"

"不过,文池说这件事与再希医院没关系,是他私下给的钱,院方并不知情。"

金秉阳的话让副主编略有所思,他抬起头,"有这种可能,否则再希医院不会给了钱,还继续调查此事。"

突然,副主编的眼睛一亮,兴奋地对金秉阳说道:"不管是不是私下给的,他既然是再希医院的医生,医院就脱不了关系。老金,你赶紧写篇报道,马上就写,就写再希医院医生文池承认给死者家属八十万封口费。不过,不要强调是私人行为。"

"如果这么写，公众肯定会怀疑这起医疗事件的调查结果。既然文池对我们坦诚，我们要不要强调一下这件事和再希医院没有关系？"

"我明白你的意思。不过，老金你想想，再希医院董事长的公子、心脏外科医生文池承认贿赂死者家属，我们没有说谎啊！如果公众质疑，那也是公众的权力，咱们也是为了维护患者的权益嘛！"

记者金秉阳迟疑地站在原地。

副主编苦口婆心地劝道："老金，你就别想那么多了！赶紧发稿。既然证明不了医疗鉴定报告是不是被动了手脚，那公众就有权力质疑。有质疑，才能有真相；有质疑，才能有公正。老金，你做的是好事！赶紧去！赶紧去！"

第六卷
医生家属的愤怒

04

金秉阳坐回自己的办公椅,开始忙着撰写稿子。突然,手机在桌面上"嗡嗡"地振个不停。他拿起手机,"喂……好,我马上就到。"

挂上手机,金秉阳起身,从椅子的靠背上抓起衣服,冲出办公间。出了办公大楼,他直奔马路对面的咖啡馆。咖啡馆不大,金秉阳一进门便看到坐在角落里的文池母亲和李冰茵。

来到两人面前,金秉阳微笑地说道:"没想到这么快又见面了。"

文母强压胸中的怒火,客气地说道:"金记者,你请坐,要喝点什么吗?"

"就不麻烦了,有什么事情,您直说。"

"既然金记者爽快,我也就不兜圈子了。我来见金记者的目的很简单,请你不要将今天采访文池的内容登报。"

"对不起,夫人,我只能让您失望了。我是记者,报道事实是我的职责。"

文母优雅地拿起桌上的咖啡杯,喝了一小口,接着,咖啡杯又被平平稳稳地放到了桌面上。

"如果我没记错的话,金记者一直坚持报道事实真相,不是吗?"文母不慌不忙地说道。

"我必须称赞您的记忆力。"

"金记者,真相是,给死者家属的八十万与文池和再希医院没有任何关系,是我私下给的。这可是我给你的独家消息!"

文母本以为金秉阳得到这样的消息会如获至宝，事实却出乎她的意料。金秉阳不仅没有显露出丝毫惊诧的表情，脸上反而渗出让人难以琢磨的微笑。

"你笑什么？"

"文太太，我真是佩服您的牺牲精神。为了自己儿子的前途，为了再希医院的名誉，宁可牺牲自己。让人钦佩！让人钦佩！"

"金记者，我说的是事实！"此刻，文母的语气里充满了慌张。

"对不起，文太太。文池文医生告诉我，钱是他给的，与您无关。"

文母的一只手重重地拍在桌子上，杯里的咖啡荡起一道道黑色的波纹。她再次压住了心头的怒气，说道："文池是在保护我！"

金秉阳脸上再次显现出不屑的微笑，"夫人，作为一位母亲，您的心情确实让我感动，可这并不能改变我作为一个记者报道新闻的原则。"

"原则？"文母再也压制不住心中的怒火，厉声吼道，"我看你们是商量好了，陷害文池。有我在，你们休想得逞。"

金秉阳站起身，"夫人，如果没别的事情，我告辞了！"

文母也猛地站起身，"你……"话还没说完，她便一头栽倒在地板上。

李冰茵惊慌地去扶，金秉阳也赶紧蹲下身帮忙。文母微微握住金秉阳的手，嘴唇颤动，似乎要说些什么，从喉咙里发出的却是急促的喘息声。

金佳楠推门走进会诊室，文皖成和李亦晨正坐在主席台上，下面坐满了心脏外科的医生们。金佳楠轻手轻脚地在沈信惠旁边找了个位置坐下。

"什么情况，搞得这么兴师动众？"金佳楠悄声问道。

还没等沈信惠回答，李亦晨站起身道："我现在给大家介绍一下患者的情况。患者中层弹性蛋白与胶原发生病变，引起血管完整性丧失，抗压能力降低，造成官腔扩大，形成动脉粥样硬化性动脉瘤。动脉瘤的直径已经达到七厘米，出现周围组织压迫症状，随时有破裂的可能。现在，请主治医生沈信惠具体介绍一下手术预案。"

沈信惠站起身，走到主席台前，打开准备好的幻灯机，一整套心血管示意图投射在大屏幕上。

"手术将采用胸主动脉人造血管置换术。将患者全身肝素化，然后经左股动脉和静脉分别插管，连接氧合器合血泵进行部分体外循环。经左胸六肋间进胸，充分游

第六卷
医生家属的愤怒

离动脉瘤，阻断主动脉弓远侧、病变近端主动脉和病变远侧主动脉。于病变上方横行切断胸主动脉，将人造血管与主动脉近端缝合。动脉瘤远侧横行切主动脉，同法完成远侧吻合。"

李亦晨道："这次的患者比较特殊，是文董事长的夫人。所以今天请大家来，是看看大家对沈信惠医生提出的手术方法有什么意见没有？"

台下的医生们频频点头，纷纷称赞沈信惠的手术预案。

李亦晨接着说道："国际上能够使用单纯阻断主动脉快速手术法治疗胸部降主动脉瘤的医院为数不多。如果大家对沈信惠沈医生的方案没有异议，我们再希医院将有幸成为其中之一。"

台下又是一片赞许声。

"我不同意！"突然，一声高喊。

随着声音落下，所有人的目光聚集在李冰茵的身上。

"我不同意沈信惠医生的手术预案！"李冰茵站起身质问道，"沈医生，你知不知道阻断主动脉手术给患者带来的风险？"

全体目光又从李冰茵转移到了沈信惠身上。

"如果动脉阻隔手术超过二十分钟，会引起脊髓、肝脏、肾脏等缺血。尤其是脊髓，容易受缺氧损伤，导致患者截瘫。"沈信惠不动声色地回答。

"主动脉置换创伤大，并发症多。沈医生，手术是用来治病救人的，不是炫耀自己技术的。"李冰茵的气势咄咄逼人。

"李冰茵医生！"李亦晨说道，"我们是在讨论手术方式。有不同意见可以提出来，但这里绝不是发泄个人情绪的地方。请你注意自己的语言！"

这时，一直沉默的文皖成突然说道："冰茵，说说你的想法！"

李冰茵瞥了一眼李亦晨，趾高气扬地说道："现在微创技术很成熟，采用覆膜支架置入法，可以大幅减少手术创伤。"

文皖成转头问沈信惠："沈医生，我想听听你的意见！"

沈信惠道："李冰茵医生提出的覆膜支架置入治疗造成的创伤确实小，而且近期效果良好。"

文皖成的脸色顿时阴沉下来，转头斥责身边的李亦晨："我还以为你推荐的会是一名非常出色的医生！"

没等李亦晨回应，沈信惠镇定地说道："尽管覆膜支架置入治疗近期效果良好，但远期效果还存在很多不确定性，还需要大量病例的随访来证实。主动脉置换虽然有导致患者截瘫的危险，但只要在二十分钟内完成手术，就可以避免导致患者截瘫。"

整个会场鸦雀无声。

"术后瘫痪的概率是多少？"文皖成阴沉着脸问道。

"截瘫发生率最高可达到32%。不过，动脉阻隔不超过二十分钟，就会避免……"

"好了，沈医生，你已经回答了我的问题。"文皖成打断了沈信惠的话，"李冰茵医生，你能确保做好覆膜支架置入吗？"

李冰茵稍做犹豫，然后道："能！"

文皖成一锤定音："这次手术由李冰茵医生主刀，沈信惠医生协助。"

全场一片哗然。

手术台前，李冰茵目不转睛地注视着电脑屏幕上的造影图像，两手小心翼翼地将钢制导丝通过切口送入文池母亲的动脉血管中。没一会儿，豆大的汗珠从她的额头成片成片地滚落。突然，她停下操作，看着身边的沈信惠。

李冰茵道："导丝无法进入真腔和主动脉升弓部！"

沈信惠屏气凝神，全神贯注地注视着前方的电脑屏幕，"假腔持续扩大，导致腹主动脉真腔受压闭塞。可尝试左桡动脉，经左锁动脉逆向送到降主动脉真腔和髂股动脉。"

李冰茵让护士擦去额头上的汗珠，半信半疑地按照沈信惠的指导操作着文母血管里的导丝。

在沈信惠的帮助下，手术终于顺利完成，李冰茵长长出了一口气。还没等她走下手术台，一阵刺耳的警报声猛然在耳边响起。

"患者血压迅速下降！李医生，怎么办？"护士大声地叫喊道。

李冰茵从未经历过这样的突发事件，脑袋里突然一片空白，不知所措地站在原地。

无法给患病的女儿手术，这让郑燕华更加觉得愧对自己死去的丈夫。她把自己关在卧室里，哭了整整一下午，最后做出今生最大的决定。她穿戴整齐，出现在客厅。此时，郑俊才正陪着敏儿在桌子上画画。

郑俊才抬起头，"姐，你要出去？"

郑燕华点了点头。

第六卷
医生家属的愤怒

"妈妈你去哪儿？"敏儿问道。

"妈妈……妈妈出去一下！"郑燕华恍惚地回答道。

郑燕华走到门边，穿上鞋，回头恋恋不舍地看着正在聚精会神画画的女儿。接着，她又叮嘱郑俊才："俊才，一定要记得按时给敏儿吃药。"

"我知道了，你就放心吧！"郑俊才不耐烦地回答道。

郑燕华又将目光集中在女儿身上，然后转身离开了家。

生命垂危的警报声不停刺进医护人员的耳朵，主刀医生李冰茵却不知所措，手术室里一片慌乱。观察室里，大屏幕上显示着手术室里发生的一切，文皖成和李亦晨紧张地站起身。

沈信惠道："准备手术，患者取90度侧卧。"

护士们赶紧按照沈信惠的指示，将文池母亲的身体抬起。沈信惠接过手术刀，在其第四和第五肋骨间切开一道裂口。

观察室里，董事长文皖成转过头，焦急地说道："李副院长，这……"

"您先别着急，我去看看！"说完李亦晨离开了观察室。

手术间的大门向两侧滑开，李亦晨身穿手术服走了进来，"沈医生，情况怎么样？"

"支架释放后未能完全隔绝瘤腔与动脉血流间的交通。血液流入假腔，造成腔内压力过大，导致动脉瘤破裂，需要立刻做动脉阻隔手术。"

李亦晨走到手术台前，"我来做助理医生。"

观察室里，文皖成默不作声，目光焦急地看着大屏幕上手术室里发生的一切。

手术室的聚光灯下，手术紧张地进行中。

沈信惠将手术刀放进金属托盘中，"开始建立常温部分体外循环。"

"滴"的一声，体外循环转压泵开始转动。

沈信惠抬起头看着李亦晨和李冰茵，"我们要在二十分钟内完成手术，否则患者就有瘫痪的可能。"

二李点了点头。

沈信惠沉稳道："开始倒计时！"

十号手术刀

计时器被设置成二十分钟倒计时。如果在计时器的数字变成零时,手术还没有结束,就意味着文母会成为截瘫。时间每一秒的减少都牵动着手术室内外所有人的心。

在李亦晨和李冰茵的协助下,沈信惠将主动脉弓远侧、病变近段主动脉和病变远侧主动脉阻断。接着,她又从护士手中接过手术刀,将病变上方横行胸主动脉切断⋯⋯

计时器上的时间只剩下最后十分钟,沈信惠的额头布满了密密麻麻细小的汗滴。

病房里,文池急切地等待着母亲手术的消息。

姜美娟推门而进,文池便迫不及待地问道:"美娟,我母亲的手术怎么样了?"

姜美娟准备给文池测血压,反问道:"李冰茵医生主刀,您还不放心啊!"

文池微微一笑,"她喜欢争强好胜。"

"沈医生也在,您就放心吧!"

就在两人说话的时候,病房的门再次被小心翼翼地推开。这一次,出现在文池面前的竟然是郑燕华。

姜美娟立刻站起身,上前拦住郑燕华,"你谁啊?这是重症监护室不能随便进,有事儿到护士站,找当班护士!"

"我⋯⋯我找⋯⋯"郑燕华吞吞吐吐地说道。

"我不是和你说了吗,找人到护士站登记。"姜美娟不耐烦地说道。

手术室内,沈信惠小心翼翼地从护士手中取过人造血管。透过显微镜,她全神贯注地将人造血管与切断的主动脉对接在一起。时间一点点地耗尽,计时器上剩下的时间已经不到三分钟,所有人都为文母捏着一把汗。

沈信惠道:"4-0聚丙烯线。"

她毫无损伤地将人造血管和主动脉缝合在一起,将持针钳和缝合针放入银色的托盘。接着,她的目光聚焦在主动脉处,"李医生,放开远端阻隔钳,排气后再放开近端阻隔钳。"

李冰茵将手伸进腹腔,拿下阻断钳,放回金属托盘。此时,计时器上的时间变成了00:00。

沈信惠道:"停止体外循环。"

众人将目光集中在胸腔内的那颗心脏上。心脏开始有节奏的跳动,大家都松了

第六卷
医生家属的愤怒

口气。突然,手术间里响起刺耳的警报声。接着,电脑显示器上本来跳动的光点此刻拉出了一直线。

沈信惠吩咐:"准备电击复律!准备电击复律!"

护士迅速将电极板递给沈信惠。

她将电极板贴在心脏外侧,"10焦耳,准备,电击!"

"电击无效!"

"15焦耳,准备,电击!"

"电击无效!"

"立刻心内注射利多卡因。"

护士将准备好的注射针递交给李冰茵。后者将细长的针头刺进文母的心脏,将药物推注进心内。

"20焦耳,准备,电击!"

电击声震耳欲聋。

文池的病房里,姜美娟死死盯着郑燕华,"你走不走?不走,我可叫保安了。"

"美娟,请她进来吧!我们认识。"

听文池这么说,姜美娟这才让开道路。郑燕华来到文池的床前,脸上露出不自然的笑容。

"您请坐!"文池说。

"不,不,不!我站着就行。"郑燕华的声音带着胆怯。

看着郑燕华虚情假意的样子,一旁的姜美娟更是不耐烦了,"文医生让你坐,你就坐呗!干吗站着啊?"

郑燕华拘谨地坐在椅子上,脸上还是那副强迫自己佯装出来的笑容。

"您找我有什么事情吗?"文池的语气里充满了医生对患者家属的尊敬。

郑燕华没说话,看了一眼旁边站着的姜美娟。

文池立刻对姜美娟说道:"美娟,麻烦你帮我去看看那边的手术进行得怎么样了!谢谢!"

姜美娟也不好说什么,瞥了一眼郑燕华,转身离开病房。

尽管调查结果显示文池与患者的死亡没有任何关系,但作为一名医生,无力挽救患者的生命,文池的心里充满内疚。看着不安的郑燕华,他再次询问道:"您有什么事情吗？"

"文医生，给您带来这么多麻烦，真是对不起！"

文池赶紧欠身，"没能医治您的丈夫，说对不起的应该是我。"

郑燕华的眼泪突然从眼眶中滑落，"这都是命，安排好的，不能怪谁。文医生，今天我来是求您一件事。"

"您说！"

"文医生，我弟弟敲诈您的钱，是他不对。我做姐姐的，替他给您道歉了！"

"这件事已经过去了，您就别想了。"

"文医生，我求求您，救救我女儿。"说到这儿，郑燕华"扑通"一下跪在文池面前，"她才四岁，如果不做换肾手术，恐怕……恐怕……"

郑燕华无力继续，失声痛哭。

"您别——您赶紧起来！"

"文医生，您别误会，我不是敲诈您。我只想借钱，给女儿治病。只要能治好敏儿的病，我这辈子给您当牛做马。"

文池一只手撑起自己的身体，另一只手去扶跪在地上的郑燕华，"您起来！您起来！我帮，一定帮！"

"文池哥！文池哥！"随着声音，李冰茵脚步匆忙地冲进病房。看到地上的郑燕华，李冰茵怒斥道："你来这儿干什么？还想讹诈？回去看看报纸，你丈夫的死和文池哥毫无关系。出去！马上给我出去！再不走，我报警了。"

◎ 第七卷　女医生忍辱负重

01

在李冰茵鄙视的目光中，郑燕华站起身，给文池深鞠一躬，离开了病房。

紧接着，李冰茵又将姜美娟叫进病房内，训斥道："你是护士，怎么能让闲人随便进入病房！这人下次再来，直接叫保安轰出去。把医生当钱罐子了，说掏一把就掏一把，穷疯了都！"

郑燕华的漠然离去让文池心里难过，不过，他也理解李冰茵强烈想要保护自己的心情。

"冰茵，这事儿和美娟没关系，是我让她进来的。美娟，你去工作吧！"

姜美娟离开了病房。

文池接着问道："冰茵，手术怎么样了？"

"手术中，动脉瘤突然破裂。不过经过抢救，伯母已经没事了！"

文池松了口气，"谢谢你，冰茵，辛苦你了！"

文池的感谢让李冰茵感觉受之有愧，她带着一脸的歉意道："文池哥，你要感谢还是感谢沈信惠医生。我以为微创手术风险会小，没想到手术期间动脉瘤破裂。如果没有沈医生，估计手术就不是现在这个结果了。对不起，文池哥。"

文池微微一笑，"冰茵，我知道你是好心。手术中可能会遇到各种突发事件，动脉瘤破裂，谁也预测不了，你也别太自责。"

"谢谢你，文池哥。"

"冰茵，推我去看看我妈吧！"

第七卷
女医生忍辱负重

"伯母还没醒过来。文池哥,我看你气色也不是太好,要不明天等伯母醒了,你再去看她。"

次日,在李冰茵的陪护下,文池来到母亲的病房。

病房里,床头柜上的花瓶被文母狠狠地摔在地上,瞬间粉身碎骨。这样的情景让刚进门的文池和李冰茵目瞪口呆。

文母指着丈夫道:"你同意那个姓沈的给我做手术,这下你满意了?满意了?"

看到母亲咬牙切齿的样子,文池不免为沈信惠担心起来,上前问道:"妈,怎么了?"

文母愤愤道:"你妈被那个沈信惠害得要在床上过下半辈子了!"

文皖成阴着脸,责问身边的护士:"沈信惠医生怎么还没来?"

"已……已经给沈医生打过电话了。"护士哆哆嗦嗦地回答道。

"冰茵,去把律师给我找来。我要告她,她是故意谋害我。"

这时,沈信惠出现在病房内。

"沈医生,你不是保证不会出现截瘫吗?为什么会出现这种情况?"文皖成拉着脸,质问道。

沈信惠没有立刻回答。她来到病床前,准备给文母做检查。

"出去!你给我出去,我不想看到你。"文母怒目而视,恶狠狠地喊道。

文池道:"妈,不检查怎么会知道病因!"

文母喘着粗气,没再说话。

沈信惠听了文池母亲的心跳,又从护士手中接过CT照片。仔细看过之后,沈信惠将CT照片还给护士,"目前,夫人心律正常。从脑部CT上看,也没有其他问题。因术中供血不足,导致术后下肢没有知觉,属于暂时现象,很快就能恢复。"

文母显然不相信道:"暂时性瘫痪?你说得可真轻松,我看你这是给自己找托词!我要是起不来,你就等着上法庭吧,永远别想当医生!"

文池实在见不得沈信惠受委屈,安慰母亲道:"妈,您别急!过几天,就能恢复,您别冤枉沈医生!"

听到儿子这么说自己,文母的情绪更加激动,"正常?现在是你妈瘫在床上,你还替外人说话?"

沈信惠并不想让文池为难，对文母说道："夫人，作为医生，我对我说的话负责，请您放心！"

文母并不打算给沈信惠留面子，呵斥道："你负责？你拿什么负责？出去！出去！你给我出去！"

沈信惠并没有再做过多的解释，转身离开了病房。

沈信惠来到护士站，将文母的病历交给护士。就在转身要离开的时候，金佳楠出现在她的面前。

"听说文太太又找你麻烦了？"金佳楠关切地问道。

"目前，她的下肢还不能移动。"沈信惠并没有正面回答。

"术中供血不足导致暂时性下肢无法移动很正常，又不是永久性的。"

沈信惠苦苦一笑，"她又不是医生。"

"她不是医生，她老公是医生，她儿子是医生，这点道理还不懂！不行，这事儿，他们必须向你赔礼道歉。我们是医生，有医生的尊严，不是被呼来喝去的奴才。我去找董事长，这事儿不能就这么算了。"金佳楠气愤至极，转身就走。

沈信惠一把拉住对方，"佳楠，我知道你是为我好。这件事还是我自己来处理吧！"

金佳楠一脸的无奈，"信惠，你要是来处理，这事儿就得无声无息地翻篇儿。我去找李副院长，他必须站出来为医生说话。"

"佳楠，就别让李副院长为难了。"

"信惠，我真佩服你这能忍的劲儿。"

"等文太太能下床了，他们会道歉的。佳楠，谢谢你！"

"我就看不了你被欺负。你去哪儿？"

"我想去看看老陈。"

语毕，沈信惠离开了护士站。

再坚强的女人，也是一汪泉水。在众人面前，沈信惠看似坚不可摧，那是因为她将所有伤口用纱布紧紧包扎起来，内心却承受着久不愈合的伤痛。

老陈依旧静静地躺在白色床单上，对这个世界毫无知觉，漠不关心。沈信惠坐

第七卷
女医生忍辱负重

在病床前，抚摸着爱人的脸庞。

"老陈，我有个患者，今年才十五岁，突发心肌梗死。我给他做了手术。他还是个孩子，我不能就让他这么走了。"

说到这儿，沈信惠的眼泪从眼眶中滚落，"我能留住他，可我却留不住你！老陈，我想你了！我想和你说说话，就像以前那样，靠在你肩上，什么困难我都不怕。"

对于沈信惠的苦痛，老陈无动于衷，躺在病床上，没有同情，没有怜惜，平静得似乎沈信惠是个陌路人，与自己毫不相干。

窗外飘起了漫天的雪花，飘飘洒洒地落在冰冷的地面上。几片竭力挣扎的枯叶在寒风中无助的东躲西藏，很快便消失在灰色的世界中。

沈信惠抹去脸颊上的泪花，紧紧握住老陈的双手，"老陈，我没事，我就是想发发牢骚。女人嘛，就喜欢发牢骚。我挺好，你别担心，我就是有点想你！"

眼泪再一次从沈信惠的眼眶中翻滚。突然，从身后传来一阵轻轻的敲门声。沈信惠止住眼泪，转过身，站在身后的竟然是文池。

看到沈信惠红肿的双眼，文池的胸口隐隐作痛。他小心翼翼地说道："我问过护士，护士说你在这儿。"

"文医生，你母亲是暂时性瘫痪。你放心，会没事的！"

文池赶紧解释："不！不！不！我不是想说这个，我是来向您道歉的。刚才的事情，请您原谅！让你受委屈了，真是对不起！"

"发生这么多事情，夫人的心情我能理解。"

"谢谢您的理解！你……你爱人怎么样了？"

沈信惠转头，注视着病床上恬静的老陈，"有时候，我觉得躺在那儿比醒着更幸福！"

悲伤如扑打在窗棂上的刺骨寒风扎在文池心头，冰冷且痛彻心扉。他有片刻的冲动，想奔上前去，将面前的这个善良的女人拥在怀里，不让她再受到半点伤害。但他没有这个资格，只能站在她的身后，为这个善良的女人默默祈祷。

副主编看过金秉阳的稿子，摘下眼镜，喜笑颜开地说道："老金啊，宝刀未老，写得好！要想人不知，除非己莫为。既然拿钱收买死者家属，那就别怕公众质疑调查结果。看这次再希医院怎么解释。"

金秉阳严肃的表情并没有因副主编的表扬而生出欣喜。

"我想再登一条。"他突然说道。

副主编眼睛立刻一亮,"可以啊!又弄到什么新闻了?赶紧说说。"

"我想登一条捐款的消息,死者四岁的女儿需要钱治病。"

"这个……版面都满了!"副主编捏着下巴,犹豫了片刻,抬头看了一眼金秉阳,"老金,这事儿我支持,把宝万网做线下生鲜店的那条专访拿下来。回头我和他们解释。对了,咱们报社再捐两万。"

金秉阳瞪着眼睛看着副主编。

副主编一脸无奈,"怎么,嫌捐得少?我是副主编,就这么大权力。这样,我把这两个月工资都捐了,满意了吧?"

"不是,只是没想到你会出钱。"

"老金,你什么意思啊?在你眼里,我只认得钱是吗?"

"我替死者家属谢谢你。"

"行了!行了!别肉麻了,赶紧把再希医院的新闻发出去。上头要是问,为什么把收钱的版面让给公益,我得有个解释。"

深夜,地面上已经铺了厚厚的积雪,一脚踩下去就会淹没鞋面。可漫天的雪花却依然不肯停歇,从黑色的天空中撒落。在街灯的照耀下,整座城市闪烁着磷光。

清晨唤醒了上班人群的脚步,窗外的雪花也终于停止了舞动。一丝阳光透过玻璃窗铺撒在病房里的地板上。文池穿戴整齐,正准备偷偷溜出病房,被姜美娟撞了个正着。

"文医生,没有沈医生的同意,您不能离开病房!"姜美娟拉住文池。

文池满脸堆笑,"美娟,我有急事儿!"

"不行!不行!您这种情况,有什么事儿都不行。要是被李冰茵医生发现,非把我开除了不可!"

"美娟,我真有急事儿。要不,你就当没看见我,我绝不和别人说。"

"文医生,你刚恢复,现在不能单独行动。你去哪儿,我陪你去!"

"美娟,我真的很感动。不过,这事儿我得单独办。"说完,文池越过姜美娟的封锁线,冲下楼梯。

第七卷
女医生忍辱负重

再希医院董事长办公室外传来一阵急促的脚步声，接着，门"砰"的一声被推开，崔正卿急三火四地闯了进来。

文皖成稳坐在写字台后，"老崔，出什么事情了？"

崔正卿将《朝南日报》递到文皖成的面前，"您看看这个吧！"

文皖成接过报纸，戴上眼镜，定睛一看：《再希医院医生文池承认贿赂死者八十万！》

"现在外面都在质疑我们的那份调查报告。有谣言说，调查报告是我们花钱收买的。"

"混蛋，一群混蛋！对文池医疗事件的调查是第三方参与，由医患关系中心监督，做出的结论！我们从来就没收买过谁。"

崔正卿叹了口气，"董事长，现在社会上好多人喜欢抢新鲜，总想给你编出点事儿来！往网上一放，广泛传播。只要能鼓动公众，把自己炒火了，什么审查结果，调查流程，他们可不管这些！"

"这都他妈的是些什么人！"一脸儒生面相的文皖成也开始爆粗口了，"不踏踏实实地工作，为了吸引眼球，不惜毁坏别人的名誉，到处招摇撞骗。"

就在文皖成大发雷霆之际，一辆黄色出租车正在繁华的都市中穿行。副驾驶的位置上，文池举目凝神地望着窗外流动的城市风景。

"您是在再希医院瞧病啊？还是探病啊？"出租司机没话找话地问道。

"看病！"文池不经意地回答道。

"您还敢去再希医院看病？"司机的表情如同被鞭炮炸过一样变形扭曲，"我劝您还是换家医院吧！"

文池从窗外收回目光，问道："换医院？为什么？"

"您呀，肯定没看今天的《朝南日报》！报纸上都登了，再希医院的医生把人给治死了，为封死者家属的口，私底下给了八十万。要是瞧病，我劝您还是换家医院！再希医院的医生……"说到这儿，司机摇了摇头，"还是算了吧，没一个靠谱的！"

文池赶紧解释："再希医院的调查结果说患者死亡和医生治疗没关系！"

"您还真信啊！要是没关系，干吗给人家八十万？还不是有问题！保不齐，那调查结果都是买的！"

"调查是由第三方医院做的,而且市里的医患关系中心一直监督这次调查。"

"这么大的医院为了维护自己的利益,出点钱,买个报告,太正常了!别说第三方监察,就是四五六七八方,也没用!人家一样照单全收,不差钱。我劝您,赶紧换医院吧!"

"你这些都是猜测,没有事实根据。"

"好多人都这么说!"

"那都是谣言,不可信。"

"好多事情曝光之前都说是谣言,最后不都成现实了。俗话说,无风不起浪。现在,谣言比天气预报还准呢!"

文池没再与出租车司机争论下去。他坚信事实胜于雄辩,没必要把精力浪费到这些无意义的争辩上。谣言再怎么满天飞,事实就是事实,自己问心无愧。

副主编喜笑颜开地来到金秉阳的办公桌旁。

"老金啊,咱们报纸的销售量一下涨了十几倍。"接着,他踌躇满志地说道,"多少年了,咱们报社没这么扬眉吐气了。老金啊,你可是功臣啊!以后,咱们一定要多做这种新闻,为老百姓说话,让那些为富不仁的家伙……"

突然,办公桌上的电话铃声打断了副主编的慷慨激昂。

金秉阳拿起电话,"喂……好,我知道了,马上过去!"放下电话,他对副主编说道,"前台说,有人找我!"

"你去忙!再挖出几条像再希医院这样的大鱼,你就为咱们报社立下汗马功劳了!"

推门走进接待室,出现在金秉阳面前的竟然是他新闻中的主角——文池。顿时,金秉阳的脸上闪烁着慌张的神色。他清楚,虽然自己并没有在新闻里编造事实,但在遣词造句上确实有误导读者的嫌疑。最初,他也不想这么写,可在副主编的压力下,也只好屈从。

"文……文医生?你……你找我有什么事情吗?"

"当然是为了您写的报道!"

慌乱中,金秉阳赶紧辩解:"我只是报道了事实。至于读者做何反应,是我能力之外的事情。况且,对那份调查报告公众存在质疑,也很正常。只要身不斜,就不要怕影歪!"

第七卷
女医生忍辱负重

文池微微一笑,"金记者,您说的是。不过,既然您报道了我给死者家属八十万,那这件事就不能这么说完就完!"

看到对方非要追究此事,金秉阳的态度也强硬起来,"文医生,如果你这是威胁我,我想你找错人了。我金秉阳从做记者第一天起,字典里就没有'屈服'二字。无论你是有权,还是有钱,做了伤天害理的事情,想瞒天过海,对不起,我只能报道真相!"

"金记者,我尊重你的职业精神,但是您的报道似乎并不是像您说的那样客观。我说过,钱是我私下给的,和再希医院无关。您的报道有意无意地将矛头指向了再希医院,指向了调查报告。"

"事情没有弄清之前,公众有质疑的权力。"

看着惊慌失措的金秉阳,文池衣兜里掏出一张支票,递给金秉阳,"金记者,您不用紧张。我今天来找您,不是为了追究这件事情。"

看到支票上的六位数,金秉阳更是惶恐不安,"文医生,你……你这是什么意思?你把我想成什么人了,我不会收你的钱。"

文池再次微笑,"金记者,别误会,这钱不是给您的。看到您在报纸上为死者女儿治病募捐的消息,这张支票足够支付整个治疗的费用。麻烦您把支票兑换成现金,交给死者家属。我保证这次绝不跳票。此外,还请您为我保守这个秘密,我可不想有二次贿赂死者家属的嫌疑。"

握着支票,金秉阳目瞪口呆地看着文池。

离开朝南日报社,文池回到再希医院。他本想悄悄溜回病房,没想到刚走进一楼大厅,便被沈信惠当场擒获。

"文医生,你怎么下楼了?"沈信惠责问道。

"我……我到花园里晒晒太阳。"

沈信惠上下打量着穿戴整齐的文池,质疑道:"去花园晒太阳,用得着打领带吗?"

文池"嘿嘿"一笑,"我出去办点事儿。"

"文医生,你现在的状况不能独自离开医院!你是医生,不能对自己负责,怎么对患者负责?"沈信惠严肃地批评道。

文池赶紧解释:"死者四岁的女儿患有尿毒症,需要换肾,他们负担不起手术费。

孩子的父亲我没能救活,我不能眼睁睁看着孩子这么走了。沈医生,还请您帮我保守秘密!"

沈信惠没有想到这位重病缠身的富家公子还关心着死者家属。望着文池,她的内心深处毫无预期地漾起一道道波澜。她被面前的这位年轻医生深深地感动了。

李冰茵心里一直惦记着文池的身体状况。刚结束一台主动脉缩窄手术,她便急匆匆离开手术室,直奔文池的病房。病房里充满了阳光和仪器,却寻不到文池的影子。

"护士!护士!"李冰茵站在病房门口,大声叫道。

姜美娟一路小跑来到李冰茵面前,气喘吁吁地问道:"李医生,您有什么事情吗?"

"文医生呢?"

李冰茵锋利的目光让姜美娟不寒而栗,她支支吾吾地回答道:"文……文医生不是在……在病房吗?"

看到姜美娟吞吞吐吐的样子,李冰茵心里就生气,"姜美娟,说话的时候动动脑子!文医生要是在,我还喊你干什么?"

"我……我也不知道文医生去哪儿了?"

"你是护士,你不知道患者去哪儿了?"

姜美娟偷偷瞄了一眼脸色发青的李冰茵。她有种预感,面前的这位李医生马上会张开血盆大口,将自己一口吞下,绝对不会留下半点血迹。

李冰茵一瞪眼,"看什么看?"

姜美娟赶紧低头。

"你知不知道文医生现在还没有出危险期!如果文医生出了什么意外,姜美娟,你就别干了!还站在这儿干吗?还不赶紧找人去。找不到人,你就直接回家好了!"

就在姜美娟瑟瑟发抖之时,沈信惠和文池如同上帝投下的一道曙光,出现在她的视线中。姜美娟立刻跑上前去,抓住文池的袖子,"文医生您跑哪儿去了?再晚几分钟,您就再也见不到姜美娟同志了。"

此刻,李冰茵没心情搭理姜美娟。看到沈信惠和文池在一起的那一刻,她就如鲠在喉。

李冰茵瞪了一眼姜美娟,迫不及待地问道:"文池哥,你去哪儿了?"

第七卷
女医生忍辱负重

"在花园里转了转。"

"身体还没恢复,你不能乱动!"

"冰茵,我没事!"文池很客气,语气如同在感谢一个普通同事的关心。

李冰茵瞪大眼睛,视线全部集中在文池整齐的穿戴上,"文池哥,你怎么穿成这个样子?"

文池一时间不知如何回答,身边的沈信惠赶紧掩护地说道:"我刚才陪文医生到花园里走动。李医生,你放心,不会有问题的!"

李冰茵心里顿时燃起一团嫉妒的怒火。碍于文池在场,她也只能把这火烧在姜美娟身上。

"你是怎么做护士的?让患者随随便便离开病房!"李冰茵吼道。

姜美娟委屈地看了看文池。

文池打圆场:"这事儿和美娟没关系!美娟,你去忙吧!"

回到病房,沈信惠让文池平躺在病床上,开始一项一项给他做检查。李冰茵在一旁守着,不给沈信惠留下任何与文池单独相处的机会。

沈信惠收起听诊器,"文医生,你的血压和心跳都在正常范围内!"

"谢谢您,沈医生!"文池微笑地看着沈信惠,目光中不由自主地流露出一丝依恋。

"多休息,不要剧烈活动。要出病房,必须经过医生同意。"沈信惠就像在嘱咐一个刚刚违反纪律的孩子。

文池会意地一笑,"放心,我会的!"

两个人的默契全部收进李冰茵的眼里。上帝赋予女人的第六感立刻拉响警报:文池喜欢这个叫沈信惠的女人。从小骄纵的李冰茵怎能容忍这样的事情发生!她可以负文池,但决不允许文池负自己。

02

给文池做完检查,沈信惠离开病房,李冰茵紧随其后。

"沈医生!"李冰茵迫不及待地在沈信惠身后喊道。

"李医生,有事吗?"

"当然有事找你。"李冰茵愤怒的目光落在对方脸上,"沈医生,文池哥是我的未婚夫。以后,你和他的任何活动,请先取得我的同意!"

沈信惠微微一笑,"对不起,李医生,下次一定先通知你。"

"还有,作为医生应该与患者保持正常关系!"

沈信惠再次微笑,"李医生,谢谢你的提醒。如果没有别的事情,我要回去工作了。"

李冰茵并不打算就这么轻易放过沈信惠,可后者没有给她继续纠缠的机会。绕过李冰茵,沈信惠走了。

又是一个清晨,李亦晨和沈信惠一同来到病房,给文母做了检查。

"怎么样?"文皖成焦急地问道。

"夫人下肢已经有了一些反应,再过两三天就能走动了!"李亦晨说道。

文皖成的心终于落地,脸上露出笑容,"李副院长,辛苦你了!"

"董事长,您太客气了,这都是沈医生的功劳。"

文皖成立刻转向沈信惠,语气诚恳地说道:"沈医生,你也辛苦了!"

第七卷
女医生忍辱负重

沈信惠微笑道:"我是医生,应该做的!"

李亦晨收起听诊器,正要和离开病房,又被文皖成叫住:"亦晨,你先留一下。我还有事和你商量。"

沈信惠和护士离开病房后,文皖成忧心如焚地问道:"今天的报纸你看了吗?"

李亦晨点了点头。

"虽然患者的死亡和文池没有关系,但因为那八十万,现在很多人质疑再希医院在调查报告上做了手脚。"文皖成满眼愁云地看着李亦晨,"我想听听你的意见。"

"对于这些质疑,我们不必太过在意。清者自清!调查报告的结论是客观的。谁要质疑,那就让他们自己去查好了。如果我们立刻做解释,正中了他们媒体炒作的目的!"李亦晨果断地答道。

文皖成依然疑虑重重道:"如果我们不做什么,恐怕再希医院的名誉会受损啊!"

李亦晨似乎想说什么,话到嘴边,又咽了回去。

"亦晨,有什么话,你就说好了。"

对方还是没有开口,眼中透露出犹豫的目光。

"但说无妨。"

"董事长,那我就说说我的意见。既然文医生已经承认给了死者家属八十万,他就有责任澄清这八十万和再希医院毫无关系。"

"妄想!"李亦晨的建议立刻遭到文池母亲怒不可遏的否决,"文池是我的儿子,我绝不允许任何人毁了他的前程。谁要是敢,我绝不放过他!"

李亦晨语气平和地说道:"文太太,作为母亲,您对儿子的爱护值得钦佩。但是,文池已向媒体承认给了死者家属八十万。作为一名医生,他应该站出来,承担应有的责任;否则,受牵连的不仅是再希医院,还有为再希医院工作的几百名医生。"

文母根本听不进去,"李副院长,你这是落井下石,看我们文家的笑话!"

尴尬时刻,文皖成打圆场:"好了,好了,你也冷静冷静!没有人想落井下石,现在是他自己承认给了人家钱!目前,只有一条路可走。既能恢复再希医院的名誉,又能保护文池。"

李亦晨和文池母亲不约而同地将目光集中在文皖成的脸上。

"起诉死者家属敲诈!"文皖成毫不犹豫地说道。

李亦晨迟疑地说道:"董事长,是不是敲诈,我不清楚。如果是,当然可以起诉;如果不是……"

"当然是敲诈！"文母立刻打断了李亦晨，"和死者家属当时签的协议我还留着，保姆陈姐也在场，都可以作证！"

自从丈夫去世后，郑燕华和女儿便失去了经济来源。为了节省电费，郑燕华已经很久没有用洗衣机了。虽然是冬天，她依旧双手扎在冰冷的水里，为女儿洗衣服。

敏儿跑过来，拉着妈妈的衣角，恳求妈妈给她放动画片看。宁可委屈自己，郑燕华也不会委屈女儿。她擦干冻得红肿的双手，和女儿一起来到客厅。敏儿迅速地爬上沙发，端端正正地坐好。给女儿打开电视机，郑燕华又回去继续洗衣服。

没一会儿，一阵门铃声传来。郑燕华放下洗了一半的衣服，开了门，金秉阳出现在她的面前。

"突然到访，打扰您了！"金秉阳歉意地说道。

"您请进！"郑燕华将对方请到屋里。

还没等金秉阳坐稳，郑俊才冲进客厅，一把抓住金秉阳的领子，将其从椅子上拎了起来。

郑俊才目露凶光，咬牙切齿地问道："你他妈的又想干什么？"

还没等金秉阳回答，他的脸上就重重挨了一拳。"扑通"一声，金秉阳跌倒在地。郑俊才上去想再补上两脚，被郑燕华拦了下来。

郑燕华死死抱着郑俊才的胳膊，撕心裂肺地喊道："郑俊才，你要干什么？再闯出祸来，你让我和敏儿怎么办？"

姐姐的悲伤让郑俊才没敢再动，站在原地，如仇人般地死死盯着金秉阳。

"金先生，真是对不起！请您原谅我弟弟。他还年轻，不懂事，请您原谅！真是对不起您了！"郑燕华一边扶起金秉阳，一边不停地道歉。她宁可牺牲自己的尊严，也要保护弟弟。

从地上站起身，金秉阳从随身携带的皮包里掏出一沓沓红色的百元大钞，整齐地放在桌子上。眼前的场面让郑燕华和郑俊才姐弟目瞪口呆。

"金记者，您……您这是做什么？"郑燕华惊慌失措地问道。

金秉阳道："这钱是我们收到的捐款，给敏儿治病的，赶紧带女儿去医院吧！"

此刻的文皖成靠在办公椅上，对如何解决文池这件事始终举棋不定。他不确定

第七卷
女医生忍辱负重

自己即将要做出的决定会对儿子的未来会产生什么影响。但为了再希医院,为了他一生的心血,目前也只有这一种办法。

文皖成欠起身,拿起办公桌上的电话,"崔主任,请你到我办公室来一趟。"

崔正卿很快出现在办公室。

"崔主任,你通知法律部,让他们准备起诉死者家属。"

"以什么名义起诉?"

"敲诈!"

"以谁的名义起诉?"

"当然是再希医院!"

"这个……"崔正卿脸上掠过一丝犹豫。

"崔主任,你有什么疑虑,尽管说。"

"董事长,我认为再希医院起诉死者家属不太合适。"

"你有什么想法?"

"死者家属敲诈的是文池文医生,而不是再希医院。如果以再希医院的名义起诉,恐怕质疑声会更大。"

文皖成立刻明白了崔正卿的意思。如果以医院名义起诉,必然会牵连到医院,社会舆论会认为这是以强欺弱,不仅不会为再希医院正名,还会引起更多的质疑。不过,这么赤裸裸地让自己的儿子做盾牌,做父亲的于心不忍。

崔正卿看出文皖成的心思,接着说道:"被敲诈的是文医生,他也是受害者啊!只要这件事和再希医院无关,就会减少人们对那份调查报告的质疑,同时也不会影响到其他的医生。"

犹豫许久之后,文皖成拍了拍崔正卿的肩膀,"那就以文池的个人名义起诉,找一个与再希医院没有任何关系的律师。崔主任,这件事就委托给你了。"

"文医生愿不愿意呢?"

文皖成叹了口气,"我去和他说。"

妇产科的诊室里,沈信惠正在做孕检。突然,手机在衣兜里响起。

"喂……好,我立刻过去。"挂上电话,沈信惠对妇产科医生说,"有个患者突发心脏病,正在抢救,我必须去一趟!"

妇产科医生收起沈信惠右臂上的血压计,提醒道:"沈医生,你的血压偏低。如果这种情况持续下去，就要采取必要的治疗手段。否则，无论是对胎儿，还是大人都有危险。"

沈信惠笑着点了点头，感谢过同事之后，匆忙离开了妇产科。

一位五十多岁的中年男人直挺挺地躺在抢救室的病床上，身体四周包围着各种电子仪器。突然，心脏监测仪发出尖锐的警报声。

"患者心搏骤停！"姜美娟急声喊道。

李冰茵道："立刻注射肾上腺素。"

姜美娟迅速将药物注入患者体内，可并没有让患者恢复心跳，心脏监测仪依然不停地响着。

"李医生，药物不起作用！"

在众人的目光中，李冰茵的神情略显慌张，但她并没有乱了手脚。

"准备电击起搏！准备电击起搏！"很快，李冰茵从护士手中接过电极板，"第一次200焦耳，准备，电击。"

电流穿透患者的身体，可患者的心脏依然毫无声息。

文皖成来到文池母亲的病房，正好遇到儿子。

"你母亲情况有好转吗？"文皖成问道。

"双腿已经开始恢复知觉。"

文皖成满意地点了点头，接着又问道："你怎么样了？"

"我没事。"

文皖成又点了点头，"那就好！对了，有件事情要通知你，你最好有个心理准备。"

"爸，您让我准备什么？"

看了一眼儿子，文皖成有些犹豫。

"到底你有什么事情，赶紧说。"文母催促道。

"哦，就是以文池的个人名义，起诉死者家属敲诈勒索的事！"

"敲诈勒索！"这四个字让文池大吃一惊。他万万没想到，父亲会做出这样的决定。

"我们不能这么做！"文池果断地回答道。

第七卷
女医生忍辱负重

"这件事必须这么做,必须起诉死者家属,你没有选择。"

文皖成阴沉着脸,每个字如同巨石重重地砸在文池的心上。

"爸,我们不能伤害他们!"

"现在不是我们伤害他们,是他们在伤害我们。"

文母附和道:"文池啊,他们本来就是敲诈咱们。我们不能因为他们死了人,就替他们背这个黑锅。"

文池坚持道:"调查报告不是已经出来了吗?别人愿意怎么说就怎么说好了,我问心无愧。"

文母道:"儿子,现在这个社会,你自己问心无愧没有用。所有人都怀疑你,你再问心无愧,人家也会把脏水往你头上泼。只有把这件事情交给法院,让法律来澄清事实。"

"不!这件事我不做,我不能再伤害他们!"

文池的坚决激怒了一旁的文皖成。

他冲着文池怒声吼道:"你不替自己想,也要为再希医院,为再希医院的全体医生想想。为了你,再希医院不仅会名誉扫地,所有再希医院的医生也会被你牵连。你以为你不起诉,你的人格就是伟大了?你以为你不起诉,你的精神就崇高了?再希医院那些无辜的医生们怎么办?让他们跟着你一起背上骂名?让他们陪你一起断送自己的职业生命?做人不能太自私!"

文池突然哑然。此时此刻,出租车司机的那些话再次回荡在他的耳边。父亲说得没错,再希医院那些无辜的医生们已经因为自己受到了伤害。

抢救室内。

随着李冰茵的最后一次电击,心脏监视器上的光点终于开始连续地跳动起来。李冰茵举着两块电极板,喘着粗气,僵硬在原地。这时,沈信惠冲进抢救室。

"患者现在什么状况?"

"患者突然出现心搏骤停,李医生刚做了电击复跳。"说着,姜美娟将影像图递给沈信惠。

看过影像图,沈信惠果断地说道:"美娟,立刻准备给患者手术。"

"不行!"李冰茵突然喊道,"没有家属签名,不能手术。"

姜美娟赶紧给沈信惠解释:"患者是外地人,晕倒在路边,是救护车送过来的。

已经将患者的身份信息交给派出所，不过现在还没联系到家属。"

"现在不立刻手术，患者会有生命危险！美娟，通知手术室，准备手术。"

李冰茵急道："谁也不准动！手术必须有患者家属的书面签字，否则，谁也不能进行手术，这是医院规定！"

沈信惠并没有选择和李冰茵争论，而是严肃地对姜美娟说道："美娟，通知手术室，立刻准备手术。"

按照沈信惠的指示，医护人员开始将患者从抢救室转移到手术室。李冰茵被晾在一边。

手术室里，一切准备就绪。

沈信惠从护士手中接过十号手术刀。就在锋利的刀刃即将划过患者皮肤的一刹那，手术室的玻璃门突然大开，李冰茵出现在众人面前。气氛瞬间凝固，李冰茵冰冷的表情让医护人员惴惴不安。

李冰茵看了一眼一旁畏怯的护士，厉声喊道："看够了吗？看够了，就开始工作！"

李冰茵站到手术台前，手术助理的位置上。

"李医生，这个责任我一个人来承担。"沈信惠诚恳地说道。

李冰茵板着脸，"沈医生，希望你不会给再希医院招惹麻烦！开始吧！"

沈信惠手中的十号手术刀毫不犹豫地切开患者胸骨。接着，分离鼓膜、切除剑突、电凝止血、打开心包，静脉插管，建立体外循环……手术紧张地进行，李冰茵的目光中早已没有了刻薄，留在眼底的只有对手术的专注。

母爱伟大！可是，如果那份爱过于浓重，便成了偏执，成了利刃，伤害在所难免。病床上，文池母亲眉目之间深深浸透着焦虑与不安。她一辈子尽心尽力，只为保护好自己的儿子，为儿子铺平人生道路上的所有坎坷。可没想到，自己做的一切竟然给儿子招惹了大麻烦，甚至要断送儿子的前程。

一阵敲门声传入她的耳朵，她定了定神，"请进！"

门开了，走进来的是李冰茵。看到漂亮的未来儿媳妇，文母纠结的心情算是好了一些。

"冰茵啊，一上午你都没来，伯母都想你了。"

第七卷
女医生忍辱负重

李冰茵赶紧解释:"对不起,伯母!上午比较忙,刚做完一台手术,就立刻过来看您!"

文母的脸上显露出欣慰的笑容,关心地询问道:"手术还顺利吧?"

李冰茵点了点头,"很顺利。"

"冰茵啊,你坐,伯母有事情和你商量。"

李冰茵轻轻坐在病床边,文母将自己的计划讲给她听。

李冰茵大惊失色,吞吞吐吐地问道:"伯母,您……您真的要这么做?"

文母叹了一口气,"文池还年轻,我不能让他的前途就这么断了。你和文池以后的路还长,伯母希望你们两个这一生都平平安安!"

"伯母!"李冰茵的眼泪不停在眼眶中转动。

文母紧握李冰茵的双手,"冰茵啊,你无论如何也要帮伯母这一次,文池需要你。"

重症监护室里,沈信惠再次给患者做了检查,一切显示正常。就在她准备离开的时候,接到李亦晨打来的电话,让她立刻去一趟。

沈信惠走进办公室,李亦晨板着脸,坐在办公桌后。

没等沈信惠开口,他便严肃地问道:"沈医生,听说你刚做了一台手术?"

"是的,李副院长!"

"我还听说,手术没有患者家属的签字!"

"患者是外地人,还没有联系上家属。"沈信惠如实回答。

李亦晨的表情更加严正,"沈医生,没有患者家属签字,医生不能私自决定手术。这是医院的规定,你不是不知道!我提名你做心脏外科主任,现在董事会正在讨论这件事情。你这样违反医院规定,会影响到你的前途。"

"李副院长,非常感谢您对我的信任。我是医生,挽救患者的生命是我的职责。"

"沈信惠医生,我没说不让你去救人。手术前,你应该先向我汇报这件事情。这样特殊的情况,手术必须经过医院批准,医生才能执行。一旦出现问题,也是由医院承担责任。否则,就是你个人承担一切后果。"

"李副院长,谢谢您能够这么说。但是……"

李亦晨打断了沈信惠的解释,"我知道,你在尽一名医生的职责。在任何情况下,医生的唯一使命就是治病救人。可作为副院长，我也有保护医生的责任。医院有责任给每一位医生创造良好的工作环境，让每位医生都有安全感。能够让医生把全部精力投入到救助患者的努力上，让医生行使自己的天职。绝不能让任何一名医生因为救治患者，而陷入困境。"

"李副院长，对不起！我误会了您的好意。"

"沈医生，你是名尽职尽责的好医生！我不希望因为程序上的错误，影响你的前途。以后遇到这样的事情，先和我说，也算是给我机会承担起副院长应该承担的责任，而你的任务就是挽救生命。"李亦晨稍作停顿，接着说道，"以后，遇到类似的事情，一定要先得到医院的批准。沈医生，你回去工作吧！"

沈信惠离开了办公室。尽管李亦晨语气严厉，甚至可以说是批评，但沈信惠心存感激。

最后的一丝夕阳终被夜色吞噬。在黑暗的笼罩下，庞大的城市不仅没有被涂抹上忧伤的情调，相反，各色的霓虹渲染起鬼魅的妖艳，让人们一不小心便陷入与国际接轨的奢华之中。

李冰茵紧握方向盘，车子行驶在宽阔的中央马路上。此刻，她无心融入车窗外现代都市的繁华，只一心想着文母的嘱托。那件事她必须办成，绝没有第二种选择。

手机响了，李冰茵接起电话，"伯母！"

"冰茵啊，不管他们怎么恶语中伤，你都要忍住。现在不是和他们计较的时候。"电话里，文母叮嘱道。

"伯母，您放心，我都记住了。"

"好！辛苦你了，冰茵。伯母等你消息。"

病房里，郑燕华给女儿盖好被子。

敏儿握住妈妈的手，哀求道："妈妈，你别走。"

郑燕华温柔地抚摸着女儿的额头，"敏儿乖，闭上眼睛好好睡觉。明天一睁眼，就能看到妈妈了。"

郑燕华站起身，对身边的护士说道："麻烦您照看敏儿了！"

"您放心回去吧！"

得到文池的匿名捐助，郑燕华四岁的女儿敏儿终于顺利住进医院，准备换肾手

第七卷
女医生忍辱负重

术。虽然不知道捐款的好心人是谁，但郑燕华依然心存感激，那颗曾经心灰意冷的心此刻充满了可以融化一切坚冰的暖意。

回到家里，郑燕华就开始忙着给女儿准备第二天的早餐。这时，郑俊才走进厨房。
"姐，我出去一趟，可能会晚点儿回来。"
"俊才，这么晚了你还要去哪儿？"
"我约了朋友！"
郑燕华放下手里的活儿，失望地说道："你又去找那些狐朋狗友？敏儿刚刚住院，情况刚好一点，你就别让姐再操心了行吗？"
郑俊才一脸委屈，"姐，我求朋友帮我找份儿工作。你又想哪儿去了！"
听弟弟这么说，郑燕华的心终于落地了，"早点儿回来，别喝酒。"
郑俊才点头，转头走了。
一向不着四六的弟弟这次能主动去找工作，郑燕华这个做姐姐的心里算是踏实了。痛苦的日子终于过去，以后的日子肯定会越来越好。郑燕华继续为女儿准备早餐，脸上不由自主地露出幸福的笑容。
清脆的门铃声在郑燕华的耳边响起。她冲了手，一路小跑来到门厅。开了门，站在郑燕华面前的竟然是那天把她赶出文池病房的李冰茵。
就在郑燕华发愣的时候，李冰茵突然深鞠一躬，"请原谅上次我对您的无礼！"
郑燕华更是不知所措。

此刻，病房里文池心情纠结。如果自己不起诉死者家属，再希医院的医生都要因为自己受到牵连；可是起诉死者家属，他实在不忍伤害他们。两种道德的洪流在他的内心相互纠缠，互相撕扯。选择，或者不选择，都会伤及那些无辜的人们。
就在他辗转反侧之时，姜美娟推门走了进来。
"美娟，还没下班？"文池问道。
"今晚我值班！"姜美娟来到文池床边，得意扬扬地说道，"文医生，那件事儿我可打听出来了。您准备怎么感谢我吧？"
文池一愣，"什么事儿？"
"您不记得了？前几天您让我打听的那件事儿！您要是记不起来，那我可就不说了。"

文池眼睛突然一亮,"沈信惠医生的出庭时间?"

姜美娟从兜里掏出一张折得平平整整的纸条,眉飞色舞地说道:"咱们医院安排律师给沈医生打官司。我闺蜜正好在法务办公室做助理,出庭的时间和地址都在这儿。文医生,这次您是不是要隆重的感谢感谢我啊?"

"提名你当院长。"文池开玩笑地说道。

姜美娟一噘嘴,收起纸条,"得,您是一点儿诚意都没有。"

"我请你吃饭。到哪儿吃,你来定。"

"吃饭就算了吧,我可耽误不起您宝贵时间。以后,万一我在工作上遇难了,您得替我说话。"

文池一笑,"没问题!"

姜美娟将纸条交到文池手里,"明天下午一点三十准时开庭,地点上面写着呢!"

接过纸条,文池问道:"知道沈医生为什么被起诉吗?"

"听说是欠了钱,对方要收房子。"姜美娟含糊地回答道。

文池眉头一皱,"什么钱?谁要收房子?"

"好像是沈医生的老公欠了钱,我也是听说。"

姜美娟离开病房,空荡的脚步声渐渐消失在门外的走廊上。荧光灯悬挂在屋顶,发出清冷的灯光。文池心事重重地靠在床头,对沈信惠的担心塞满了他的思绪。

郑燕华家里。

"现在,所有新闻媒体在指责文池医生,说他用钱收买了患者家属。可事实是,您的弟弟主动找到文池哥的母亲,提出用钱来解决问题。"李冰茵带着乞求的语气对郑燕华说道,"现在只有您和您的弟弟才能帮助文池哥洗脱这些污蔑,只有您才能证明文池哥与这件事情没有任何关系!希望您能够出面澄清事情的真相。"

郑燕华低头沉默。

此刻,李冰茵在内心不断祈祷,祈祷面前这个女人能够为文池洗脱莫须有的指责与诽谤,还原事实的真相。

郑燕华抬起头,"对不起,我帮不了您!"

郑燕华的回答让李冰茵震惊,"这些都是真相,您不应该让一个清白的人背负莫须有的诋毁和污名。"

"我知道,您说的都是事实。但是,我不能让我的弟弟再招惹上任何麻烦。我

第七卷
女医生忍辱负重

们父母过世得早,现在我又失去了丈夫,女儿刚刚住进医院,我现在只有这个弟弟,我不能让他受到任何伤害。"

"您这样做,会毁掉一个无辜的好人。"

"对不起!"

李冰茵好话说尽,郑燕华只是沉默,一句话也不说了。就在这时,一阵开门声传来。接着,便是郑俊才的声音,"姐,我回来了。"

郑燕华问道:"俊才,你怎么回来了?"

"手机忘带了,我回来拿。"随着声音,郑俊才走进客厅。他上下打量着李冰茵,"姐,这谁啊?"

没等郑燕华回答,李冰茵立刻从椅子上站起身,给郑俊才也鞠了一躬,然后自我介绍道:"我叫李冰茵,文池医生的未婚妻。"

郑俊才的眼中顿时喷射出愤怒的目光,"你来干什么?害我姐害得还嫌不够?赶紧给我滚蛋,否则我就可不客气。"

李冰茵从小娇生惯养,心高气傲,那里受过这样的侮辱。看着郑俊才一脸的无赖相,李冰茵的呼吸越来越粗、越来越急,心中的怒火燃遍了全身。

"给您全家带来这么多麻烦,真是对不起。"为了文池,这位骄纵的大小姐有生以来第一次低下了自己那高贵的头颅。

郑俊才却选择了得寸进尺,"呦,我还以为有钱人只会任性,不会认错呢!黄鼠狼给鸡拜年,你别装了!马上给我滚出去,别让我亲自动手。"

任务没完成,李冰茵当然不肯走。

郑俊才瞧着一动不动的李冰茵,阴阳怪气地说道:"我一直认为像我这样的才是流氓,原来你们有钱人比我还流氓。滚滚滚,赶紧滚!"

郑燕华站起身,"对不起,李医生,您请回吧!"

03

吃过晚饭,金佳楠倒在沈信惠家客厅的沙发上,肆无忌惮地拉伸四肢。

"信惠,今晚我住这儿,不会不方便吧?"

沈信惠给金佳楠倒了一杯热茶,"随时来,随时住,随时都方便。"

金佳楠嬉笑着从沈信惠手中接过茶杯,"我就是怕有男人敲你家的门。把你耽误了,我于心不忍。"

"你就整天没正经的吧!"

喝了口热茶,金佳楠心满意足地再次倒在沙发上。看了会儿天花板,她突然深深叹了口气。

"你怎么又深沉起来了?"沈信惠问道。

"明天你就要上庭了,以后恐怕就没机会来这儿住了。法院要是把这房子判走了,你就得从这儿搬出去。"

金佳楠的话勾起了沈信惠的伤心处。伤心不是因为要失去这房子,而是她舍不得自己和老陈在这房子里曾经的恩爱。沈信惠半天没说话,金佳楠意识到自己刚才话的说戳到了闺蜜的痛处。

她赶紧从沙发上坐起身,靠在沈信惠身边,"不就是一房子,什么了不起的!信惠,以后你就住我那儿,咱们好好回忆回忆大学的宿舍生活!"

沈信惠苦苦一笑。

"怎么,不愿意啊?信惠,你也太重色轻友了吧!大学回忆里虽然没有老陈,可有闺蜜啊!孤独寂寞了,我帮你解。"

这时,沈信惠的手机在茶几上响起。

第七卷
女医生忍辱负重

"喂……"沈信惠接起电话,"嗯,已经和律师谈过了……我没事,都准备好了……好的,好的……真是麻烦您了……好,再见!"

沈信惠放下手机,金佳楠眯着眼睛看着她,"谁啊?"

"李副院长。"

"嗨,我还以为有急症患者呢!"金佳楠又开始挤眉弄眼,"信惠,我真羡慕你,从来不缺男人关心。以前有老陈,现在又冒出个李副院长帮你找律师,帮你升主任。"

沈信惠无奈地一笑,"你呀,赶紧找个伴儿吧!不然,什么事儿都往男女感情上想。"

金佳楠叹了口气,"现在,好多男人不管自己长得多丑,年龄多大,都想找个比自己年轻十几岁的。唉,我是对这种用下半身思考的物种早就失去信心了。"

夜深人静,再希医院办公大楼里一片漆黑,只有董事长文皖成的办公室还亮着灯。文皖成皱紧眉头,在地毯上来回踱着步。轮椅上妻子和站在她身后的李冰茵也是一脸焦虑。

文皖成停下脚步,"冰茵,郑家那儿就没有别的办法了?"

李冰茵摇摇头,"姐弟两个态度都很坚决。"

文母道:"郑家不是有个四岁的女儿患有尿毒症,需要钱治病嘛,我们可以提供免费手术。"

"我和他们说过。但是,已经有人给他们捐了一笔钱,所以他们并不需要我们的帮助。"李冰茵道。

"这些市井小民,心里只有他们自己,基本道德底线都不要了。"文母咬牙切齿地说道,"给他们机会,他们不要,那就起诉告他们。"

文皖成正色道:"早就和你说过,这些人眼里只有利益。和他们谈良心,就是白费功夫。状告文池的时候,他们满口都是法律。现在,也该咱们和他们讲讲法律了。"

"我是为文池才决定和他们去谈。"文母叹了口气,"文池是个善良的孩子。把这些人送上法庭,会伤了他的心。"

三个人突然陷入了沉默。

午夜，万籁俱静。卧室里，沈信惠伸手打开床头柜上的台灯。尽管明天的官司有李亦晨给她找的律师，可沈信惠还是忍不住胡思乱想。

清晨，金佳楠揉着眼睛，走出客房，沈信惠已经穿戴整齐。

金佳楠打了个哈欠，问道："信惠，不是下午开庭吗？用不着这么早去。"

"上午有门诊，完了我再去。"

"信惠，你可真够敬业的，心脏外科主任的位置非你莫属了。"

沈信惠带着微笑，"自从老陈出了车祸之后，我非常理解患者家属的心情。多给患者几分钟，也许就能帮助一个家庭留住亲人。"

再希医院门诊大厅的电梯间里挤满了人，沈信惠和金佳楠转身进了楼梯间，沿着楼梯肩并肩往上走。这时，办公室主任崔正卿深一脚浅一脚地从楼上冲了下来。

"早，崔主任！"

"早！早！"崔正卿心不在焉地回答道。

金佳楠看着对方慌张的样子，玩笑地说道："崔主任，您慢着点，楼下没发红包的！您这办公室主任要是从楼梯上掉下去，咱们再希医院可就没法儿运转了！"

"我小心！我小心！"办公室主任崔正卿没心思和金佳楠打哈哈，急匆匆向楼下跑去。

出了门诊楼，崔正卿直奔办公楼而去。他来到董事长办公室，房间里除了文皖成，还有文池母亲和李冰茵。三个人表情凝重，崔正卿有种预感，要出大事。

"崔主任，有件事委托你去办。"文皖成说道。

"董事长，您说。"

"你立刻去准备一个记者招待会，把各大媒体的记者都请来。地点不要在再希医院，找个高级酒店就可以。"

"那内容是？"

文母接过话头："记者招待会以我的私人名义办。我要让他们知道，给死者家属的钱与我儿文池无关，与再希医院无关，是我私下给的。"

崔正卿一愣。

文母继续说道："之所以给他们钱，是因为死者家属上门敲诈，为了保护儿子，

第七卷
女医生忍辱负重

我这个做母亲的不得不给。"

崔正卿问:"那还要起诉他们吗?"

文母正色道:"起诉,必须起诉。招待会之后,立刻起诉。不过,不以文池的名义起诉,由我来起诉。"

门诊室里,沈信惠将CT片子交还给患者,微笑地说道:"别担心,您不是心脏病。"

听了沈信惠的话,患者的脸色比先前更是忧虑,将信将疑地问道:"大夫,您确定吗?我这后背都疼了一个多月,亲朋好友都说我这是心脏病的征兆。"

"如果是心脏病,按您这种疼法,人早就不行了。"

"沈医生,我是冲您的名望才来这儿看病的。要不,打死我,我都不来再希医院!"患者压低声音,"外面都说这儿的医生把人都给治死了。沈医生,我可是信任您,您得给我好好看看。"

沈信惠面带笑容,"您呀,别听外面的谣言,放心来看病。"

"那我这后背疼,不是心脏病前兆,是什么?"

"可能是肩周炎,着凉了。如果做心脏全面检查,费用很高!您是外地医保,又报不了销。我建议您到骨科先查一下。如果是肩周炎,就不需要做那些没必要的检查了。"

患者站起身,"行,那我就去骨科看看。谢谢您了,沈医生。"

一上午,沈信惠都在门诊专心地给患者看病,似乎下午上庭的事情根本不存在似的。到了中午,沈信惠换上便装,走出办公室,准备去法院。就在她经过医院大厅时,突然一片骚乱。

沈信惠冲进人群,只见一位五十多岁的中年男子手捂腹部,痛苦地在地上翻滚。一个十七八岁的女孩儿跪在男人一旁,泣不成声。

抢救室里,沈信惠收起听诊器,"患者心动过速,腹部左侧有搏动性肿块,下肢水肿。CT出来了吗?"

护士将CT影像片交给沈信惠。

沈信惠拿过CT影像片,"出现卵壳形钙化阴影,看来是腹主动脉瘤破裂。"

话音刚落，体征监测仪突然发出刺耳的警报声。

"血压迅速下降！患者血压迅速下降！"护士的叫喊声急促而慌张。

沈信惠警觉道："患者腹主动脉瘤再次破裂，通知手术室立刻准备手术。"

电梯一层层地往手术室所在楼层爬上去，体征监测仪还在不停地响着。

"金医生呢？"沈信惠问身旁的护士。

"金医生正在手术呢！"

沈信惠没在说话。电梯门开了，她带领护士将患者推出电梯，直奔手术室。

李冰茵来到护士站，将患者的病例交给护士。就在她转身准备离开时，扩音器突然呼叫起她的名字："心脏外科的李冰茵医生立刻到第四手术室！心脏外科的李冰茵医生立刻到第四手术室！"

李冰茵不敢怠慢，一路小跑，冲进第四手术室。

此刻，沈信惠正在消毒池前清洗双手。看到进来的李冰茵，沈信惠说道："李医生，你是今天的手术助理医生。"

李冰茵毫无表情，也开始清洗手臂。

手术室里一切准备就绪，沈信惠站在手术台前。器械护士将十号手术刀交到她的手里，沈信惠熟练地沿患者剑突部向上，从正中切开胸腔。李冰茵迅速将脱出切口外的大网膜及肠管压住，防止腹腔内迅速减压……

沈信惠切开患者的小网膜，分离开腹主动脉，左手食指和中指夹持住主动脉，右手持主动脉钳阻断腹主动脉。这时，手术室里突然响起警报声。

李冰茵道："患者体温过低。"

"给输注的药液和血液加温，防止患者体温过低，影响心功能，破坏凝血。"沈信惠一边全神贯注地手术，一边说道。

此刻的手术室似乎已经脱离了整个世界，时间也停止了前进。小小的空间里，剩下的只有医护人员与死神的你争我夺。

肆无忌惮的寒风横扫过无人的街道。道路两旁的白杨树赤裸着身躯，在寒冬中瑟瑟发抖。一辆黄色出租车由远及近，疾驰而过。

第七卷
女医生忍辱负重

市区深处的一角,隐秘着法院高大的灰色建筑,建筑采取典型中式左右对称的风格。在建筑的中轴线上,悬挂着一枚巨大红色国徽。灰色的墙体、入骨的严寒、刺眼的红色,让人不由自主地产生强烈的敬畏感。

出租车停在这栋灰色建筑前,从里面下来的正是再希医院心脏外科医生文池。他沿着门前的阶梯疾步冲进法院大门。

为了不被沈信惠发现,文池有意坐到旁听席的最后一排。没一会儿,沈信惠的辩护律师走进法庭。接着,法庭书记员、陪审员、审判员、审判长也依次走上法庭。被告席上,却始终不见沈信惠的身影。

法庭书记员起身宣布法庭纪律,接着对审判长说道:"审判长,被告人沈信惠没有出庭。"

无影灯下,沈信惠小心翼翼地一步一步切除破裂的腹主动脉瘤。这时,体征监测仪发出急迫的警报声。

"患者出现心房颤动!患者出现心房颤动!"李冰茵大声喊道。

手术室里的气氛紧张得凝固成一团。每个人都清楚,患者失血过多会诱发心肌梗死,而心肌梗死的破裂性腹主动脉瘤患者的死亡率高达67%。

沈信惠并没有停止手术,毫不犹豫地说道:"立刻给患者注射利多卡因。"

很快,药物被注射进患者体内。

"药物复律无效。"李冰茵再次喊道。

"准备电击除颤!准备电击除颤!"这一次,沈信惠放下手术刀,从护士手中接过电极板,"第一次,10焦耳,准备,电击!"

手术室里响起巨大的电流声。

"复律无效。"

"第二次,20焦耳,准备,电击!"

"复律无效。"

……

冬日阳光透进朝南日报社陈旧的办公室,光线映衬着空气中飘散的灰尘。金秉阳十指不停地敲打着键盘,桌上那台过了气的电脑时断时续地发出"喀啦喀啦"的声音。

前台助理来到他面前,"金老师,有人找您,在接待室等着呢!"

"好,我马上去。"金秉阳头也不抬地说道。

金秉阳将文稿存了盘,摘下眼镜,站起身离开办公桌。接待室中,等待他的竟然是郑燕华和郑俊才姐弟两人。

见到记者金秉阳,郑燕华立刻训斥自己的弟弟:"还不赶紧给金记者道歉!"

"扑通"一声,郑俊才跪在记者金秉阳面前。男儿膝下有黄金,郑俊才发自内心的真诚让金秉阳受之有愧,毕竟这钱不是他捐的。就在金秉阳不知所措的时候,郑燕华也跪在了他的面前。

"金记者,没有您的捐款,我女儿恐怕……"说到这儿,郑燕华泪如雨下,"是您给了我女儿第二次生命,是您挽救了我们全家。"

"起来,起来,赶紧起来!你们误会了,捐赠手术费……"说到这儿,金秉阳突然停顿了。他曾向文池保证过,不会透露捐赠人的名字。

经过不懈的努力,沈信惠驱走了死神,成功将患者的腹动脉瘤摘除。她精疲力竭地离开手术室,出现在走廊上。

"沈医生。"随着声音,李冰茵出现在沈信惠面前,"沈医生,你什么意思?"

李冰茵的质问让沈信惠有些莫名其妙,"李医生,我不明白你说什么!"

"邀请我参加你的手术,讨好我?这样我就会感激你吗?"李冰茵冷冷一笑,"我最讨厌耍小计量的人。你这么做,不会改变我对你的态度!"

沈信惠无奈地一笑,"让你参加手术,因为你是医生!"

"您这话听上去可真够高大上的,我都快被感动得要举双手赞成您做心脏外科主任了。"李冰茵讽刺地回应道。

这时,金佳楠出现在李冰茵面前,"李冰茵医生!这是医院,一切都是为了工作,为了救治患者!你要是觉得自己吃了亏,那就别干外科医生!让你老爸给你找份儿皇上的工作。整天有人伺候你,你肯定不吃亏!"

李冰茵狠狠瞥了一眼金佳楠,转身走了。

金佳楠看着李冰茵的背影,"从小被骄纵惯了,什么事儿都以自我为中心。"

沈信惠轻声道:"她也是个直性子的人,心里怎么想就怎么说!"

金佳楠把目光转移到沈信惠身上,"信惠,你没去法院,房子怎么办?"

"不是还有律师嘛!我去了也不知道说什么。"

第七卷
女医生忍辱负重

"你可真是医生的楷模。你这种人,现在比大熊猫稀有,国家应该大力保护的应该是你。"

沈信惠苦苦一笑,"我也不是有多高尚。除了医生,我还是患者家属。房子没了可以租,但是生命只有一次。"

"信惠,生命既然只有一次,你就该为自己想想。我还是那个观点,孩子还是别要了。"

"孩子是老陈生命的延续。"

"可是……"

没等金佳楠说完,沈信惠便打断道:"佳楠,我们不说这事儿了,好吗?"

金佳楠无奈地看着沈信惠,"拿你真是没办法。你去哪儿?"

"我想去看老陈!"

·十·号·手·术·刀·

◎ 第八卷　男医生难隐真情

01

老陈依旧静静地躺在病床上,这个世界的是是非非似乎与他毫无关系。沈信惠与往常一样坐在床边,凝视着老陈的脸庞。她紧紧握着丈夫的双手,这样总会给她带来一丝宁静,让她疲倦的灵魂得以片刻休憩。

"老陈,为了抢救一名患者,我没能出庭。他们想拿走我们的房子,就让他们拿走好了,欠的钱一定要还的。你别责怪自己,更不用为我担心,我会照顾好我自己。那栋房子里没有你,也就不算个家了。"说到这里,沈信惠的声音有些哽咽,"老陈,你一个人一定很孤单,可我只能站在你的世界之外。对不起,老陈!请原谅我的无能为力。"

此刻,程子宜静静地站在病房门外,目睹着病房里的一切。突然,有人轻轻拍了拍她的肩膀。程子宜转过头,站在她身后的是大学同学金佳楠。为了不打扰沈信惠,金佳楠带着程子宜悄悄地离开了老陈的病房。两人来到咖啡厅,选了个靠窗的位置。

金佳楠点了咖啡,然后问道:"子宜,你经常来看老陈?"

程子宜点了点头,"虽然我和老陈离了婚,可我还爱着他。沈信惠只是个第三者,盗取别人的爱情!"

金佳楠没有继续子宜的话题,她的目光中流露出对过去的怀念,"真希望时光能够倒流,回到我们大学的时候。你、我,还有信惠,咱们三个整天泡在一块儿。还记得第一次人体解剖实验课吗?你和信惠都要把肠子吐出来了。当时,我觉得你俩可真没出息!还有你第一次失恋,你和信惠相互抱着从九楼往下栽。想想,人生就跟演戏似的。"

第八卷
男医生难隐真情

金佳楠的回忆并没有打动程子宜,她冷冷地说道:"相识也是一种错误。"

"信惠也不易。为了老陈,房子都要被法院判给别人了。"

"对了,房子是怎么回事儿?"

"听说,老陈借钱拍新片。他出事之后,债主便找信惠要钱,起诉到法院。"

程子宜静静地听着。

金佳楠继续,"今天本来信惠要上庭的,可为了抢救患者,她没去。估计,这房子是保不住了。算了,不说这些不愉快的了。子宜,你回国这么长时间,找到工作了吗?"

"已经找到了。"

"你这个美国毕业的医学大博士去哪家著名医院高就了?"

程子宜微微一笑,并没做回答。

法庭上,文池始终没有见到沈信惠的身影,这让他放心不下。回到医院,他便把姜美娟悄悄叫到自己的病房。

见到文池,姜美娟如同见到救星,"文医生,你终于回来了。要是被李医生发现您不在,我非被她骂了个狗血喷头。搞不好,我家祖上都得被牵连进来了。"

"美娟,你知道沈医生去哪儿了吗?"文池心急火燎地问道。

姜美娟瞪大眼睛,"沈医生?沈医生不是去打官司了吗?"

文池紧锁眉头道:"她没去!"

"今天上午,沈医生是门诊的班。下午我在住院部,没见到她。文医生,你真跑去看沈医生打官司了?我还以为,只有我们这些每天无聊到死的小护士才喜欢八卦呢!没想到,您比我们还八卦,带病去实地考察。"姜美娟仰天长叹,"唉,有钱人就是任性,像我们这些没钱的,只能是伺候人的命。"

文池没心情和姜美娟耍贫,心里惦记着没出庭的沈信惠。他准备去沈信惠家里看看,也许沈信惠在家,想着便站起身,拿起大衣往外走。

姜美娟一把拦住文池,"文医生,您又要去哪儿啊?"

"我去看看沈医生,是不是出了什么事情!"

"文医生,这回死活我也不能让您走了。再被李医生抓住,我这工作可就没了。"姜美娟死死抓着文池,就是不放手。

"放心,有我在,保证你丢不了工作。"

文池挣脱姜美娟，消失在走廊尽头。

傍晚时分，李冰茵带着自己煲好的热汤来到文母的病房。

"伯母，这是我给您和文池哥煲的汤。食材都是我精心挑选的，对心脏特别好！"李冰茵小心翼翼地将汤碗递到文母的面前。

看到既能上得厅堂又能下得厨房的未来儿媳妇，文母心里不禁一阵欢喜。接过汤碗，她细细品了一口，脸色顿时如一阵春风拂过，青草和鲜花刹那间铺满大地。

"冰茵啊，你赶紧给文池送去吧！我这儿有护士，你就不用担心伯母了！"文母体贴地说道。

李冰茵满心欢喜地走在通往文池病房的走廊上。想到未婚夫能够品尝自己的这份心意，幸福便不由自主地带动她的嘴角微微上扬。

李冰茵推门走进文池的房间，兴高采烈地扬声说道："文池哥，我特意给你煲了汤，尝尝我的手艺！"

房间里无人回答。再放眼望去，病床上铺得平平整整，根本没有文池的身影。

放下保温桶，李冰茵来到洗手间门前，轻轻敲了敲门，"文池哥！文池哥！"

鸦雀无声！

"姜美娟！姜美娟！"

李冰茵的怒吼声在走廊里回荡。顺着声音，姜美娟跌跌撞撞地跑到李冰茵面前。

李冰茵的双眼中立刻窜出两条猛虎，"文医生呢？"

"我……我也不知道！"姜美娟委屈地回答道。

"行，你不知道！从明天开始，你不用来上班了！"

眼看饭碗就要被这位李大小姐砸了，姜美娟只好吞吞吐吐地说道："文……文医生，可能……"

"可能什么可能？看来这工作，你真是瞧不上眼了。"

"文……文医生可能去找沈……沈信惠医生去了。"

姜美娟心惊胆战地偷偷瞄了一眼李冰茵，后者的面色已由铁青变成酱紫。

四壁囚困下的沈信惠呆坐在家中的沙发上，孤独和无助如肆虐的洪水席卷着思绪。她仿佛掉进一口无底的深井，漆黑中，她伸张着手臂，用力挥动，却无人应答。

第八卷
男医生难隐真情

突然，门铃响起。这响声犹如救命的旋梯，扔在垂死挣扎的沈信惠面前。她一把握住，用尽浑身力气将自己从孤独的恐惧中拖回现实。沈信惠擦干脸上的眼泪，跑到门厅，开了门。

"文医生？"

沈信惠怎么也想不到，文池此时会出现在自己家门外。她将对方让进房间，忙着去泡茶。

给文池倒上茶水，沈信惠问道："文医生，你到我这儿，肯定没通过李冰茵医生的批准吧？"

见沈信惠把自己与李冰茵紧密地联系在一起，让文池既紧张，又窘迫。他曾经爱过李冰茵，但当年对方玩世不恭的态度彻底让他断了对她的那份眷恋。现在，除了工作，除了世交，文池不想和李冰茵在感情上有任何扯不清的关系，特别是在沈信惠面前。

"我来您这里，和李医生没有任何关系。"文池赶紧解释。

"这话让你的未婚妻听到，她可会伤心的！"

听沈信惠这么说，文池有些难过。尽管他不想与李冰茵有任何感情上的纠缠，但她确是他的未婚妻。虽然这关系和感情无关，却如影随形地捆绑着他，让文池无处躲藏，不可否认。

对沈信惠来说，文池对她的那份情感，她一无所知。在她眼里，文池是订过婚的同事，负责任的医生，心地善良的朋友。

"文医生，你来有什么事情吗？"沈信惠接着问道。

"我……我来是代表我母亲和我自己正式向您致谢的。"

文池当然非常感激沈信惠救治了自己和母亲，但这不是他来的真正原因。他来，是想看看沈信惠有没有出什么事。不过，既然她没有把上庭的事情公开，文池也只好找个借口。

"文医生，你太客气了。我是医生，这都是我应该做的。"沈信惠客气地说道。

这时，一阵手机铃声从卧室传来。

沈信惠站起身，歉意地说道："文医生你坐一会儿，我去接个电话。"

客厅里只剩下文池，他站起身，来到书架前。书架上大部分都是与医学相关的书籍，一本本如整装待发的士兵整齐地排列在书架上。突然，一张静静躲在书架角落里的照片吸引了文池的注意力。

"全家福！我当时五岁。"

文池扭过头，沈信惠已经站在他身边。

沈信惠继续说道："坐在我旁边的是奶奶，身后站着的是我父亲。"

"全家福，怎么就三个人？"文池好奇地问道。

"我两岁的时候，母亲去了国外，就再也没回来。"

文池赶紧道歉："沈医生，对不起，我……"

"没关系！可能当时年龄太小，在记忆里从来就没有母亲的影像，所以也没有伤心的往事。"

"那你是和父亲长大的？"

"六岁的时候，父亲因心脏病突然去世了。确切地说，是奶奶把我养大的。"沈信惠的语气变得沉重，"考上高中的第一天，奶奶突然栽倒在我面前。救护车将奶奶送到医院。医生说，是脑出血，救不了。奶奶躺在病床上，手指在床单上不停地划动。我知道她在找我，她不放心留下我一个人。我握住她的手，不想让她觉得孤单。我要让她知道，我就在她身边，永远不会离开。六个小时以后，奶奶走了。从那时，我发誓，一定要做名医生，不能让生命在我眼前消失，而自己却只能眼睁睁地看着！"

沈信惠的眼泪溢出了眼眶，将文池的心碎成千片。他用理智筑起的高墙瞬间被爱情的激流击得粉碎。他再也无法抑制自己，不顾一切地将沈信惠拥进怀里。

为了文母的记者会，崔正卿加班加点，终于将会前的准备事宜全部办妥。外面的天已经黑了，他收拾好文件，正要离开办公室，文皖成突然打来电话，让他去一趟。

崔正卿来到董事长办公室。文皖成正独自坐在沙发上，面前的茶几上摆着一套精致的茶具。

"董事长，您找我？"

"崔主任，请坐！"文皖成很热情。

崔正卿小心翼翼地坐在沙发上。

"记者会的事情怎么样了？"文皖成不紧不慢地问道。

"都办妥了，明天下午两点。"

文皖成满意地点了点头，感激地说道："辛苦你了，崔主任，你是再希医院的功

第八卷
男医生难隐真情

臣啊!"

"这是我的工作!"崔正卿的语气有些冷,似乎对董事长的表扬毫无兴趣。

文皖成抬起头,"崔主任,怎么不太高兴?"

对方脸上依然没有任何表情,"董事长,筹备这次记者会确实是我的工作,但我并不为此骄傲!"

"我明白你的意思。起诉死者家属,也是没有办法的办法。再希医院,还有再希医院的医生们,并没有做错什么!不能因为同情,而让我们的医生受到不公正的评判。"文皖成亲自给崔正卿倒了一杯茶水,"崔主任,品品我沏的茶,看看我的茶艺怎么样!"

崔主任接过茶杯,一饮而尽。茶香入口,回味无穷,却还是少不了些许的苦涩。

书架前,沈信惠和文池似乎被时间定格在这一刻。文池有些胆怯,但他决定不放手,除非她把他推到一边,再加上一耳光,或者打电话报警,状告自己是流氓。否则,他就这样一直拥着她,直到天亮。

猛然间,一阵门铃响起,将两人从恍惚中唤回到尘世。沈信惠用力推开文池,慌张地跑进门厅。连问都没问,沈信惠便开了门,接着便再次惊呆在门前。

02

走廊上的光线虽然昏暗,但依然掩藏不住李亦晨高大的身影。当沈信惠惶恐地推开那道防盗门时,她那惊慌失色的神情让满面笑容的李亦晨突然不知所措。

"对不起,沈医生,我是不是打扰你了?"李亦晨赶紧寻问道。

"哦,没……没有!李副院长,您请进,请进!"

随着沈信惠,李亦晨走进客厅。当看到文池的那一刻,他突然回想起沈信惠开门时惶恐的表情。与此同时,文池对于李亦晨的突然到来也是一惊。对于彼此的出现,两个男人的脸上都挂上了惊讶的神色。

"文医生也在!"李亦晨双眉凝重地说道。

"哦,我代表我母亲,来感谢沈医生。"文池赶紧给自己的出现加上了一个合情合理的注脚。

李亦晨点了点头,没再说别的。

"你们坐!"沈信惠慌张地说道。

两个男人都没坐,房间立刻注满了尴尬的气氛。

沉默几秒钟之后,文池伸手拿起放在沙发上的大衣,"沈医生,我就不打扰了,先告辞了。"

沈信惠并没有挽留,将文池送到门外。文池转身还想说些什么,却被沈信惠抢了先。

"再见,文医生!"

没等文池反应过来,沈信惠迅速地关上了门。靠在门后,她平复了一下心情,然后回到客厅。

第八卷
男医生难隐真情

沈信惠给李亦晨倒上茶水,"李副院长,您喝茶。"

李亦晨将茶杯放回到茶几上,看样子并没有喝茶的心情,"沈医生,听说你今天没有上庭。"

沈信惠轻声道:"突然有个患者需要抢救。"

"是啊,抢救生命更重要!没上庭就没上庭吧,有律师代表就行。"话虽然这么说,可李亦晨的脸色显然没那么轻松,"我和律师谈了关于你的案子,他不是很乐观。"

"下午,律师给我来过电话,说赢的机会不是很大。"

李亦晨赶紧卸掉沉重的表情,安慰道:"沈医生,你不用担心。有困难,一定要告诉我,我一定会帮你解决。"

"谢谢您,李副院长。我已经做好准备,接受最坏的可能性。"

出租车里,文池的双臂紧紧抱在胸前,似乎担心沈信惠留在怀里的余温散掉。车子在空荡的马路上飞驰,窗外城市的魅影在黑暗中拉伸延长,不停地变化着色彩。书架前,与沈信惠相拥的那一幕牢牢定格在文池的脑海中。幸福一滴一滴地渗透进他的每一寸心田,在嘴角处拉出一丝不由自主的微笑。

突然一阵急促的电话声打扰了文池的沾沾自喜。他回过神来,从衣兜里掏出电话。

"文池,你在哪儿?"手机里传来母亲的声音。

"哦……我……我到外面透透气。"

"你立刻到我这儿来一趟。"母亲严厉地命令道。

还没等文池反应过来,电话已经被母亲挂断了。他收起电话,暂时把沈信惠小心翼翼地珍藏到心底。现在,他要琢磨的事情是一会儿怎么敷衍自己的老妈。估计要有一场硬仗,挨骂是不可避免的了。不过,无论怎样也不能让老妈知道自己去了沈家,否则老妈一定会拿沈信惠下手。

回到医院,文池匆匆去了母亲的病房。文母躺在病床上,李冰茵坐在床边,姜美娟像个受审的犯人似的站在两人面前。文池明白,自己去沈家的事一定是败露了。

看到文池进来,文母对姜美娟说道:"行了,你出去吧!"

姜美娟看了一眼文池,转身出了病房。

还没等文池说话,文母便责怪道:"文池,去沈信惠医生那儿,怎么不带上冰茵一起?"

文池被母亲问得一愣,没明白母亲的意思。

"我是让你去感谢沈医生,但你也要带着冰茵。冰茵是你的未婚妻,你们两个一起去,才能代表我们全家。冰茵还特意给你煲了汤,你还不赶紧向她道歉!"

只要事情不恶化,不殃及沈信惠就行。想毕,文池立刻向李冰茵表示歉意:"对不起,冰茵,让你费心了!"

听到文池的道歉,李冰茵还是很开心,阴沉的小脸又泛起春天般的生机。她站起身,"伯母,您就别怪文池哥了。我现在去给文池哥热汤。"

文母微笑地说道:"好,冰茵,那你去吧!小心,别烫着。"

李冰茵兴高采烈地离开了病房。

文母的脸色立刻突变,向儿子质疑道:"你真的去那沈信惠家了?"

文池恍悟刚才母亲是演戏给李冰茵看的,现在是真动气了。

"是,我是去沈家了。"

"你去她那里干什么?"

"沈医生救了我的命,您也是沈医生治好的,我去谢谢她。"

"她是医生,治病救人是她的工作!既然再希医院给她发工资,她就得对得起再希医院给她的钱。我们不需要感谢她!今天,要不是我说是我让你去感谢沈信惠,冰茵会怎么想?冰茵是你的未婚妻,你多用点心思在她身上。"

"妈,我和冰茵就是同事,是朋友!"

"我知道,冰茵以前伤害过你。那个时候,你们还都年轻。冰茵现在长大了,人也踏实了,对你也是一心一意。你以前不是爱冰茵爱得死心塌地吗?冰茵能回头,你一个男人也没问题。"

"妈,感情的事情没那么简单!"

"儿子,你说得没错,感情的事情确实不简单。冰茵的父亲是咱们医院的大股东,你们两个能在一起,那就是强强联合。你爸创办再希医院不容易。你千万不能把医院给丢了。"

"妈,我不是说这个!"

"行了,你不要再说了。有感情,那当然最好;没感情,现在开始培养。你们以

第八卷
男医生难隐真情

前有基础，一定不成问题。我和冰茵已经说好了，明天开完记者招待会，咱们仨去海南修养一段时间。"

"记者招待会？什么记者招待会？"

"这个和你没关系！"

没进这间病房之前，文池对自己和沈信惠之间的关系满怀憧憬，喜悦的心情如春风拂过后草地上盛开的一片片薰衣草，美丽浪漫，芬芳馥郁。可母亲的态度如一场暴风骤雨，将他在心中描画的美丽一扫而光，美好的憧憬瞬间遥不可及。

深夜，一阵从北方吹来的寒风席卷这座城市。小区里，几棵零散的松树抖动着身体，抵御着北方入侵的严寒。突然，黑漆漆的公寓大楼的某个窗口亮起灯光。寒夜中，那一点微不足道的灯光显得如此孤独和无助。

沈信惠看了一眼墙上的时钟，时针已经驻足在十二点的位置。她忍不住拿起床头柜上的手机，按动着上面的数字。

"信惠，我这儿刚梦见自己穿婚纱，你就把我叫醒了。"电话里，传来金佳楠慵懒的嗓音。

"今晚，文医生来我家了。"沈信惠说。

"哦，他不会现在还在你那儿吧？"

"当然没有！"

"好吧！他什么时候留在你那儿过夜了，你什么时候再给我打电话。"

"他……他……"沈信惠有些结巴。

"他把你怎么了？要不要我报警？不需要报警，那我先睡觉了啊！"

"他……他把我抱怀里了！"

"什么！"金佳楠诈尸般地从床上坐起身，"文池把你抱怀里了？"

"是……是啊！"

"这小子！"金佳楠突然来了精神，"憋了这么长时间，终于行动了。"

"佳楠，你什么意思啊？"

"信惠，文池喜欢你不是一天两天的事儿了，打扫卫生的阿姨都看出来了，你就别装了。一把干柴，一堆烈火，你俩没继续往下干别的吧？"

"没有！当然，没有。"沈信惠立刻否认，"后来，李副院长来了。"

"李副院长跑你那儿干吗去了？"

"官司的事儿，他帮我找的律师！"

"先不提他。"金佳楠迫不及待地说道，"你赶紧讲讲你和文池什么情况。你怎么想的？"

"我能怎么想！我一直把他当同事！"

"信惠，老陈都这样了，你呀还是别把时间浪费在没有任何意义的等待上了。女人年龄最重要，趁着还有点姿色，抓紧时间把自己嫁出去。我看，文医生这人还不错，性格好，又有钱有势，你呀就是当阔太太的命。塞翁失马，焉知非福！没了房子，来了个高富帅。你就来把老牛吃嫩草，给咱们女性也长长志气！"

"佳楠，你又扯哪儿去了？想到这事儿，我就睡不着。"

"怎么，一向临危不惧的沈神医今晚失眠啦？睡不着，那说明你心里有文池啊！你要是不好意思，我明天找他谈，必须把你俩成全了！"

"佳楠，我不是这个意思！"

"好了，好了，这事儿就这么定了。明天，等我好消息。我先睡了！白天连续做了四台手术，实在是挺不住了。晚安！"

沈信惠收起电话，躺在床上，继续盯着对面墙上的时钟。

深冬的阳光格外明朗，透过巨大的玻璃，洋洋洒洒地铺在再希医院大理石的地面上。董事长办公室里，文氏夫妇正在商量下午记者会的事情。崔正卿急匆匆走了进来，将一份《朝南日报》递到文皖成面前。

自从被《朝南日报》盯上后，再希医院和文池便成了众矢之的。文皖成面色紧张地接过报纸，他不知道这张报纸今天又要胡说八道什么，又要对再希医院放什么毒箭。

他微微颤抖地戴上花镜，小心翼翼地念道："再希医院医疗事件最新消息：死者妻子的弟弟承认曾主动找文池医生的母亲吴美英索要钱财，并私下与吴美英达成协议。再希医院和医生文池并无参与。这起医疗事件的调查结果出炉后，医生文池匿名为死者四岁患有尿毒症的女儿捐款数十万元，作为治疗费用。"

文皖成摘下眼镜，看着文母。

"董事长，下午的记者招待要不要取消？"办公室主任崔正卿问道。

"绝对不能取消！"文母态度坚决地说道。

第八卷
男医生难隐真情

沈信惠会怎么想？沈信惠见到自己会是什么反应？以后，两人是什么关系？文池就像个初恋的小男孩儿，脑子里塞满了对爱情的忐忑不安。就在他天马行空胡思乱想时，姜美娟推门走进病。

"美娟，我问你点事儿。"

"您问什么都行，就是不能出这间病房。我今天的任务就是您到哪儿，我到哪儿。您在我在，您走我就得亡。"

"没那么严重！美娟，我问你，沈信惠医生今天是什么班？"

"沈医生今天在住院部，一会儿就来查房。"

对文池来说，这是最好不过的消息。姜美娟离开病房，文池躺在病床上，在脑袋里开始排练起一会儿见到沈信惠的一言一行。

没一会儿，病房外传来沈信惠的声音。文池既激动又紧张，血压迅速上升，目光紧紧锁在病房门上。很快，门被慢慢推开。文池的心脏一个纵身，跳进了嗓子眼里儿。

医生终于出现在病房，不过不是沈信惠，而是金佳楠。文池的表情立刻写上"失望"两字。

"不好意思，文医生！沈医生没来，我来了，让您失望了！"

金佳楠的这两句话让文池的面颊顿时涂上了一层红色的胭脂。

"呦，文医生，春风得意啊！这脸蛋儿都给吹得粉扑扑的。是不是有喜事儿要庆祝啊？"

"金医生，能看到您，这就是喜事儿啊！"文池应付道。

"文医生，我平时觉得你这人不错，挺诚实，原来你也会口是心非。你们男人是不是都这样？"这次，金佳楠的语气里明显带着刻薄。

文池不明白自己到底哪儿得罪了这位女医侠，干脆直接问道："金医生，我要是哪儿做得不对，您直接批评。"

金佳楠冷笑，"您是董事长的公子，我们还等着受您的批评呢！"

给文池做完检查，金佳楠收起听诊器，再次冷嘲热讽地说道："文医生，你这心病好得差不多了。出去玩儿的时候，一定要注意安全。特别是划船，可着一条船划，别踩着一条，还想踩第二条，危险。伤自己也就伤了，伤了别人就不道德了。"

说完，金佳楠甩头就走。

金佳楠尖酸刻薄的态度让文池困惑，他怎么也想不起来自己做了什么得罪了这位女侠。不过，他立刻想到医院的"情报中心主任"姜美娟，任何非官方消息都逃不过她的雷达。

文池按动床头的对讲器，"美娟，你来一下。"

没一会儿，姜美娟再次推门而进，"文医生，您有事儿？"

"美娟，茶余饭后的，现在大家都谈些什么啊？"

姜美娟挠了挠头，"文医生，您问这干吗？"

"总在病房里一个人待着，和大家都没共同语言了。"

"什么都聊，孩子、房子、雾霾、交通、油价、物价、工资，吐吐槽，磨磨嘴皮子。"

"今天最点赞的话题是？"文池带着期盼的目光盯着姜美娟。

姜美娟的眼珠在眼眶里转了两圈，"今天？今天当然是你和李医生双宿双飞出去度假的事儿了。自由属于有钱人，想去休假就去休假，不用考虑时间地点，更不用算计要花多少钱。"说到这儿，姜美娟叹了口气，"不像我们，病好了，只有一个选择，必须上班，还得把没上的班补回来！"

此刻，文池终于明白为什么金佳楠医生见自己如同见到了阶级敌人。昨天和沈信惠表白，今天就要和别的女人出去度假，金佳楠肯定是看不过眼了。换谁，谁都得误会；换谁，谁都得把自己当成朝三暮四的花花公子。

别人误会，文池倒也不在意，他最担心的是沈信惠。这事必须和她解释清楚。文池下定决心去找沈信惠，可姜美娟今天是铁了心要看住他。只要文池病房的门稍微动一动，姜美娟就会立刻冲到文池面前，挡住去路。

"文医生，您要去哪儿？"

"到楼下走走，成不？姜典狱长！"文池央求道。

"不成！"姜美娟的回答干脆利落。

在姜美娟的监视下，文池想迈出这间病房比越狱还难。

文池推测得没错。金佳楠原本支持文池，一心想撮合他和沈信惠，尽快让自己的闺蜜摆脱最近的霉运。可今天上班，她就打听到文池和李冰茵要连开并蒂地一起去度假，性格火爆的她立刻炸了。

查完病房，沈信惠和金佳楠肩并肩地往医生办公室走。

第八卷
男医生难隐真情

"信惠,我告诉你,下次文池再纠缠你,你千万别客气,上去就给他俩耳光。"

"你昨天还和他站一队,劝我呢!"

"我是一念之差,差点把你推进火坑。幸亏我清醒及时,否则将铸大错,悔恨终身。信惠,你怎么想的啊?"

沈信惠一笑:"你终于问我怎么想的啦!"

"我是怕你的思想不对,给你把把关。"

"昨天晚上胡思乱想,想了很多。不过,今天就不想了,也没什么可想的。"

"就是!这种不靠谱的人,没什么可想的。"

"佳楠,你这态度变得也太快了,到底文医生怎么惹着你了?"

金佳楠的脸立刻黑了,"文池就是个现世的陈世美。昨天,和你是愿得一人心,白头不相离;今天,他就连枝比翼地要和李冰茵跨凤乘龙去度假。"

听到这个消息,沈信惠只是微微一笑。

金佳楠继续说道:"在这些公子哥儿眼里,爱情就是香奈儿、LV、PRADA,用来骗骗女生。今天送给你一份儿,转头就送给别人一份儿。钱用不尽,女人换不停。信惠,你可要挺住了。送的东西,咱可以拿,糖衣留下,炮弹一脚踢回去。"

金佳楠正慷慨陈词,手机在她的衣兜里响了,是化验室通知她去拿患者的化验结果。金佳楠改道去了化验室,空荡的走廊里剩下沈信惠一个人的脚步。

"沈医生!沈医生!"

猛然间,沈信惠的耳边响起文池的呼喊声。

03

经历了命运的种种坎坷，沈信惠本以为自己在感情上已是清风徐来，水波不兴，可就在与文池目光相撞的一瞬间，她的心脏突然惊慌凌乱起来。她赶紧避开对方那炽热的双眼，掩饰住自己的心慌，问道："文医生，有什么事情吗？"

"你听说的那些，都不是事实！"

"文医生，你是指？"

"我和冰茵……我和李冰茵医生去休假，事实不是这样的。"

沈信惠微微一笑，"这个好像和我没什么关系吧！"

文池正要继续解释，姜美娟飞一般来到他面前，"文医生，你怎么又偷跑出来了！李医生要是知道了，又该拿我出气了。"

"文医生，祝你和李医生旅途愉快。我还有事，先走了。"说完，沈信惠转身离去。

文池想追，却被姜美娟一把抓住。

"文医生，求求您，老老实实在病房里待着，成吗？再坚持几个小时，您就上飞机，自由了。"

锁住了身体，心还是自由的；锁住了爱情，心就成了永远的囚徒。姜美娟的话让文池只能无奈地一笑。

记者会即将开始，各路媒体的记者开始涌入酒店的会议大厅。酒店休息室里，李冰茵将一杯热茶递到文母面前。

"既然死者家属已经澄清了这件事，伯母干吗还要劳累自己呢？"

第八卷
男医生难隐真情

文母道:"年轻的时候,我和你伯父为了事业,把时间和精力都给了再希医院。那时候,文池还很小,都是由保姆带着。我这个母亲根本就没陪过儿子。后来,又送他去国外读书。和他见面的次数屈指可数,我这个做母亲的欠儿子啊!现在你们都长大了,我就想为你们做点什么。尽我的一切,让你和文池事业顺利,婚姻幸福。"

在李冰茵和崔正卿的陪同下,文池母亲吴美英出现在记者会的现场。照相机的闪光灯如同潮水此起彼伏,让她感到有些眩晕。

崔正卿拿起麦克风,"各位记者大家好,大家在百忙之中参加这次记者会,我们表示万分地感谢。希望通过这次招待会,能够解答各位的疑问。"

文母接着说道:"今天请大家来,主要是想澄清一个事实。我和死者家属确实私下达成和解协议,并按照协议给了死者家属八十万元的和解费。这件事文池文医生毫不知情,他并不知道我私下给了死者家属八十万。"

文母的实话实说在记者群里引起了一阵骚动。

一位三十多岁,一身灰色女士西装,表情严肃的女记者站起身,"您与死者家属私下达成和解协议,为什么当事人文池却毫不知情?"

"我不想让文池知道这件事,否则,他不会同意我这么做。文池从小心地善良,性格耿直。作为一名医生,面对患者的离世,对他来说打击很大。患者家属提出调查的要求之后,他就被停职,医院禁止他参加所有手术。作为母亲,我不能眼睁睁看着自己儿子的事业就这么毁了。为了让事情尽快结束,我便私下和死者家属达成了协议。"

"既然您和死者家属达成协议,为什么再希医院还要继续调查这起医疗事件?"女记者继续问道。

"我已经说过了,协议是我和死者家属私下达成,并未通知再希医院和文池本人。"

"但是,在死者家属要求撤销调查的情况下,再希医院依旧没有放弃调查。这是不是说明再希医院内部对这起医疗事件意见有分歧?换句话说,再希医院内部有人认为,对这起医疗事件,文池医生是有责任的?"

女记者的假设再次将文池与患者死亡联系在一起,这让文母立刻失去了刚才的理智。

"调查报告已经说明我儿子文池与患者的死亡毫无关系,你不要妄加猜测!"文母几乎在咆哮。

女记者并未被对方的愤怒所震慑,继续质问道:"既然死者家属已经撤销了调查,为什么还要出这份调查报告呢?目前看,这份报告唯一的作用就是刻意证明医生文池与患者的死亡毫无关系。而且,现在很多人都在质疑这份报告。我们想知道再希医院继续调查医生文池的真正原因是什么。"

女记者的气势咄咄逼人,紧紧咬住文池不放,这让文母彻底火了。她可以忍受对自己的任何质疑和侮辱,但绝不允许有人伤害她的儿子。

"不做调查,你们怀疑患者的死因和文池有关系;调查了,你们又怀疑调查结果的真实性。你们想要什么?非要把患者的死因和医生联系在一起,才是你们要的答案是吗?干脆你们病了,就不要看医生了,让医生全部失业,到街上去要饭吃,你们就高兴了。"

文母的失态让现场的气氛一下子尴尬起来。记者们开始交头接耳,会场一片混乱。

看到现场失控,崔正卿赶紧站起身来打圆场:"我来回答这位记者的问题吧!再希医院和文医生本人对吴美英女士和死者家属达成的协议并不知情。在接到死者家属提出撤销调查的要求后,经讨论,院方认为不论患者的死因和文医生有没有关系,必须将调查进行到底。再希医院不仅有文池一名医生,我们还有几百名以救死扶伤为宗旨的医生,不能为了维护一名医生,而伤害到其他医生,所以医院决定继续调查。为了调查的公正和真实性,我们以第三方医疗机构为主体组成调查小组,并且将此事上报给医患关系中心,由医患关系中心监督整个调查过程。"

崔正卿的话音刚落,一位二十四五岁左右的女记者突然发问:"请问吴美英女士,您清不清楚为什么死者家属会主动提出私下和解?"

文母道:"听说死者有个四岁的女儿患有尿毒症,需要钱。死者家属提出私下和解,也是被逼无奈,为女儿治病要紧。"

文母的回答充斥着对死者家属的同情和善意,这对在场的李冰茵和崔正卿是个意外。但是,文母善意的表述引起的却是年轻女记者的继续追问。

"既然知道死者有个四岁患尿毒症的女儿,为什么你后来又拒绝支付这笔钱呢?"

"因为他们没有按照约定办事,把消息透露给了媒体。既然他们违反了我们之前

第八卷
男医生难隐真情

达成的契约,我当然要收回我的承诺。"

"可他们需要钱救孩子的命啊!你没有想过这些吗?"

"这位记者同志,您这样问完全是道德绑架。虽然我同情他们的境况,但我没有义务为谁去支付医疗费用。况且,这笔钱是双方达成和解后,我才答应给他们的。他们没有履行自己的承诺,违反了契约,我当然要收回我的钱。如果他们需要钱给孩子治病,我可以捐款,但捐款应该和任何协议没有任何关系。而这笔钱是在双方达成协议的基础上发生的,前提是他们要履行协议上的条款。协议不存在,这钱当然也不存在。这位女记者,你要搞清楚,我为什么给他们钱是一回事,他们怎么用这笔钱是另一回事。如果他们拿这笔钱去贩毒,是不是也要把我关到监狱里呢?"

女记者被文母的反问弄得哑口无言,会场再次嘘声一片。

崔正卿再次把话题接了过来,"这笔钱是吴美英女士和死者家属协议里的一部分。媒体曝光后,很多人质疑文池医生和对其的调查结果。为了不让大家对文医生产生更大的误会,便于澄清事实,吴美英女士决定取消这笔钱的支付。对于死者四岁女儿患有尿毒症,需要钱手术的事情,文池医生已经以正式捐款的方式,承担了所有的医疗费用。其实这件事的逻辑很简单,吴美英女士撤回了以不正当名义给死者家属的钱,同时以正当的名义重新捐款。"

一位男记者拿起话筒,提问道:"文池的再次捐款,是不是有意安排?是一场作秀吗?"

崔正卿正要回答,被文母断然拦下。

"请问,你是哪家网站派来的编剧?"文母讥讽地问道。

男记者一愣,接着再次操起尖细的嗓音,"我?我不是编剧!"

"你这么有胡编乱造的天分,不做编剧可惜了!"

场下哄堂大笑。

"你……你这是人身攻击。"

文母冷笑,"允许你攻击别人,就不允许别人回击你?世界上哪有这样的道理!"

"你这是避重就轻,就是回避作秀的事实。"

"请问这位记者同志,你有什么证据证明文池是作秀?就因为有你这种一心炒作、罔顾事实的人存在,导致人们看不到真相,不相信真相。"

记者群中一片骚动。

突然,有人高声喊道:"文医生的事情,我来告诉大家真相。"

一瞬间，会场里雅趣无声，所有的目光都集中在一名中年男子身上。文母也将目光投射进人群，说话的人竟然是《朝南日报》的记者金秉阳。

"吴女士，我想您对记者的工作有些误会。记者提出质疑，挖掘真相，与医生治病救人一样，都是责任。如果记者都是听之任之，写出来的都是冠冕堂皇赞美的词语，那这个社会就缺少真相了。不过，作为记者也不能罔顾事实，为了炒作出名，乱下结论，这有悖记者的职业道德。"金秉阳义正词严地说道，"大家都知道，我们《朝南日报》一直在跟踪报道再希医院这起医疗事件。对于大家质疑文池医生捐款的事情，我想做出以下声明：第一，文池医生确实为死者的女儿捐了所有的治疗费用。第二，文池医生捐款的时间是在医疗事件调查报告出来之后，所以这笔捐款并不影响调查结果。第三，文池医生是通过《朝南日报》间接向死者家属捐的款，并且一再嘱托我们不要透露他的姓名。第四，直到死者家属登门我们《朝南日报》，感谢我们救了她女儿，我们才不得不将实情说出。原因很简单，我们不能把别人做的好事往自己的脑袋上扣。整个事情就是这样。不过这起医疗调查报告是怎么出来的，大家有权力质疑。"

"你是什么意思？"文母高声质问道。

金秉阳微微一笑，并没有理会文母，继续说道："在这里我要做一下广告，我们《朝南日报》对这起医疗事件的调查结果也做了深入挖掘。至于这份调查报告背后有没有隐情，请关注我们明天的头版头条。谢谢！"

会场里又是一片哗然。

记者会不欢而散。对于文母来说，虽然这次为儿子正了名，但她的心依然七上八下。原因就是金秉阳最后的发言，她不知道这个始终和自己做对的记者明天会在报纸上又会说些什么。

回到再希医院，崔正卿来到文母的床前，"夫人，起诉死者家属的文件都已经准备好了。"

文母叹了口气，"起诉这件事还是停一停。他们既然能够不顾自己的名誉为文池登报澄清，我们也别把事情做得太绝了。死了老公，孩子又有病，够难为他们了，起诉这件事就不要再提了。崔主任，今天要谢谢你。"

"夫人，您太客气了。"

"听说，死者家属都没有工作。崔主任，你看看咱们医院有没有合适的工作。如

第八卷
男医生难隐真情

果他们愿意来，你就帮他们安排安排。"

"好的，夫人！我立刻去安排。"

崔正卿离开病房，文母将李冰茵叫到床前，"冰茵啊，你把李副院长请到我这儿来。"

文母对李亦晨一向成见很深，今天却用了"请"字，这让李冰茵感到意外。

"您找他？"李冰茵问。

"我要问问他，那份调查报告的事情。我这心被那帮记者搞得一直放不下。"

"那我现在就去找李副院长。"

没一会儿，李亦晨随着李冰茵出现在文母的病房内。

"李副院长您请坐。"这次，文母的语调一反常态的客气。

李亦晨坐在椅子上，"文太太，您找我有什么事？"

"李副院长，我想询问一下关于调查报告的事情。"

"有什么问题，您请说。"

"李副院长，您诚实地告诉我，关于文池的调查报告，背后有没有动什么手脚吧？"

李亦晨微微一笑，"如果您没做什么，这份报告应该不会有问题。"

这话让文母面红耳赤。这次，她没有发火，毕竟自己有过"前科"，人家怀疑也是正常现象。

"李副院长，你这么说，我就不打扰你了。"

送走李亦晨，李冰茵再次来到文母床前，"那个《朝南日报》的记者看上去挺有正义感的，还替文池哥说话，应该不会再写什么不好的事情吧？"

"冰茵，你还年轻，这个世界上没那么单纯的事情，人做事情都是有目的的。这个姓金的能为文池说话，完全是为炒作自己。今天在记者会上，记者关注的不是我们，而是他。"文母忧心忡忡地说道。

"李副院长不是说调查结果没有问题吗？"

"对于现在的人来说，事实真相并不重要。只要有机会抹黑别人，他们宁可信其有，也不信其无。不知道那个姓金的会胡说八道什么！冰茵啊，推我去你伯父的办公室。"

李冰茵扶着文母刚下床，文皖成就推门走进来。

文皖成眉头轻蹙道:"你这是要去哪儿啊?记者会刚结束,你应该好好休息。"

文母无暇顾及自己,迫不及待地问道:"我问你,调查文池的时候,你有没有动用过什么关系?"

文皖成被问得一愣,"你怎么突然问这个问题?"

"现在有记者想在这件事上做文章。你实话实说,到底找没找过人?不然,我心里不踏实。"

文皖成叹口气道:"调查报告出来之后,我请有关的几个人吃了顿饭。"

"什么!"文母立刻暴跳如雷,"这……这就说明那份调查报告完全没有真实性。"

"伯母,您别着急!"李冰茵赶紧劝道。

文皖成安抚道:"你别这么急躁,听我把话说完。我是在调查结果出来以后,请他们吃了顿饭。咱们邀请人家做调查,怎么也得表示表示。再说,就是在咱们医院食堂三楼吃的。去外面,人家也不去。"

此刻,文母的脸都紫了,"你……你糊涂!《朝南日报》那个姓金的记者可不管你是什么时候请的,在哪儿请的。只要你请了,那就是臭鸡蛋的缝儿,他不可能放过你。"

金秉阳是一路打着喷嚏回到报社的。刚进大门,助理就通知他去副主编办公室。

金秉阳刚推门进来,副主编便满面笑容地从办公桌后站起身,"老金,新闻发布会上你成了焦点人物了。各大媒体都在关注我们,都想知道我们明天会爆什么料。"

"实事求是报道而已。"

"对,咱们是要实事求是报道。你在发布会上的表现和你往常的风格不一样啊,简直就是标题党啊!"

金秉阳无奈地一笑,"做了记者几十年,还从来没炒作过自己。今天,炒了第一回。"

副主编叹了口气,"现在不炒,就没人关注。炒一炒也好,关注的人就多,知道事实真相的人就越多。"

第八卷
男医生难隐真情

04

第二天,《朝南日报》铺天盖地地席卷了全城。再希医院自然不会清静,护士和医生三五成群地议论纷纷。沈信惠换上医生制服,刚走出更衣室,就撞见了金佳楠。

"信惠,看今天报纸了吗?"金佳楠说话的感觉如同发掘了一座金矿。

沈信惠摇摇头,"还没抽出时间看。"

"你赶紧看呀,关于文池的。"

"文池"两个字立刻触及了沈信惠敏感的神经。为了不让金佳楠察觉到自己微妙的心理变化,她赶紧说道:"和我又没关系!"

"以前是没什么关系。不过人家可是向你示了爱的,你就不关心关心?"金佳楠挑逗地说道。

看沈信惠没接茬,金佳楠继续说道:"不关心他,你总该关心关心咱们医院吧!文池是咱们医院的医生,他出了事,也会影响到咱们!"

"那你说说!"

"我都成你书童了。好吧,看你心神不定的,我就跟你说说,不然今天手术你都没心思做了。关于文池的调查报告是否真实,今天上了头版头条了,根据《朝南日报》的调查……"

这时,扩音器突然响起:"心脏外科的沈信惠和金佳楠医生,请速到3号抢救室!心脏外科的沈信惠和金佳楠医生,请速到3号抢救室!"

金佳楠只好停下关于文池的头版头条,随着沈信惠直奔抢救室。

  抢救室里，一位青年男子僵直身体，面无血色地躺在病床上。一股死亡的气息弥漫着房间，护士们不停地将各种急救药物注入患者体内。
  看到沈信惠和金佳楠，姜美娟立刻汇报道："患者男，二十七岁，长期熬夜加班，今天早上突发心前区压榨性疼痛，含服硝酸甘油无法缓解。心电图显示为ST段抬高，并且伴有肺水肿。这是患者的X光片。"
  沈信惠迅速看过片子，立刻指示护士："马上给患者注射吗啡，静脉点滴硝普钠，准备做球囊扩张。"
  准备好球囊扩张，沈信惠小心翼翼地通过心脏导管将球囊送进患者的冠状动脉。突然，一阵电子警报声打破了房间里的寂静。
  接着，传来金佳楠的高声叫喊，"患者出现室性心动过速！患者出现室性心动过速！"
  沈信惠赶紧将心脏导管抽出，"立刻给患者推注利多卡因。"
  透明的药液刚刚注射进患者身体，心脏监测仪突然又发出心室颤动的警报声。护士迅速将准备好的除颤仪递交到金佳楠手中。
  金佳楠道："充电200焦耳，准备，电击。"
  在剧烈电流的作用下，患者身体猛地一抖。
  "第一次电击无效。"
  "充电300焦耳，准备，电击。"
  电流再次穿过患者体内，依然无效。
  ……

  两扇白色的密封门安静地向两侧滑开，沈信惠和金佳楠并肩走出抢救室。一对农民打扮的老夫妻突然冲到两人面前，将沈信惠和金佳楠拦下。
  "医生！医生！我儿子怎么样了？"患者的父亲焦急地问道。
  金佳楠安抚道："您儿子已经抢救过来了。不过，抢救过程中出现心室颤动，需要送ICU进行二十四小时动态心电监测、超声心动图和放射性核素检查。"
  患者的父母一脸茫然，显然没听懂金佳楠的话。
  患者母亲一把抓住沈信惠的胳膊，老泪纵横地说道："医生，您一定要救救我儿

第八卷
男医生难隐真情

子，不能让我们白发人送黑发人啊！我们就这么一个儿子，好不容易从农村考进大学，在城里扎下根儿。您一定要救救他啊！"

"您放心，我们一定会尽全力。以后，让您儿子少加点班，紧张和劳累会让心脏负担过重，造成心肌缺血，导致急性心肌梗死。工作重要，生命也同样重要。"

老夫妻一边点头，一边对沈信惠千恩万谢。

沈信惠让护士带老夫妻去ICU看儿子，然后和金佳楠一同离开了手术区，沿着白色走廊向医生办公室走去。

"这么年轻就患上心脏病，家还是农村的，负担太重了。"沈信惠无奈地说道。

"想在城市扎根哪有那么容易啊！不加班加点，恐怕连房租都付不起。真要能生活得有尊严，可不是说说那么简单。"

"佳楠，《朝南日报》又说文医生什么了？"

"呦，沈医生你还挺关心文池的嘛！"

"你到底说不说？"沈信惠有些急不可待。

"我说，我说！看把你着急的。那家报纸给文池彻底平反了。说经过他们的明察暗访，文池医疗事件的调查报告并没有被做过手脚，整个医疗事件的调查完全是在严格地监督下进行，并没有受到任何外界的干扰。"

沈信惠神色不惊地说道："文池本来就是个很有责任感的医生，他绝对不会做违反医生职业道德的事情。"

"我警告你，文池也许是个好医生。但不意味着在感情方面，他是个好男人。"

沈信惠将脚步停在电梯口，"只要他是个好医生就足够了，是不是好男人和我没关系。"

这时，电梯门开了。文母、李冰茵和文池三人拖着行李箱，出现在沈信惠和金佳楠面前。

当文母从沈信惠面前经过时，看都没看沈信惠一眼。李冰茵跟在文母身后，倒是狠狠瞥了沈信惠一眼。文池最后一个走出电梯，一直看着沈信惠。

看着三人的背影，金佳楠撇了撇嘴："看到了吧，这个义池就是个花花公子。"

沈信惠淡淡一笑。

金佳楠继续："以后离他远点儿，否则深受其害的是自己。"

这时，沈信惠的手机响起一阵清脆的短信铃声。

"相信我，你看到的不是事实。回来，我会向你解释。文池。"

"谁啊？"金佳楠八卦地问道。

"没谁，垃圾短信。"说完，沈信惠的手指轻轻一点，短信便被删了。

沈信惠虽然删掉了文池的短信，但心却被文池的目光扰得凌乱了。她努力将自己重新组合在一起，不再去回味文池最后的眼神。可这并不是一件容易的事情。

文皖成的办公室里很热闹，李亦晨和崔正卿都在。文皖成亲自给两人倒满茶水，脸上显露出久违的笑容，"这个《朝南日报》终于说了几句良心话，文池这件事算是了结了。李副院长，这件事还得多谢你啊！如果你不坚持继续调查，文池就是跳进黄河也洗不清！亦晨，是你给了文池第二次职业生命。"

李亦晨道："作为主管外科的副院长，将事实调查清楚是我的工作和责任。文池医生在对患者的治疗过程中没有出现差错，这才是问题解决的根本。否则，谁也无能为力。"

"不管怎么说，文池还得感谢你。"说完，文皖成又转向崔正卿，"崔主任，这次你也辛苦了。"

"董事长，我做的都是分内的事情。"崔正卿立刻回答道。

李亦晨道："董事长，心脏外科主任的位置已经空缺了很长时间。我已经提交了候选人的资料，不知道什么时候能有个结果？"

"董事局已经看了候选人的资料，沈信惠医生是名非常优秀的心脏外科医生。李副院长，你为再希医院这么尽心尽力，真是辛苦你了。我会推动这件事情，让董事会尽快有个答复。"

又聊了一些医院内部事务后，李亦晨和崔正卿离开了董事长办公室。

经过自己办公室的时候，崔正卿停下脚步，突然对李亦晨说道："李副院长，心脏外科主任的推选恐怕要有变化！"

李亦晨一愣，"变化？什么变化？"

"我也只是听说。至于细节，我也不清楚。我只是提醒您，最好有个心理准备。"崔正卿没有再多解释，转身走进自己的办公室。

黑色奥迪沿着高速向机场飞驰而去。文母和李冰茵坐在后排，两人聊得开心，如同母女。今天对于她们来说是个值得庆祝的日子，那些让人心烦的事情终于有了个让人满意的了结。反观文池，他的沉默不言与车里两个女人的喜悦显得格格不入。

第八卷
男医生难隐真情

坐在副驾驶的位置上，文池不停地查看手中的电话。自从给沈信惠发了那条短信，他便期待着对方的回复，可手机却始终哑然，这让文池更加心烦意乱。

"文池！文池！"

母亲的声音始终没有唤醒文池失魂的心绪。李冰茵伸手去拍文池的肩膀，后者这才从烦乱中惊醒。

"怎么了？"文池回身问道。

"伯母和你说话呢！"

看着儿子，文母笑得更加灿烂，就像节日里的烟火在夜空中抖动着瞬间的靓丽和光彩。

"文池，你和冰茵现在都是成人了，该是成家立业的时候了。度假回来，就把冰茵的父母请来，你们的婚事该提上议程了。"

这话让李冰茵脸上每个毛孔都充满了甜蜜的笑容。她立刻挽起文母的手臂，撒娇地说道："伯母，把您的身体修养好了才是重点。"

"冰茵。"文池突然说道，"你是医生，应该把时间用在患者身上。你刚来到再希医院，不应该浪费时间。"

文池的话让母亲很扫兴，"文池，你怎么这么说话！冰茵花时间陪你，那是关心你，你怎么能说是浪费时间！"

"伯母，文池哥心里只有患者。这样才好，他不会花心，我也放心！"

在文母面前，李冰茵再一次表现出妻子对丈夫的理解和信任。这让文母更是下定决心，这样善解人意的儿媳妇必须尽快娶到家里。有这么贴心的女人伴在身边，是儿子几辈子修来的福分，做母亲也就放心了。

连绵起伏的青山之中，隐隐约约坐落着一座超五星级豪华酒店。从酒店内向外望去，蔚蓝色的海湾映入眼帘，海湾和酒店之间铺着一层郁郁葱葱的森林，一条弯曲的公路如同灰色的丝带从林间穿过。

办好入住手续，李冰茵将房间钥匙递给文母，"伯母，我要了两间房，这是您的钥匙。"

文母立刻明白了李冰茵的意思，微笑地接过钥匙，"我年纪大了，在酒店里喝喝茶，泡泡温泉，休息休息。你们想去哪儿玩就去吧！不用考虑我。"

李冰茵挽起文池的胳膊，后者却板着脸说道："我们住一起不合适。"

文母眉头轻蹙道:"怎么不合适?你们是订了婚的!夫妻两个不住在一起,那才是不合适!你的任务就是照顾好冰茵。服务生,帮我们把行李拿到房间。"

手术室的无影灯下,沈信惠以患者腋下第七和第八肋之间为刺点,小心翼翼地将细长尖锐的针头刺入患者胸腔,用注射器抽出胸腔内积液,引导积液注入引流袋内。

就在手术顺利进行时,体征监测仪发出患者血压突然迅速下降的警报。

"患者已经休克!"助理医生焦急地喊道。

沈信惠迅速将胸穿针从患者胸腔内拔出,用无菌纱布按压住穿刺部位。在护士的协助下,将患者平放在病床上。

沈信惠道:"立刻为患者注射了0.5毫克0.1%的肾上腺素。"

随着药物注入体内,患者血压开始逐渐回升。

"沈医生,还继续做胸穿吗?"助理医生寻问道。

"已经抽取出了胸腔内大部分积液,现在的状况不用再做胸穿。对了,给患者注射泼尼松,预防胸膜粘连。患者苏醒后,转到普外,做肾脏功能检查。"

安排好一切,沈信惠离开手术室。

就在沈信惠准备上电梯回办公室的时候,突然接到李亦晨的电话,说是有重要的事情要和她谈。

来到李亦晨的办公室,眼前的场面让沈信惠一下子愣在原地。沙发上坐着的,除了李副院长,还有沈信惠大学时的闺蜜,也是老陈的前妻——程子宜。

◎ 第九卷　在世间颠沛流离

01

再美好的回忆也逃不过命运的颠簸，渐渐零散，慢慢淡忘。昨天就是昨天，永远是个过去时。甚至某一天，那些过去的种种美丽会成为情感天平上一份仇恨的砝码！

看到沈信惠站在自己面前，程子宜的表情平静得如一杯清水，毫无情绪的波澜，就如同两人生命中从未有过交集。

李亦晨笑容可掬地站起身，对沈信惠说道："沈医生，我给你介绍一位新同事。程子宜，程医生。程医生是斯坦福医学院毕业的医学博士，以后就是我们再希医院心脏外科的医生。"

随着李亦晨的介绍，程子宜也从沙发上站起身。

李亦晨继续："对了，程医生，这位是我们心脏外科的沈信惠医生。"

程子宜礼节性地点点头，依然是那副淡如白水的面孔。

"程医生，在国内你和沈医生都是同一所医学院毕业，应该见过吧？"

此刻，程子宜的表情打破了原有的平静，一丝灌注了冰冷的笑容跃然脸上，"不仅见过，我们还是同学。"

李亦晨的双眉微微一抖，用捎带惊讶的口气说道："原来是这样，那我刚才的介绍真是多余了！你们老同学见面一定有很多话要聊，我就不耽误你们了。沈医生，你带程医生熟

第九卷
在世间颠沛流离

悉熟悉环境。下星期一，程医生正式入职。"

金黄色的月盘挂在幽静的海湾之上。微风拂过，撒在海面的月光碎成了点点星斑，随波浪荡漾起伏。墨色的夜空中，山腰处的超五星酒店散发出绚烂的灯光，向自然炫耀着人工的浮华。

酒店的餐厅装修得豪华气派，欧式宫殿般的设计让人仿佛置身于英国王室的新年宴会。俊男美女们打扮得花枝招展，在杯盏交错中淋漓尽致地挥洒着金钱带来的精神刺激。

文池的身影出现在餐厅，坐在窗边的李冰茵立刻向他挥动着手臂。
"怎么就你自己？"文池来到桌前，问道。
李冰茵带着蜜般的笑容，"伯母有些累，就不下楼了。文池哥，你刚才去哪儿了？"
"我去开了间房！"
李冰茵噘起委屈的小嘴，"文池哥……"
没等李冰茵说完，文池突然抬手，"服务生，点餐！"
一名身穿黑色西装，扎着深红色领结的服务生出现在文池和李冰茵的餐桌前。

文池不声不响地低头切割着餐盘里的牛肉。李冰茵则摇着手里的酒杯，死死地盯着他。酒店豪华餐厅里，观光客们的热情气氛并没有因为两人的沉默而受到任何影响。

"无论怎样，我是文池哥的未婚妻。很快我们就是夫妻，这个事实没有人能够改变。"李冰茵挑衅地说道。
文池没说话，也没有赏给李冰茵一寸目光，依旧专注于刀下的牛排。
长这么大，李冰茵还从来没被这样无视和冷落过。她继续挑衅道："你是不是心里有别的女人了？抛弃自己的未婚妻，去喜欢别的女人，这样可不好！"
文池依旧没做任何反应，高悬免战牌。
对文池的态度，李冰茵似乎早有准备，不紧不慢地问道："你心里喜欢的一定是沈信惠医生吧？不知道看到我们一起度假，她会是什么心情？"
听到沈信惠的名字，文池冷峻的目光中增添了一分担忧。女人敏感的直觉让李冰茵立刻捕捉到了对方的情感变化，她心中充满了对沈信惠的嫉恨。

"看来，我猜得没错，文池哥确实喜欢沈信惠。"李冰茵轻轻抿了一口红酒，然后将目光撒向窗外，"这里的夜色真美，可惜都只是过路的风景。"接着，她又扫了一眼豪华餐厅里忘情于美酒的食客，"这些人迟早都会离开这里，回到属于自己的地方。文池哥，你说是不是？"

文池放下手里的餐具，"冰茵，我们的事情和其他人毫无关系。在美国的时候，你表达得很清楚，我也随了你的意愿。正如当时你说的，爱情不是一纸婚约。过去的事情不可能重来，我们的爱情几年前就已经被你结束了！"

李冰茵开始摇着手里酒杯，"可惜，我们的婚姻，你说了不算！无论你的心去了哪里，最后我们还是要成为夫妻的。"

"这不可能！"

"文池哥，作为男人应该保护自己喜欢的女人，千万不能因为自己的冲动，让她受到伤害。沈医生是个好医生，不应该受到伤害。我说得没错吧？"

此刻，文池似乎从李冰茵的目光中看到了一把带着血光的匕首正刺向藏在他心中的沈信惠。

一台持续了数小时的手术终于顺利完成，沈信惠疲惫地走进休息室。一阵突来的眩晕让她的身体失去重心，多亏有身旁的更衣柜作为支撑，她才没有倒在地上。沈信惠挣扎着站到洗手池前，用冷水刺激着疲倦的面容。

金佳楠出现在休息室，一屁股坐在沙发上，捏起自己的小腿。

"今天连续做了四台手术，腿都站肿了，晚上还要值班。"金佳楠龇牙咧嘴地说道。

沈信惠擦干脸上的水珠，"子宜来了。"

金佳楠略带惊讶，"怎么程子宜同学又来找你啦？这事儿，她怎么就过不了呢？"

"子宜不是来找我，她是来咱们科上班，周一正式入职。"

"什么？她来咱们这儿上班？"金佳楠从沙发上站起身，走进更衣室，"真是冤家路窄啊，以后这日子可就不好过了。"

沈信惠无奈一笑，没说话。

金佳楠知道自己刚才的话说得不太合时宜，赶紧弥补，"信惠，你也别想太多，

第九卷
在世间颠沛流离

该怎么工作就怎么工作。没准儿,因为工作上的交集,她重新对你认识,你们俩和好如初了呢!"

沈信惠整理好衣服,"佳楠,我去趟病房!"

"好吧!你可千万别想太多。"

寂静的走廊上,响起沈信惠的脚步声。在黑夜的映衬下,那声音显得那么空旷和孤独。

突然,一段涂满蓝色的音乐铃声如冬天的雨点打破了沈信惠忧郁的思绪。电话是文池打来的,沈信惠停住脚步。

在迟疑中,音乐已经翻越高潮的音部,陷入忧伤的低谷。沈信惠仍然举棋不定。在她心中,文池曾经是一位值得赞赏的优秀医生和同事,可他的突然表白让她乱了心绪,乱了阵脚,乱了感情天平上坚守友谊的平衡。

沈信惠决定接听。也许,她只是不想让忧伤的蓝调打破黑夜在这白色走廊里铺下的幽静。

就在沈信惠的拇指正要触碰接听键的瞬间,身后传来姜美娟急促的声音,"沈医生!沈医生!"

沈信惠的拇指慌忙改变了方向,挂断了文池的电话。这时,姜美娟已经来到了她的面前。

"沈……沈医生!"姜美娟气喘吁吁地说道,"508号床的患者突然出现严重心力衰竭。"

508号床的患者因急性心肌梗死,两天前入院抢救。虽然沈信惠从死亡边缘将其拉了回来,但一直存在心室间隔穿孔的可能。一旦出现穿孔,二十四小时内的死亡率高达百分之二十五。

文池再次打来电话,沈信惠正冲进抢救室。她毫不犹豫地再次挂断电话。

"佳楠,患者情况怎么样?"沈信惠急切地询问道。

"心室血氧量大幅增加,肺动脉压迅速上升,肺循环血流量已经超过体循环血流量的一倍。"

"立刻降低体内循环阻力,减少左向右分流,维持心脏排血量和动脉压。"

按照沈信惠的指令,护士们开始给患者推注各种抢救药物。但是,所有努力并没有阻止心电监测仪发出预示死亡临近的警报声。那声音如锋利的尖刀不停地刺入耳膜，让人方寸大乱。

沈信惠急道："准备给患者做心脏超声检查。"

姜美娟迅速准备好超声心动检测仪，金佳楠解开患者的上衣，沈信惠将检测仪紧贴在患者的左胸。

"患者心尖部室间穿孔，立刻注射多巴胺。美娟，通知手术室准备手术。"

手术台前，沈信惠从护士手中接过十号手术刀，沿中线切开患者胸部……为上下腔静脉插管，建立体外循环，人造仪器开始取代心脏为患者提供全身血液循环，手术正式开始。

由于患者胸腔内充满积血，这让沈信惠很难找到出血点。体征监测设备不停地发出患者血压持续下降的警报声。为了便于看得清楚，尽快寻找到出血点，一名实习医生微微挪动了一下患者的心脏。

"你在干什么？"沈信惠厉声喊道，"不要动！"

手里握着患者的心脏，实习医生惊恐地盯着沈信惠。

"现在搬动心脏会造成心室内血栓脱落。"沈信惠小心翼翼地说道，"慢慢放下心脏，一定要轻，要轻！"

此刻，酒店的房间内，文池变得焦躁不安，不停地拨打着沈信惠的手机。无论他如何迫不及待地想听到沈信惠的声音，手机里传来的始终是无人接听的电子信号。

再希医院手术室内，沈信惠小心翼翼地在患者心肌切口边缘放置好特弗纶毡条，接着用2-0聚丙烯线穿过毡条逐一收紧打结，最后将切口连同室间隔穿孔边缘一同闭合。

心脏修复结束，金佳楠留下负责缝合胸口。沈信惠离开手术间，回到休息室。打开柜子，拿出手机，屏幕上显示着无数文池打来的未接来电。如果视而不见，实在不近人情。文池没做错什么，只是不恰当地表露了内心的情感。如果回他的电话，又能说些什么呢？握着手机，沈信惠再次陷入犹豫不决之中。

酒店房间的红色地毯上，文池不停地来回踱着步，各种胡乱的猜测塞满了他的

第九卷
在世间颠沛流离

脑子。突然，寂静的房间里响起一阵铃声。文池急不可待地冲到写字台前，一把抓起桌上的手机，屏幕上显示着沈信惠的名字。

就在文池欣喜若狂地准备按动接听拣的那一刻，急促的敲门声猛然钻进他的耳朵。同时，从门外传来母亲恼怒的叫喊声，"文池！文池！你给我开门！"

是接听沈信惠的电话，还是给母亲开门？文池左右为难。

尼克斯，黑夜之神，不仅夺去了白日的光芒，统治了这座城市，而且主宰了命运的定数与必然。

悬挂在屋顶的荧光灯苦苦挣扎，一排排灰色衣柜显得格外寂寥。休息室深处的沙发上，沈信惠紧握手机，等待着文池的接听。起初，她只是计划礼节性地给文池回个电话，聊上两三句，不触碰感情，就像朋友聊聊工作，道一句"晚安"。可随着电话始终无人接听，沈信惠竟然变得有些焦躁不安。某一瞬间，她甚至产生一种渴望，渴望能够立刻听到文池的声音。

"文池，我知道你在房间，我听见你的电话响了。"门外，文母的声音越来越急不可耐。

听到母亲的话，文池别无选择地挂断了沈信惠的电话。他并不惧怕在母亲面前袒露自己的心声，只是担心鲁莽的行为会给沈信惠招惹麻烦。

文池刚一开门，母亲便质问道："这么晚，谁给你打电话？"

"没人打电话。"文池赶紧敷衍。

"那我怎么会听到你的手机在响？"

"妈，您肯定听错了！"

文池的话音刚落，电话铃声再次闯入他的耳朵。文池立刻为沈信惠捏了一把汗。文母推开文池，直奔书桌上的手机而去。

文母拿起文池的手机。电话铃声还在响着，但屏幕确实是黑的。

文池走到母亲身边，委屈地说道："妈，我说了不是我的电话响。您听，这不是在隔壁响嘛！"

文母将手机放回桌子上，在房间巡视了一圈。

"妈，你怎么这么晚还不休息？"

文母转过身，"你自己说，我为什么这么晚还不能休息？"

文池心里清楚，一定是李冰茵跑到母亲面前哭诉了自己的"罪行"，母亲是来兴师问罪的。母亲身体不好，文池不想和她争论，于是选择回避。

"妈，您早点休息。有什么事儿，我们明天再说。"

文母倒也痛快，直接打开衣柜，拎出里面的行李箱，放在文池面前。

"你要是有孝心，立刻回冰茵的房间。"

文池心里满载的是沈信惠，怎能和李冰茵同床共枕？可是，母亲横刀立马地站在眼前，由不得他不让步。文池实在担心和母亲发生争执，很可能导致对方心脏病的复发。

文池沉默，母亲便知这是儿子的反抗。她并不想给他任何喘息的机会，厉声训斥道："你到底回不回去？冰茵是你的未婚妻，你把她一个人扔在房间里，这么做合适吗？让冰茵父母知道，他们会怎么想？我和你父亲怎么和人家交代？不管怎样，你也要为你的将来考虑考虑，董事局里多少人想坐上你父亲的位置。有冰茵保驾护航，以后你才能稳稳当当地成为再希医院的董事长。我和你爸一辈子的心血才没有白费！"

与此同时，再希医院更衣间里，沈信惠默默地收起被文池挂断的电话，呆坐在沙发上。回想起刚才，她觉得自己是多么的可笑和愚蠢。为什么要给文池回电话呢？根本没有必要去回他的电话。自己甚至产生了对文池声音的渴望！愚蠢，愚蠢到了极点！

将自己嘲笑一番之后，沈信惠平复了一下情绪，准备回家。就在起身的一瞬间，她感到心律突然加快，接着，便丧失了所有意识，跌倒在更衣间的地板上。

文母的一番话并没有打破儿子无声的反抗。这对文母来说，简直就是火上浇油。

"文池，你到底在想什么？还不赶紧去找冰茵！"文母冲着儿子怒吼道。

"妈！"文池打破了沉默，"我对冰茵没有感情，我也不在乎什么董事长不董事长！对我来说，这些都不重要。"

"你说什么？"文母简直气昏了头，"你父亲一生的努力在你眼里一文不值是吗？我和你父亲对你的期望也是一文不值是吗？"

"妈，我不是这个意思。"

"你不要说话！"文母厉声断喝，"你现在年轻，根本不知道什么重要，什么不

第九卷
在世间颠沛流离

重要。等你失去现在拥有的一切,就会明白我今天说的都是正确的。可到那个时候,一切都晚了,你什么也拿不回来了。天下的父母没有不为儿女着想的,天下的儿女也没有几个愿意理解父母的!人生道路,我们已经走了一遍,哪有坑,哪有井,哪是平坦大道,我比你清楚。我给你的安排是最好的安排。"

"妈,我理解您,可是我有我自己的生活。"

"你自己的生活?"文母的语气咄咄逼人,"你现在的生活都是我给你的。没有我和你父亲的奋斗,你能有今天这样的优越条件吗?"

"妈,我感谢您给我的一切,感谢您对我的关心。但是,这不代表我要做傀儡,去偿还您给我的一切。"

"傀儡?你现在是长大了,会用词儿了!在你心里,你妈就是慈禧太后了,是不是?"

"妈,您听我说完。我知道您做的一切都是为了我,天下的父母都关心自己的子女。不过,关心不等于尊重,我希望你能够尊重我的选择。您不能把您觉得正确的生活方式强加给我,您为我设计的人生道路不一定就是我想要的,您对人生的理解和我也有很多不同。不能说谁的道路正确,谁的道路不正确。都正确,只是我们生活在不同的时代里。我们要做的就是相互尊重对方的人生道路和选择。"

"文池啊,文池,我送你去国外上学今天算是得到回报了,和你妈讲道理了。我告诉你,不管你说什么,你和冰茵的婚事改不了。"

"妈,我对冰茵没有感情,我们只是同事!"

"你对冰茵没感情?你对谁有感情?"

"沈信惠"三个字再次冲到文池的嘴边,又被他咽了回去。他明白,现在在母亲面前袒露自己对沈信惠的感情,不仅起不到任何作用,还会让情况更加恶化,最无辜的就是沈信惠。

"我和冰茵在美国的时候,就没有感情了。"

"没有感情没关系,结了婚再培养!"

"妈,我不能和她住在一起。"

"你……"

话还没说完,文母突然捂住胸口,身体紧跟着一晃。

值班医生办公室,一阵急促的电话铃声。

金佳楠拿起听筒，里面传出护士急促的嗓音，"沈医生晕倒在休息室，已经送去抢救了。"

金佳楠从椅子上一跃而起，抓起挂在衣架上的白色制服，冲出值班室。

跑进抢救室，金佳楠一眼便看到躺在病床上面色苍白、人事不省的沈信惠。

"沈医生什么情况？"

"沈医生的收缩压低于50，处在深度休克状态。"

金佳楠很清楚，如果血压持续下降，身体内的器官不仅会因缺血受到损害，还会威胁到沈信惠腹中胎儿的生命。

金佳楠急道："马上给沈医生静脉点滴200毫升5%的碳酸氢钠，扩充血容量。"

很快，姜美娟在床头挂起碳酸氢钠的输液袋。时间一分一秒地过去，沈信惠的血压依然不断下降。

"立刻静脉推注依那普利！"金佳楠声音急迫地喊道。

护士们一下子慌乱起来。

金佳楠不耐烦地叫道："我让你们给沈医生注射依那普利，你们在干什么？"

姜美娟无奈道："依那普利已经用完了。"

"那还不赶紧去药房拿药！"

姜美娟掉头跑去急诊药房。

服过药，文母才慢慢缓过气来，有气无力道："儿子，妈这都是为你好，不会坑你的！去到冰茵那儿，别让妈担心，别让妈为难！"

儿子对父母必须孝，但不代表要事事顺从。就像文池说的，两代人没有谁对谁错，只是所在的时代不同，要做的就是尊重对方选择的人生道路。道理听上去没错，可做起来永远是那么艰难。在传统文化里，"孝顺"两个字是捆绑在一起的，有时会捆绑一个人的一生。就如现在的文池，母亲病倒在眼前，作为儿子，无论如何也不能再违背母亲的意志，否则，在中国的伦理道德中，就真的是不"孝"了。

把母亲送回房间，文池将水杯放在床头柜上，"妈，水我给您倒上了，药就在旁边。"

"行了，你就不要管我了。回去和冰茵好好解释，女孩子哄哄就没事了。"

第九卷
在世间颠沛流离

文池还是不放心,"妈,要不我陪您吧!"

"我没事!你赶紧去陪冰茵,我能照顾自己。"

回到自己的房间,文池凝视着地上的行李箱。对他来说,这个世界上最大的痛苦、最深的伤痕莫过于欺骗自己的内心,莫过于背叛自己的深爱。

深夜,几声清脆的门铃在酒店的走廊上响起。深棕色的房门慢慢打开,李冰茵穿着浅蓝色的半透明睡衣,双眼中燃烧着诱人的烟火,目光直直地望着门外的文池。

02

再希医院的抢救室里,沈信惠的血压终于恢复正常,死亡临近的警报声也停止叫喊。她渐渐从休克中清醒,全体医护人员都松了一口气。

"各位辛苦了,都去休息吧!"金佳楠对大家说道。

问候过沈信惠,护士们陆续离开抢救室。

沈信惠用力支撑起身体,"佳楠,扶我起来!"

金佳楠赶紧把她按下,"休克性低血压刚刚好转,你可不能乱动。"

沈信惠还是坚持着坐起身,"佳楠,你带我去产科急诊。"

金佳楠一惊,"怎么,感觉不好?"

沈信惠紧紧抓住金佳楠的手,"佳楠,我必须确定孩子没事。"

从沈信惠的目光中,金佳楠看到了一位母亲的焦急和奋不顾身。她搀扶沈信惠下了病床,一同去了产科急诊。

酒店走廊上,昏黄的灯光,暗红色的地毯。李冰茵火辣的目光一分一秒都不肯放过文池的双眼。她牵起文池的双手,将他拉进自己的房间。

房间里只有床头灯亮着。朦胧的灯光下,李冰茵凹凸有致的躯体发出诱人的气息。她轻轻将文池按坐在床上,娇柔说道:"文池哥,我就知道你会回来。"

文池纹丝未动,也没说话。

李冰茵坐在文池身边,娇柔的身体紧紧贴靠着他的身上,"我把自己交给你了,你可要好好地珍惜!"

第九卷
在世间颠沛流离

李冰茵的声音就如她身上的真丝睡衣般性感，百转千回地将文池缠绕其中。她拿起床头柜上喝了一半的红酒，递到文池面前。在浓郁的酒红色陪衬下，李冰茵修长的五指显得更加白皙。

"文池哥，我喝了一半，剩下的一半归你！"

文池接过酒杯，一仰头，将杯里的红酒一饮而尽。李冰茵脸上露出胜利者的笑容。她抚摸着文池的双手，红润的嘴唇在对方的耳垂上轻轻撕咬。

"文池哥，你说我们婚后会不会比现在更幸福呢？"李冰茵伸手关掉床头的台灯，黑暗中传来她若即若离的喘息声。

妇产科急诊室内，沈信惠平躺在白色的病床上，眉宇间夹杂着一丝忧虑。胎心监测仪冷冰冰地在她的腹部一遍遍滑过。

收起监测仪，妇产科医生说道："胎儿心率每分钟110。虽然在正常范围，但处于边界状态。一旦心率低于110，就说明胎儿出现缺氧。沈医生，你要注意休息。如果频发休克性低血压，对胎儿就危险了。"

沈信惠整理好衣服，从病床上站起身，"谢谢您，我会注意的。"

在金佳楠的陪伴下，沈信惠走出妇产科急诊室。临近午夜，平时人头攒动的走廊里，此刻安静得只剩下金、沈二人。

"原来晚上这里会这么安静！做了这么多年的医生，以前从来都没有注意过。"沈信惠感慨说道。

金佳楠完全没有心思讨论什么意境，她关心的是沈信惠的病情。

"信惠，你真的要生下这个孩子吗？你可能再也下不了产床，你要想好。"

"佳楠，这个问题我们不要再讨论了，好吗？"

金佳楠长长叹了口气，"我现在越来越不理解文池了。"

沈信惠看了一眼金佳楠，"你怎么又想起他来了？思维跳跃太快了吧！"

"你现在怀了孩子，心脏又脆弱。真和他好了，你们两个也没有做那种事儿的可能啊！"

"佳楠，你又扯哪儿去了！你以为人人都像你这么直接？脑子里天天转的都是男女之间那些事儿。"

"你琢磨琢磨我说的。这个文池短时间内占不了你的便宜，干吗还纠缠着你不放呢？看来……"

"看来什么？"

"看来，他是真的是爱上沈信惠医生啦！爱情这东西真会让人疯狂。"

"金医生，您歇歇脑子，别瞎猜了。"

金佳楠突然将目光集中在沈信惠的脸上，"喂喂喂，你是什么想法啊？是不是对文池有意思啊？"

酒店房间里一片漆黑。文池用力将李冰茵推到一边，伸手拉开床头的台灯。文池的衬衫也已被李冰茵扯开一大半，坚实的胸肌袒露在外。

"文池哥，原来你喜欢开着灯啊！更好，开灯看得清楚。"

李冰茵从小就是个不服输的主儿，文池越是拒绝，她越要挺进。

文池则拾起床上的睡衣，丢给她道："把衣服穿好！我有事需要你帮忙。"

听到对方有求于己，李冰茵再次摆出胜利者的姿态。她穿好衣服，起身来到吧台，给自己倒了杯酒。

"你说啊！"

"来你这里之前，我妈心脏病突然复发！"

李冰茵已将文母当作自己的母亲，立刻放下手里的酒杯，紧张地问道："伯母怎么样了？"

虽然对李冰茵没有爱情，但他还是非常感激对方对自己母亲的关心。

"目前还没事。冰茵，我想求你一件事。"

"文池哥，你说。"

"这几天晚上，你能去陪陪我妈吗？她一个人在房间，我不放心。"

这事儿不用文池说，李冰茵已经这么想了。不过，她不想就这么痛快地答应对方，她要让文池欠自己一个人情。

"行，我去陪伯母。不过，文池哥，你也要答应我一件事。"

"你说！"文池倒也痛快。

"我现在还没想好，等我想好再和你说。"

整理好衣服，李冰茵正要出门，被文池拦下，"你最好找个理由，别让我妈生气。"

李冰茵趾高气扬一笑道："作为未来的儿媳妇儿，你觉得我会让未来的婆婆生

第九卷
在世间颠沛流离

气吗?"

虽然没能和文池颠鸾倒凤一番,但今晚的胜利者显然是李冰茵。

李冰茵出现在眼前时,文母心里"咯噔"一下。

"冰茵,是不是文池这小子又欺负你了?"

"伯母,文池哥没欺负我!"李冰茵撒娇地说道。

看到李冰茵满脸的笑容,文母责问道:"文池没欺负你,你干吗不好好在房间和他在一起,大半夜跑我这儿来干什么?"

"伯母,我听文池哥说,您心脏病犯了,我担心您啊!"

"别听文池胡说,我身体好着呢!你呀,回自己房间,需要你的是文池,不是我。"

李冰茵搀扶着文母回到床上,像只小鸟一样依附在文母身边。

"伯母,那可不行!在我心里,文池哥排第二位,您才是第一。"

李冰茵的两句话如同高级按摩师,不仅将文母浑身上下揉得软绵绵的,就连心里都舒坦得很。

她宠溺地抚摸着李冰茵的长发,"有你这样的儿媳妇儿,是伯母上辈子修来的福分!"

"伯母,您必须健健康康的,我和文池哥才能幸福。"

曾几何时,文池对李冰茵是那样疯狂痴迷,后者却沉浸于激情放纵的感情游戏,怎可能将自己躁动的青春为文池一人牵绊。如今,她似乎懂得去珍惜了,文池却早已离席。现在只有眼前这位长辈,才能让她紧紧握住文池,谁也别想夺走他。

错过的爱情犹如天际边缘的一缕晚霞,渲染出美丽,也涂抹着忧伤。李冰茵披上倔强的盔甲,决心与命运一搏。也许会遍体鳞伤,但在命运面前低下高贵的头颅绝不是她的性格。她静静靠在文母的肩头,遥望着窗外稀疏的灯光,目光中闪过一丝只有自己才能品味到的忧伤。

冬日里的晨光在严寒的锻造下格外锐利耀眼。金佳楠结束晚班,没顾得上吃早餐,就直奔李亦晨的办公室。

"金医生,早啊!"李亦晨客气地说道。

十号手术刀

　　再希医院的外科医生对这位年轻有为的副院长都敬畏三分,不仅仅是他拥位高权重,更因为这位副院长的医术、能力和不徇私情的作风。

　　不过,金佳楠是个例外。在她眼里,面前这个男人只不过是个戴着副院长前缀的医生,除了性别和工作有所不同外,和自己没什么本质区别。

　　"李副院长,我通知您一件事!"金佳楠的语气从不像有些医生那样带着对长官无比的尊敬。

　　"金医生,你请说!"李亦晨倒也不在意。

　　"沈信惠医生昨晚晕倒在医院,要请几天病假,在家休息!"

　　沈信惠晕倒的消息让对方的两道浓眉立刻拉紧,关切地询问:"金医生,沈医生怎么会晕倒?"

　　"肥厚型心肌症,导致休克性低血压。"

　　"尽快安排沈医生手术!我来主刀,你来协助。"

　　金佳楠无奈一笑,"这您得和沈医生自己说了,反正我是无能为力。要不您就以副院长的身份,下一道行政命令,不手术就开除。"

　　"你的意思是……"

　　"我的意思很简单,沈医生拒绝手术。我是劝不动了,要不您去试试?"

　　这时,再希医院的律师来到李亦晨的办公室。

　　"李副院长,我就不耽误您工作,先撤了。沈医生的假我就当您批准了。"

　　没等对方反应,金佳楠转身走了。

　　律师将一份文件交给李亦晨,"刚刚收到沈信惠医生案子的民事判决书,房屋产权判给了原告,并要求沈医生十日内搬离。"

　　李亦晨面色沉重,"能不能上诉?"

　　"从目前的情况看,即使上诉,恐怕胜诉的机会也不大!"

　　"不大……那就是说还有机会?"

　　"如果上诉,不仅把人耗得精疲力尽,而且胜诉的希望也是渺茫。从时间成本和人力成本看,我个人建议,对于上诉的问题还要谨慎。"

　　李亦晨眼中燃烧的希望渐渐熄灭,拳头重重地砸在办公桌上,"沈医生为了救治患者,自己晕倒在医院。她丈夫出车祸,成了植物人,可她一天也没耽误患者的手术。我们总不能让这样的医生无家可归吧?"

第九卷
在世间颠沛流离

律师带着遗憾的表情,"没办法,我们只能尊重法律。"

离开再希医院,金佳楠没有回家,而是出现在沈信惠家。

"佳楠,你不回家睡觉,你怎么跑这儿来了?"

金佳楠弯下身子,换上拖鞋,"不放心你,过来看看。"

"我没事,休息两天就好!"

金佳楠一屁股坐在餐桌前,伸手拿起一根儿油条,塞进嘴里,一口将其截成两半。

"你也不去洗手!"沈信惠说道。

金佳楠跑进洗手间,边洗手,边大声请功道:"一大早饭都没吃,我就跑李副院长那儿给你请病假去了。你想休几天就休几天,李副院长没脾气!"

"今天周五,我下周一就去上班。"从客厅里传来沈信惠的声音。

金佳楠回到客厅,从纸抽里撕出两张纸巾,擦拭着双手,"干吗着急上班啊?你先休一个星期再说。周一,程子宜同学入职,你非要亲自迎接她是吗?"

沈信惠微微一笑,"有几个患者要手术,下周一和普外、神外的几个专家会诊,手术方案必须确定下来。"

金佳楠坐回到饭桌前,继续完成她刚才剩下的那半根油条,"从下星期一开始,每天都要和子宜同学在同一间办公室里共事。信惠,你得好好准备一下心情,提高一下抵抗外压的能力!"

沈信惠给金佳楠递过一杯热奶,玻璃杯口飘起一层淡淡的云雾。

"办公室里谈的都是工作,要准备也是准备患者的手术。"沈信惠说道。

"子宜的性格你应该了解,恐怕没你想得那么简单!"

这时,门铃再次响了。

沈信惠拉开门,站在她面前的竟然是李亦晨。

"李副院长?您请进,请进。"沈信惠将其让进客厅。

金佳楠上下打量着李亦晨,"怪了!怎么我每次来沈医生这儿,都能遇到您呢?是李副院长和我心有灵犀,还是您的造访频率太高啊?"

沈信惠瞪了金佳楠一眼,"佳楠,还不去沏茶!"

"不用麻烦!不用麻烦!"李亦晨赶紧说道,接着把手里的果篮放在茶几上,"我是来送……送……"

看到李亦晨吞吞吐吐的样子，金佳楠再次拿领导开涮："领导给下属送礼来了？李副院长，您可真够亲民的呀！什么时候也给我送一份儿啊？领导眼里，人人平等吧！"

李亦晨不好意思地一笑，从包里拿出判决书，递给沈信惠，声音低沉地说道："沈医生，这是法院送来的民事判决书。法院要求十天之内把房子交出去。"

金佳楠立刻将忧虑的目光投向沈信惠。后者的表情却察觉不出一丝波澜，她微微一笑，"李副院长，真是麻烦您了，还亲自跑一趟。"

"沈医生，如果上诉的话，医院会全力支持你。"

金佳楠立刻抢问道："如果上诉，赢的概率有多大？"

"我问过律师，不是很乐观！"李亦晨目光迟疑，"但……也不是百分之百没有机会。只要沈医生决定上诉，我一定让律师尽力争取。"

"谢谢您，李副院长！上诉的事情，我想想。"沈信惠再次感谢地说道。

"沈医生，如果有什么需要帮助的，千万不要客气。"

金佳楠道："放心，李副院长，有什么需要，我们一定去找你！"

送走李亦晨，沈信惠和金佳楠回到客厅。

金佳楠也没心继续吃剩下一半的早餐，盯着沈信惠问道："信惠，你怎么想的？要不要上诉？不上诉，房子可就没了。"

沈信惠淡淡的笑容里透露出深深的疲倦，"佳楠，你也回去休息吧！"

"信惠，你……"

"我没事，真没事！"

"我打电话你必须接啊！我得知道你没事儿，不然我不放心。"

沈信惠感激地看着金佳楠，"佳楠，放心，我不会寻短见的。"

"我不是怕你寻短见，我是怕你万一晕倒了，身边又没人。"

"放心，你打电话我一定接。"

一大早，酒店的餐厅就开始热闹起来。德国的香肠、澳大利亚的牛奶、法国大厨制作的甜点、日本定制的精美餐具，加上喜笑颜开的食客，一顿与国际接轨的早餐。

文池形单影只地坐在餐桌旁，失神的目光飘向窗外。突然，手机响了，将他从

第九卷
在世间颠沛流离

恍惚中惊醒。

"文池哥,你在哪儿?"是李冰茵。

"我在楼下餐厅。"

"我和伯母等一会儿就到。"

"我妈怎么样了?"

"放心吧!有我在,伯母不会有事的。"

"谢谢你,冰茵!"文池的感谢发自肺腑。

尽管对李冰茵的爱早已如燃尽的清灰随风散尽,但这并不意味着李冰茵是个让他无动于衷的路人。毕竟两人也曾在铺满爱情的林荫下共同走过一程,文池想断了的只是那段本应再无牵挂的感情,而不是李冰茵这个人。

送走金佳楠,沈信惠呆滞地坐回到沙发上。自从老陈出事后,在这个世界上她再无亲人,只剩下这个满藏回忆的家还能让她挡风遮雨,安抚伤痛。现在,她连最后的避风港也无力保护,眼泪肆虐地从眼眶中奔涌而出。

不知哭了多久,手机在耳边响起。

沈信惠擦干眼泪,拿起手机,"喂!"

"是我!"手机里传来文池的声音。

沈信惠也不知道为什么,听到文池声音的一刹那,眼泪再次倾泻而下。她努力地控制自己的情绪,"文医生,你有事吗?"

"对不起,昨天晚上突然有事,没能接听你的电话!"

"没关系,我没什么事情!我看到你打来的电话,就回了一个。"

文池听出沈信惠情绪的变动,紧张地问道:"怎么了?出了什么事情?"

此刻的沈信惠已经哽咽到说不出一句话。她用手紧紧捂住自己的嘴,阻拦着自己失控的情绪。

电话里的寂静让文池心急如焚,"出什么事情了?信惠,一定要告诉我!"

眼泪如脱缰的野马涌出眼眶,沈信惠再也无力控制自己。就在情绪即将决堤之际,手机里突然传来李冰茵欢快的声音,"文池哥!文池哥!"

这声音就像一盆刺骨的冰水从头顶倾倒而下,让沈信惠猛然惊醒。

"我没事,文医生你先忙吧!"说完,她毫不犹豫地挂断了电话。

03

随着一阵充满诱惑的香水味道扑鼻而来，李冰茵优雅地坐到文池面前。

看着对方面色忧郁地收起电话，李冰茵冷嘲热讽地说道："谁呀？这么一大早就来电话。都跑到天涯海角了，还不让人清静！"

文池没心思争吵，急切地问道："我妈呢？"

"伯母马上就过来。文池哥……"

没等李冰茵说完，文池站起身，"我去拿吃的。"

文池冷漠的态度让李冰茵恼羞成怒，正要发怒，见文母带着一位朋友走了过来。

"文池！"文母叫住儿子。

李冰茵也赶紧站起身。

文池母亲来到两人面前，"我给你们介绍一下，这位是著名的外科专家，秋教授。"

"秋教授您好！"文池和李冰茵不约而同说道。

文母一脸的自豪，"这是我儿子文池，刚从美国回来，很快就要成为我们再希医院心脏外科的主任。"

秋教授立刻称赞道："将门出虎子，年轻有为！年轻有为！"

文母乐得闭不上嘴，继续介绍："这是我的未来儿媳妇，李冰茵，刚从美国医科大学毕业。冰茵的父亲就是赫赫有名的神经外科专家李景天，我们再希医院的合伙人。"

"原来是李景天先生的千金，名门之后！我去年曾经受邀，拜访了令尊在加利福尼亚的医院。李先生在神经移植方

第九卷
在世间颠沛流离

面取得的成就让人钦佩！"秋教授看着眼前的一对璧人继续赞扬道，"真是郎才女貌，般配！般配！将来在医学界，一定大有作为！"

"谢谢秋教授的夸奖，我和文池哥还有很多要向您请教的地方！您一定要多多提携我们这些晚辈！"

未来儿媳妇得体的回答给文母增添了不少面子，心中的喜悦情不自禁地在脸上绽放。

文母和秋教授一同落座，文池和李冰茵也跟着坐下。秋教授向文母索求文池和李冰茵的结婚请帖，文母满口答应。李冰茵带着胜利者的骄傲，得意扬扬地盯着一直沉默不语的文池。

凌晨三点，窗外的城市依然笼罩在黑色的天幕之下。沈信惠家客厅里静得只剩下时钟发出的滴答声。突然"砰"的一声，卧室的门猛然大开，沈信惠跑了出来，一头冲进了洗手间。接着，从洗手间里传来一阵阵呕吐的声音。

沈信惠脸色苍白，四肢无力，趴在洗手台上不停喘着粗气。过了许久，她才攒足力量将自己的身体挺直，出了洗手间，往卧室走去。没走几步，整个身体就如一片秋叶滑落在地板上。

周末的清晨，天空中的云层越积越厚，整座城市灰蒙蒙的。阳光似乎也很疲惫，慢吞吞地从云层中若隐若现地露了个脸，很快又躲了起来。

金佳楠睡了个自然醒，懒洋洋地靠在床头。她伸手从床头柜上摸起手机，在键盘上按下沈信惠的号码，可电话的另一头却始终无人接听。

金佳楠跳下床，冲进洗手间，洗了把脸，便跑出公寓，开车直奔沈信惠家。气喘吁吁的金佳楠站在沈信惠家门口，一通狂按门铃，却得不到任何回应。

金佳楠急了，干脆挥拳用力敲打着铁门，"信惠！信惠！"

一阵手机铃声从挎包里传出，金佳楠胡乱地翻出手机。电话是医院打来的，说有急诊，要求金佳楠立刻返回医院。

金佳楠冲进抢救室的时候，一位二十多岁的青年男性患者已经奄奄一息。

住院医生赶紧向金佳楠汇报患者病情："患者二十六岁，在建筑工地做小工。今早上腹部出现剧烈疼痛，胸闷，呼吸困难。入院后，舒张压迅速下降，脉压增大。

出现水冲脉,并伴有股动脉枪击声。"

金佳楠仔细看过胸片,说道:"患者心影增大、肺动脉段突出、肺门有充血、肺纹增深,应该是主动脉瓣窦瘤破裂。立刻准备给患者做逆行主动脉造影,确定主动脉破口部位及破入的心脏腔室。通知手术室,准备手术。"

金佳楠又将姜美娟叫到身边,"美娟,打电话给沈医生,看看她在哪儿。"

"之前给沈医生打过电话,没人接。"

"继续联系沈医生,直到她接电话为止。"

手术室内,金佳楠从器械护士手中接过十号手术刀,稳稳切开患者胸部,用自动拉钩牵开胸骨,以手指按压住动脉血管破口,阻断升主动脉,横向切开主动脉根部前壁……

金佳楠盼咐道:"灌注心脏停搏液!"

灌注师答:"灌注压70毫米汞柱,心肌温度降至15度,心电活动完全静止。"

"推注肝素化。"

"推注完毕。"

金佳楠纵向切开瘤体,在距离瘤体颈部两毫米处开始做切除……突然,手术室里响起助理医生急迫的嗓音,"患者心脏局部温度开始上升。"

金佳楠抬头看了一眼显示器上的数据,"在心包内放置冰屑,保持温度在15度以下。"

助理医生道:"冰屑放置完毕,心脏温度下降至12度。"

异常状态解除,金佳楠继续集中精力切除破裂的动脉瘤体,缝合所有出血的肋间血管开口,将人造血管与近端主动脉进行吻合。就在一切进展顺利时,体征监测仪的警报声骤然响起。

"患者PH值升高,出现呼吸性碱中毒,手足开始搐搦!"

助理医生的声音让整间手术室充满了紧张的气氛。如果此刻停下手术,患者就有瘫痪的危险。

金佳楠并没有停下手术,一边将人造血管和主动脉继续缝合,一边寻问道:"PH值是多少?"

"8.23,还在继续升高。"

"将患者吸入的氧气加入50%的二氧化碳,推注10%的葡萄糖酸钙。"

第九卷
在世间颠沛流离

尽管患者出现呼吸性碱中毒,手术还是圆满完成了。金佳楠疲惫地走出手术室,想到的第一件事就是沈信惠现在怎么样了。

金佳楠来到护士站,焦急地询问道:"美娟,联系上沈医生了吗?"

"手机和家里电话都打过了,没人接。沈医生有心脏病,会不会……"话说了一半,姜美娟赶紧停住,"呸!呸!呸!金医生,我是瞎猜,沈医生肯定没事。"

姜美娟说得不是没有道理。如果真是那样,那……想到这些,金佳楠脑子"嗡"的一下,冷汗从鬓角一股股往下淌,刚才在手术间里她都没有如此紧张过。

如风一般,金佳楠再次来到沈信惠的家门口。无论她怎么敲门,怎么呼喊,房门的另一边依旧悄然无声。就在金佳楠手足无措之时,楼梯上突然出现几位戴红袖标的大妈。她们面色严肃,脚步稳健,如同一队训练有素的武警战士。

一位大妈站到金佳楠跟前,客气地询问道:"姑娘,你是没带钥匙,还是找人啊?"

此刻,金佳楠挂念的是沈信惠的安危,根本没有心情回答这些不相关的问题,于是带搭不理地回答道:"找人!"

另一位大妈也走过来,态度和刚才那位截然不同,完全一副盛气凌人的架势,"既然你不是这个小区的住户,把身份证拿出来,我们要检查!"

金佳楠本来就心急火燎,顿时就火了,"你谁啊?凭什么检查我的身份证?"

"凭什么?凭我们是治安协管员。现在有住户举报你扰民,我们就能查你的身份证。"

刚才那位态度和蔼的大妈再次以和蔼的态度说道:"姑娘,你要是遇到困难,我们可以帮你想办法解决。大周末的,你这样敲门,影响左邻右舍休息啊!"

金佳楠也觉得自己的态度有些急躁,赶紧道歉,"对不起!对不起!我是真着急。"

态度和蔼的大妈:"姑娘,你慢慢说。"

"我闺蜜住这儿。我给她打了一天的电话都没人接。她有先天性心脏病,我怕她心脏病犯了,没有人知道!"

"打电话联系你朋友的家人啊,也许全家出去玩了!或者,他们有开门的钥匙。"

"我朋友她……她算是孤儿吧!很小的时候,母亲就丢下她去了美国,她都不知道自己的母亲长什么样子。后来,父亲也去世了,她就和奶奶相依为命。高中时,奶奶离开了人世。不久前，丈夫因车祸成了植物人，她就没亲人了。她有先天性心脏病，而且还怀着孩子。要真是心脏病突发，现在已经过了抢救时间。"说着说着，眼泪不由自主地从金佳楠的眼中汹涌而出，"如果事情真的发生，对她也许是个解脱。一个人在这个世界上苦苦挣扎，也难为她了。走了，就自由了！"

几句话让大妈们也跟着不由自主地掉下眼泪。刚才那位态度强硬的大妈噙着眼泪说道："姑娘，你别着急啊！我现在就去派出所给你找人去，让他们给你开门。"

热带的海风带着沁人心脾的清新扑面而来。文氏母子和李冰茵信步在松软的沙滩上。

文母停住脚步，有意说道："我有点累了，先回酒店休息。你们两个去玩儿吧，不用惦记我。"

文池道："妈，我送您回酒店！"

"酒店就在前面，我又不是不能动。你好好陪冰茵，不准欺负冰茵！"文母叮嘱道。

"伯母，要不我陪您回去吧！"

文母笑眯眯地拍着未来儿媳妇的手，"用不着，用不着！你们俩别把恋爱的大好时光浪费在我身上，我也想自己安静安静！"

文母返回酒店，沙滩上只剩下文池和李冰茵两人。李冰茵紧紧挽住文池的胳膊，后者脸上却寻不到一丁点恋人的情绪。

"这么走路，不方便！"文池冷冷说道。

不管文池怎么冷，李冰茵也不在乎，相反，还将文池的胳膊挽得更紧了。

"不方便，那咱们就坐着！"李冰茵强行将文池按到长椅上，"这下总该方便了吧！"

文池站起身，"我也累了，回酒店了！"

对文池冷漠的态度，李冰茵似乎毫不诧异。她稳稳地坐在长椅上，笑容满面地说道："文池哥，咱俩现在可是同住一间房。你要是回去休息，我可以陪你回去休息啊！"

文池目光中带着被威胁后的愤怒，盯着长椅上洋洋得意的李冰茵。

李冰茵依然一副趾高气扬的表情，"文池哥，我还是觉得你坐回来好！咱俩还能晒晒太阳！"

第九卷
在世间颠沛流离

海边的长椅旁,一个站着,一个坐着,一个不可一世,一个冷若冰霜。就在两人对视暗战之际,突然从沙滩方向传来救命的叫喊声。文池和李冰茵立刻结束冷战,不约而同地朝着沙滩方向跑去。

一名身体肥胖的中年男子脸朝下,一动不动地趴在沙滩上,身旁的女子声嘶力竭地求救。

文池和李冰茵来到女子面前。

女子急道:"快救救我老公!救救他!"

文池本能地指挥道:"冰茵,帮我把他翻过来。"

在文池和李冰茵的合力下,男子硕大的躯体被翻了过来,仰面朝天地躺在沙滩上。

李冰茵判断:"呼吸微弱,感觉不到心脏跳动!"

"立刻清理患者的呼吸道,开放气道。"文池边说边单膝跪在男子一侧,右手手掌根按住患者胸部中央,左手掌置于右手之上,双肘垂直向下,用力按压胸部,为患者做心肺复苏。

李冰茵用最快的速度将留在患者鼻腔和口腔中的沙粒清理干净。接着,她将右手置于患者的前额,小心推动,使患者的头部后仰;另一只手提起患者下颌,使气道畅通。

两人刚才还相互较劲,互不相让,但此刻,他们比多年的夫妻配合得还要默契。

在热心大妈们的带领下,派出所的两位民警和一名开锁匠出现在金佳楠面前。金佳楠和民警叙述了事情经过。根据警方的条例要求,金佳楠又登记了自己的工作证和身份证。

"开锁要两百。"开锁匠嬉笑地说道。

"两百,两百,我给你两百,你赶紧开锁!"金佳楠不耐烦地催促道。

开锁匠蹲下身子,拿出手电筒,往钥匙孔里瞄了两眼,然后,将一根红细的尼龙线一点点地塞进钥匙孔。

金佳楠迫不及待地问道:"要多长时间?"

"别急,马上就能打开。"

长长的尼龙线被全部塞进钥匙孔,接着,开锁匠从工具箱里拿出一根和钥匙薄厚差不多的铁片,插进钥匙孔。

开锁匠抬起头,炫耀地对金佳楠说道:"只要我一转,门就开了。"

金佳楠急道:"那您赶紧啊!"

插进钥匙孔的铁片被用力扭动,可那道铁门锁却纹丝没动。

开锁匠猜测道:"你朋友家的防盗门可能是B型锁。"

金佳楠根本没心情研究什么A型锁,还是B型锁,心焦火燎地喊道:"你赶紧开啊!"

开锁匠皱起眉毛,"哎呀,这个B型锁比普通锁复杂呢!"

"你怎么废话这么多,赶紧开锁!"

第九卷
在世间颠沛流离

04

开锁匠满头大汗，换了无数工具后，门锁依然牢牢地将众人阻挡在房间之外。

金佳楠火了，"你到底行不行？不行赶紧换人！"接着，她站起身，对身后的民警吼道，"你们找的都是什么人？会不会开锁？关系户吧！是不是有股份啊！"

民警态度倒是很平和，"同志，如果门锁轻易就能被打开，那锁门有什么用呢！您耐心地稍等一会儿。"

金佳楠的情绪更加激动，"你说得真轻松！人命关天，耽误一分钟就可能错过抢救的时机！那是一条人命！在你们眼里，人命也该很珍贵吧！"

这时，突然有人在身后问道："你们在干什么？"

众人回过头，身后站着的竟然是沈信惠。金佳楠不顾一切地扑上去，将对方搂在怀里，眼泪刷刷地往下掉。

感谢完热心的大妈和民警，沈信惠和金佳楠回到客厅。

"佳楠，你怎么哭了？"沈信惠将纸巾递给金佳楠。

此刻，金佳楠有一肚子的气，"电话不接，敲门不开，我还以为你犯了心脏病，告别人世了呢！我能不急吗？"

"我手机忘在家里了。对不起！我衷心地向佳楠同志赔礼道歉。"

"你跑哪儿去了你？"

"再有几天就得从这儿搬出去，我去找房子了。"

"你不上诉了？就这么把房子让给别人？老陈在的时候，他们拿老陈赚钱；老陈躺进医院，他们立刻跑出来要钱。这是人做的事情吗？这是乘人之危！要是我，赢不了官司，也要上诉。房子要不回来，也得恶心恶心他们。"

沈信惠无奈一笑，"恶心别人，不也是恶心自己嘛！老陈醒过来，也会把房子卖掉，把钱还给他们的。"

金佳楠义愤填膺，"我跟你说，你就是心太善。心善，被人欺，这点道理还用我教你吗！"

看着面前心如止水的沈信惠，金佳楠也无可奈何，"对了，你找什么房子啊！搬我那儿住不就行了！"

"谢谢你，佳楠！我觉得还是自己住比较方便。"

"方便什么啊方便！你身体不好，还怀着孩子，需要照顾。"

对闺蜜的关心，沈信惠很感激，"佳楠，别看你嘴上经常不饶人，可内心是个好人。就是因为这些，所以我不能打扰你。我自己能照顾自己！"

"信惠，千万别打碎了牙，还往自己肚子里咽，消化不了。这个年代不流行这个。现在追求的都是'求包养'，网络游戏都出来了，火着呢！多少人都想靠别人。就你，送上门来的，还主动拒绝。"

"佳楠，你有你的生活。"

"我心甘情愿让你打扰，成不？我求你打扰我，成不！"

沈信惠一笑，"那我更要证明，女人到什么时候都能独立生存！"

沈信惠平时是那种让人感觉文静、舒缓的女人，内心却像钢铁般坚固。金佳楠使出浑身解数"威逼利诱"，最后也没能动摇沈信惠的决心。

命运就如一叶帆舟，载着生命穿越生活设下的暴风骤雨。也许重要的不是方向，而是划向远方的力量。

在金佳楠的帮助下，沈信惠搬出了她和老陈共同建立的这个家。沈信惠没有掉眼泪，告别前，她将房子仔仔细细地打扫了一遍，每一个角落、每一块玻璃，都被擦拭得一尘不染。

拎起最后一只手提箱，沈信惠来到门前。她停下脚步，目光中带着对过去那些回忆的恋恋不舍，转身关上了房门。

第九卷
在世间颠沛流离

清晨的阳光沐浴着整座城市,崔正卿出现在李亦晨的办公室。

李亦晨开玩笑地问道:"崔主任,一上班,就来抓人,有什么重要的事情吗?"

崔正卿一脸焦虑道:"李副院长,董事长让您去一趟他的办公室。"

"有什么事吗?"

崔正卿稍做犹豫,并没回答。

"您……还是去一趟吧!"

随着崔正卿,李亦晨来到文皖成的办公室。

"二位,请坐!"文皖成一如既往的热情。

三人在沙发上落座,秘书端来茶水。

文皖成道:"文池的事情圆满解决,算是了一件大事。我看了一下最近的新闻报道。这件事后,再希医院的名誉不仅没有受损,反而提升了患者对我们的信任度。作为一名被冤枉的医生,还能给死者患尿毒症的女儿捐出治疗费用,我还真是佩服这小子的胸怀!亦晨,这要感谢你对文池的培养啊!"

"董事长,我只是做了自己应该做的工作。至于感谢,真是受之有愧。"

文皖成道:"你太谦虚了。我和文池的母亲,还有全体再希医院的医护人员都要感谢你啊!是不是啊,崔主任?"

崔正卿道:"这次再希医院能够化险为夷,离不开李副院长对工作的负责和对调查的坚持!"

李亦晨不是个糊涂人,文皖成绕来绕去说了这么多,绝对不是单纯地要表扬自己。他干脆直截了当地问道:"董事长,您找我有什么事情吗?"

文皖成放下手里的茶杯,收起了刚才的笑容,正色道:"亦晨,我今天找你来,确实有件事情要和你聊一聊。"

"您说。"

"你提交的心脏外科主任候选人的资料,董事会已经研究过了,一致认为,沈信惠医生是一位非常优秀的心脏外科专家,是非常适合的人选。"说到这儿,文皖成话锋一转,"不过,咱们医院不仅是心脏外科缺少主任,脑外科和住院部主任的位置也都还空着。"

"那您的意思是?"

"以前,我们医院采取主管副院长推荐制。为了医院的发展,选拔出更优秀的人才，提高医生的积极性，在医生中形成良性竞争，经过董事会协商，把以前主管副院长推荐制改成提名和自荐两种形式。除了副院长提名的医生外，其他医生也可以自荐和推荐，采取岗位竞聘。合格的上，不合格的就下来。这也是我们医院建院以来最大的一次制度改革。"

听到这里，李亦晨眉头微微一皱。

文皖成会意道："亦晨，你别误会。这次改革不是针对心脏外科一个科室，而是包括医院的所有科室。当然，对于沈信惠医生，董事局一定会重视。凭沈医生的实力，我想不会有人和她竞争。医院既然有新的规定，程序总是要走的嘛！"

李亦晨表态："既然医院有新规，那就按新规办事。从竞争中获胜，更能证明沈医生的实力，也防止有人说三道四。我想她本人也会支持院里的决定。"

文皖成再次微笑地说道："好！好！好！只要大家齐心合力，再希医院必定更上一层楼。"

李亦晨站起身，"心脏外科来了一位新专家，一会儿有个见面会。董事长，要是没有别的事情，我先告辞了。"

李亦晨离开了董事长办公室。他心里清楚，董事会里的几位大股东为了争夺下届董事会主席的位置，都在马不停蹄地加紧布置亲信。这次科室主任任命改革也是手段之一。当年自己这个没门没户的无党派人士能够成为副院长，完全是因为几位大老相互厮杀、僵持不下的情况下，最后达成妥协的结果。

会议室里，心脏外科所有医护人员已经到齐。

李亦晨走上主席台，拿起麦克风，"大家好，今天我有两件事情要向大家宣布。第一件事情，我向大家介绍一下，我们再希医院心脏外科的新成员——程子宜程医生。程医生毕业于美国斯坦福大学医学院，在很多国际知名的医学杂志上发表过论文。让我们欢迎程子宜医生的加入。"

台下，热烈的掌声此起彼伏，当然，掌声里也包括沈信惠对程子宜的衷心欢迎。

"程子宜医生对国内的情况也非常熟悉。在国内上学的时候与我们的沈医生和金医生都是大学同学。希望大家能够通力合作，把我们再希医院打造成国际一流的医院。"

又是一阵热烈的掌声，程子宜却毫无表情。

第九卷
在世间颠沛流离

掌声落下，李亦晨接着说道："现在，我来说第二件事。我们心脏外科主任的位置始终空着，一直以来都是由沈信惠医生代理执行主任的工作。在这里，我要感谢沈信惠医生，辛苦你了！根据工作能力、对医院的贡献和患者的反馈，我向董事会推荐了沈医生来做心脏外科的主任，董事会对沈医生的评价也很高。"

众人将祝贺的目光投向沈信惠，金佳楠朝她挤了挤眼睛。

李亦晨停顿片刻，"但是……"

两个字一出口，会场立刻骚动起来。

"经过董事会研究决定，这次科室主任的选举，将采取推荐和自荐的方式。我推荐了沈医生，你们也可以推荐自己心目中的候选人，当然，也包括推荐自己。大家有什么想法？除了我推荐的沈医生，你们还想想可以推荐谁，都可以说说！欢迎推荐和自荐。谁先说说？"

李亦晨这么一问，会议室里突然安静了。大家你看我，我看你，谁也不说话。沈信惠是大家公认的心脏外科专家之首，无论人品、医术，还是号召力，都无人匹敌。加上李副院长这么显而易见地表明了自己对她的支持，谁敢在这个时候和自己的上司唱反调呢！

见无人应声，李亦晨说道："我知道，沈医生是我推荐的，你们可能有所顾忌。这件事对于每个人都是公平的。你们谁要是认为自己有实力，完全可以毛遂自荐。院董事会只评估候选人的实力，不评估推荐人的职位。所以，无论谁推荐的，都没有额外加分。"

这一番解释并没有换来大家的跃跃欲试，沈信惠的实力有目共睹，班门弄斧搞不好会砸了自己的脚。

李亦晨总结道："看来，大家对推荐沈医生都没有异议，那我就把大家的想法向董事会汇报。好吧，不耽误大家工作了，散会。"

就在众人起身要离开的时候，突然有人高声喊道："我推荐！"

·十·号·手·术·刀·

◎第十卷　前途被闺蜜狙击

01

会议室里瞬间鸦雀无声。所有人扭过头,用惊诧的目光注视着程子宜,这位刚刚入职,就敢挑战权威的新人。

李亦晨迟疑片刻道:"程子宜医生,你请说。"

程子宜从椅子上站起身,不卑不亢地问道:"李副院长,您刚才说的不会只是个冠冕堂皇的过场吧?"

"这是医院的新规,当然……"李亦晨停顿片刻,"当然,不会只是过场。"

程子宜盛气凌人地昂起头,高傲地说道:"好,既然这样,我推荐自己!"

会议室的寂静瞬间爆炸。有人暗自赞叹程子宜的胆识,有人嘲笑她的自不量力,也有人斥责她背叛同窗情谊,还有人把目光聚焦在沈信惠身上。面对程子宜明晃晃的挑衅,沈信惠如同一只白色的天鹅,静静地,专注地,与世无争地梳理着自己的羽毛。

会议在一片嘈杂声中结束。

沈信惠来到程子宜的面前,伸出手道:"子宜,欢迎你加入再希医院。"

"沈医生,你这还没当上主任,说话就有主任的范儿了!"程子宜讥讽地回答道。

金佳楠赶紧上前缓解尴尬气氛,"好久没见,一起去咖啡厅坐坐吧!"

"对不起,现在是上班时间,我还有工作!"说完,程子宜转身就走。

第十卷
前途被闺蜜狙击

"喂,程子宜!程子宜!"

不管金佳楠怎么喊,程子宜头也不回地离开了会议室。

"佳楠,子宜说得没错,现在是工作时间。"沈信惠也离开了会议室。

金佳楠跟在沈信惠身后,"真搞不清楚,你俩是冤家,还是合伙人?行动起来这么一致。"

手术室里,患者被全身静脉复合麻醉,仰卧在手术台上。沈信惠取胸骨正中做切口,纵行切开心包,显露出心脏,建立体外循环,置入左心引流管,进行左心引流。

医护人员开始为患者进行全身降温。36度……32度……30度……患者体温逐渐下降。突然,心电监测仪发出患者心室颤动的红色警报。

"血管钳!"沈信惠急声喊道。

随声,护士准确无误地递过血管钳,沈信惠迅速阻断患者升主动脉。

"十五号手术刀!"

接过手术刀,沈信惠切开患者升主动脉,经冠状动脉开口直接灌注心脏停搏液……

太阳渐渐落山,窗外的天空黑了下来。办公室里只剩下金佳楠一个人。结束最后一台手术,沈信惠回到办公室。

"佳楠,你怎么还不下班?"

金佳楠做了个苦脸,"今晚又是我值班。"

"看到子宜了吗?"

"还在手术室呢!第一天上班,就上了四台手术,她还真想当主任!"

沈信惠一笑,"佳楠,那我先走了。"

"好,Bye-Bye!"

沈信惠刚出门,就撞见迎面而来的程子宜。

"子宜!"沈信惠停下脚步,友善地打着招呼。

程子宜扬着头,与沈信惠擦肩而过,看都没看她一眼。

程子宜转身进了办公室。

"子宜，今天的手术全做完了？"金佳楠问道。

程子宜"哼"了一声，坐在办公椅上，开始整理桌子上的病例。

"子宜，我问你一句。"

程子宜没说话。

金佳楠干脆也不再征求程子宜的意见，直接问道："你是真想当主任啊，还是故意和信惠过不去？"

"有区别吗？"程子宜一边填写病例，一边反问道。

"你要真想当主任，我支持你，也支持信惠！如果你就是为了和信惠过不去，我觉得这样不好！"

程子宜放下手里的病例，"佳楠，你为沈信惠说话，我理解！咱们三个，你从来就是对她最好。"

"我对你们两个都一样，都是好朋友，我只是讲事实。不要因为误解，伤害了这么多年的感情。"

"误解？"程子宜冷冷一笑，"因为她，老陈和我离婚；因为她，老陈才成了植物人。"

"信惠不是你想的那种人。她和老陈好，是在你俩离婚之后。子宜，你别这么极端好不好？"

程子宜笑得更冷，"我极端？老陈需要输血的时候，她沈信惠在哪里？她为什么不为老陈输血？爱老陈的只有我，不是她沈信惠！老陈现在这个样子，都是她沈信惠一手造成的。"

"你对信惠有误解。她不是不愿意给老陈输血，她……她是不能！"

"佳楠，沈信惠有你这样的朋友，我都替她感到骄傲！"程子宜冷嘲热讽地说道。

"子宜，你能不能听我把话讲完？"

"你不觉得很浪费时间吗？"

"子宜，信惠不能给老陈献血，那是因为……"

金佳楠的话还没说完，办公室的门"砰"的一声被姜美娟撞了个大开。

"金……金医生……409号床患者突然神志不清，呼吸困难。"

第十卷
前途被闺蜜狙击

金佳楠和姜美娟冲进病房。病床上，一名孕妇戴着氧气罩，昏迷不醒。

金佳楠问："患者什么症状？"

住院医生答："患者三十二岁，怀孕二十四周，昨天因急性心肌梗死入院。四十分钟前，突然出现心前区疼痛，呼吸困难，指氧迅速下降。"

金佳楠边听，边从住院医生手中接过病历。

"急查血常规，Hb由入院时112下降到83，胸部CT显示左肺出现浸润性病变。"

金佳楠又从旁边的护士手中接过CT照片，边看边说："停用除阿司匹林意外的抗栓药物，立刻为患者输血，同时给予糖皮质激素。"

这时，心脏检测器突然发出令人不安的警报声。

姜美娟报告："患者出现室颤！患者出现室颤！"

金佳楠冲到患者床前，立即为其做CPR抢救，但心脏监测仪的警报声依然没有停止。很快，姜美娟将准备好的电击板交到金佳楠手中。

"充电200焦耳，准备，电击！"

"电击无效！"

"充电300焦耳，准备，电击！"

"电击无效！"

"充电360焦耳，准备，电击！"

巨大的电流再次穿过患者的身体，但并没能阻止死神的脚步。

金佳楠将电击板交还给身边的护士，黯然道："患者死亡时间20点23分。"

金佳楠和姜美娟一前一后走出病房。

金佳楠回头说道："美娟，通知患者丈夫。大人和孩子一下都没了，用词婉转点儿……先通知他来医院，到了医院再告诉他。"

姜美娟有些迟疑，"金医生，患者……患者是单身母亲。"

金佳楠一愣，脑海里不由自主地闪现出沈信惠的名字，心里一阵难过，"那……那就通知她父母吧！"

"她父母都是外地的，估计得等两天才能到。"

"婉转点说，尽量不要让老人过于激动。"

"我知道了，金医生。"

十号手术刀

蓝白相间的公交汽车停靠进站台,沈信惠下了车。一辆送餐的电动摩托车毫无声息地从沈信惠身边飞驰而过,差一点将她撞到。

没一会儿,沈信惠的身影出现在一片红砖楼围成的小区内。小区里都是二十世纪六七十年代的建筑,院子里光秃秃的,没有一棵树。因为没有物业维护,到处散落着的垃圾和堆积的旧家具。

一栋破旧的砖楼下,停着一辆崭新的白色奥迪,与周围邋遢环境格格不入。沈信惠从车前经过时,突然听到有人喊她的名字。

沈信惠转过身,透过车窗,看到驾驶室里的李亦晨。

"李副院长,您怎么来这儿了?"

李亦晨走下车子,"听说你搬家了,我过来看看!"

"那……李副院长,我们上楼说吧!"

随着沈信惠进了楼门,李亦晨深一脚浅一脚地踩在狭窄而又布满灰尘的楼梯上。

在三楼一扇破旧的铁栅栏门前,两人停下脚步。沈信惠掏出钥匙开了门,将李亦晨让进房间。

房子也就多四十平,只有卧室,没有客厅,一张双人床、一张破旧的桌子和几把掉了漆的椅子,暖气管道锈迹斑斑。厨房的墙壁已经掉了皮,裸露出灰色的石灰。

李亦晨环顾四周,"沈医生,搬家你应该告诉我。"

"这点事情,我自己可以。"沈信惠微笑着说道。

"至少,我能托朋友给你找一间新房子。这种地方……"

话还没说完,就被沈信惠的手机铃声打断。沈信惠拿出手机,上面显示着文池的名字。

"沈医生,是不是打扰你了?"

"没有,没有!房产中介的电话。"说完,沈信惠毫不犹豫地将电话给挂了。

金佳楠走出办公室,文池突然出现在她面前,这让金佳楠大吃一惊。

"哟,文医生,你不是和未婚妻度假去了吗?怎么这么快就赶回来了?要结婚啊?"金佳楠奚落地说道。

文池透出歉意的笑容,"遇到一位心脏病突发患者,需要做冠状动脉移植。当地医疗条件有限,做不了这样的手术,所以我回来帮患者做转院手续。"

第十卷
前途被闺蜜狙击

"你不是把未婚妻扔在当地,自己跑回来了吧?"

文池没接金佳楠的话题,而是迫切地问道:"我听说沈医生搬家了。你能告诉我沈医生的住址吗?"

"文医生,你不是有信惠的电话吗?自己问啊!"金佳楠不冷不热地回答。

"我刚给沈医生去过电话,但她没接。"

"文医生,我劝你不要打扰沈医生的生活了。她承受的已经够多了,不是你这种富家子弟玩弄的对象。请你离她远一点!"金佳楠的语气很尖刻。

文池并未知难而退,"我对沈医生的感情是真实的。这一点你可以质疑,但我不能欺骗自己。"

"真实?你怎么证明你的真实?"

"如果爱情能够用语言来证明,那就一文不值!金医生,请你相信我,我需要的是时间!"

金佳楠突然一笑,"如果爱情能够用语言来证明,那就是一文不值!文医生,这句话从什么鸡汤小说里抄来的?"

"我说的是心里话!"

文池的语气很诚恳,金佳楠的表情则突然严肃起来,"我有个患者,一个单身母亲,怀着几个月大的孩子,突发心脏病,没有抢救过来,大人孩子都没了。"她紧紧地盯着文池,"信惠需要的是一个家,不是什么轰轰烈烈的爱情。"

尽管沈信惠租住的房子又小又旧,十分局促,完全体现了几十年前人们的生活水平,但这并没有抹掉她脸上的微笑,"李副院长,您请坐!"

"信惠——"

沈信惠突然一愣,她从来没听过李亦晨这样称呼自己。

"信惠,我帮你换个房子吧!这儿的条件太差了。"李亦晨深情的目光紧紧落在沈信惠的脸上。

沈信惠赶紧避开对方专注的眼神,慌忙说道:"邻居是一对七十多岁的老夫妇,老两口在这儿住了几十年。他们能住,我怎么就不能住?"

"信惠……"

还没等李亦晨说完,便被沈信惠打断:"李副院长,您坐!我去泡茶。"

沈信惠从厨房回到客厅,李亦晨还站在原处。

"李副院长，您坐啊！"沈信惠将茶杯放在对方面前。

"信惠，让我来照顾你吧！信惠，我……我喜欢你！"

沈信惠被这突如其来的表白惊呆了，就像座蜡像一动不动地立在原地。突然，"砰"的一声响，头顶上的灯忽然灭了，整个房间陷入一片漆黑。

"可……可能是电表的保险丝断了。"沈信惠慌张地说道。

沈信惠推门而出，李亦晨尾随其后。走廊里充满着一股烧焦的气味儿。沈信惠打开电表箱，里面的保险丝果然被烧断了。

"信惠，让我来换吧！"

"太危险了，还是我来吧！"

"怎么瞧不起我这个副院长？除了手术刀，螺丝刀一样驾轻就熟。把螺丝刀递我。"

回到房间，沈信惠将工具一件一件放回破旧的储藏柜里。她转过身，李亦晨就站在身后看着她，气氛再次陷入尴尬。

沈信惠赶紧没话找话地说道："小区比较老旧，电路还没改造，经常断电。"

"信惠，我不是心血来潮。那些话已经藏了很久，只是以前不能说。"他突然握住沈信惠的双手，"信惠，现在你需要人照顾，而我愿意。"

沈信惠不知所措时，门铃声再次解救了她。沈信惠如同抓住了救命稻草，赶紧说道："李副院长，您坐。我去看看是谁。"

甩开李亦晨的手，沈信惠慌忙开了门，站在她面前的竟然是文池。不知为什么，见到文池，她突然有种心虚的感觉。

"文……文医生……你……你怎么来了？你不是……"盯着文池，沈信惠语无伦次起来。

"我听别人说你搬家的事，为什么不告诉我？"文池质问道。

沈信惠的目光回避了文池，"文医生，进来说话吧！"

当文池走进房间时，李亦晨的目光中掠过一丝吃惊，立刻问道："文医生，你不是在休假吗？"

文池赶紧解释："遇到了一个急症患者，需要转院，所以就赶回来了。"

"你来找沈医生……"

"请教沈医生一些关于冠状动脉移植的问题。"

第十卷
前途被闺蜜狙击

"哦，是这样！"李亦晨脸上紧张的肌肉缓和了许多。

房间的气氛陷入死寂。

"水都凉了，我给你们换茶。"沈信惠打圆场。

李亦晨突然站起身道："医院还有些事情要处理，我就不耽误你们谈公事了！沈医生，我先走了。有什么困难一定要告诉我。"

李亦晨借口离开了。不过，他那转身离去的身影显然有些心慌意乱。

送走李亦晨，沈信惠回到房间。

"文医生，你请坐！"她尽量用平静的语气掩饰内心的不安。

文池并没坐，而是紧紧地盯着她，责问道："为什么不告诉我搬家的事？"

"文医生，谢谢你的关心。不过，这件事没有必要通知每一位同事！"

"那天晚上发生的一切都是真实存在的，我说过的每一个字都铭记在心。每一句话、每一个词都需要积攒无数的勇气，那不是富家公子玩弄感情的唱词。"文池的目光中带着不被理解的气愤。

"文医生，我很感谢你能够这么坦诚。但是，这不代表我们的关系就会改变。"

"我知道我们年龄有差距，我知道你放不下老陈，我也知道你将要成为一位母亲，我更知道你的病情，就是因为这些，我不想再隐瞒自己内心的情感。你不是无动于衷的人，你能给我回电话，就说明了一切。不要再否认改变好吗？不要再无视改变好吗？"

沈信惠本以为能够将文池关闭在心门之外，可他还是闯了进来。沈信惠沉默不语。文池抬起头，环顾破旧的房间，泪水不停聚集在眼眶。

02

李亦晨匆忙回到再希医院，直奔医生值班室。

看到李亦晨进来，金佳楠一愣，"呦，李副院长！下基层体验民情来了？"

"今晚是金医生值班？"

金佳楠四处看了看，"好像没别的医生吧？李副院长，值班是您安排的，怎么问起我来了？您没事儿吧？"

"哦，事情多，一时想不起来了！对了金医生，我刚才看到文医生了。"

"吓一跳吧？"金佳楠玩笑地说道。

"是啊！他刚去休假没几天。"

"文医生碰见个需要做冠状动脉移植的患者，就跟着回来了。病房已经安排好了。"

李亦晨一边点头，一边喃喃自语："看来是为了患者转院。"

"您说什么呢？"

"哦，冠状动脉移植是咱们医院的强项。"

"是啊！沈信惠同志是冠状动脉移植的专家，好多患者慕名而来。"

"那是！金医生，你辛苦了。有什么事情，给我打电话。我先走了！"

"李副院长，您还没说找我有什么事儿呢？"

这个问题让李副院长一愣，"哦，我就是来看看今晚谁值班！"

"李副院长，您怎么说话也拐起弯儿来了，有话直说！是

第十卷
前途被闺蜜狙击

不是来查我的岗的?"

"金医生辛苦了!上个星期,就是金医生值夜班,我记得!"李亦晨笑着说道。

"您记得就行!年底奖金别忘多给啊!"

李亦晨离开了值班医生办公室。此刻,他的心终于踏实了,文池突然出现在沈信惠家中,确实是为了医院的事情。

第二天清早,金佳楠走进办公室,一眼看到了办公桌后的沈信惠。

金佳楠立刻上前盘问道:"不是在家休假,怎么又跑医院来了?"

"文医生有个患者需要会诊。"沈信惠回答道。

"怎么样?怎么样?"金佳楠迫不及待。

"还没见到患者呢!"沈信惠边说边穿上白色制服。

"我不是说患者,我是说文池。"

"文医生没怎么样啊?"

"沈信惠同志,你现在对组织是越来越不坦诚了。你以为文池是神仙,一回来就知道你住哪儿吗?"

"那就是你给的喽!"

"我觉得文池还是挺真诚的,抛下未婚妻,回来找你,我能不给吗?昨晚他不会在你哪儿过的夜吧?"

沈信惠无奈地看着金佳楠,"金医生,请您正常思考成吗?"

"男女之间的情情爱爱能用正常思维思考吗?不可能的事情。如果都正常了,爱情这东西也就没什么值得感动千年的了。"

"我俩不合适!"

"什么年代了,哪儿不合适啊?我觉得,至少应该把文池列入考虑范围之内。"

"佳楠,之前你还大骂他是个花花公子,怎么态度突然变了?"

金佳楠悲伤地叹了口气,"昨晚,有个孕妇,也是单身准妈妈,没抢救过来,孩子大人都没了。信惠,我觉得这个时候应该有个人照顾你。我能感觉到文池的诚意,你应该考虑。"

这时,文池出现在办公室。

"沈医生,金医生,早!"

文池说话的时候,和沈信惠四目相对,气氛有些异样。

金佳楠知趣地说道："得，我干脆回避吧！"

金佳楠转身要走，却被沈信惠一把拉住，"文医生谈的是公事，没什么可回避的。"

金佳楠无奈地皱起眉毛，看着文池道："真的是公事？"

"哦，我想请两位和我一起给患者会诊！"

金佳楠摇头："我就不去了，沈医生去就行了。"

沈信惠死死拉着金佳楠，"一起去吧！我需要你的意见。"

就这样，金佳楠被沈信惠拖去了病房。

在海边被文池抢救过来的中年男子躺在病床上，四周围满了各种体征监测仪。男子的爱人坐在床边的椅子上，正在给丈夫读一本小说。

看到文池、沈信惠和金佳楠三人走进病房，女人赶紧站起身，"文医生，您来了！"

"情况怎么样？"文池问道。

"没什么太大变化！"

文池从护士手里拿过病历，开始给沈信惠和金佳楠介绍病情："患者张旭东，四十岁，患有冠状动脉粥样硬化性心脏病，三支冠状动脉的弥漫性狭窄达到85%。因患者非单支冠状动脉狭窄，介入支架手术已经无效，建议采取大隐静脉冠状动脉旁路移植手术，在主动脉根部和缺血心肌之间建立一条通路。"

听完文池的介绍，张旭东的爱人惊慌失措地问道："对不起，文医生，您说的这些我们听不明白。我只想知道，这个病是不是很严重？"

"冠状动脉粥样硬化性心脏病就是通常说的冠心病。我们身体里的血管就像家里的管道，管道一旦堵塞，就没有足够的自来水用。血管堵塞了，心脏就没有足够的血液。我们要做的就是将有问题的血管摘除，然后在大腿处取下一段畅通的血管，重新接上，代替堵塞的血管。"文池耐心地解释道。

听完，女人更加担心地问："那……那会不会有生命危险？"

病床上的张旭东紧紧握住妻子的手，微笑着说道："放心，有这么多医生在，他们是不会让我有事的！是吧，文医生？"

女人再次将焦虑的目光落到文池脸上，"文医生，肯定不会有生命危险是吗？"

"您放心，我保证……"

第十卷
前途被闺蜜狙击

文池的话还没说完,就被一旁的沈信惠打断:"冠状动脉旁路移植手术是目前治疗冠心病最有效的方法之一,也是非常成熟的技术。但是,任何手术都不能排除风险。不过请您相信,我们一定会努力把风险降到最低。"

金佳楠看了沈信惠一眼,知道她这是在保护文池。

傍晚,街道两旁刚刚点亮的路灯如同没睡醒的孩子,混混沌沌地打不起精神。暮色下,一辆黑色轿车沿着平整的街道迅疾驰向前。一转眼的工夫,车子便驶进文池家的院子。

车子停下,陈姐立刻上前打开车门。文池的母亲从车里走下来,身后跟着李冰茵。两人一前一后进了别墅。

客厅里,文皖成正坐在沙发上看着报纸。见到妻子和李冰茵走进来,他放下报纸问:"文池前脚带患者回来,你们后脚就跟回来了!怎么不多玩几天?"

文母脱掉大衣,交给一旁的陈姐,玩笑地说道:"冰茵二十几岁的小姑娘和我这个枯木不逢春的老帮菜有什么可玩儿的啊!文池一走,冰茵这心就不在我身边了!"

"伯母!"李冰茵撒娇地喊道。

文母眯着笑眼,"我就知道你们年轻人的心思!我呀,真是老了!没坐几个小时飞机,这腰腿就开始叫屈。陈姐——"

陈姐赶紧来到文母面前:"夫人!"

"帮我沏壶茶!晚上做些清淡的。"

"好的。"

陈姐刚要转身去厨房,又被文母叫回来,"陈姐,文池回来了吗?"

"还没回来呢!"

文母一皱眉,"上飞机前冰茵给他打的电话,这小子也不早点儿回来。陈姐,给文池去个电话,让他赶紧回来!"

此时,医生们都已经下班回家了。再希医院行政办公楼里空空荡荡,只剩下沈信惠的身影出现在电梯间。

电梯门缓缓关闭,突然一只粗壮的手臂拦在两扇电梯门之间。白色的电梯门再次向两侧滑开,闪进来的身影正是李亦晨。电梯间内的气氛一下子尴尬起来。

"信惠!"李亦晨开口说道,"昨天的话,我是认真的。"

"谢谢您，李副院长！可我现在没办法……没办法接受……"

"信惠，我明白，这个时候提出这样的请求，是有些仓促。我可以等，我会等下去。"

李亦晨的话让沈信惠更加为难，"李副院长，您……您误……"

还没等沈信惠说完，电梯停了，崔正卿出现在两人面前。沈信惠和李亦晨都不由自主透露出尴尬的神情。崔正卿似乎感觉到了电梯里的异常。他和两人点了点头，便一声不吭地站在一旁。在三人的沉默中，电梯停在一楼大厅。

"李副院长、崔主任，我先走了！"

与李、崔告别，沈信惠离开了办公大楼。

再希医院里，一棵高大的白杨树早已被寒冬裹去了叶子，在寒冷的侵袭下，显得孤立无援。李亦晨疾步从沈信惠身后赶上来，拦在她面前。

"信惠，我送你回家！"

一个70后的副院长，一个90后的高富帅，两个男人不约而同向自己倾诉爱恋，这让沈信惠这个80后的女人心乱如麻。

面对李亦晨真诚的目光，沈信惠婉转地说道："李副院长，谢谢您。我想去看看老陈。"

听到"老陈"两个字，李亦晨有些尴尬，"哦……好！好！信惠，那……那你去吧！"

沈信惠再次和李亦晨告别，转身去了住院部。光秃秃的白杨树下，后者目不转睛地望着沈信惠的背影渐渐消失在黑暗中。

通往住院部的甬路两边，街灯在寒冬中发出清冷的灯光。一阵寒风迎面袭来，沈信惠身体紧跟着一抖。她紧紧抓住黑色大衣的领口，迈着疲惫的脚步迎风前行。

来到老陈的病房门前，沈信惠突然停住脚步，本来就凌乱的思绪突然荡起汹涌的波澜。沿着自己颤抖的目光望去，文池正坐在老陈的床边。

老陈安静地躺在病床上，一副与世无争的平静。床头四周挂着各种电子仪器，如尽忠职守的卫兵，一刻不停地监测着被命运禁锢的生命。

"我知道，您一直深爱着沈医生。我对她的爱，和您对她的爱一样。我想，您

第十卷
前途被闺蜜狙击

会理解一个男人深爱上一个女人的心情。和您说实话,到现在沈医生并没有接受我。可我不想放弃,不仅是因为我爱她,也是因为她需要照顾。虽然您和沈医生生活在两个不同的世界,可她并没有准备放开您的手。我不能让她生活在对过去的记忆中。除了痛苦,她什么也得不到。无论怎样我都要把她从您的手中带走。请原谅我这么说!让我来照顾她,您也一定希望我这样做。"

文池的每一个字都重重地落在沈信惠的心上。

"沈医生!"

猛然间听到这三个字,沈信惠赶紧从凌乱的心绪中将自己唤醒。她转过身,姜美娟正微笑地看着她。

沈信惠定了定神,"美娟,你还没下班?"

"今晚,我值班。"

"辛苦你了,美娟!"

这时,姜美娟突然一愣,目光越过沈信惠,"文医生?您也在?"

沈信惠立刻转过头,文池已经站在她的身后。

"我过来看看老陈。"文池平静地说道,"沈医生,您爱人的情况都很稳定。"

"哦,谢谢你了,文医生。"沈信惠慌乱地回答。

沈信惠和文池一同走出住院部大楼,天已经黑透了。

文池停下脚步,并不自信地问道:"沈医生,我……我送您回去吧?"

让文池出乎意料的是,沈信惠竟然接受了他的好意,随他一同上了车。车子驶出再希医院,飞驰在灯火斑斓的城市中。沈信惠望着窗外闪过的城市,一言不发。文池握着方向盘,也始终沉默不语。

车子停在沈信惠家楼下。

沈信惠解下安全带,客气地说道:"文医生,谢谢你!"

文池微微一笑,并没有说什么,下车给沈信惠开了车门。沈信惠向楼门口走去。她也不知道自己怎么了,对文池的沉默心里突然有种失落的感觉。

就在沈信惠带着失落,即将消失在楼门洞里的刹那,文池的声音突然在她身后响起,"信惠!"

沈信惠迫不及待地转过身。

"对不起，信惠！我不应该只想着自己的感情，忽视了你的情感。"

一瞬间，沈信惠的失落感荡然无存，可她却不知道该说些什么，只是傻傻地望着文池。文池再次亮起纯真的微笑，打开车门，上车走了。

沈信惠呆站在原地，直到文池的车渐渐消失在夜幕里。她没想到，文池竟然只字未提在老陈病房里发生的一切，更没有想到他最后留下这样一句让她心绪凌乱的话。不知不觉中，沈信惠心底深处一股莫名的情感不停地涌动起来。

晚饭准备好了。按照文池母亲的要求，清一色的蔬菜，不带一点油腻。文氏夫妇和李冰茵都入了席，唯独不见文池的身影。

"陈姐，给文池打电话了吗？"文母询问道。

"打了，文医生说很快就回来。"陈姐赶紧回答。

文母面色不悦，"再给他打，让他马上回来！现在就打！"

这时，客厅里传来一阵门铃声。陈姐跑进客厅，开了门，从外面进来的正是文池。他面带喜悦，看来心情不错。

"谢谢你，陈姐！"文池很有礼貌。

陈姐使了使眼色，意思是说夫人正在发火，让他小心。文池会意一笑，随后换了鞋，走进饭厅。

文母立刻质问："你怎么才回来？在你心里，亲妈和未婚妻还不如患者吗？"

李冰茵赶紧劝道："伯母，文池哥是医生，治病救人是他的责任。"

"他是医生，也是儿子，不久就要承担起丈夫的角色，对家庭他也有责任。"

"伯母，文池哥对患者负责，也一定会是个负责任的好老公。"李冰茵撒娇道。

"以后，有时间多陪陪冰茵，别就想着你那些患者。他们有自己的家人陪着，你也应该陪陪你的家人。好了，忙了一天，坐下吃饭吧！"

这栋别墅里的话题似乎永远离不开文池和李冰茵两人。

文母放下筷子，和颜悦色地对李冰茵说道："冰茵啊，今晚给你母亲去个电话，就说我们邀请她回国。是该把你和文池的婚事定下来的时候了！"

李冰茵脸上立刻透露出甜蜜的笑容，看着身边的文池。后者却毫无表情，似乎身边发生的一切与他无关。

"文池哥，我向伯父提名你做心脏外科主任。"李冰茵邀功地说道。

第十卷
前途被闺蜜狙击

这句话让文池再难以置身事外,他抬起头,严肃地盯着李冰茵。

文皖成放下手里的酒杯,"以前科室主任的候选人都是由主管副院长定,今年改成自荐和推荐。每位医生都有自荐和推荐他人的机会。"

"我不想做什么主任!"文池冷冷地说道。

文母立刻教训起儿子:"男人要有抱负,要有追求,不然怎么给女人安全感?"

"我是医生,我的责任是治病救人,和要不要做主任没有任何关系!"

"你……"文母气得手直哆嗦。

"行了,行了,这个事情先不要争论了!"文皖成说道,"既然冰茵推荐,根据医院的规定,你文池医生就得参加竞选。至于能不能当选,那是另外一件事。选上了,说明你文医生众望所归;选不上,说明你不够资格。这件事不是你想当就当,不想当就不当的。"

凌晨,沈信惠仍未入睡。她原以为文池对自己的表白只不过是一时冲动,可昨晚他的言行让她感受到的是一份深切的真诚。沈信惠那颗严防死守的心,在凌晨的黑夜中悄悄地被触动了。

一大早,沈信惠便出现在办公室,来到文池的办公桌前,"文医生,我有事情要和你说。"

沈信惠的主动让文池喜出望外。他起身跟着沈信惠离开办公室,上了顶楼的天台。

"信惠,有话你说!"文池望着沈信惠的背影,满怀期待地说道。

沈信惠转过身,"文医生,不管是现在,还是将来,我希望我们保持同事关系。"

文池暖暖的心猛地一凉,迫不及待地问道:"信惠,能告诉我原因吗?"

"婚姻就是一杯茶,越冲越淡,最后淡得只能靠'责任'两个字维系,你这个年龄负担不起这样的责任。你需要一个和你经历相似,年龄相仿的女孩儿,你们会有共同的思维方式。但是,那个女孩儿不是我!"

这些话是沈信惠被文池感动之后,做出的决定。她的心确实为文池所动,可一个女人的理智告诉她,她和他之间有着太多的不合时宜,有着一条难以逾越的鸿沟。灰姑娘的故事是小女孩儿钟爱的童话,到了她这个年纪,辛德瑞拉已经脱掉了水晶鞋,面对的是残酷的现实。

沈信惠没有给文池说话的机会,转身离开了天台。

03

爱情最初时，犹如生机盎然的春天。在激情的滋养下，肆无忌惮地绽放在灵魂的每个角落。时光渐去，美丽的山盟海誓还是被现实褪去了浓妆艳抹。"责任"悄然登场，如迷雾般模糊了爱情开始的模样。迷雾过后，要么是果实，要么是枯萎。

文池情绪低落，呆坐在咖啡厅的角落里，原本五彩的世界已经变成灰秃秃没有任何生机的荒原。

"文医生，怎么这么没精打采的啊？"说话的是金佳楠。她毫不客气地一屁股坐在文池对面，"文医生，怎么灰头土脸起来了？"

"金医生，我能问您个问题吗？"

金佳楠接连点头，"问问问！我呀就好为人师。有什么问题你别客气，尽情地请教我就好了。"

"怎么能让信惠接受我的感情？"

"呦，文医生！你这还没怎么着呢，就信惠信惠的叫上了？太早点儿吧！你俩目前充其量也就是同事关系。再往近点儿说，也就是姐弟关系。"

"我明白！"

看着愁眉不展的文池，金佳楠心生怜悯，"文医生，你准备好为爱情负责了吗？"

"当然！"文池斩钉截铁道。

第十卷
前途被闺蜜狙击

金佳楠只是一笑,"信惠和你不一样,家庭、出身、经历、年龄,完全不同!她需要的是一个能够给她安全感的男人,一个对婚姻能够负责的老公,不是虚无缥缈的恋情。年轻女孩儿也许会为你的一千朵玫瑰疯狂,信惠不会,她需要的不是玫瑰,而是安全感。懂不懂?"

"我懂,我会做到!"

"耐心和时间会为你敲开一个女人的心,就怕你等不及,等不到!这是男人的通病。"

会议室里,李亦晨正在听取沈信惠介绍患者病情和手术预案。这时,助理推门走了进来。

"李副院长,董事长让您去一趟。"

李亦晨放下手里的病历,站起身,"沈医生,你们继续!"

看到李亦晨出现在办公室,文皖成笑逐颜开地让人为其倒上茶水。

"亦晨,坐坐坐!"

"董事长,您找我有事?"

"坐下说!这次科室主任的选举改革,你们心脏外科执行得最彻底啊!主管领导推荐、同事推荐、自荐,你们都占齐了。"

李亦晨一愣,"董事长,同事推荐,这个我还没听说。"

"哦,李冰茵李医生推荐了文池。"

原来是自家人推荐自家人。李亦晨也就不觉得有什么奇怪的了。

"沈信惠、程子宜和文池。一位是我们自己培养的优秀医生,一位是刚从国外回来的专家,文池嘛年纪轻,有干劲。"文皖成的表情略显为难,"三人各有所长,不分伯仲,很难取舍啊!亦晨,你是主管外科的副院长,我想听听你对这三位候选人的意见。"

李亦晨心知肚明,这是文皖成让自己对文池参加主任选举表个态。如果自己投文池一票,他自然成了文皖成的人;如果不投,就表明他这个副院长和董事长不是一条心。

"沈信惠医生是我们医院自己培养出来的杰出心脏外科专家,她的很多手术都是国内罕见的成功案例。例如,在抢救文池医生的过程中,沈医生在没有进行体外循环的情况下，对心脏左室破裂直接缝合修补……"

文皖成连忙点头，"是！是！是！"

"程子宜程医生毕业于美国著名医学院，临床经验也很丰富。虽然来到我们医院时间不长，对待患者尽心尽责，工作不分昼夜，抢救了很多危重症患者。"

文皖成又点了点头。

"文池文医生虽然前一阵深陷医疗事件，但事实证明他的医德医术没有任何问题。在蒙受不公平的指责下，文医生依然为死者家属匿名捐赠了医疗费用，值得赞赏。"

听到李亦晨对儿子的高度评价，文皖成露出满意的笑容。

李亦晨继续说道："这三位候选人都是我们再希医院的杰出医生，代表我们心脏外科的实力。但从科室主任的职责和工作看，我不认为文池文医生有资格做心脏外科的主任。"

李亦晨的话锋一转让文皖成脸上的笑容顿时凝固成一个疙瘩。尽管如此，李亦晨并没有停下来的意思。

"文医生虽然毕业于美国名校，医术一流，但他经验尚浅，和前两位医生相比，临床经验略显不足。从综合能力上来说，文医生年龄过轻，这份工作对他来说压力太大。至于程子宜医生和沈信惠两位医生，能力和资历都不是问题。至于谁更能胜任，我是提名沈医生的，所以不好发表意见，需要董事局对她们进行评定了。"

幸好办公室里只有李亦晨和文皖成两人，否则前者的直言不讳真是让后者下不来台了。

文皖成强颜欢笑道："亦晨，还是你了解我们的这些医生啊！我会把你的意见转达给董事局的。辛苦！"

文池和沈信惠走进病房。患者张旭东的表情很平静，对于马上要进行的手术似乎信心满满；相反，张旭东妻子的脸上却挂着对丈夫的担忧。

"不用担心，有文医生和沈医生在，手术一定会非常顺利的！"张旭东微笑着安慰妻子。

此刻的文池带着遗憾的目光看了一眼身旁的沈信惠。

沈信惠道："张先生，经过讨论，我们决定取消手术。"

张旭东迟疑地看着沈信惠，"取消手术？为什么要取消手术？"

第十卷
前途被闺蜜狙击

"您的心脏扩大显著,左心室功能低下,射血分数只有20%。"

张旭东诧异道:"医生,我……我听不懂您说的这些。"

沈信惠继续解释:"也就是说,冠状动脉移植手术对您非常危险!"

"如果不做手术,会怎么样?"张旭东的妻子焦虑地问道。

文池坦言道:"张先生的冠状动脉管腔狭窄已经高于90%,随时都有猝死的可能。但是……"

文池没有说完,便被张旭东打断了:"文医生、沈医生,作为患者,我坚持要求手术!"

沈信惠阻止道:"手术危险系数很高,您还是……"

"不,我不用考虑!"张旭东坚决地回答道,看着身边的妻子,"你们知道相爱对我们两个来说有多难吗?我妻子的前夫经常对她施暴,每次都打得她遍体鳞伤!"

"你别说了!"张旭东的妻子已经是泪流满面。

张旭东紧紧握住妻子的手,"不是所有人都会拥有幸福!我遇到我妻子,她给了我家庭,让我知道什么是爱!我告诉我自己,要保护她一辈子!婚姻就是承诺,我必须信守承诺!医生,请您准备手术!"

"我理解您的心情。可我们是医生,要对患者的病情负责。"沈信惠坚持道。

"张先生,我们会立刻为您安排手术。"文池突然斩钉截铁地说道。

离开病房,沈信惠将文池拦下,一脸怒气地质问道:"文医生,你怎么能在这种情况下,答应给患者做手术?"

"我只是尊重患者的意见!"

"你是医生,应该从专业角度引导患者做出正确的决定!"

"患者已经做出了正确的决定,他要实现他对爱人的承诺!"

"患者的左心室射血分数只有20%,手术就是铤而走险!你是外科医生,不是拯救爱情的心理专家!你应该对患者的生命负责!"

"20%只是临界点,手术的成功率依然存在。"

"你有没有想过手术失败的概率有多高?"

"有的人为肉体活着,有的人为精神活着。我只想帮助他,给他一次爱下去的机会!"

"如果患者下不了手术台,谈什么都没用!爱,挽救不了生命,改变不了现实。

你是医生，你应该明白这个道理！"

沈信惠并不是冷酷无情。她曾经坚定相信爱情可以拯救一切，可老陈却躺在病床上与世隔绝。爱情曾经赋予生后的那些美好期待，最后却成为一把把涂抹着残酷的利刃，无情地切割着她的灵魂。

面对沈信惠的指责，文池始终平静得很，"如果不为患者手术，生命面临的也许就是结束！在自己的爱人面前，等待随时可能降临的死亡。信惠，你不觉得这样很残忍吗？"

"但患者至少还有时间。手术一旦失败，他什么选择都没有了。文医生，请你放下幼稚的感情用事，冷静地想一想。"

"患者既然决定手术，我们应该给他一次选择的权利，给他们的爱情一次机会！"

"老陈就躺在病床上，没有人能给他机会。爱情是上帝的游戏，我们是医生，不是沉浸在游戏里的人。"

在沈信惠的目光中，文池看到的不仅仅是愤怒，还有她对自己的失望。

此时此刻，文皖成的办公室里，气氛也是相当紧张。

文太太坐在沙发上，毫不客气地责问道："你是董事长，这点事情你都做不了主？"

文皖成紧缩眉头，"虽说我是董事长，也要听听董事局里那些董事们的意见。"

"那就眼睁睁把心脏外科主任的位置让给别人？"

文皖成叹了口气，"不仅董事局里反对的意见很大，就是李亦晨也明确表示不同意让文池来做心脏外科主任。"

文母气炸了肺，猛地从沙发上站起身，"那个姓李的就是想安插自己的亲信，我决不同意！这个位置必须是文池的。"

"董事局内部意见有分歧，主管副院长的意见就很重要。没有他的支持，这件事很难办！"文皖成语重心长地说道，"如果把文池强按到主任的位置上，就会失去人心。一意孤行，恐怕会影响到下一届董事局的选举！我的位置不稳，文池做个小小的主任又能怎样？"

文母依然怒气冲天，"文池必须坐上这个位置，绝不能让姓李的得逞！"

"你不要把这件事个人化，情绪化。"

第十卷
前途被闺蜜狙击

"那个姓李的……"

这时,突然传来一阵敲门声。文皖成举手示意,让妻子不要再说下去。

"请进!"

办公室主任崔正卿走进办公室。

在是否采取手术治疗的问题上,虽然沈信惠不同意文池的决定,但她还是出现在手术室,站在手术台前。看到沈信惠,文池笑了。她依旧一脸严肃,根本没搭理他。

从护士手中接过手术刀,沈信惠熟练地切开患者踝关节上方的皮肤。分离开皮肤和皮下组织后,逐渐向上扩大皮肤切口。接着,她小心翼翼地从患者腿部取下一段大隐静脉,放进含肝素的生理盐水的容器中。

"电灼。"

护士递过电灼。沈信惠为患者腿部切口止血,然后用聚丙烯线缝合伤口。

截取大隐动脉的手术一结束,文池便切开患者的胸口,建立体外循环,灌注心脏停搏液……突然,手术室里响起连续刺耳的警报声。

沈信惠示意:"患者心脏出现膨胀!文医生,立刻给患者做引流!"

气氛一下子紧张起来。文池迅速接过手术刀,小心翼翼地切开患者左心房,将吸引器插入切口,从心房内吸出自冠状静脉窦回流的停搏液。

警报声终于停止,手术室里的医护人员都松了口气。文池抬起头,沈信惠正用责备的目光紧紧盯着他。

接下来的数个小时里,在文池和沈信惠的配合下,手术进行得很顺利。

停止体外循环后,血液开始回流进患者心脏。文池骄傲地把目光再次投向沈信惠,此刻后者的目光中也平添了一份放松。

随着血液回流,心脏开始逐渐恢复成粉红色。突然,一直让人毛骨悚然的警报声在众人的耳边响起。

"电极板!电极板!"文池紧张地喊道。

他接过电极板,"15焦耳,准备,电击!"

"砰"的一声,剧烈的电流刺穿过心脏,但并没有使它跳动起来。20焦耳……30焦耳……无论文池怎样增加电流量,心脏依然不肯跳动。他扔掉电极板,一只手伸进患者胸腔，不断地挤压着患者的心脏，"你不能走！你有承诺，我也有承诺！你的责任还没有完成，我的也是！"

墙上的时钟时间一分一秒过去，文池的额头布满了密密麻麻的汗珠。沈信惠清楚，让患者的心脏重新跳动的概率几乎为零。

"文医生！"

文池并没有理睬沈信惠，继续不停地为患者做心脏按压。

"文医生！"沈信惠再次喊道。

"加量注射肾上腺素！加量注射肾上腺素！"文池依旧不肯放弃。

离开董事长办公室，崔正卿立刻去找李亦晨。

见到崔正卿，李亦晨笑呵呵说道："崔主任，怎么这么有闲心到我这儿来了？请坐。"

崔正卿坐到沙发上，"我是受人所托！"

李亦晨给崔对方倒上茶水，"除了动手术之外，崔主任在再希医院的能量可比我大啊！"

"托我找你的人，比咱俩都有能量。可遇到事儿了，就得找关键的人来疏通。有时候，位置太高，反倒不好说话。"

崔正卿这么一说，李亦晨心里明白了，笑着问道："是让我支持文池做心脏外科主任吧？"

崔正卿也笑了，"这可是机遇啊！"

"对我是机遇啊？还是对文池啊？"

"鱼和熊掌兼得！不过，您李副院长可是拿熊掌的。"

"老崔，我问你，你觉得心脏外科主任谁最有资格来做？你拍良心说，你说谁，我支持谁！"

"这个社会，很多人虽然拍着良心，可说的都不是良心话！你就这么信任我？"

"你崔主任虽然在再希医院四处逢源，但我没见过你老崔干过一件没良心的事儿。"

"好，既然李副院长这么信任我，我就拍着良心说一次。心脏外科主任还是让文池来做！"

这话让李亦晨急了："你……"

第十卷
前途被闺蜜狙击

崔正卿笑了,"等我把话说完。推荐文池,对你李副院长最为有利。大家都知道,你李亦晨无论人品还是能力,完全可以成为一院之长。可惜你没门没派,只能屈居为副!文池做了心脏外科主任,您距离院长的职位可就是一步之遥了!"

李亦晨猛地从沙发上站起身,"好了,崔主任,你不要再说了!我李亦晨如果想做院长,也用不着等到今天。作为说客的任务到此结束吧,崔主任,你该回去忙正经事了!"

这番言辞并没有激怒崔正卿,他反倒开怀一笑,"李副院长,我还没有回答你的问题,你怎么就往外赶人了?"

"你……你什么意思?"

"我只是说让文池来做,可我没说他就是最有资格的啊!"崔正卿又是一笑,"最有资格做主任的当然是沈信惠沈医生。"

李亦晨重新坐回沙发,"崔主任,你这是说了句良心话!"

"你先别这么早下结论,我还没说完。"崔正卿继续说道,"虽然沈医生最有资格,但她不可能成为心脏外科主任。"

"这是什么话!哪怕我这个副院长不做,也要力荐沈医生。"

"李副院长,我崔正卿再拍良心说一次。沈医生是非常优秀的医生,救治了无数患者,也经历了很多不幸。你就让她平平静静地做一名优秀的医生,专心救治需要她的患者吧!千万不要因为你的固执,而毁了这样一名杰出的医生。"

崔正卿的一番话让李亦晨呆坐在沙发上。

04

只专注玫瑰的美丽,便会忽视它的芒刺。人生亦是如此,过度的给予就犹如美丽花朵下隐藏的危险,刺伤在所难免。

在医生休息室,沈信惠终于找到了疲惫不堪的文池。

"嗨!"沈信惠轻声说道。

文池抬起头。

"对不起,我上午的态度不好。我承认,我这次我对你是有偏见。"

文池道:"信惠,你说得没错,医生的责任和私人情感是要分清楚。工作上,我希望自己能够成为一个有责任的医生,在生活中是个能承担起责任的男人。"

"文池,你是个有职业道德的医生,尊重患者的意愿,任何情况下都不推卸责任!如果这次不是你的坚持,恐怕会是另一种结果。"

"谢谢你能够这么说。信惠,我……"

文池还要说些什么,门突然猛地大开,李冰茵兴高采烈地闯进医生休息室。看到沈信惠,李冰茵春风洋溢的面孔瞬间凝固成一块冰坨,目光中带着毒刺,飞向沈信惠。

沈信惠只是想来为自己的误解向文池道歉,并没有打扰文池和李冰茵的意思。她赶紧说道:"文医生,患者已经送到重症监护室,目前情况稳定,有什么事情,护士会通知你的。"说完,转身离开了医生休息室。

第十卷
前途被闺蜜狙击

看着沈信惠知趣地消失，李冰茵的脸色恢复到先前的兴高采烈。

"文池哥，听说你的手术非常成功。大家都说，是文池哥把患者从死神那里救了回来。我和伯母说了，晚上回去，一家人必需好好庆祝一下！"

"手术是我和沈医生一起做的，不是我一个人的功劳！"

"她？"李冰茵撇撇嘴，"她不是极力反对给患者做手术吗？手术成功了，她又想来分荣誉？真没医德！"

文池坐在沙发上，并没有和李冰茵争论，而是选择沉默。

夜幕降临。结束一天的工作，金佳楠拉着沈信惠去了一家很有名气的西餐馆。这里格调高雅，环境优秀，可沈信惠一直失神，心思并不在美酒佳肴上。

"怎么和90后小鲜肉一起做了台手术，心就飞了？"金佳楠玩笑地问道。

"没有！"

"没有？没有你发什么呆啊？"

"文池……还是很有责任感的！"

"沈神医的这句话，我怎么理解才算正确啊？"金佳楠"扑哧"一笑，"看来在沈医生心里，文池医生已经变成文池了。"

"这有什么区别？"

"区别可大了去了！文池医生，说明在你心里他只是河对岸的一个普通同事；文池，虽然只差两个字，可他已经越过河界，成为站在沈医生身边的男人，一个可选项。过河的卒子威力可是巨大啊！"

"没你想得那么复杂！要是没有文池医生的坚持，患者恐怕没有希望了！"

沈信惠故意将"医生"两个字加了重音，以免金佳楠再次借题发挥。

金佳楠可没有准备停下来的意思，继续嬉笑地说道："李副院长和文池，你准备选哪个？要是我，我就选文池谈恋爱，选李副院长做老公！尝尝小鲜肉的味道，完事，找个成熟稳重的靠一靠，也不枉做女人一场！"

"我没你那么有创意，我哪个都不选！"沈信惠的语气听上去很坚决。

金佳楠摇了摇头，"人这一生，最重要的一课就是学会接受。接受不理想的工作，接受不近人情的现实，接受爱情的离去，也要接受别人的善意。信惠，老陈现在这个样子，你得学会接受现。不接受现实，就没人能够走进你的生活。"

深夜，一场狂风席卷了整座城市。光秃秃的树枝在寒风中不停地抽打着夜色的寂寞。远处的天空中，挂着一轮清冷的明月，让人感觉高高在上，触不可及。

躺在床上，沈信惠辗转反侧，脑海里反复播放着金佳楠的那段话：人这一生，最重要的一课就是学会接受。接受不理想的工作，接受不近人情的现实，接受爱情的离开，也要接受别人的善意。

沈信惠不得不承认，自己确实被今天手术室里的文池感动了。那种感动不是一时的感情冲动，而是对文池的重新认识。在她心里，文池不再是一个大男孩儿，而是一个高大的男人形象。

沈信惠伸手拉开台灯，靠在床头，拿起床头柜上她和老陈的那张照片，眼眶中有什么东西在不停闪动。

距离宣布主任竞聘获胜者的日子越来越近，沈信惠无疑成为大家心目中心脏外科的新主任。甚至，有人当着她的面叫上了"沈主任"。沈信惠和往常一样出入办公室、手术室、病房和诊室，平静地接受身边的这些变化。

宣布新主任的日子终于到来，医护人员早早就聚集在会议室。每个人都显得格外轻松，因为这是一场众望所归、毫无悬念的任命。就在沈信惠步入会场时，甚至响起了掌声。

李亦晨清了清嗓子，用洪亮的嗓音说道："自从我离开心脏外科，主任一职始终空着。我在这里要感谢沈信惠医生，在这期间她帮助我做了很多不是她分内的工作。辛苦你了，沈医生！"

台下的目光齐刷刷奔向沈信惠，这让她有些难为情。

李亦晨继续说道："这次主任选举，终于改变了我们心脏外科群龙无首的状况。希望大家在新主任的带领下，为我们心脏外科创造更辉煌的业绩，救治更多的病患，让我们再希医院成为全国最具权威的心脏外科医院！"

台下一片掌声。

"看大家都等不及了，我就不废话了。现在我宣布再希医院心脏外科主任任命。"从助理手中接过任命书，李亦晨轻轻咳嗽了两声，"经过再希医院董事局评定，新一任再希医院心脏外科主任是……"李亦晨看了一眼台下，"心脏外科的主任是，程子宜程医生！欢迎我们的新主任程子宜医生上台讲几句。"

台下一片哗然。在众人惊诧的目光中，程子宜以胜利者的姿态大摇大摆地走上

第十卷
前途被闺蜜狙击

主席台。

李亦晨带头鼓掌："大家欢迎程子宜主任。"

主席台下的掌声寥寥无几。大家怎么也想不到成为心脏外科主任的竟然是个刚从国外回来，初来乍到的新人。沈信惠这样一位兢兢业业、医术高明的心脏外科专家竟然被明晃晃地排挤出局！

会议在冷清中草草收场。但是，这并不影响程子宜的趾高气扬。她仰着头来到沈信惠面前。

"恭喜你，子宜！"沈信惠由衷说道。

程子宜倒是很客气，"谢谢你，沈医生！上班期间，请称呼我程主任！'"

说完，程子宜大摇大摆地走出会议室。

此刻，被程子宜甩在身后的沈信惠心里不免一阵难过。她终于明白，自己以前之所以对主任职位不在乎，是因为自己觉得这职位非己莫属，谁会整天惦记自己兜里的东西呢？现在，坐上主任位置的人不是自己，沈信惠心里觉得委屈。并不是她想拥有什么样的权力，而是她觉得自己付出那么多，最后成为被戏弄的角色。

天色渐暗，沈信惠一个人离开再希医院的办公大楼。没走几步，一辆轿车从身后追赶过来，停在沈信惠身边。

李亦晨从车窗里探出头，"信惠，我送你回家。"

"谢谢您，李副院长！我出门坐公交就行。"沈信惠很客气。

李亦晨并没有放弃。他下了车，来到沈信惠面前，"信惠，还是我送你吧！"

沈信惠也不好再拒绝，只能上了他的车。

一路上，沈信惠找不到什么话题，也就不说话了。车子在公路上行驶，车厢里的气氛越来越沉闷。

"信惠，是不是怪我？"李亦晨终于开口，"你为心脏外科做了那么多贡献，可主任的任命……"

这话再次勾起沈信惠心底的委屈。她不愿再谈这件事情，只是淡淡一笑，不想说什么。

"信惠，我知道这件事委屈你了！其实，你是最有资格的主任人选！"

沈信惠努力将眼泪控制在眼眶中，请求地说道："李副院长，我们不谈这件事好吗？"

"信惠，你听我说！"李亦晨似乎没有停下来的意思，"董事长夫人一心让文池坐上主任的位置。因为我一直推荐你，所以你就成了她的绊脚石，她把你当成敌人。如果你做了心脏外科主任，他们不会轻易放过你。他们会翻出你所有的伤口，不停地撒盐，直到你屈服！信惠，生活对你已经很刻薄了，我不能让他们伤害你！"

人生最大的感动莫过于在感觉自己被所有人抛弃的时刻，突然发现身后竟然有个人默默为自己站台。李亦晨的关心让沈信惠再也克制不住自己的情绪，潸然泪下。

"对不起，信惠！这是我的错，我没有考虑到你的感受！"沈信惠的眼泪让李亦晨慌了手脚。

沈信惠擦去眼泪道："李副院长，您误会了。我只是没想到，您会为我的事情这么费心。我真的很感激。"

"信惠，只要你生活得好，这就是我希望的！对了，今天有人到我办公室，质问我为什么心脏外科主任是程子宜。"李亦晨转移了话题。

"是吗？"

"你不好奇是谁吗？"

"是佳楠吧？"

"金医生是第二个去我那儿问罪的，第一个是文池！"李亦晨微微一笑，"我让他去问董事长夫人，看样子他火气还挺大。"

沈信惠没说话，她能想象出文池的表情。

李亦晨继续说道："信惠，我上次说的话，你考虑了吗？我说的都是真心话！"

"李副院长，我还没考虑过感情上的事情。"

"信惠，你可以不接受我的感情！不过，请不要拒绝我的帮助。"

"谢谢你，李副院长。"

沈信惠没有再说话。她将目光投向车窗外那座霓虹闪烁的城市，也许只有灯红酒绿才能麻醉人的精神。

文池憋了一肚子火。他清楚，沈信惠没有成为心脏外科主任一定是因为自己的母亲。他愤怒至极，感觉有必要和母亲理论一番。

第十卷
前途被闺蜜狙击

"文池哥,你怎么不说话啊?"身旁的李冰茵问道。

文池紧握着方向盘,一声不吭。

"这次你没当上主任,就是因为李副院长的阻挠。"李冰茵愤愤地说道,"不过,他的亲信沈信惠也没得到什么好处。如果真要是姓沈的做了主任,这事儿就不算完!"

李冰茵的这番话突然断了文池去找母亲为沈信惠抱不平的想法。如果自己真的冲动了,受伤害的一定是沈信惠。

文池不由自主地说道:"谢谢你,冰茵!"

李冰茵一愣,不知道文池为何突然冒出这么一句。

清晨的一米阳光照射进再希医院大楼的走廊,散落在沈信惠的肩头。就在她经过电梯间时,正好碰见刚从电梯里出来的文池。看到沈信惠,文池脸上立刻露出微笑,那微笑比外面的阳光还要灿烂。

"信惠!"文池的声音就像呼唤自己的爱人。

沈信惠停下脚步,严肃地说道:"文医生,这里是医院,请你称呼我'沈医生'。"

文池并没有被沈信惠的态度吓跑,反倒是笑得更灿烂,"那出了再希医院,我就可以叫你'信惠'了?"

沈信惠没搭理文池,转身就走。

文池紧随其后,信心十足地说道:"你一定会接受我的。"

沈信惠依旧没搭理文池,继续走自己的路。

文池不肯放过沈信惠,"不说话,我就当信惠同志默认我的观点。"

看到文池的第一眼,沈信惠心里的阴霾就被他阳光般的笑容驱得烟消云散。可是,她总是不由自主地逼迫自己拒文池于千里之外,只有这样,她才觉得自己没有背叛老陈,才是忠于她和老陈的爱情。

沈信惠再次停下脚步,瞪着文池,"文医生,医院是个严肃的地方,请你自重。"

文池"扑哧"笑了。

"你笑什么笑?"沈信惠质问道。

"没,没什么!我心情好,心情好!"

沈信惠正要再次发作,墙上的扩音器突然响了起来:"心脏外科的沈信惠医生请速到抢救室!心脏外科的沈信惠医生请速到抢救室!"

文池跟着沈信惠，两人一前一后冲进抢救室。

姜美娟立刻汇报病情，"患者，孙艺珍，女，六十五岁，突发心脏病，已经注射消栓甘油，但无缓解。"

这时，心脏监测仪突然发出心搏骤停的尖叫声。

"电击复律！电击复律！"沈信惠急迫地喊道。

董事长办公室里，文太太正坐在沙发上。

文皖成给妻子端来咖啡，"文池和冰茵的婚事应该定下来了。冰茵父亲是再希医院的大股东，婚事定了，下届董事局选举就不会出什么差错。"

文母接过咖啡，"我已经和冰茵的母亲通过电话，过两天她从美国飞过来。到时候，两家人把婚事具体日期定下来。"

文皖成坐在沙发上，长舒了一口气。

"新任的心脏外科主任是什么人？"文母问道。

"哦，也是从美国回来的高才生。"

文母叹了口气，然后咬牙切齿地说道："这次都是姓李的搞鬼，他要是不出来反对，当主任的就应该是文池。"

"好了，好了，这件事就不要再说了。文池还年轻，机会还有很多。现在主要的任务是下届的董事局选举，我们要把目光放长远！"

这时，有人敲门。

"请进！"

随声，李亦晨和程子宜走进办公室。

"夫人，早！"李亦晨有礼貌地问候道。

文母瞥了一眼李亦晨，拉长声音说道："早啊，李副院长！今天怎么这么勤奋，一大早就来董事长这里汇报？"

李亦晨不慌不忙道："董事长，夫人，我来介绍一下，这是心脏外科新任主任程子宜医生。"

文皖成笑容满面地说道："程医生，我看过你的资料，斯坦福医学院的高才生，年轻有为啊！"

程子宜谦虚道："董事长，您过奖了！"

文皖成器重道："程医生，今后再希医院心脏外科的重任就交给你了。我相信，

第十卷
前途被闺蜜狙击

你一定会胜任的!"

"谢谢董事长,我一定努力!"

文太太道:"程主任,再希医院是民营股份制医院。作为心脏外科主任,你应该为再希医院工作,而不是某个人。就像李副院长,虽然主管外科,但他同样也要为再希医院工作。"

说到这儿,她看了一眼李亦晨,接着说道:"尽职尽责救助患者才是医生应该做的事情,拉帮结派、结党营私这样的事情绝不允许存在!是吧,李副院长?"

·十·号·手·术·刀·

◎ 第十一卷 真相刺伤每个人

01

　　文太太毫不掩饰的当场斥责和警告,让办公室里的气氛一下子变得尴尬。新上任的心脏外科主任程子宜站在李亦晨身边,面如止水,一语不发,将内心世界隐藏得滴水不漏,没人看得出她此时此刻在想些什么。

　　李亦晨反倒是面带微笑,和气地回应道:"您说得没错。作为医生,我们要对每一位患者负责。作为员工,我们要对每一位股东负责。我们工作不是为某个人,也不是为某个小集体,更不能因为某些人的私利损害了患者和医院的利益。您说我说得对吗?"

　　文母听得很明白,李亦晨这是在说她让自己儿子做主任的事情。他锋利的反击让文母气炸了肺,可又不好说什么。毕竟李亦晨没有指名点姓,说的每一句话都在理上,表面上也是顺着她的意思说的。

　　气氛僵持,文皖成赶紧出来打圆场:"李副院长对工作非常认真,医术高明,在我们再希医院不仅是偶像派,也是实力派啊!"

　　说完,他哈哈大笑,"程医生,以后你要向李副院长多请教,他可是你们心脏外科出来的。"

　　程子宜也随即带上了笑容,"一定,一定!"

　　沈信惠和文池将患者孙艺珍送进重症监护室,一位六十多岁白发苍苍的老先生紧紧握住孙艺珍的双手。看到两位老人白头相守的恩爱场面,沈信惠心底不免多了一份伤感。

　　"沈医生,文医生,你们请坐!老田,赶紧给两位医生搬

第十一卷
真相刺伤每个人

椅子坐。"孙艺珍招呼道。

床边的田老先生立刻起身,要给沈信惠和文池搬椅子。

文池赶紧上前拦住田老先生,"您别客气!我们给您介绍一下孙阿姨的病情吧!"

两位老人相互看了一眼,孙艺珍再次微笑,"那您就说吧!"

沈信惠打开手里的病历本,"检查结果显示,孙阿姨的心室间隔是正常人的五倍。这种情况下,不及时治疗会有生命危险。最佳的办法是心脏移植,但是现在我们还没有供体,可能要等一年左右的时间,甚至更长。目前,可以选择的最快的外科疗方法就是心脏自体移植。"

"沈医生,什么叫心脏自体移植?"孙艺珍问道。

"通俗地说,就是把心脏从患者的体内取出,进行部分切除修补,然后重新移植回患者体内。不过,您的年龄偏大,又患有高血压,所以手术风险很高。"

"就没有别的办法吗?比如,吃药治疗。"孙艺珍身边那位白发苍苍的田老先生焦急地问道。

"传统的内科保守治疗只能延续几个月的生命。"

听了沈信惠的回答,田老先生目光中充满了忧虑和无措。

"要不,您二老先商量商量!"沈信惠说道。

沈信惠和文池离开重症监护室。

"文医生,对患者要进行二十四小时心电监护,时刻注意病情变化。"沈信惠嘱咐道。

文池点了点头,接着他问沈信惠:"信惠,我想知道你对手术的意见。"

"请你叫我沈医生!"沈信惠很严肃。

文池赶紧变换称呼,"沈医生,我想知道您的意见。"

"从患者的自身条件看,自体移植属于高危手术,很有可能患者下不了手术台。所以,我认为……"

文池打断对方:"沈医生,我不同意你的看法。如果采用保守治疗,只是暂时推迟患者的死亡时间!"

"我不是反对手术。作为医生,我们应该把所有可能发生的后果告知患者。至于如何选择,还要由患者自己决定。如果患者决定手术,我们当然要尽最大的努力,降低风险。"

"对不起，我刚才的态度不好！"文池赶紧为自己刚才的冲动表示道歉。

沈信惠微微一笑，"医生应该尊重患者的选择，不是吗？"

这句话曾是文池说给沈信惠的，没想到她记在了心里。文池实在掩盖不住内心的激动，深情凝视着沈信惠，整个世界似乎在这一刻停止了转动。

"文池哥！"

猛然间，三个字打碎了文池的宁静。他转过身，李冰茵正板着脸，站在一旁，目光狠狠地盯着沈信惠。

文池赶紧问道："李医生，你找我有事？"

"当然有事！"李冰茵怒气冲冲地回答道。

"文医生，如果患者有什么突发状况，请立刻通知我。"

沈信惠走了，走廊里只剩下文池和李冰茵。

文池看了一眼身边的李冰茵，问："有事，你说吧！"

李冰茵噘起嘴，"没什么事儿，我就是想看看文池哥！"

"如果没事情，我去工作了。"说完，文池掉头走了。

李冰茵一个人被晾在走廊上。

护士站前，沈信惠将病历交给值班的姜美娟。就在转身要离开时，她突然被从身后赶来的李冰茵拦下。

"李医生，你有什么事情吗？"沈信惠心平气和地问道。

"沈医生，请你自重，不要勾引别人的未婚夫！"李冰茵不仅直白，而且毫不客气。

沈信惠承认自己对文池有种超出同事关系的感觉，但她从来没打算跟着这种感觉放任自流，而且她也下定决心不会和文池有任何感情上的纠葛。

大庭广众之下，沈信惠不想与李冰茵发生争执，于是选择了避让，"李医生，如果不是工作上的事情，我先告辞了。"

看到沈信惠的退让，李冰茵更加不依不饶。她再次将准备离开的沈信惠拦下，冷嘲热讽地说道："沈信惠医生，无论从年龄，还是家世，你没有一点能配得上文池哥。灰姑娘的梦，您这样的年纪做起来可真的不太合适！"

护士站里，电话不停地响着，值班护士姜美娟却是充耳不闻。她被眼前的一幕惊呆了，目光寸步不离地盯着沈信惠和李冰茵，看得下巴都要掉在了地上。

第十一卷
真相刺伤每个人

"姜美娟，你在干什么？电话在响，你没听见？"

一声厉喝，吓得姜美娟一哆嗦。她扭过头，不远处新任心脏外科主任程子宜正狠狠地盯着自己。姜美娟不敢怠慢，赶紧伸手去接电话。

程子宜没再追究姜美娟，而是走到沈信惠和李冰茵面前，"沈医生、李医生，讨论患者病情可以去办公室。谈论私事，请下班以后再说，现在是工作时间！"

程子宜完全是一副新官上任三把火的气势。李冰茵瞪了一眼沈信惠，怒气冲冲地离开了护士站。护士台前，只剩下沈信惠和程子宜两个人。

程子宜的及时解围，让沈信惠感激。她发自内心地说道："谢谢你，子宜！"

对于沈信惠感谢，程子宜并不领情，冷冰冰地回应道："沈医生，作为心脏外科主任，我对你的私生活毫无兴趣，这也不是我的管辖范围。不过，我决不允许有人因为私生活而影响了医院的工作！"

"子宜……"

程子宜立刻打断了沈信惠，"沈医生，现在是上班时间，我没时间听你解释。作为大学同学，我只想送沈医生两个字——检点！"

程子宜转身要走之前，瞪了一眼护士台往这边偷看的姜美娟。姜美娟赶紧把头缩了回去。当她再次抬起头的时候，护士站外空无一人。

"人生再多的幸运、再多的不幸，都是曾经，都是过去，一如窗外的雨，淋过，湿过，走了，远了。曾经的美好，留于心底，曾经的悲伤，置于脑后，不恋，不恨。"

李冰茵和沈信惠的事情很快从姜美娟的嘴里落进医生金佳楠的耳朵。金佳楠愤怒至极，拉起沈信惠，要去找李冰茵理论，却被沈信惠拽了回来。

"沈信惠同志，人家都骑在你脑袋顶上了，你怎么就不知道反击呢？对敌人的软弱，就是对自己的残酷！"

"李冰茵也是为了保护自己的爱情，我能理解。"

"理解？怎么理解？爱情不是一颗心去敲打另一颗心，而是两颗心共同撞击的火花。她李冰茵和文池撞不出火花，是她自己的问题，凭什么指责你？"

"换成谁，都会是这样的反应。激动的时候，让人理智下来，这很难！这我也能理解！"

"沈信惠同志,你简直就是天使落入人间!这也能理解,那也能理解,你什么时候理解理解你自己,为自己想想?"

"能够理解别人,也是在帮自己!"

"你别跟我讲道理!我就问你一句,你对文池有没有感觉?"

"这个不重要!"

"你先回答我的问题。"

"佳楠,我要去病房了。"

沈信惠转身要走,金佳楠依然不肯罢休,"信惠,我告诉你,爱情没有谦让,该是谁的就是谁的!"

"佳楠女士,我知道啦!我去病房了。"

沈信惠油盐不进,金佳楠也没了办法,只能无奈地看着她离开办公室。

病房间里,只有孙艺珍独自躺在病床上。

沈信惠来到床前,轻声问道:"孙阿姨,关于手术,您决定了吗?"

孙艺珍并没有急着回答沈信惠的问题,而是欠起身,"沈医生,能不能推我出去走一走?房间里有些闷!"

沈信惠小心翼翼地将孙艺珍扶上轮椅,两人来到楼下的小花园。

"沈医生,如果你是我,会不会同意手术?"孙艺珍问道。

"孙阿姨,我是医生,我的责任是告知患者事实。我不能用假设来引导患者做出决定!希望您能理解。"

"我能理解!沈医生,如果不选择手术,我还有多少时间?"

"从现在的病情看,最短两个星期,最长四个月。"

"手术成功率有多少?"

"不到百分之十。"

孙艺珍没有再说什么。

两人穿过一片小树林,迎着午后的阳光,上了一座小石桥。

"沈医生,手术就拜托你了!"孙艺珍突然说道。

"孙阿姨,这件事要不要和您爱人再商量商量?"

"用不着了,我爱人几年前就过世了。"

沈信惠猛然一愣,"那……"

第十一卷
真相刺伤每个人

孙艺珍微微一笑，"老田不是我爱人，'文化大革命'上山下乡，我们在一个村子里插队。一晃几十年了，那个时候我们还都年轻。他在我们大队，是最帅、最能干的小伙子，好多姑娘喜欢他，给他写信，他都拒绝了。说实话，我也喜欢他，不过看到很多漂亮姑娘都被拒绝，我就没敢表示，一直把那份感情藏在心里。直到我返城，也没告诉他。"

"后来呢？"

"后来，老田也返城了，就住在我家附近。上下班的时候，经常能看到他。每次，我都想上去和他说话，但最后还是躲着他走。"

"为什么？"

"一回城，我父母就给我介绍了一个对象。再后来，我嫁人了，搬走了，也就没再见过老田。"

"那你们现在……"

"我老伴几年前去世，儿女也都出国定居。一个人没事做，今年年初我参加了老年大学。没想到，我和老田成了同班同学。你知道为什么当年他拒绝那么多姑娘吗？"

沈信惠摇了摇头。

"那时，他心里喜欢我。他说，他当年试图接近我，可感觉我这个人特别冷，特别高傲。他觉得自己没戏，就没敢说！其实，我不是冷，也不是高傲，我是怕他发现我喜欢他，被他拒绝。他给我看了当年他给我写的情书。"说到这儿，孙艺珍叹了一口气，"当年我们都太过在意自己的感受，几十年就这么错过了。对你好的人，一辈子也不会遇到几个。有人为你点亮这个世界的灯，有人拨开你心里的尘，遇到了一定要珍惜！"

"孙阿姨，我觉得您还是应该听听田叔叔的意见！"

孙艺珍再次微笑，"我想，老田会理解我的。爱情需要未来，不然会伤人的。我多活四个月，又能怎样呢？对老田来说，太残忍，要么就此结束，要么争取未来。你说呢，沈医生？"

沈信惠没有回答，眼泪抑制不住地从眼角处渗了出来。

正如孙艺珍所说，那位白发苍苍姓田的老先生并没有反对孙艺珍的手术决定。手术前，田老先生始终伴在孙艺珍的身边。即使是晚上，他也没有离开过。手术当天，两位老人在手术室门外紧紧握住对方的双手。

"老田，我们会再见面的！"

"我就在这儿等着你！"

孙艺珍微笑着点了点头，田老先生依依不舍地放开双手。

手术准备就绪，沈信惠来到手术台前。

"孙阿姨，我们马上就要给您做全身麻醉。"

"沈医生，无论什么样的结果，都是已经注定好了。我们要做的就是欣然接受！"孙艺珍平静地说道。

"我一定会尽最大的努力。"接着，沈信惠对麻醉师说道，"开始麻醉吧！"

在药物的作用下，孙艺珍渐渐地合上了双眼。

沈信惠沉着道："手术刀！"

接过手术刀，她在胸骨正中做切口，插入上下腔静脉管，常规建立体外循环，阻断升主动脉，灌注四摄氏度心脏停搏液，停跳心脏。前期工作完成之后，她依次切断上下腔静脉、左右肺静脉、升主动脉远端及主肺动脉分叉处。游离了心脏后壁，沈信惠开始从孙艺珍胸腔内小心翼翼地取出心脏。

增大变形后的心脏几乎盛满了不锈钢盆。沈信惠首先环形切除大部分左心房壁，并对剩余的左心房及右心房进行房颤射频消融。接着，她完成了二尖瓣置换、主动脉瓣置换和三尖瓣成形术。

在医护人员的协助下，沈信惠将修补好的心脏小心翼翼地放置回孙艺珍的胸腔内，重新连接左心房、升主动脉、肺动脉、上下腔静脉。

"关闭体外循环，恢复心脏血流流动。"沈信惠冷静果断地说道。

灌注师切断体外循环，恢复自然血液流动。

孙艺珍老人的心脏并没有按照预期恢复跳动。手术室里气氛突然紧张起来，众人屏住呼吸，目光都集中在监测器的银屏上。闪亮的光点始终沿着水平直线，迅速向前滑动。

几秒钟之后，孙艺珍的心脏突然微微一抖，在胸腔内开始有节奏地跳动起来。医护人员终于卸下紧张的目光，姜美娟给沈信惠擦掉额头上的细汗。

沈信惠将胸腔缝合的任务交给文池完成。她脱下手术服，递给一旁的护士。就在她即将离开手术室之时，心脏检测仪突然发出让人崩溃的警报声。

第十一卷
真相刺伤每个人

"患者出现心搏骤停！患者出现心搏骤停！立刻注射肾上腺素。准备AED！AED！"手术台前的文池大声喊道。

护士迅速将电极板交到文池手中。

"200焦耳，准备，电击……300焦耳，准备，电击……360焦耳，准备，电击……"

强大的电流一次又一次地刺穿停跳的心脏，却始终毫无作为。孙艺珍冰冷的身体直挺挺地躺在手术台上，生命开始在刺耳的警报声中渐渐蒸发。

此刻，沈信惠已经穿好手术服，站在手术台前，"准备给患者重新开腔，手术刀！"

护士再次将手术刀交到沈信惠手中，后者毫不犹豫地将刚刚缝合好的伤口重新切开。

02

手术室外，田老先生静静地坐在椅子上，目光中充满了安详，就像在楼门外等待即将下楼的爱人。沈信惠和文池的突然出现打破了走廊里的平静。

"沈医生，手术怎么样？"田老先生迫切地问道。

"心脏重新移植后，孙阿姨突然出现心搏骤停。经过抢救，孙阿姨的心脏重新恢复了跳动。"沈信惠说道。

幸福的笑容融化了田老先生脸上的紧张。渐渐地，那些笑容又开始凝固、碎裂，田老先生一头栽倒在冰冷的地面上。

病房里，孙艺珍老人握住沈信惠的双手，"沈医生，我要去看看老田。"

沈信惠有些为难，"孙阿姨，您刚做完手术。"

孙艺珍老人将沈信惠的双手握得更紧，恳求地望着沈信惠。

沈信惠小心翼翼地将孙艺珍老人推进手术室，田老先生的遗体静静地躺在手术台上。

眼泪从孙艺珍老人的眼眶中涌出，她一遍又一遍地用手为爱人梳理着银白色的头发，"当年，我没有勇气，和你错过了几十年。没想到这辈子我还会遇到你。知足了！我知足了！你说，我们会再见。我相信，我相信我们会再见！我们等了几十年，不会就这么散了！不会就这么散了！"

此刻，相爱不再是说了几千遍的"我爱你"，而是你走了，我的心便空了！

第十一卷
真相刺伤每个人

文池在楼梯间找到沈信惠的时候，沈信惠的双眼已经哭得红肿。

"信惠，你已经尽力了！"

"他们错过了四十年，终于见面，可是……"沈信惠泣不成声，"我应该救活他，不应该让他们就这么散了，可我没能做到！我没能做到！"

"第一次和沈信惠医生相遇，我记得是个深夜，她挽救了我的'女友'。"说到这儿，文池笑了，"苗苗，六岁，先天性心脏病，室间隔缺损0.6厘米，伴有心衰和肺动脉高压。如果没有沈信惠医生，幼小的生命就此结束。江晨曦，主动脉窦瘤突然破裂，严重心力衰竭。是沈信惠医生阻止了生命的消失！还有，患者文池，意外车祸，左心室撕裂8厘米。没有沈信惠医生，他永远不会有机会站在这里！"

沈信惠抬起头，含着眼泪凝望着面前的文池。她没有想到，文池竟然清清楚楚地记得自己做过的每一台手术。

"信惠，我记得你对我说过，医生不是上帝，全力帮助患者，不违背道德和良知，就是医生的职责。面对生命的离去，要勇敢面对。"

爱情的力量不是起死回生，而是在勇敢起来的那一刻，让人不再畏惧时空的阻隔，击碎所有披着道德外衣的捆绑，面对内心深处那份最真挚的情感。

沈信惠在心底筑起的高墙轰然崩塌，她不顾一切地扑在文池的怀里，眼泪如泉水，清澈而悲伤。这一切让文池有些突然，但他还是慢慢地收紧双臂，轻轻拥紧沈信惠的身体。

"学会忘记，懂得放弃，人生总是从告别中走向明天。告诉自己说，一切皆如此，一切也都终将过去。"

沈信惠和文池终于走到一起。这消息，沈信惠只告诉了金佳楠一人。第二天晚上，金佳楠便约文池单独见面，并拒绝沈信惠参加。

"吃什么，你自己看！"金佳楠把菜单扔到文池面前。

文池并不介意，开玩笑地问道："金医生，这么大方？"

"虽然是我找你，但这顿算你的。"

文池笑着没说话，慷慨大方地给金佳楠点了最贵的牛排。金佳楠依旧保持严肃的表情，脸上没有一点领情的笑容。

"金医生，吃顿饭，干吗这么严肃？"

金佳楠放下刀叉，死死地盯着文池。

"金医生，气氛很紧张啊！"文池笑着说道。

"你和信惠的事，以后有什么打算？"

"您觉得我现在求婚，信惠能答应吗？"

"你不是废话吗？你让她怎么答应？你们家里人能同意吗？还有那个李冰茵，你打算怎么处理她？"

"我和冰茵之间已经没有爱情了。"

文池的回答气得金佳楠差点晕过去。她用力敲着桌子喊道："文池，你是真脑残，还是装脑残？你和李冰茵的问题不是你们两人之间的问题，是你们两个家庭的问题。"

"不管我父母什么态度，他们阻止不了我和信惠的感情。我会解决所有的问题，我不会离开信惠。"

"我不管你怎么解决，绝不能伤害到信惠。不然，我不会放过你！"

友谊不是在对方幸福的时候，你献上的祝福，而是默默地弯下腰，为她拾起人生道路上散落的荆棘。金佳楠深深祝福沈信惠和文池，可是很多现实问题又不得不让她为沈信惠担心。

闪烁的霓虹掩盖了黑夜的寂寞，商家们已迫不及待挂起各式浪漫的灯光，装饰即将到来的新年之夜。沈信惠和文池手牵着手，漫步在街头。

"佳楠请你吃饭，说什么了？"沈信惠问。

文池"扑哧"一笑，"是我请她！"

"这个金佳楠，说是请你吃饭，还不让我参加。她没说什么让你惊心动魄的话吧？"

文池的表情作苦涩状，"金医生警告我，别伤害了沈信惠同志，否则我的人生将暗无天日。"

沈信惠得意地笑着，"那就对了！你可要小心了，金女侠可是学过武术的。"

冬夜的寒风带着刺骨的冰冷扫过街道，沈信惠打了个冷战。文池将自己的围巾给她围好，沈信惠目光中充满了被呵护的幸福。

沈信惠轻声道："如果上帝赐给你一个爱人，你只是得到了这个世界一半的幸福。"

第十一卷
真相刺伤每个人

文池瞪大了眼睛,"怎么,有我一个你还嫌少?"

沈信惠再次得意地笑了,"另一半的幸福就是拥有一个至死不渝、不离不弃的闺蜜。"

说完,她拿起围巾,嗅了嗅,然后盯着文池:"有股女人的味道!是李冰茵医生送的吧?"

"如果上帝赐给你一个爱人,你只是得到了这个世界一半的幸福。"文池将沈信惠的话重复了一遍。

沈信惠凝起眉毛,"怎么,你也需要个闺蜜?"

文池将对方拥在怀里,"你就是我整个世界的幸福!"

一辆豪华轿车停在酒店前。车里坐着一位雍容华贵、面沉似水的贵妇人。从她的双眼中投射出两道冷酷的目光,穿过车窗,落在不远处相拥在一起的文池和沈信惠身上。

突然一阵电话铃声响起,打扰了贵妇人的专注。

"喂!"贵妇人接起电话。

"妈,您到了吗?"电话里响起李冰茵的声音。

"我已经到酒店了。今天很晚了,你就不要过来了。明天早上,你来酒店!"

原来,此贵妇正是李冰茵的母亲华惠姗,此次专门从美国回来,就是为女儿和文池的婚事。

深夜,呼啸的北风裹挟着鹅毛大雪重重地撞击在窗户玻璃上,不断地发出如雷的响声。卧室里一片漆黑,沈信惠睡得深沉,并没有被窗外肆虐的寒风所惊扰。她已经很久没有这样安心地睡去了。

清晨,整座城市已经被掩埋在白色的羽绒之下。涂着暗红颜色的扫雪车在堆满积雪的街道上飞驰而过,身后留下一条灰色的马路。

李冰茵开着车,驶进酒店的停车场。几分钟后,她便出现在母亲华惠姗的房间。

华惠姗拉着女儿的手,关切地问道:"怎么样,回国还适应吗?"

"当然了!"李冰茵欢快地回答说。

"没晕倒在手术室里?"

"有其母必有其女！您是全美著名的心脏外科专家，拉斯克奖得主，你女儿也差不到哪儿去！"

华惠姗微微一笑，不露声色地问道："和文池怎样了？"

"您这问题也太没价值了。让你来，不就是商定个良辰吉日，把女儿嫁了嘛！"

"结婚归结婚，爱情归爱情，结了婚也不一定有爱情！很多时候，婚姻和爱情可扯不上关系。"

李冰茵嘴噘起嘴，"妈，你怎么能这么说？你应该祝福我！"

"我是让你想清楚。"

"妈，我想得很清楚了！以前，我是有点花心，到最后却发现，我爱的还是文池哥。您就别提以前的事情了。"

"既然你想清楚，那就带我去文家吧！"

华惠姗并没有将昨晚看到的一幕讲给女儿，她不想破坏女儿对幸福的渴望。现在她要做的，就是到文家，把事情搞清楚，采取一切必要手段，实现女儿的愿望。

李冰茵开车带着母亲，直奔文家别墅。

"妈，您阔别祖国几十年，这雪色浪漫的城市就没勾起您的回忆？"

华惠姗无心欣赏窗外景色，问道："文池现在怎么样啊？"

"文池哥现在是再希医院最年轻的心脏外科专家。"

"这么年轻有为，父亲又是董事长，医院里女医生、女护士成群结队，就没有对文池有行动的？"

"全院都知道再希大股东的女儿是文池哥的未婚妻。即使她们有心，也没人敢啊！再说，你女儿我天生丽质，根本是独孤求败嘛！"

"爱情这东西，沾上了就会让人冲昏头脑。"

"妈，你到底想说什么？"

"我不想说什么。妈就是提醒你，别被冲昏头脑了。"

"妈，放心，我清醒着呢！"

华惠姗母女出现在文家大院儿，文太太亲自出来迎接。双方都很热情，如同多年失散的亲姐妹再次聚首。

"惠姗，你这是第一次回国吧？"文母问道。

第十一卷
真相刺伤每个人

"是啊！是啊！几十年没回来了。怎么没看到文池啊？"华惠姗有意问道。

文母脸上立刻显露出歉意的表情，"文池一大早有手术，赶去医院了。我让他做完手术，立刻回来。"

华惠姗转过头，看着身边的李冰茵，"冰茵啊，你应该像你文池哥学习，敬职敬业。你还不赶紧去医院上班！"

"妈！"李冰茵懒着不想走。

华惠姗板起脸，"你现在是医生，不是娇小姐！"

在母亲的催促下，李冰茵不得不离开文家，去了医院。

华惠姗与吴美英寒暄了一阵之后，便谈起一对小儿女的婚事。

文母迫不及待地说道："惠姗，婚事就定在下个月吧！"

华惠姗端起茶杯，不紧不慢地喝了一口，不慌不忙地说道："婚姻大事不必这么急吧！"

"惠姗，你的意思是？"

"以前，因为冰茵不够关心文池，两人之间的感情出现过问题。文池会不会……"华惠姗表露出自己的担心。

"这都是过去的事情了，那时候两人还小，不懂事。现在都是成人，对感情都是严肃认真的。"

华惠姗一笑，"有些事情，说了不知道合不合适？"

"惠姗，有话你说。"

"文池是不是有女朋友，没有告诉你们啊？"

"不可能！"文母立刻否认，"惠姗，这个你放心！这种事情，绝对不可能。"

华惠姗拿出手机，递给文母。手机屏幕上是一张照片，文池正紧紧地将沈信惠拥在怀里。看后，文母立刻沉下脸来。

华惠姗依旧心平气和地说道："这件事搞清楚之前，最好先不要让冰茵知道。你说呢，亲家母？"

听到华惠姗称自己"亲家母"，文母忐忑的心情平静了一些，"惠姗，这件事情肯定是个误会。等文池回来，我一定让他解释清楚。"

晚上，文皖成回到别墅。见到华惠姗，自然是一番热情寒暄。没一会儿，文池和李冰茵的身影也出现在别墅内。晚餐的景象犹如全家团聚，气氛热烈。

晚餐后，众人坐回到客厅。文母吩咐陈姐沏上最好的茶叶。

"惠姗，你去美国几十年了，有没有考虑回国啊？"文母问道。

"习惯国外的生活了，回来恐怕不适应。"

"现在国内发展得相当快，北上广这些城市和国外差不多了。"

"在美国经常看国内新闻，这些年中国发展的速度确实让人惊叹。"

"华医生！"文皖成说道，"您是世界级的心脏病外科专家，又是再希医院的股东之一，一定要到医院视察视察，给我们的医生讲讲课。"

"视察和讲课真是不敢，不过确实想去再希医院看一看。"

华惠姗欣然接受了文皖成的邀请。大家边品茶，边聊天，聊的内容全部与文池和李冰茵两人的婚事无关。

晚些时候，华惠姗起身告辞。文皖成专门派司机送她回酒店。文池和沈信惠的事似乎从来没有发生过。

华惠姗要来再希医院的消息让整个心脏外科沸腾了。并非因为华惠姗是李冰茵的母亲，也不是因为她是医院的董事，而是因为她是赫赫有名、世界顶尖的心脏外科专家。

华惠姗还没到，心脏外科主任程子宜就安排好一切，准备迎接这位世界级专家。在文皖成和李亦晨的陪同下，华惠姗迈进心脏外科的医生办公室，迎接她的是一阵掌声雷动。

她做了个简短、谦虚、而又精彩的自我介绍。接着，在程子宜的引领下，华惠姗与每位医生握手示意。很快，她就站到了沈信惠面前。

第十一卷
真相刺伤每个人

03

命运的笔下，曾经的时光宛如一夜星空，斑斑点点地续写着意犹未尽的曲目。当回忆的星光笼罩起时光的森林，便错乱了人生的小径。

跟随着心外主任程子宜，华惠姗来到沈信惠面前。

"这是我们心外的沈信惠医生。"程子宜介绍道。

"华医生，您好！"沈信惠很有礼貌地说道。

华惠姗直勾勾地盯着沈信惠，目光中略有所思。

程子宜提醒道："华教授？华教授？"

华惠姗这才缓过神来。

"沈医生，我们好像以前在哪里见过？"华惠姗不慌不忙地说道。

"华教授，您出国三十几年，第一次回国，我们怎么会见过呢！"

华惠姗点了点头，"沈医生说得有道理。"

与沈信惠的见面到此为止，华惠姗没再说别的，转身离开办公室。

结束几个小时的手术，沈信惠拖着疲惫的身体出现在办公室外的走廊上。

姜美娟从护士站追了出来，"沈医生！沈医生！"

"美娟，有事？"

"沈医生，董事长夫人在会议室等您呢！"姜美娟做了个鬼脸，"她都等您好长时间了，您小心点儿。"

沈信惠微微一笑，"我知道了。谢谢你，美娟。"

推开会议室的门，沈信惠看到文太太面有愠色地坐在椅子上。

"夫人，您找我？"沈信惠很有礼貌。

"沈医生，我找你，就是通知你，以后不要再纠缠我儿子文池。"

"我和……"

没等沈信惠说完，便被文母打断，"你不要和我说什么伟大的爱情，你和文池是多么的真心相爱。我告诉你，你这样的人没有资格说这样的话。自己的老公成了植物人，躺在病床上，你就开始勾引别人的未婚夫。你知不知道，这是不道德的。我们文家要找的是知书达理的儿媳妇，你这样的女人根本不配。你就死了这条心吧！以后，离我儿子远点。"

文母甩袖离开会议室。回办公室的路上，沈信惠突然感到一阵眩晕，沿着墙壁，身体慢慢滑落下去。

文池结束手术，才得知沈信惠晕倒，被送回了家。他开车来到沈信惠的住处，给他开门的竟是李亦晨。

"你来干什么？"李亦晨质问道。

"我来看沈医生。"

李亦晨一把抓住文池的衣领，愤怒道："没有你，信惠也不会这个样子。我警告你，以后不要再打扰信惠。"

"李副院长，这是我和信惠之间的事情。"

文池刚说完，脸上便重重挨了一记重拳，接着又是一拳。

金佳楠出现在门外之际，文池和李亦晨已经扭打在一起。

"喂，你们两个在干什么？"

听到金佳楠的喊声，两人才停下手来。

金佳楠呵斥道："冷静了是不是？都冷静了是不是？"

李、文二人都不说话。

金佳楠瞪了两人一眼，"行了，你们两个进来吧！"

第十一卷
真相刺伤每个人

随着金佳楠、李亦晨和文池鼻青脸肿地来到沈信惠面前，沈信惠并没有显露出意外的表情，她感谢地对李亦晨说道："谢谢您，李副院长。这件事把您也拖累进来，真是抱歉。我的事情，我会处理好的。"

沈信惠婉转表达了不想让李亦晨干涉的意思，后者也体会到了沈信惠的用意。

"信惠，如果有什么需要，你一定要告诉我！"

"谢谢您，李副院长！让您操心了，真是抱歉。"

"信惠，那……那我先告辞了。"

李亦晨转身要走，一旁的金佳楠识相地说道："李副院长，我送你。"

房间里只剩下沈信惠和文池两人。沈信惠目不转睛地看着文池，文池也目不转睛地看着沈信惠。

突然，沈信惠"咯咯"地笑了，让文池有点晕头转向。

他不知所措地问道："信惠，你……你没事儿吧？"

"你过来！"沈信惠边笑边说。

"干……干吗？"

"坐我边上！"

文池傻乎乎地坐在床边，沈信惠伸手给他整理好胸前凌乱的衣服。

"你敢和李副院长动手！他可是领导，你不怕他取消你所有的手术？"沈信惠开玩笑地说道。

"信惠，对不起！都是因为我，你才会这个样子。"

"我没事！如果我连这些都承受不了，就不会选择和你在一起。"

"信惠，你相信我吗？"文池紧紧将心上人的双手握在自己的手心里。

"相信！"

这时，一阵敲门声响起。

沈信惠再次玩笑地说道："赶紧去给金医生开门，不然她又怪我重色轻友了。"

无论经历多大的风雨，经受多少的是非，"相信"就是幸福！沈信惠的坚韧和乐观深深感染了文池。

夜幕降临，文池回到家中。他本不想和母亲理论，可母亲坐在沙发上正等着他。

"妈，您还没睡？明天还有手术，我去睡了。"

"妈有话要和你说。"

文池只能无奈地站到母亲面前。

"儿子，是不是去看沈信惠了？"文母的语气相当温柔，没有一点责怪的意思。

文池怎么也没有想到，对方竟然这样心平气和地谈到沈信惠。他有些不知所措，瞪着眼睛看着母亲。

"儿子，你是要结婚的人，不能再随着性子来，该收收心了！"

"妈，我不会和冰茵结婚，我不爱她！"

文母没急，继续和声细语地说道："我知道，冰茵伤过你的心。可，那都是过去的事情，她现在爱的是你。"

"妈，不是她爱我，我就必须要爱她！我和冰茵的感情早就不在了。"

"文池，你不是孩子了，应该用成人的思维去考虑事情。那个沈信惠能给你带来什么？除了麻烦，她什么都不能给你。冰茵的父母都是医学界有名望的专家，而且也是再希医院的大股东，你和冰茵在一起是门当户对，对你事业的发展是有好处的。"

"妈，我是医生，责任是治病救人，我的事业不是依靠和谁结婚。"

"社会上，努力的人多得是，有几个成功的？那些成功的人哪个不靠关系？掰开他们的成功史看看，完全靠自己的没有一个。你还年轻，不要把目光局限在一个再希医院。冰茵的父母在美国有很多社会关系，他们的医院在美国赫赫有名。和冰茵结婚，将来你会成为世界级的专家。"

文池不想再与母亲讨论这个问题，敷衍道："妈，明早我还有手术，想休息了。"

文母的笑容突然消失，狠狠说道："不管你同不同意，你和冰茵必须结婚。"

文池没心情争执，转头上楼了。

翌日一大早，程子宜来到李亦晨的办公室。李亦晨坐在办公桌后，左眼圈有些红肿，脸蛋上残留着昨天搏斗后的伤痕。

"李副院长，您这是怎么了？要不要找人看一看？"程子宜问道。

李亦晨有些不好意思道："没事，没事，不小心摔了一跤。程主任你坐。"

就在两人准备讨论工作时，"砰"的一声，办公室的大开被文太太推开。

"您找我有事？"李亦晨和气地问道。

"开除沈信惠，让她立刻走人！"对方嘶吼道。

第十一卷
真相刺伤每个人

李亦晨并未惊讶,而是平静地回答:"文太太,这件事恐怕我做不到。"

"你做不到,那就我来做,我要立刻开除她!"

李亦晨依旧不紧不慢道:"您误会我的意思了。我是说,我们开除不了沈医生。"

"怎么开除不了?我说能就能!"

"您可能不太了解劳动法。没有任何原因,随便开除员工,是触犯法律的。"

"她破坏别人婚姻!"

"据我所知沈医生并没有破坏谁的婚姻。即使有,那也是她的私事,和工作没有任何关联,在工作上沈医生没有任何失误。您所说的理由即便存在,也不能作为开除员工的理由。"

文母怒不可遏道:"好,这件事我用不着你李副院长来做。程主任,这件事我就交给你了。你刚刚上任不久,医院董事局正在考查你的工作能力,希望你不要让董事局失望。"

程子宜站在原地,毫无表情,对文太太提出的要求没做出任何回应。

文母质疑道:"程主任,你也有意见?"

"文太太,李副院长说得有道理。现在立刻开除沈信惠,从法律角度上来讲,存在困难。"

"看来程主任是李副院长的人了!"文母冷冰冰地威胁道。

程子宜倒是不慌不乱,"我是医生,只为患者服务。工作时间,我只属于患者,不属于其他任何人。"

"你……"文母气得浑身发抖。

"文太太,"程子宜接着说道,"我建议取消沈信惠的手术资格。一个医生没有了手术,在医院里她还有什么作用呢?"

"程主任!"李亦晨喝道,"你没有权力这么做!"

文母立刻为程子宜站台,"李副院长,程主任是心脏外科主任,心脏外科的事情应该由程主任安排。"

"李副院长!"程子宜依旧是不慌不忙,"昨天沈信惠医生突然昏倒。据我了解,这已经不是第一次了。作为心脏外科主任,本着为患者负责的态度,我认为她目前的身体状况不适宜参加任何手术,她所有的手术应该转交给其他医生。"

文母更加得意道:"李副院长,你不是一直强调要对患者和医院负责吗?怎么到了沈信惠这里,就忘了你的信条了?我觉得程主任的决定正是为患者负责。如果你要强加干涉，我只能把这件事提交给董事局处理。"

此刻的李亦晨哑口无言，毕竟程子宜给出的理由合情合理，天衣无缝。

程子宜还真是雷厉风行，当天下午便取消了沈信惠的全部手术。不仅是心脏外科全体医护人员，整个再希医院都一片哗然。

刚刚结束手术的金佳楠得知这一消息，第一个反应就是冲进主任办公室，找程子宜理论。

"子宜，你这是公报私仇！"金佳楠怒斥道。

程子宜四平八稳地坐在办公桌后，边翻看资料边回答："金医生，我在通知里说得很清楚，沈信惠现在的身体状况不适宜参加手术。"

"子宜，信惠的处境你不是不知道，你这是落井下石。"

程子宜还是没有抬头，"我的工作是对患者负责，不是去体谅医生的私生活。"

"程子宜，你到底还有没有良心！上大学的时候，你失恋，要跳楼，是谁和你一起跳下去的？你的良心被狗吃了？"

程子宜猛地抬起头，目光如炬地盯着金佳楠。

"金佳楠，我知道你性情耿直，不过说话前，请你动动脑子。沈信惠有先天性心脏病，还怀着孩子，多次晕倒在手术室。难道这个时候你还要让她在手术室里每天站上十几个小时？现在，董事长夫人天天找机会要开除她，一旦她晕倒在手术室，出了医疗事故，就得立刻走人！"

程子宜的一番话让金佳楠恍然大悟。她没想到，一向刻薄的程子宜会这样用心良苦地保护沈信惠。

"对不起，子宜，我误会你了。你不怪信惠了？"

程子宜板着脸，"我这辈子也不会原谅她。只是，她怀着老陈的孩子，我才不和她计较。"

"子宜……"

"金医生，现在是工作时间，你应该在病床前救治患者，而不是在这里闲扯。"

离开程子宜的办公室，金佳楠并没有生气，反倒是对程子宜多了一份敬佩和感激。

文家别墅并未因沈信惠被取消手术资格而平静，书房里的火药味儿让人窒息。

第十一卷
真相刺伤每个人

"婚姻大事不是你一个人的事情,我们文家也不是谁想进来就能进来的!你和冰茵的婚事是早已定下的,不管你心里怎么想,这个婚必须要结。"文皖成低沉的声音就像一只雄狮在宣布自己的领地,让人听了发怵。

面对父亲的怒不可遏,文池恭敬,却不畏惧。

"爸,我有权力选择自己的人生!"

文皖成冷冷一笑,"你有权力?看来,你在国外学到了不少东西,可惜你学到的这些在这里并不适用。同居之内,必有尊长。尊长既在,子孙无所自专。你应该好好学习老祖宗传下来的规矩。我是你的父亲,你的一切都是我给的,你哪儿来的权力?"

"爸,人生来就是自由的!你给予我生命,给予我需要的一切,但这不代表您可以安排我的人生,剥夺我的权力。我有选择生活的自由,也有选择爱情的自由,更有权力拒绝您的安排。也许这会付出代价,但我依然会选择自由。"

中国延续千年的父权此刻遭到赤裸裸的挑战,这让文皖成颜面尽失。

他怒吼道:"你放肆!出去,给我滚出去!"

文池也是铁了心了。第二天,他便搬出了那栋让很多人羡慕的豪宅,挪进了再希医院狭小拥挤的宿舍。幸好,他还有一个董事长公子的名头,管宿舍的科长特地给他腾出了一个单间,虽然不大,还算清净。

虽然少了保姆服侍,文池内心的感受却是自由和幸福的。每天下班之后,他便跑到沈信惠那里,两人一起做做晚饭,研究研究患者的手术方案。这样的快乐在那栋豪宅里是可望而不可即的。

这天晚上,文池刚刚从沈信惠那里回到宿舍,就有人敲门。他放下手里的电脑,打开门。来者竟然是几天前和他武斗的李亦晨。

"李副院长!"文池有些意外。

"文医生,是不是打扰你了?"

"没有,没有!您请进。"

李亦晨走进宿舍。

"您坐,我给您沏茶去。"

"文医生,你不用客气,我一会儿就走。"

房间里，两个男人没有了那天在沈信惠家门外的怒气，多了一分相互尊重和谦让。

李亦晨沉默片刻后道："文医生，我是来向你道歉的，那天我不该动手。"

"您别这么说！您是学长，我应该尊重您才对，我应该向您道歉。"

李亦晨笑道："文医生，不瞒你，我和你是情敌！"

"您对信惠的关心，我能感觉得到。"

"我一直以为，你只是个有钱人家的公子哥，没想到你会为了爱情，搬到宿舍来住。我衷心地祝福你和信惠。"

"谢谢您，李副院长！"

"你和信惠的事，我不该插手。不过，有些话我必须要说。"

"有话您就说。"文池很谦逊。

李亦晨叹了口气道："文池，你现在做的一切，我能理解。但是，你有没有想过，你这样做只会让信惠的处境更难。你母亲已经找过我多次，都是冲着沈医生来的。我想，她是不会轻易放过信惠的。"

"谢谢您的真诚，我会仔细考虑的。"

"好，那我就不多说了。文医生，你休息吧！"

李亦晨说得没错，文池反抗得越是强烈，给沈信惠带来的不幸就会越多。李亦晨走了，宿舍里安静下来。文池陷入痛苦的矛盾之中，是继续与所有人对抗，还是还给深爱之人平静的生活？痛心彻骨地挣扎之后，他收拾好行李箱，当晚搬回了文家别墅。

看到儿子主动回家，文母喜出望外，立刻吩咐陈姐煲汤。

"妈，我累了，我回房间睡觉了。"

文池转身上了楼梯，正撞见急跑下来的李冰茵。

"文池哥！"

文池一把握住李冰茵的手。两人并肩上了楼，进了文池的房间，门被紧紧地关在身后。整晚，李冰茵都没有走出文池的房间。

第十一卷
真相刺伤每个人

04

命运是个圈,没人能够逃避想逃避的,或早或晚,它总会出现在你的面前。你所做的一切,只是在延迟与它碰面的时间。

清晨的阳光照射在酒店大楼的玻璃墙上,反射出一片一片刺眼的光芒。华惠姗起得很早。她穿戴整齐,准备去再希医院。突然,一阵急促的敲门声响起。她开了门,双眼红肿的李冰茵扑进母亲怀里。

"冰茵,你怎么了?"

"文池哥……文池哥……"李冰茵泣不成声。

"文池欺负你了?"

"文池哥说……他说……他不会和我结婚。"

"冰茵,他有没有欺负你?"

李冰茵擦了把眼泪,"他和我谈了一晚上,也没发脾气,态度特别平和。他说,他和我之间只有兄妹的感情。"

"那你哭什么?世界上好男人多得是。"

"可是……可是……我就爱文池哥一个人!妈,我真的爱他!"说着,李冰茵的眼泪如潮水般涌出眼眶。

华惠姗一阵心痛。她抚摸着女儿的长发,长长叹了口气,"冰茵,妈不认为女人没了男人就活不了。但是,你要是真爱文池,妈这次一定帮你。"

手术资格被程子宜取消之后,朝九晚五成了沈信惠每日的作息时间。没有了手术，没有了加班，没有了医院打来的紧急电话，生活的突然改变让沈信惠变得茫然无措。

晚上六点三十分，沈信惠准时回到了住处。她开了灯，便坐在椅子上开始发呆。不知过了多久，静悄悄的房间里突然响起了门铃。沈信惠不由自主地看了一眼墙上挂着的时钟，竟然在那把生了锈的椅子上呆呆坐了一个小时。

门铃再次响起。一定是文池结束手术，来她这儿找吃的来了。冰冷的厨房让沈信惠觉得有些愧疚，她赶紧起身跑去开门。门外站着的并不是文池，而是李冰茵的母亲华惠姗。

"华教授？"沈信惠很惊讶。

"沈医生，我可以进去说话吗？"华惠姗冷冷地说道。

"您请进。"

华惠姗很不客气地走进房间。

"华教授，您请坐。"

华惠姗并没有理会沈信惠，目光扫描着这间寒酸得不能再寒酸的住处。

"华教授，您请坐。"沈信惠再次说道。

华惠姗没有坐，板着脸对沈信惠说道："我这次来，是以李冰茵母亲的身份找你谈话，希望沈医生不要介意。"

一丝惊诧掠过沈信惠的脸庞，但她很快就平静下来，"华教授，有话，您请讲。"

"沈医生，你还真沉得住气啊！"

"您的到来只是早晚问题，所以并不意外。"

"沈医生，做事情要给自己留余地。明明知道是别人的东西，非要占为己有，是不道德的。"

"华教授，谢谢您的婉转。不过，我想我并没有抢占别人的东西。"

"是吗？"华惠姗冷冷一笑，"可是我听说，你的老公，就是你从闺蜜手里抢过来的。人要是养成了偷盗的习气，看来还是真的难改啊！"

"这件事我不想解释，我只想说，您听到的和事实不符。"

"你以前的生活和我无关。不过，你破坏我女儿和文池的感情，这个事实就摆在眼前。沈医生，难道你母亲没有教你怎么做人吗？"

"华教授，您怎么侮辱我都可以，但是，请不要侮辱我的母亲和家人。尊重别人应该是基本修养。您是从美国回来的知名学者，对于基本修养的理解应该不会有问

第十一卷
真相刺伤每个人

题。"沈信惠的回击平静且锋利。

华惠姗的脸色更加难看,大战一触即发。就在这时,卧室里突然响起一阵电话铃声。

"对不起,华教授,我要去接个电话。"沈信惠离开了客厅。

在客厅里转了一小圈,华惠姗停在陈旧的书架前,上面摆满了密密麻麻关于心脏学的书籍。在众多书籍当中,她看到了自己发表的全部著作。就在她的著作旁边,摆放着沈信惠小时候与父亲和奶奶合照的全家福。

沈信惠接完电话,回到客厅,华惠姗已不见身影。就在她莫名其妙之际,门铃再次响起。这次,出现在门外的是文池。听说,华惠姗刚刚来过,文池不听沈信惠劝阻,怒不可遏地冲出门外。

来到华惠姗的酒店房间门外,文池毫不犹豫地叩响了深棕色的房门。

华惠姗开了门,文池掩饰不住内心的急迫,带着责问的语气说道:"伯母,听说你去过沈医生那里。"

对于文池的兴师问罪,华惠姗并不惊奇,心平气和地说道:"进来说吧!"

文池站到房间中央,努力压制住内心的愤怒,"伯母,我这次来是想和您说明白……"

"文池!"华惠姗突然说道,"我这里没有保姆,渴了你就自己倒水喝。"

文池哪有心思喝水,"伯母,我和冰茵的事情与沈医生无关。即使没有沈医生的出现,我也不会和冰茵结婚。我和冰茵之间不是爱情……伯母,以后请您不要再为难沈医生。"

对于文池的愤怒,华惠姗有所准备,可当对方说到最后一句时,她听到的却是文池发自内心的恳求。

她冷冷一笑,不慌不忙地问道:"文池,你确定会守在那位沈医生身边,一生一世?"

"我确定!"

"年轻人,不要回答得这么着急,爱情不是冲动。冲动,只会让你那所谓的爱情更快地走到尽头。沈医生怀了前任老公的孩子。文池,这不是小事,你要想清楚,那不是你的孩子。"

"伯母,看来您做了不少调查。你所知道的,我都心知肚明。孩子、疾病、所有的不幸，都不是我们相爱的障碍。既然我决心和她在一起，我愿意接受她的一切。"

"文池，你是不是看小说看多了？你以为几句感动未成年少女的戏言就是今后几十年的生活吗？人生没有那么简单，想象出来的美好只是幻觉。当你后悔今天做出的决定时，最受伤的是那个对你忠贞不渝的女人。都说爱情是无私的奉献，可奉献什么，你有认认真真想过吗？"

文池沉默了。

"甜言蜜语！"华惠姗鄙视地一笑，"最自私的就是甜言蜜语，无非是想让对方倾心自己。然后呢？有多少甜言蜜语者想过在今后的生活中如何保护对方的心，珍惜对方的爱？到了分手的时候，恐怕曾经说过的话早就忘得一干二净。"

"伯母，我承认我确实没有想太多。很小的时候，信惠的母亲抛下她去了美国，不久她的父亲离开了人世，是奶奶把她带大的。就在信惠上高中的那年，奶奶也去世了。后来，她爱人在车祸中成了植物人。这个世界上，信惠再无亲人，她只有还未出世的孩子。我的想法很简单，陪她度过生命中最艰难的时刻。等到孩子出生，信惠就有了亲人。至于我，我没有什么奢求。信惠有了亲人，我就满足了。"

说完，文池突然呆滞在原地。他突然看到了华惠姗眼中闪烁的泪光。

"文池……"华惠姗哽咽了，"信惠还有一个母亲……就是我！"

就在华惠姗看到沈信惠书架上那张照片的瞬间，她差点晕倒在地板上。她再也支撑不住灵魂深处的愧疚，最后选择悄然离开。她憎恨自己，憎恨自己对女儿的恶毒。

文池手足无措地矗立在原地。即使设计一万种可能性，他也无法想到华惠姗竟然是沈信惠的生母，李冰茵与沈信惠竟是姐妹。

华惠姗收住眼泪，脸色变得更加严厉，"文池，你也曾经对冰茵说过，她是你的真爱。你今天怎么对待冰茵，以后就会怎么对待信惠。我劝你，冷静地为信惠想想，不要总是惦记着你那幼稚的爱情！我不是一个合格的母亲，但我决不允许你伤害我的女儿。"

华惠姗曾经背叛过婚姻，她并不相信爱情这东西真的会天长地久。所以，她对文池益发刻薄，所有的问题刀刀见血，原因只有一个——保护自己的女儿，无论哪一个。

文池并没有退却，"伯母，语言无法证明我对信惠的真心。在感情上，信惠经历

第十一卷
真相刺伤每个人

了那么多,最难开启的就是她的心。既然她选择了我,一定有她的理由。您可以怀疑我,但请您相信信惠的选择,她不是一个随随便便就接受异性感情的女人。"

文池所有的回答让华惠姗看到这位青年人感情方面的成熟。虽然她还不能百分之百地确信,但她决定给文池一次机会。

"既然信惠做出决定,接受了你,我祝福你们。信惠不容易,她受的苦,我做母亲的这一生都无法弥补。文池,你要珍惜信惠,不能让她再受到任何伤害!否则,我绝不饶你!"华惠姗百感交集地说道。

文池用力点了点头。

华惠姗继续道:"这件事,你暂时不要对信惠说。至于你父母和冰茵,我会亲自找他们谈。"

"伯母,信惠最需要的就是亲人,您……"

华惠姗打断了文池,"信惠的不幸源于我这个不负责任的母亲。我不希望我的突然出现再度伤害她。忘记我这个母亲,她也许会生活得更幸福……"

这时,一阵门铃声打断了华惠姗。她打开门,是李冰茵。

"妈,你怎么了?"看到母亲红肿的双眼,李冰茵关切地问道。

"没事!我没事!进来吧!"

进了房间,李冰茵第一眼便看到站在屋内的文池。

"文池哥?你怎么在这儿?"

文池一时语塞。

华惠姗赶紧上前,对文池说道:"文池,天晚了,你先回去。今晚,冰茵住我这儿。"

文池看着李冰茵,眼神中不由自主地流露出一丝忧虑。

"文池哥?"李冰茵心神不宁地问道。

文池赶紧收回目光,对华惠姗说道:"伯母,我先走了。"

"文池哥——"

文池没再理会李冰茵,转身离开房间。

"文池哥!文池哥!"

李冰茵正要去追赶文池,却被母亲一把拉住。

"冰茵!"华惠姗哽咽到无法继续。

"妈,到底怎么了?"

华惠姗握着女儿的双手,"妈这辈子又要多一个亏欠的人!"
李冰茵的眼神开始变得惊恐。

清晨,陈姐将沏好的茶水端进客厅,屋内立刻飘满一股清香的味道。
文皖成品了口茶,赞叹道:"华医生送的茶叶,味道还真是不错。"
文太太道:"冰茵的父亲最喜欢茶道。上次去美国,他亲自给我们泡了一壶。人家是把茶喝成了艺术,一种以茶为媒的生活礼仪。"
"这老李也开始不务正业了,不搞医术,搞茶术了!"
"你呀,心里就只有再希医院。你得学习学习亲家,看看人家的生活方式。医生也是人,也要有时间享受生活。"
"我呀,明天就给全体再希医院的医生放假,让他们享受生活去!怎么样?"
"去去去,和你这种不懂生活的人,真是没话说。当年怎么就一念之差,嫁给你了呢!"
老两口正开玩笑,陈姐匆匆跑进客厅,"董事长、夫人,华医生来了,车子刚停在院子里。"

文氏夫妇将华惠姗迎进客厅。
"惠姗啊,你来得正是时候,我和老文正在品你送的茶叶,真不错!我让老文多多向你们家李医生学习,除了工作,生活也很重要嘛!"文母笑逐颜开地说道。
"文董事长是敬业之人,老李现在有点游手好闲了!"华惠姗很谦虚。
你来我往,一番客套话过后,华惠姗步入正题。
"今天我来,是有件事情要和二位谈谈。"
文母喜出望外,"文池和冰茵的婚事是应该仔细筹划筹划了。"
华惠姗平静道:"人都说家丑不可外扬,可为了女儿,我这家丑必须得说。我这个做母亲的欠女儿太多了。"
文氏夫妇听得糊涂了。
"惠姗,你的话我怎么听不明白啊?"文母赶紧追问。
华惠姗几乎是面无表情道:"沈信惠是我的女儿。"
文氏夫妇顿时呆坐在沙发上。
"信惠出生一年多,我就去了美国,几十年没见过面。就在昨天,我才知道她是

第十一卷
真相刺伤每个人

我的女儿。"

文晥成和妻子面面相觑。这个消息对他们来说，用"震惊"二字形容恰如其分。

华惠姗道："信惠和文池相爱，我希望他们能够幸福，也希望二位和我一样能够祝福他们。"

文太太看了看丈夫，然后说道："那……那冰茵……"

华惠姗早有准备道："这件事我已经和冰茵说过了。她一时难以接受，但至少她答应我，暂时不让信惠知道。文池也知道这件事，我也让他不要把这件事马上告诉信惠。"

"可是……文池是和冰茵的婚事……我们也非常喜欢冰茵。沈信惠……沈信惠是结过婚的人……"文母有些嗫嚅。

华惠姗平静道："文池和冰茵确实很般配，但文池并不爱冰茵。这一点，作为文池的父母，你们一定比我清楚。"

这是事实，无可辩驳，文母也只好选择沉默。

华惠姗接着说道："即使信惠不是我的女儿，我也不希望冰茵嫁给一个不爱她的男人。至于信惠现在的情况，我想文池是考虑清楚的，年轻人的事情就让他们自己决定吧！"

文母不甘："可是……"

"我正在考虑把名下再希医院一部分股份转给信惠，算是我对女儿的弥补。再希医院马上就要进行新一届董事局的选举，票投给谁是一件很重要的事情……"

再希医院的手术室里，一台冠状动脉旁路移植手术正在进行中。为患者肝素化后，文池插入升主动脉供血管，在右心耳插入单根双层腔静脉引流管，建立体外循环。

阻断升主动脉，灌注四摄氏度的心脏停搏液。切开心包，在心包腔内放置冰盐水，保持心脏局部深低温状态。为了避免发生心脏膨胀，文池经患者右上肺静脉根部插入左心引流管……

手术进行得很顺利，从患者腿部取下的大隐静脉血管成功接入冠状动脉，恢复了病变处的血流。文池能够独立主刀这样高难度的心血管移植手术，并成功完成，这要感谢沈信惠长期以来的耐心指导。

走出手术室，文池正要回办公室，李冰茵突然打来电话，约他在天台见面。

文池走上楼梯，看到站在天台边正在远眺的李冰茵。来到李冰茵身边，他沿着对方的目光望去，那是一座灰色、忙碌、没有节奏的城市。

"真怀念我们在美国读书的生活。那时候，天真蓝……"李冰茵突然开腔。

文池的目光依然投向远方，"当时你在恋爱，一切都是美好的；而我只记得学校的图书馆，那里是最安静的地方。"

一阵微风迎面吹过，将李冰茵的长发轻轻撩起。

"如果那时候我不那么任性，文池哥，你会一直爱我吗？"

"爱情没有假设！"

"文池哥，我们回美国吧！重新开始。"

"冰茵，时间不能折返。"

文池的话音刚落，李冰茵便冲进他的怀里，"可我爱你！我想和你重新开始。"

选择，人生的一张滤网。透过这张网，人生或伟大，或平庸；或高尚，或卑微；或憎恨，或释怀；或与恶魔为伍，或与天使同行。

华惠姗离开了文家别墅。文太太就像热锅上的蚂蚁在客厅里踱来踱去。

文皖成坐在沙发上，明显有些不耐烦道："好了，你不要走来走去的。事情这个样子，我们也无法控制。"

文母停住脚步，"华惠姗的过去和我没有任何关系，她和沈信惠是母女也和我没有关系。她找到失散的女儿，我替她高兴。但是，文池是我儿子，她总不能拿我的儿子去补偿自己当年犯下的错误吧！"

"华医生说得清楚，她不同意冰茵和文池的婚事，是因为文池爱的不是冰茵。至于文池和那个姓沈的医生，她也说了，尊重他们自己的意见。"

"文皖成，为了董事局选举，你连儿子都不要了？"文母怒斥道。

"你看你，又不讲道理！"

"我怎么不讲道理了？沈信惠是结过婚的人，而且怀了别人的孩子，文池怎么能娶这种人呢？"

"你呀，先把沈信惠这事儿放一边。现在的重点是，人家华惠姗不愿意把冰茵嫁给你儿子。你儿子不和沈信惠在一起，人家也不会和你做亲家。"

"不做就不做，反正沈信惠这种女人不能进我们文家门。"

第十一卷
真相刺伤每个人

去再希医院的路上,华惠姗如坐针毡。昨晚之前,在她心里亏欠的只有女儿沈信惠。现在,对,另一个挚爱——李冰茵,她也深感歉意。是自己犯下的错,伤害了两个孩子。一到再希医院,她直奔心脏外科主任程子宜的办公室。

程子宜恭敬地从办公椅上站起身,"华教授,您的教学手术已经安排好了。不知道您希望谁来做您的助理医生。"

"如果我希望李冰茵医生做助理医生,是不是有点徇私情,不太合适啊?"华惠姗微笑着说道。

"当然不会。李医生刚参加工作不久,更需要临床经验。"

"那就谢谢你了,程主任。"

工作上,华惠姗并不是徇私之人,可这次她承认自己偏袒了女儿。李冰茵从小到大没经历过什么挫折,和沈信惠的关系对她打击巨大。华惠姗最担心的是,自己犯的错误会毁掉李冰茵成为一名优秀医生的梦想。

当华惠姗走进手术室,看到站在手术台前的李冰茵,做母亲的心情算是安稳了许多。

"今天要进行的是完全性大动脉转位手术,手术的目的是将与心室连接不一致的主动脉和肺动脉切断调转,使其与本应连接的心室相连,同时进行冠状动脉移植。希望这次观摩能给大家在今后的手术中带来帮助。"华惠姗对手术室里的年轻医生说道。

从护士手中接过十号手术刀,华惠姗开始为患者开胸。

"对于超过十五天的单纯型完全性大动脉转位婴儿,开胸后一定要测定婴儿的心腔压力。"华惠姗边操作边讲解。

建立体外循环,游离升主动脉和肺动脉干,患者鼻咽温度降至二十二度。华惠姗阻断主动脉,切开右心房,开始修补左右心房间的房间隔缺损。修补完VSD,她将手术剩余部分交给李冰茵。李冰茵并没有拒绝母亲的偏爱,在华惠姗的指导下,顺利完成手术。

太阳落山,文母面色焦急地坐在客厅的沙发上。华惠姗和沈信惠的关系不仅影响到文家的声誉,更牵扯到儿子的婚姻,这让她急火攻心,一整天都没吃饭。

文池一回到家,母亲便迫切地问道:"冰茵呢?"

"哦,她和华伯母吃晚饭去了。"文池回答。

"你怎么没一起去?"

文池一笑,"人家母女吃饭,我为什么要去?"

"冰茵家的事情,你已经知道了?"

"什么事情?"文池故意装糊涂。

文母把脸一沉,"好了,你就不要隐瞒了。华惠姗上午已经来过,事情我都知道了。"

"妈,那是人家的家事。"文池无奈地说道。

"把我儿子牵扯进去,那就变成咱们家的事情了。"

"人家什么时候把我牵扯进去了?"

"华惠姗不仅回绝了你和冰茵的婚事,还劝我同意你和那个沈信惠在一起。我现在表个态,你和沈信惠不可能。谁来说,我也不会同意。"

"妈,这件事恐怕我不能听您的。"

"你……你这是不孝!要么你断了和沈信惠的关系,要么就断了母子关系!"

"妈,我十四岁,您就把我送到美国,寄宿在老外家。每天,我只想着一件事——回家。可我不知道怎么才能回家,每天晚上我都是抱着你给我买的书包才能睡着。后来书包背烂了,我把它缝好,放在床头,再也没舍得背。初中、高中、大学、医学院,十几年过去了,我再也没想过回家,因为我习惯一个人生活了,我已经搞不清哪里才是家。美国,不是!回到这儿,我的心还是飘着。直到遇见信惠,我才明白心落地的感觉。妈,不要逼我选择好吗?我想回家!"

◎ 第十二卷　医生逃不脱生死

01

当你用手指拨动我心底的琴弦,你给我的是美丽的爱恋。当你如细沙从我的指间流去,留下的是我爱你的悲思。

西餐厅里,李冰茵低头不语,用力切割着盘子里的牛排。华惠姗看着自己的女儿,心里一阵难过。

"冰茵!"

李冰茵不说话。

"你是我女儿,妈不会用你的幸福来偿还妈妈的错误。无论有没有你姐姐信惠……"

李冰茵猛地抬起头,拒绝道:"我没有姐姐!"

华惠姗并不准备和女儿争论,改口道:"无论有没有信惠,妈都不赞同你和文池的婚事。你们的感情已经是过去时,非要在一起,你们两个都会受伤;而且,伤得最重的人一定是你。在这种婚姻中,谁爱着对方,谁就是最大的输家。"

"爱情里,没有谁输谁赢。"李冰茵争辩道。

"你和文池没有赢家。不过,无论年龄,还是感情,你失去的更多。冰茵,对于女人来讲,爱一个人很重要,但更重要的是,有一个人爱着你。"

李冰茵承认母亲说得有道理,但她不愿认输。从小到大,她从来就没输过,她不甘心。所以,她再次用沉默表达内心的反抗。

华惠姗看出女儿的心思,推心置腹道:"冰茵,你从小就

第十二卷
医生逃不脱生死

好强，没有你做不到的事情。可是，爱情不是考试，不是物件，不是一辆车，也不是一栋房子，爱情是不能被一方占为己有的。"

"没有沈信惠，文池哥就不会这么对我。"

李冰茵把所有错误归咎给沈信惠，这让华惠姗最是担心。她不怕李冰茵拒绝接受沈信惠这个姐姐，在这一点上，华惠姗从来就没寄予太大期望。她担心的是，李冰茵由此变得偏执。偏执是一切疯狂举动的根源，既会伤害别人，更会伤害自己。

"冰茵，我希望你能静下心来想一想。文池和你的感情变化发生在他认识信惠之前。这件事上，我不是偏袒信惠，我只是希望你能学会理解和体谅，这样才会驱走人生道路上的阴霾。"

"妈，无论你怎么说，我都不会认她这个姐姐。"

"我不是让你认这个姐姐。我是在说如果你把这件事记恨在别人头上，你无法释怀，受伤的是自己。我不希望我的女儿受伤，我希望我的女儿坚强，能够把控自己的情感。在任何状况下，都能够清楚地思考，成为一名杰出的医生。"

李冰茵突然觉得母亲如同一座山峰，高高地矗立在眼前，而自己的使命就是翻越这座高峰，变得更强。二十多年来，她还是第一次这样仰视自己的母亲。

深夜，文家别墅巨大的水晶吊灯炫耀着奢华的光芒，文太太却目光呆滞地坐在卧室的沙发上。

"又在惦记你儿子呢？"文皖成问道。

"我们给文池的太多了。"

"他是你儿子，不给他，你给谁？"

"我们给了他那么多，却忽略了他想要什么。"

文皖成被妻子的话给搞糊涂了，"你到底想说什么？"

"我们给他的也许并不是他想要的。"

"不愁吃，不愁穿，上的名牌大学，开的是豪华轿车，住的富人别墅，他还想要什么？"

"文池需要的是父爱和母爱，需要的是个家……当年，我们就不该送他去美国。"

"时间不能倒流，你就别想那么多了。"

文母自责地叹了口气，"是啊，时间不能倒流，缺失的东西是补不回来的。"

几天之后，李亦晨找到心脏外科主任程子宜，交给她一份董事局通知，内容很简单：恢复沈信惠的手术资格。

"先把通知发出去。至于排班……尽量少排，一个星期的手术不要超过四台，长时间的手术不要安排。沈医生应该没问题。"

"李副院长，我会安排的。"

沈信惠又重新回到手术台前，所有人都为此感到不解。李冰茵搬出文家，华惠姗为她在再希医院附近买了一套高档公寓。面对沈信惠，李冰茵依旧冷漠。

一辆黑色加长奔驰冲进再希医院，停在急诊门前。一名新郎打扮的青年人从车里抱下一位身穿白色婚纱的女孩。女孩脸上显露出痛不欲生的表情。就在穿越抢救室大门的瞬间，女孩的头花随风飘落在冰冷的大理石地面上。

"医生！医生！医生！"新郎的喊声撕心裂肺。

抢救室外，焦急的等待将时间无限拉长。每一秒钟都变成焦虑和不安，重重积压在患者亲人的心头。

沈信惠终于走出抢救室。

"医生，我老婆……"新郎迫不及待的声音中夹杂着对真相的恐惧。

"你别急，我们已经采取了急救措施。"

新郎脸上稍显出一丝安慰，"医生，她……她怎么样了？"

"你太太患有主动脉夹层动脉层瘤，瘤体导致的血肿压迫到主动脉分支血管，致使脏器缺血，需要采取手术治疗，切除瘤体，防止瘤体破裂。"

"会不会有生命危险？"

"主动脉夹层瘤是较为少见的疾病。手术中，不能排除发生主动脉破裂、急性心力衰竭，或者脑血管病变等可能。家属要做好心理准备，术后10%到20%的病例会并发截瘫。"

"那……那能不手术吗？"

就在新郎手足无措时，抢救室里突然传出一阵令人惶恐不安的警报声。新郎随着沈信惠一起冲进抢救室。

护士汇报："患者血压迅速升高！"

"立刻给患者注射维拉帕米，降压！"一名实习医生抢着说道。

第十二卷
医生逃不脱生死

"不行!"建议立即遭到沈信惠的否决。

实习医生解释:"如果不迅速降压,高血压会加速主动脉壁剥离,促使夹层破裂,导致血心包、血胸或纵隔积血,致使患者死亡。"

"患者合并有主动脉大分支阻塞,现在进行降压会导致缺血加重。"沈信惠转身对新郎说道,"你太太需要立刻手术!"

新郎慌忙点头同意。

手术室门前,新郎紧抓住沈信惠的手臂,恳求道:"医生,我老婆怀孕三个月。您一定帮我保住孩子和大人。"

新郎目光中的无助和恐惧让沈信惠似乎回到自己在手术室外等待老陈消息的那一刻。那种无助和焦急,她感同身受。可作为医生,她深知自己能做到的只有尽力,任何承诺都只是美好的设想,毫无意义。

站在手术台前,沈信惠第一次感到手术刀如此沉重。犹豫片刻后,十号手术刀直奔患者的胸骨而去。就在锋利的刀刃与患者皮肤接触的刹那,体征监测仪突然发出死亡的信号。

"血压急速下降!患者血压急速下降!"助理医生近乎神精质地报告。

作为心脏外科专家,沈信惠清楚,此刻导致患者血压骤降的原因只有一个——主动脉夹层已经爆裂。果然,数据显示患者主动脉瘤不仅破裂,而且已经破入心包腔,造成心脏压塞。

"静脉输注生理盐水,扩充血容量,准备心包开窗引流。"

按照沈信惠的指示,医护人员迅速做好准备。沈信惠以最快的速度在患者剑突左缘纵向开了一道五厘米的口子,切开腹直肌前鞘,分离出腹直肌与胸横肌之间的平面,在心包腔内置入一根多孔硅橡胶管,排出心包内的积血。就在她再次准备切开患者胸腔,修补主动脉夹层时,心脏监测仪又猛然发出让人汗毛竖起的警报声。

"患者出现室颤!患者出现室颤!"助理医生再次报道。

"准备电击复律!"

电流从200焦耳增加到300焦耳,从300焦耳再到360焦耳,巨大的冲击一次又一次刺穿女孩的身体。心脏监测仪显示器上的光点变成了一条平滑直线,一颗年轻的心脏永远停止了跳动。

医护人员全部停下工作，手术室里一下子沉默下来。沈信惠摘下口罩，将电极板交还给身边的护士，轻声道："患者死亡，死亡时间12时45分。"

找遍整栋大楼，文池终于在医生休息室的角落里发现了目光呆滞的沈信惠。他来到沈信惠面前，握起她的双手。

"女孩二十四岁，今天是她的婚礼，在我的手术台上没醒过来。"沈信惠失神地说道。

"上帝并没有把决定生死的权力交给医生。"文池牵起心上人的手，"信惠，带你去个地方。"

文池的车驶进沈信惠曾经住过的小区。

沈信惠诧异道："房子被法院收走了，还来这里干什么？"

文池一笑，停下车，略作神秘道："我们去看看现在谁住在这儿。"

"这个玩笑一点都不好笑。"

文池强行将沈信惠拉下车，上了楼。她站在房门前，回忆奔赴心头，一阵酸楚油然而生。

"我们走吧！"

文池拦下沈信惠，掏出钥匙，竟然打开了门。走进房间，沈信惠用呆滞的目光环顾四周，眼泪唰地一下涌出眼眶。

"信惠，我知道这里是你的家。我把它收回来了，希望能和你在这里开始新的生活。信惠，嫁给我吧？"

沈信惠的双眼已被泪水模糊，语无伦次道："对不起，文池，我不能！"

体谅，是一切善缘的根本，是爱情的基石。卸下曾经的固执，感受不同的情感，这个世界便是春天。

"什么！"一大早，会诊室里就传出金佳楠的惊叫声，"文池把你以前的房子买回来了？"

沈信惠点点头，轻声道："他还向我求婚了！"

"什么！他还求婚了？"金佳楠眼珠差点没掉出来，"你答应了？"

沈信惠摇摇头。

第十二卷
医生逃不脱生死

"能猜得到。"金佳楠看上去很遗憾,"这傻小子,那房子里都是你和老陈的回忆。要是我,我也不同意。"

"那倒不是。"

"那你为什么不答应?"金佳楠不解地盯着沈信惠。

"可能我还没准备好吧!"

"这有什么可准备的?相爱就结呗!"

沈信惠苦苦一笑,"我没有父母,但他不一样。"

"信惠,你想得也太多了。你没父母,他不需要争取同意,这事儿不正好嘛!"

"佳楠,婚姻没你想得那么简单。"

"那房子你不要了?"

"当然不要了,我为什么要他的房子?"

"你就这么拒绝人家的好意?"金佳楠叹了口气,"文池这小子估计伤心了。"

这时,墙壁上的扩音器突然响起:"沈信惠医生速到抢救室!沈信惠医生速到抢救室!"

沈信惠冲进抢救室,姜美娟带着怪异的目光盯着她。

"患者什么情况?"沈信惠气急迫地问道。

"患……患者是董事长夫人。"姜美娟吞吞吐吐地回答说。

沈信惠似乎没有听见,再次追问:"患者现在什么状况?"

"发病时,出现胸骨后压榨性疼痛,心律失常,救护车送来的路上已经休克。"

沈信惠疾步来到床前,文母面无血色地躺在白色的床单上。她将听诊器贴在对方胸口,"心率不规则,第一和第二心音分裂。美娟,现在的心率是多少?"

"每分钟110次。"

这时,心脏监测仪突然响起蓝色警报。

"患者室性心动过速,随时有猝死的可能。"沈信惠收起听诊器,"立刻注射利多卡因,准备直流电复律。"

沈信惠接过电极板,"第一次充电,200焦耳,准备,电击……第二次充电,300焦耳,准备,电击……加注肾上腺素……充电360焦耳,准备,电击……"

心脏监测仪的警报声依然不停地响着。

从化验室拿到检查报告，沈信惠再次走进重症监护室。这时，文太太已经清醒，文池正陪在母亲身边。沈信惠并没有和文池打招呼，甚至没看他一眼。

"夫人，您的检查结果已经出来了。心脏二尖瓣前后两叶脱入左心房，并伴有重度二尖瓣返流和左心室收缩障碍。"

"各项指标是多少？"文池问道。

"左心室舒张末期直径大于90，左心室舒张末期容积指数超过300，射血分数43%。夫人，您需要做二尖瓣置换。我们会采用保留二尖瓣瓣下结构的完整性手术，降低并发症的可能。"

"沈医生是专家，妈，您不用担心。"文池在一旁说道。

文母摆了摆手，有气无力道："你出去，我和沈医生有话说。"

"妈！"

"你没听到我说的话吗？出去！"

看到文池迟迟不走，沈信惠赶紧说道："文医生，418号病床患者手术前要做CT检查。请你帮忙！"

看了一眼沈信惠，文池无奈地离开了母亲的病房。

给患者做完CT，文池急奔母亲的病房。他深知，母亲对沈信惠偏见极深，说话一定毫不留情。当他再次来到母亲病房时，沈信惠已经不在了，母亲在药物的作用下也酣然入睡。

文池来到护士站前，"美娟，沈医生呢？"

"不是在门诊，就是在手术室，我给您查查。"

就在姜美娟埋头在电脑里查看排班表之际，李冰茵出现在文池面前。

"文池哥，我一直在手术室，刚刚听说伯母住院了。"

"二尖瓣脱垂，需要手术。"

"文池哥……"

李冰茵的话还没说完，姜美娟盯着电脑突然大声喊道："文医生，沈医生有一台冠状动脉畸形手术，在五号手术室。"

姜美娟美滋滋地抬起头，本想向文池邀功，得到的却是李冰茵恶狠狠的目光。她赶紧把脑袋撤回到电脑屏幕后，以免被对方的目光灼伤。

文池道："冰茵，我还有个患者，先走了。"

第十二卷
医生逃不脱生死

李冰茵似乎还有话说,不过最后还是忍住了,默默地望着文池的背影消失在走廊尽头。

转过头,李冰茵冷冷地喊道:"姜美娟!"

姜美娟胆战心惊地探出脑袋,怯怯地应道:"李医生……"

"305号床患者吐了一地,你还不去!"

手术室里,沈信惠小心翼翼地切开患者的肺主动脉,游离开左冠状动脉干,于主动脉后壁做小切口,避开主动脉瓣叶。

沈信惠示意:"打孔器。"随后从护士手中接过打孔器,为主动脉打孔后,沈信惠将修圆的U形杯状片嵌入主动脉侧孔,缝合左冠状动脉开口的血管片和主动脉壁侧孔。

护士又递过6-0聚丙烯线,沈信惠熟练地缝合主动脉切口,接着又用5-0线完成了肺动脉近端和远端的端口吻合。

安放完左心房和右心房测压管和起搏线后,患者体温恢复到三十七度,并停止体外循环。就在沈信惠准备做心脏复跳时,患者心血指数突然骤降,触发监测仪拉响生命垂危的警报。

"搏血指数小于25,血管阻力大于1800,心指数低于2。"助理医生立刻汇报患者体征。

沈信惠吩咐:"输注高渗盐水,补充血容量,注射多巴胺和硝酸甘油,加强心肌力收缩。"

手术的两扇白色大门向两侧滑开,沈信惠出现在走廊上。

"手术怎么样?"

声音在沈信惠背后响起,吓了她一跳。回过头,是文池。

"患者出现低心排,不过有惊无险。你不去照看伯母,在这儿干吗?"

"信惠,我妈和你说什么了?不管我妈什么态度,我娶你的心坚决不变。"文池义正词严地保证到。

"等你妈改变主意,你再来找我表决心吧!"沈信惠转头就走。

"信惠,你……你不是认真地吧?"

"我当然是认真了。"

"信惠,你应该相信我!"

"我觉得你没诚意。"

"我怎么没诚意?"

"求婚戒指都没有,你说你的诚意在哪儿?"

沈信惠话音刚落,一枚明晃晃大个儿钻戒就绽放在她面前。看来,文池早就做好了各种准备,这婚他是结定了。

传说,钻石的光芒能够刺穿女人的心。沈信惠盯着耀眼的钻石,半天才说话:"文池,你怎么随身都带着求婚戒指啊?"

"时刻准备着,等待信惠同志的批准啊!"文池得意地回答。

"你是医生,时刻想的应该是救治患者。你这也太没责任心了!对自己的职业不负责任,怎么对婚姻负责?"

沈信惠的责问让文池不知所措,"信……信惠,你相信我,我愿意对你负责,一辈子有效。"

沈信惠又瞥了一眼文池,娇嗔道:"拿来!"

"什么?"

"戒指啊!我看看。"沈信惠接过戒指,套在右手的无名指上,"还挺合适的嘛!"

"那当然了,定制的!"说到这儿,文池恍然大悟,"信惠,你……你同意嫁给我了?"

沈信惠瞪了一眼文池,"废话,这东西能随便往自己的手指上套吗?"

文池喜出望外,"信惠,我妈到底和你说什么了?"

"伯母说,她不会干涉儿子的婚姻,她希望儿子幸福!对了,咱俩领证就行,我不想办婚礼。"

文池犹豫了片刻,"信惠,我听你的。"

两人来到办公室门前,沈信惠突然摘下戒指,递还给文池。显然,这个动作让文池很是紧张。

沈信惠一笑,"放心,答应嫁给你了。我总不能戴着个大钻戒工作吧!"

文池傻笑着把戒指放回衣兜。

一个四五岁大的小男孩儿正在办公室里四下张望。男孩儿长得很漂亮,黑头发、黄皮肤、蓝眼睛、高鼻梁,西方人的脸庞,一看就是个混血儿。

看到文池出现在办公室,男孩儿猛地冲进他的怀里,嘴里不停地叫喊着:"Daddy! Daddy!"

第十二卷
医生逃不脱生死

02

男孩儿扯着嗓子叫文池爸爸,全体医生惊呆,就连沈信惠都把惊诧的目光集中在文池脸上,等着他解释。

文池不仅没有慌乱,反而兴奋地将男孩儿抱在怀里,"Hi! You didn't tell me your came."

"I want to give you a surprise!"

这时,一个三十四五岁的亚裔男子从椅子上站起身。男子个头很高,一双浓眉大眼,身穿一件黑色大衣,让整个人看上去更加玉树临风。文池放下男孩儿,来到男子面前,两人紧紧拥抱在一起。

就在沈信惠看得发愣的时候,姜美娟出现在面前,"沈医生,李副院长让您去他的办公室。"

"哦,我马上就去。"沈信惠心不在焉地回答道。

此刻,在李亦晨的办公室里,程子宜表情不悦地坐在椅子上。

"李副院长,董事局为什么突然做出这样的决定?"程子宜问道。

李亦晨摇了摇头,"这个我也不太清楚,我也只是接到通知。"

"这样的事情应该先通过科室主任和主管院长的同意,董事局不应该直接插手。"

"通常来说是这样。我在再希医院这么多年,也还是第一次发生。不过,董事局有直接处理任何事情的权力。"

"沈医生对这件事应该不会惊讶。这类事情,当事人都会事先得到消息。"

李亦晨微微一笑,"程主任,我觉得这件事我们不应该掺杂个人情绪。"

"李副院长,我并不是有个人情绪,只是觉得如果董事局直接干预科室的事情,医生们会不满。"

这时,在助理的带领下,沈信惠出现在办公室,打断了李、程二人的谈话。

李亦晨面带笑容道:"信惠,今天接到董事局任命你的通知。"

沈信惠一愣,"董事局给我的任命?"

"这件事你应该比任何人都清楚!"程子宜冷言冷语地说道。

"子宜,我真的不知道。"

程子宜从脸上挤出一丝不吝的冷笑,没再说什么。

李亦晨表示:"再希医院和美国纽约帕纳斯私人医院联合成立外科医疗研究院,董事局任命你为研究院主任。信惠,以后你将和帕纳斯医院的负责人华惠姗教授一起工作。"

太阳落山,李冰茵离开再希医院,回到公寓。华惠姗已经给女儿做好了一顿丰盛的晚餐。

"冰茵,妈决定暂时不回美国,留在国内一段时间。"

李冰茵在母亲脸上猛劲亲了一口,"妈,你真好,留下陪我。"

"我们医院和再希医院共同组建了一个外科医疗研究院,我要留下来处理很多事情。"

"妈,太好了!我也去帮你。"

"不行,你还要留在心脏外科。"

"为什么我不能去?"李冰茵撒娇地问道。

"外科医疗研究院是以研究为主的部门,需要有大量临床经验的医生参与。你刚刚工作不久,需要更多的实践经验。董事局已经任命你姐姐沈信惠为研究部的主任。"

听到仇家的名字,李冰茵立刻恼羞成怒,厉声质问母亲:"凭什么让她当主任?妈,这是你一手安排的吧?"

华惠姗早有心理准备,耐心解释道:"在部门主任的提名上,我是有私情,但你姐姐是心脏外科最有经验的专家,没人比她更适合这个工作。不然,董事局也不会

第十二卷
医生逃不脱生死

同意我的意见。"

这并未让李冰茵冷静下来，"妈，你留下来是为了沈信惠，而不是我，对不对？什么研究院，根本就是为沈信惠成立的，对不对？"

"冰茵，我留在国内，既不是为了你，也不是为了信惠。你们两个都是成年人，都有独立生存的能力。外科医疗研究院这个项目一年前就和再希医院达成了协议，和任何人都没有关系。"

"难道你就不敢承认我说的都是事实吗？"李冰茵嘶吼着。

华惠姗并不想和女儿发生冲突，继续心平气和地说道："冰茵，你从小就不缺家庭的关爱，可信惠从来没得到过。你不用担心生活，可信惠不是。你的人生一帆风顺，信惠却正好相反。信惠是你姐姐，你……"

"妈，难道这些是我的错吗？"李冰茵打断母亲的话，"亏欠沈信惠的人是你，不是我，不是再希医院，更不是帕纳斯医院，不要让我们一起来为你还债。"

这次，李冰茵彻底激怒了母亲。华惠姗厉声断喝道："李冰茵！你承认也好，不承认也罢，你和信惠都是我的女儿。你改变不了这个事实！"

"沈信惠可以是你的女儿，但她绝不是我的姐姐。没有她，我也不会失去文池哥。"说完，李冰茵冲出公寓。

李冰茵怒气冲冲地跑出小区，差点撞到一辆黑色轿车。她正想开口痛骂，释放心里的火气，车窗拉下来，从车内探出的面孔竟然是今天出现在文池办公室的那位帅气男士。

"亚朋哥！"

"冰茵，上车吧！"

客厅里静悄悄的，窗外的黑夜将房间里的灯光衬托得更加明亮。沙发上，沈信惠手里捧着书，心里却猜测着文池和那个男孩儿的关系。突然一阵门铃声搅扰了她的思绪。她想，八成是文池，本不想开门，作为对他有所隐瞒的惩罚。可是，双腿却迫不及待地载着她来到门边。透过门镜，沈信惠偷偷往外看。不出所料，门外站着的正是文池。开了门，沈信惠故意没搭理对方，回到沙发上继续看书。

文池坐到沈信惠的身边，"下班，怎么也不等我？"

"你不要陪儿子吗？"

"怎么,生气了?"

沈信惠抬起头,"当然没生气,只是伤心了!"

文池嬉笑道:"伤什么心啊?"

"有那么大的儿子,你也不介绍一下。以后,我怎么给人做妈咪啊?"

文池笑了,"他是我在美国读书时救助的一个孤儿,刚出生就被丢弃在垃圾桶旁边,而且有先天性心脏病。"

沈信惠抿嘴一笑,"还挺有爱心的嘛!饭在厨房热着呢,你自己去拿。"

文池站起身,沈信惠突然问道:"那男的是谁?看你俩亲密得跟恋人似的。"

"前男友!"文池痛快地回答道。

咖啡厅里的音乐总是温柔得让人有续杯的欲望。李冰茵双手握着冒着热气的咖啡杯,为身体取暖。

"亚朋哥,你怎么突然从美国回来了?"

"帕纳斯和再希医院合作外科医疗研究院,我是帕纳斯的代表,研究院的副主任,再希医院神经外科的代理主任。"

"这事儿你怎么也跟着凑热闹?"

"怎么,我没有资格吗?"

"有,当然有了,你是神经外科的著名专家。"

"冰茵,我听说了你和文池的事情。"

"爱情是需要争取的。亚朋哥,你要支持我。"

"冰茵,我喜欢你,做我女朋友吧!"

李冰茵将嘴里的咖啡全部喷了出来。她边用纸巾擦嘴边惊呼道:"亚朋哥,这怎么可能!我一直把你当哥哥,怎么能和你谈恋爱?"

"那文池把你当妹妹,他怎么会和你结婚呢?"

"亚朋哥……"

"能体谅到文池的心情,你的心结也就解了。冰茵学妹,以后在再希医院还要你多多关照了。"

北方的大雪紧锣密鼓地从天空中坠落。地面上、树枝上、房顶上很快便积了厚厚一层。路灯映射在雪地上,再反弹回到夜空,让整个城市笼罩在橘黄色的浪漫中。

第十二卷
医生逃不脱生死

走出咖啡厅，李冰茵和朴亚朋踩在厚厚的雪地上，脚下发出"吱咯吱咯"的声音，两串长长的脚印留在身后的背影中。

"亚朋哥，我明白你的意思。可是自己遇到这样的事情，就很难做到。"

"读书的时候，文池也为你痛苦过。"

李冰茵噘起嘴，"亚朋哥，你说我这是遭报应了？"

"我是说，爱情不是勉强，要缘分，显然你们两个只有做朋友的缘分。"

"可是，我们曾经……"

李冰茵的话说了一半，突然空中响起一阵剧烈的撞击声，接着一辆灰色轿车从两人头顶的高架桥上冲了下来，重重地摔在不远的路面上。

李冰茵和朴亚朋冲了过去。驾驶室里，一名中年妇女昏迷不醒，全身不停地颤抖。朴亚朋用力将变了形的车门拉开，小心翼翼地将伤者从车里抱出，平放在街道上。

"患者无法正常呼吸，需要立刻插管。"朴亚朋喊道。

李冰茵已然不知所措，"亚朋哥，插管没有器械啊！"

"去咖啡厅，我需要一根吸管和一把刀。"

没一会儿，李冰茵带着几名咖啡厅的员工一起跑了回来。员工将刀和吸管递给朴亚朋。朴亚朋毫不犹豫地在伤者气管处开了一道小口，接着将吸管插入气管内。几秒钟之后，患者的胸部恢复了有节奏的上下起伏。

救护车如一道红色闪电冲进再希医院。走廊上，李亦晨在姜美娟的引领下，一路小跑来到会诊室。

推开门，李亦晨急切地寻问道："患者现在什么状况？"

朴亚朋介绍："颅内血管破裂，血液集聚于脑与颅骨之间，对脑组织产生压迫，导致颅内血肿。"

沈信惠补充道："方向盘碎裂，刺入患者左胸，刺穿心脏，左心室破裂，造成大量出血和功能性损害。"

"你们的手术方案是什么？"

朴亚朋表示："需要立刻做开颅手术，释放颅内高压，消除颅内血肿。"

沈信惠也道："必须立刻开胸，清除心包腔内血块和积血，修补心脏裂口，避免过量失血。"

"先开颅！"朴亚朋咄咄逼人地说道，"颅内压力持续上升将导致脑组织发生移位，挤入硬脑膜裂隙，压迫神经、血管和脑干，导致患者脑死亡。"

"患者需要马上修补心脏。"沈信惠当然不让，"心包和心脏的伤口均保持开放，血液大量流入胸腔。如不立刻手术，心脏大量失血会导致患者迅速死亡。"

沈信惠和朴亚朋头回见面，就互不相让，各执一词。两人都是专家，都有充分的理由，会诊室里的其他医生不约而同地将目光投向李亦晨。

"伤者有没有出现脑疝？"李亦晨的声音严肃，却不慌乱。

"暂时未出现脑疝。但必须在二十分钟内手术，否则颅内压力过高，脑死亡不可避免。"朴亚朋答道。

"沈医生？"李亦晨的目光紧紧落在沈信惠脸上。

这样复杂的手术二十分钟内完成，基本不可能，除非有奇迹。众人屏住呼吸，等待着她的答复。

沈信惠思忖片刻道："我需要四十分钟！"

朴亚朋不留余地道："沈医生，你只有二十分钟。"

手术室里，麻醉师将苯巴比妥推注进伤者身体，进行全身麻醉。沈信惠从护士手中接过十号手术刀，熟练地打开伤者充满积血的胸腔。

"李冰茵医生，清除胸腔内积血。"

李冰茵随即将吸引器伸入患者胸腔，瞬间玻璃容器内注满了深红色的鲜血。积血清理完毕，沈信惠切开患者心包，准备开始修补心脏。突然，心脏监测仪发出心脏停搏的警报。

沈信惠急道："李冰茵医生，立刻心腔内注射3毫克1:1000的肾上腺素。文医生，阻断患者降主动脉，保证冠状动脉的血液供应。"

紧张的抢救之后，伤者心脏终于恢复跳动。沈信惠抓紧时间扩大心包切口，清除了心包内积血和血块。就在她用手指按压住心脏裂口的瞬间，体征监测仪发出刺耳的声音。

朴亚朋紧盯显示器，"伤者颅内压迅速升高，沈医生你只有十分钟的时间。"

"心肌裂口过大，需要带蒂肌肉补充，在做褥式缝合。"沈信惠边说边继续修复患者的心脏，没有理会朴亚朋的警告。

手术刀、止血钳、高频电刀等手术器械一件件在沈信惠手中经过。时间一分一

第十二卷
医生逃不脱生死

秒地消失，体征监测仪持续不断的警报声让手术室的气氛紧张得无法呼吸。

朴亚朋面色严峻，"立刻准备开颅手术！"

医护人员将目光投向仍在专注于心脏手术的沈信惠，就连观察室里的李亦晨也紧紧锁住眉头。

沈信惠根本不理睬朴亚朋，对护士说道："4-0聚丙烯线……持针钳……"

"沈医生，我需要立刻给患者做开颅手术。"朴亚朋再次警告道。

沈信惠终于抬起头，把视线转移到朴亚朋的脸上，"心脏裂口已经缝合，开颅手术可以开始。"

数小时后，心脏修补手术和开颅手术全部顺利完成。文池和李冰茵负责将患者从手术室转至ICU。沈信惠走出手术室，摘下手术帽，放开盘起的长发，沿着走廊向办公室走去。

"沈医生，沈医生。"

随着声音，朴亚朋从身后赶了上来，沈信惠停下脚步。

"还没有正式自我介绍。我叫朴亚朋，刚从美国回来，很荣幸以后能和沈医生一起共事。"朴亚朋已经没有了手术室里的严肃，微笑着说道。

沈信惠也微微一笑，"朴亚朋医生是美国赫赫有名的神经外科专家，我也很荣幸和您一起共事。"

"您一定是听文池说的吧！"

"文池讲了很多关于朴医生的故事。在美国，你们一起生活了十几年，他把您当成自己的亲哥哥。"

"我还没来得及恭喜沈医生呢！"

沈信惠一愣，"恭喜？恭喜我什么？"

"听说，文池的求婚已经成功。我一直有个愿望，希望能做文池的伴郎。"

"恐怕要让朴医生失望了，我们不打算办婚礼。"

"这么肯定？我觉得沈医生特别适合穿婚纱，不如去婚纱店试一试。"

沈信惠一皱眉，"朴医生，我怎么觉得您像个说客？"

朴亚朋狡猾地笑了，"我？我可是个地地道道的医生。"

这时，文池出现在沈信惠和朴亚朋的视野中。

"新郎来了,我就不打扰二人世界了。"

与文池打过招呼,朴亚朋转身去了病房。

文池来到沈信惠的面前,"患者已经安排到ICU,进行七十二小时心电监护。"

沈信惠只"嗯"了一声,似乎不太高兴的样子。

"怎么了?"

"你是不是非常想办婚礼?"沈信惠问道。

"怎么说起这件事?"

"朴医生一直在游说我,你以为我听不出来?"

文池傻笑。

沈信惠很严肃道:"文池,我希望你能理解我,形式的东西对我并不重要。"

"信惠,我不是想炫耀。在你心里婚礼也许是形式,但对于我来说,婚礼是一场见证,我希望认识我的所有人能够见证那一刻,见证我对你说过的每一句承诺。我想看你穿婚纱的样子,白色配你最合适,你在我心里就是那样的纯洁。"

爱情的力量就是将所有的一切赋予生命和誓言,那是一团篝火,不需要任何雕饰,简简单单温暖着世界。此刻,沈信惠被这团篝火彻底融化了。

"沈医生!文医生!"一阵急迫的叫喊声打破了两人的脉脉对视。

慌慌张张跑过来的是姜美娟,"董事长夫人……董事长夫人突发心律不齐,休……休克了。"

第十二卷
医生逃不脱生死

03

沈信惠和文池冲进病房，文母已经不省人事。看过心电图，沈信惠立刻吩咐姜美娟为文母注射利多卡因，并通知手术室马上准备手术。

文池跟随医护人员来到手术室门前，却被沈信惠拦下。

沈信惠道："你知道，患者家属不能参与手术。"

此刻，李冰茵也停下脚步，忧心忡忡地看着焦虑不安的文池。

沈信惠示意道："李冰茵医生，请你推患者进手术室，准备手术。"

李冰茵最后看了一眼文池，然后和护士一起将文母推进手术室。

沈信惠牵起文池的双手，"我会尽最大努力，相信我！"

手术室的两扇白色大门紧紧合拢在沈信惠身后，走廊上只剩下文池忧郁的身影。

手术入路、体外循环、切瓣……就在手术紧张的进行中，华惠姗突然出现在观察室，低头注视着手术台前的沈信惠和李冰茵。

完成一系列工作之后，沈信惠对身边的李冰茵说道："李医生，你来负责人工瓣的缝合。"

李冰茵抬起头，不自信地看着华惠姗，后者没有任何反应。

沈信惠提醒道："李医生！"

李冰茵犹豫着与沈信惠交换了位置。

"李医生，现在要用带支持垫的尼龙线双头针作间断褥式缝合。"沈信惠说道。

李冰茵从护士手中接过缝合器械。

"从瓣环的房侧进针，由室侧出针，从室侧向房侧缝入人工心瓣的缝合圈。注意，每一针缝线必须抽紧，避免瓣周泄漏。"

时间一分一秒地滑过。在沈信惠耐心的指导下，李冰茵顺利将地人造瓣膜缝合。

"现在来做着床。整理、拉直全部缝线，将人工瓣送入瓣环内，确认着床到位。"

"已经着床到位。"

"好，现在结扎。尼龙线要打五个结，注意把结打在缝圈的偏外侧，以免线头倒向中心，阻碍人工瓣的功能。"

观察室里，华惠姗静静地看着姐妹俩的合作。作为母亲，此刻她心里充满了喜悦。可没多久，忧虑心虚再次将华惠姗的喜悦冲刷得一干二净。

天已经大亮，沈信惠出现在手术室外的走廊上。一整晚连续两台手术让她精疲力尽，突然，她感到一阵头晕目眩。

"沈医生！"

沈信惠勉强转过身，是华惠姗。

"华教授，您有什么事情吗？"

"沈医生，谢谢你。"

"华教授，我不知道您为什么谢我。"

"沈医生，你能这么耐心地指导冰茵手术，我应该谢谢你。"

"华教授，您太客气。指导住院医生也是我工作职责的一部分。"

沈信惠很谦虚，华惠姗很礼貌，两人的对话充满了同事间的客套和礼节，看不出半点母女间的情感交流。

"沈医生，冰茵还年轻，有些事情她还没能理解到，希望你能够体谅。我想过一段时间，她会明白的。我相信，你和冰茵一定会成为……"说到这儿，华惠姗突然停顿了，"你们一定会成为好同事、好朋友。"

"华教授，我……"话还没有讲完，沈信惠突然晕倒在走廊上。

昏迷不醒的沈信惠被推进抢救室。华惠姗正要跟着进去，却被文池拦在门外。

"文池，你想干什么？"华惠姗质问道。

第十二卷
医生逃不脱生死

"伯母,您不能进。"

"我为什么不能进?我也是医生。"

文池压低声音,"伯母,医院有规定,医生不能参与亲属的病案。"

"没有人知道这件事情。"

"虽然没人有知道,但是您的情绪在,会影响其他医生对信惠的诊断。"

抢救室外,华惠姗焦急地来回踱着步。

"文池,信惠怎么会突然晕倒?"

文池有些犹豫。

"文池,你有什么瞒着我吗?"华惠姗停下脚步,盯着对方。

"信惠……信惠患有先天性心肌病。"

华惠姗惊慌失措地呆站在原地。沈信惠的父亲就是先天性心肌病,并因此早早离开人世。就在这时,姜美娟出现在抢救室外。

"沈医生怎么样了?"文池急不可待地问道。

"沈医生已经醒过来了,除了血压还有些低,其他尚好。"

"那我们进去看看沈医生。"说着,华惠姗就要进抢救室,又被姜美娟拦下。

华惠姗横眉立目,"我是医院的董事,难道没有资格慰问医生?"

姜美娟嗫嚅道:"沈医生只说想见文医生。"

文池来到病床前。此时,沈信惠已经清醒,金佳楠正给她做检查。

金佳楠收起听诊器,"除了血压偏低,其他都正常。"

"谢谢你,金医生!"文池由衷道谢。

金佳楠并不领情,严肃地对文池说道:"整整一夜,连续两台手术,文池,如果你继续让沈信惠同志这么工作下去,那可真就是在拼她的命了。"

沈信惠赶紧替文池解释:"佳楠,这和文池没有关系。"

"照顾不好你,就和他有关系。文池,话我就说到这儿。我把信惠交给你了,再有事情,我可和你没完。"说完,金佳楠离开了抢救室。

文池握着沈信惠的双手,由衷道:"对不起!"

"你别听佳楠胡说,我没事。应该说对不起的人是我。"

"干吗这么说?"

"我只想到自己，却忽略了你的感情。"沈信惠展露出微笑，"文池，我想穿婚纱了。"

李冰茵从抢救室外的走廊上经过，不经意间看到椅子上焦虑不安的母亲。
"妈，你怎么还没回家？"她上前问道。
"信惠突然晕倒，不知道现在怎么样了，文池还在里面。"
看到李冰茵阴沉的脸色，华惠姗意识到自己太过表露对沈信惠的关心，赶紧把话题岔开，以免刺激到李冰茵，"冰茵，文太太怎么样了？"
这时，文池与沈信惠肩并肩走出抢救室，出现在李冰茵和华惠姗面前。华惠姗的目光不由自主地从李冰茵转移到沈信惠身上，关切之情溢于言表。
李冰茵冷冷地瞪了一眼沈信惠，对母亲说道："妈，咱们该回家了。"接着头也不回地走了。
"文池，你好好照顾沈医生。"叮嘱完，华惠姗也离开了抢救室。
华惠姗既担心沈信惠的状况，又不想伤害李冰茵的感情。不过，有一点她很清楚，此时此刻绝不是表露身份的时候。有文池在信惠身边，她也就安心了。

母性的伟大不在于留给儿女多少财富，而是无所图报地为儿女放弃自己的世界。

文池母亲的手术非常成功，身体恢复得很快。她没有再反对儿子和沈信惠交往。在华惠姗的暗中帮助下，两人的婚事也提上日程。可是，文池却变得忐忑不安。
下班，朴亚朋约文池去酒吧，正好沈信惠也在。
"沈医生，能不能借文池用用？"朴亚朋开玩笑地说道。
沈信惠笑了，"朴医生，在你眼里女性地位真是够高的。你们去吧，只要不耽误明天的手术就行。"
"文池，你要注意了！"朴亚朋说道，"在沈医生心里，患者排名可比老公优先。"
文池一笑，"亚朋哥，我先送信惠回家，我们酒吧见！"
沈信惠摆摆手道："不用，我打车回去。你们去吧！"

酒吧内，灯红酒绿之间，文池却是一副忧心忡忡的表情。
朴亚朋放下手里的酒杯，"怎么，你也有婚前焦虑症？沈医生不会和我一样的命

第十二卷
医生逃不脱生死

运,遭遇逃婚吧?"

"当然不是!"

"那干吗一副忧国忧民的样子?"

"不知道冰茵会不会接受。"

"怎么,放不下冰茵?一颗心装两个女人,可婚只能和一个人结,是够纠结的!"

"我不是装两个女人。其实,冰茵和信惠她们是……"说到这儿,文池有点犹豫,"我只希望信惠能有一个完整的家。"

"结婚之后,你和沈医生就有了自己的家。至于冰茵,我相信她会明白的,这件事交给我好了。"

朴亚朋并没有理解文池的心思。文池不仅想与沈信惠共同建立家庭,更希望爱人能够找回曾经失去的亲情。

深夜,万籁俱静,偶尔一束车灯滑过,将黑夜撕开一道裂口。文池回到家,母亲还没有入睡,正坐在沙发上等着他。

"妈,您还没睡?"

"文池啊,妈有件事要问问你。"

"有事您说。"

"沈信惠和华教授能不能相认啊?最好能在你们结婚前,让她们把母女关系确定下来。"

"这是人家的家事,您就别操心了。"

"沈信惠就要嫁到咱们家,她的事情就是咱们家的事情。虽然我不计较她有了前夫的孩子,但总是件让人心里不舒服的事情。你在国外长大,你可以接受;可是在亲朋好友眼里,这就是件让人背后说闲话的事儿。如果华教授能够认了沈信惠这个女儿,咱们家也能抬回些面子。"

尽管文池不同意这样的想法,但母亲能够接受沈信惠,他已经十分感激了,所以,他不想再和母亲争论下去。

"妈,有时间我去找华教授。"

清晨,阳光肆无忌惮地闯入这座城市。姜美娟随着文池出现在再希医院的重症监护室。

姜美娟开始介绍病情："韩彩英，二十一岁，恶性肺部肿瘤。癌细胞扩散至胸膜、上腔静脉、肾和消化道。昨晚突发心前区疼痛。检查结果显示，癌细胞已经蔓延到心脏。值班医生建议尽快手术，但患者拒绝手术。"

还没等文池说话，心电监护仪突然发出心搏骤停的警报声，让人焦灼。

文池急道："AED！AED！"

姜美娟迅速准备好除颤仪，交到文池的手中。

"充电200焦耳，准备，电击。"

"电击无效！"

"充电300焦耳，准备，电击。"

强有力的电流将女孩儿柔弱的身体从病床上抛起。数秒之后，沉寂的心脏终于有节奏地跳动起来。

做过检查，文池收起听诊器，"彩英，你需要立刻手术，否则肿瘤会阻塞心脏的引流淋巴管，造成心包填塞，导致猝死。"

女孩儿没有立刻回答，而是看着身边的母亲。

"医生，我……我们……"女孩儿的母亲突然哽咽。

女孩儿紧握住母亲的手，将目光转向文池，"从二十岁开始，生活对我来说，只剩下做不完的手术，再多一次，也不会改变结局，延长的只是痛苦的时间。医生，我不想再痛下去，我想重新开始。"

说到这儿，女孩儿突然持续不停地咳嗽起来，强烈的咳嗽让她几乎窒息，本应风华正茂的面孔变得青紫。姜美娟赶紧给她进行高浓度输氧。

病床上，女孩儿带着艰难的呼吸，恳求地望着文池。她的目光中没有绝望，有的只是无声的道别和对"重新开始"的渴望。

离开重症监护室，文池叮嘱姜美娟："美娟，给患者办出院手续吧！"

"文医生，真的不手术了？"

"医生的目的是治愈患者的病痛，让患者健康地生存下去。如果死亡已经注定，无法挽救，手术带给患者的只是延续痛苦。"

"我看她母亲还是很想女儿接受手术，哪怕只是延长两个月的生命。"说到这儿，姜美娟有些悲伤，"做母亲谁都不希望自己的女儿就这么走了，太残忍！"

第十二卷
医生逃不脱生死

"她只是母亲，不是患者！只有患者最清楚病痛带给自己的是什么。母亲的愿望可以说成'母爱'，也可以说成'自私'，满足自己的心理安慰，带给女儿的却是痛苦。"

"文医生，我不同意你的看法。母亲都爱自己的儿女，怎么能是自私呢？"

"不顾儿女的感受，把自己的愿望强加给他们，这可不是什么母爱。爱的本质是相互尊重，如果没有尊重，没有理解，爱和独裁又有什么区别呢？"

"虽然我不知道怎么反驳你，但我不同意你的看法。你们这些从国外回来的，思想都特别怪异，和中国人不一样。"

文池笑了，"我不同意你的观点，但我应该尊重你的存在。姜美娟同志没拿刀砍我，说明你就是这样想了。"

姜美娟撇着嘴，"文医生，你肯定又是在取笑我。"

这时，文池的手机突然响起，是心外主任程子宜，让他立刻去会诊室一趟。

会诊室里，除了主任程子宜，还有两位医生，文池以前没有见过。

"这两位是儿科医生，他们刚刚接收了一名早产儿，患有先心病，希望我们能够提供手术方案。"程子宜介绍道。

儿科医生详细介绍了患者病情，文池又仔细看了病历。

"文医生，我们会全力配合你的手术。"一位儿科医生说道。

"手术没有任何意义。"文池放下手里的病历，"对不起，我还有患者，先告辞了。"

谁也没有想到，文池会拒绝救治幼小的生命，就连程子宜都感到诧异。两位儿科医生充满期待的目光顿时变得无望。

结束上午的手术，文池便去了华惠姗的办公室。虽然无法公开文池是未来女婿，但看到文池的那一刻，华惠姗还是非常高兴，亲自给对方倒了茶水。

"伯母，我想邀请您和冰茵参加我和信惠的婚礼。"

"如果冰茵接受了你和信惠，我想她会去的；如果她不去，你也别怪她，给她点时间。"

文池点了点头。

"至于我嘛——"华惠姗停顿了片刻，"就不参加了。"

"伯母，我还想……"

"文池，你听我说完。我离开信惠三十几年，她已经习惯没有母亲的生活。如果此时此刻把这段母女情强加给她，对信惠是不公平的。作为母亲，我已经自私过一次，不能自私第二次。只要信惠幸福，我就做她身边的华教授吧！"

窗外悬挂起夜幕的黑暗，一阵门铃声在空荡的客厅里回荡。沈信惠走出卧室，来到门前，开了门，一对陌生的年轻夫妇出现在她面前。

"您是沈医生吧？"男子小心翼翼地问道。

沈信惠侧头道："您是？"

男子立刻露出笑容道："我们是患者家属。听说您和文医生就要喜结良缘，我们是来恭喜的。"说着，掏出红包，就往沈信惠的手里塞。

"请你把钱收回去，有事情到医院说。"沈信惠义正词严地说道。

看到沈信惠拒绝，一旁的女人突然大哭起来。

做了这么多年医生，沈信惠还是第一次遇到这种医生拒绝红包，就号啕大哭的患者家属。她将小夫妻俩让进房间，给他们倒了茶。女人依旧不停地抽泣。

沈信惠将纸巾递过去说："先别哭，你们把事情讲清楚。"

女人擦掉眼泪，悲泣道："我儿子刚出生一个月，患有先心病。儿科医生找文池医生会诊，文医生不肯给我儿子做手术，说风险太高。"

沈信惠心里一惊。在她的印象里，文池不是那种因为手术风险高，就选择逃避责任之人。

"这样吧，等我见了文池医生，我了解一下情况。"沈信惠说道。

女人又开始哭诉："我儿子还在重症监护室。如果不做手术，也是活不了啊！"她留意到沈信惠隆起的小腹，"沈医生，虽然你还没结婚，可你也是要做母亲的人，你应该了解做母亲的心情。"

男子用力拧了一把女人的胳膊。女人立刻意识到自己说错了话，慌忙解释："沈医生，我……我不是说你是个坏女人……"

男子又拧了一把妻子。这次，女人再不敢乱说话了，只管坐在椅子上不停地掉眼泪。

夜深，沈信惠难以入眠，脑子里全是那位年轻母亲乞求的目光。

第十二卷
医生逃不脱生死

清晨，城市天空灰蒙蒙一片，连眼前的空气也成了模糊视线的障碍。

沈信惠站在重症监护室外，透过巨大的玻璃窗，看到育儿箱里那个正在为生存挣扎的幼小生命。婴儿每一次微弱的呼吸都牵动着她这位准母亲的心。

"信惠，今天不是请假去试礼服吗？怎么又来医院了？"文池突然出现，打断了沈信惠的专注。

"昨晚孩子的父母去过我那儿，希望你能帮帮他们的孩子。文池，给孩子做手术吧！"沈信惠直言不讳道。

"患婴是六个月的早产儿，患有先天性主动脉瓣狭窄，伴有心肺功能不全和肾功能不完善，而且已出现充血性心力衰竭——风险太高，手术的结果只会是失败。"

"既然来到这个世界，孩子就有生存下去的权力。"

"信惠，你应该知道，对于心、肾功能不全的新生儿，先天性主动脉瓣狭窄交界切开术的死亡率接近100%。"

"可以在深低温阻断循环的前提下，进行直视主动脉瓣切开。"

"在深低温下手术，时间有限，闭式扩张难以避免产生动脉瓣关闭不全。而且，不采用体外循环只是相对安全，对危重新生儿的安全性并没有定论，还有待进一步评估和研究。"

文池的一再推脱不断刺激着沈信惠的母性荷尔蒙，她终于抑制不住，大声对文池嚷道："如果不做手术，孩子就彻底没有生存的机会了。你不是母亲，根本不了解一个做母亲的心情！"

文池也严肃起来，敲打着对方："母爱也要有度，滥用就是自私。让孩子毫无意义地挨上一刀，痛苦地离开这个世界，就是不负责任。如果我是孩子的母亲，我希望我的孩子平静地离开。"

沈信惠没有再继续争论下去，只是失望地看着眼前的文池。这时，护士突然从重症监护室里跑了出来。

"文医生，患儿……患儿……"

不等护士说完，文池和沈信惠不约而同地冲进重症监护室。

迅速检查过体征数据，文池对护士说道："患儿出现全心衰竭，立刻注射螺旋内酯。"

"立刻送患儿去手术室，任何药物抢救都没有意义！"沈信惠毫不客气地指责道。

文池也毫不让步地盯着沈信惠，气氛再一次紧张起来。

04

  沈信惠并没有回避文池的目光,"作为母亲,我会不惜生命为我的孩子争取一切生存的希望;作为医生,我会想尽一切办法,为患者争取生存的权力。"
  在沈信惠的目光中,不仅带着一位母亲的坚毅,还饱含着一份医生对患者的不离不弃。
  "文医生,沈医生,现在不是争执的时候。"护士为难地说道。
  "通知手术室,立刻准备手术。"文池突然说道。

  手术室里,一切准备就绪。文池小心翼翼接过长针头,刺入婴儿右心室游离壁,再穿过室间隔将针头送入右心室。
  "患儿出现严重代谢性酸中毒!"助理医生突然大声喊道。
  文池稳住手中的针头,沉着道:"静脉滴注前列腺素E1,保持动脉管开放。"
  酸中毒的警报还没有停止,心电监测设备又突然响起。
  "心搏骤停!患儿心搏骤停!"助理医生的声音让本来就紧张的手术室渗出一层死亡的底色。
  文池吩咐道:"立刻注射肾上腺素,准备心脏复苏!"
  一秒、两秒、三秒、四秒……墙上时钟发出滴滴答答的声音,似乎在催促生命的结束,让人惶恐不安。

  手术室外,婴儿的父母焦虑地等待,每一秒都在煎烤着他们的心。文池和姜美娟终于出现在他们面前,这对夫妻的

第十二卷
医生逃不脱生死

目光中充满了期待和恐惧。

"文医生……"年轻母亲的声音已经颤抖得无法再继续。

文池黯然道:"手术过程中出现重度代谢性酸中毒和心搏骤停,我们尽了一切努力。很遗憾,没能……"

年轻母亲怦然泪下,丈夫将其紧紧拥入怀中。

回办公室的路上,文池在病历上签好自己的名字,交给身边的姜美娟。

文池惋惜地说道:"我早就警告过他们会有这样的结果,何必非要坚持手术呢!"

"因为他们是父母,而您是医生。"

"这又有什么区别,结果还不是一样。"

"医生看到的是客观分析的数据,科学推断的概率;但在父母眼里,只有与自己血脉相连的儿女。"

文池停下脚步,盯着姜美娟。

姜美娟慌忙解释:"文医生,您别误会,我不是说您没亲情。作为医生,您必须从科学的角度分析患者的病情;而对于父母,心里只有对儿女的爱。无论是昨天那个同意女儿放弃手术的母亲,还是今天明知结果仍要坚持手术的父母,都是出自对儿女的爱。等您和沈医生结了婚,有了孩子,就明白了。"

婚纱店的大厅里,沈信惠身着白色婚纱出现在巨大的落地镜前。

"佳楠,如果我不在了,我希望把孩子的抚养权交给你。"沈信惠突然严肃地对身边的金佳楠说道。

"赶紧呸呸呸!再有半个月就结婚了,怎么说这种不吉利的话?"

"我是说万一!"

"万一,也轮不到我,还有你老公文池呢!"

"他还年轻,而且孩子是老陈的,文池体会不到做父母的心情。"

"信惠,你这种思想可不利于婚姻。既然两人结婚,就应该共同担当。当然,我不是说我不想做孩子的监护人;我是说,文池是你老公,你不该有这种想法。"

"文池爱我,我清楚,也从不怀疑。可不能因为他爱我,就让他接受我所有的一切,这不公平。"

这时,突然有人说道:"沈医生,是不是应该介绍一下您漂亮的伴娘?"

不知道什么时候,朴亚朋已经站到沈信惠和金佳楠的身后,身边站着文池。

沈信惠介绍道:"再希医院心血管专家金佳楠金医生。"

"金医生您好!我叫朴亚朋,刚从美国回来。"朴亚朋很主动。

"听信惠说过。"金佳楠可没有朴亚朋那么热情,她的态度甚至让人感觉有些冷淡。

朴亚朋并不在意,依然面带绅士般的笑容,"以后会和金医生经常见面的。"

"科室不同,见面不多!"

"金医生的回答简单明了,真让人下不来台。"朴亚朋幽默地说道,"不过还好,今天还有机会和金医生共同试穿伴郎和伴娘的礼服。多一点时间,多一点了解。"

朴亚朋和金佳楠跟着服务员去试礼服,大厅里只剩下沈信惠和文池。

"孩子怎么样了?"沈信惠紧张地望着镜子里的未婚夫。

"心搏骤停,没有抢救过来。"

沈信惠的眼泪在眼眶里不停地滚动,文池上前握住她的双手,"信惠,我一定会成为一个好父亲。相信我!"

人生的全部意义大概并非"幸福",也许是千百种情愫里的一种。经历种种之后,是喜、是悲、是恩、是怨,都是人生修行路上的一分收获。

文太太约了华惠姗喝茶,目的只有一个,希望对方能够以沈信惠母亲的身份出席婚礼,两家能够真正成为亲家,面子上也好看些,而且团团圆圆,亦是中国的传统观念。

文太太到家的时候,天已经黑了。

"夫人,要不要准备晚餐?"陈姐问道。

"我已经吃过了。董事长呢?"

"在楼上书房。"

她匆忙上楼,进了书房。

"事情办得怎么样?"文皖成急切地问道。

文太太坐在沙发上,摇了摇头,"惠姗还是不肯参加婚礼。"

"沈信惠可是她的亲生女儿!"

第十二卷
医生逃不脱生死

"她不想因为自己的突然出现,影响女儿的生活。"

"当妈的不参加女儿的婚礼,这不太合适吧?"

文母叹了口气道:"作为母亲,我也能理解惠姗的心情。看着自己的亲生骨肉就在身边,却不能相认——下这样的决心,为难她了。"

"那也不能一辈子不认啊!"

"只要女儿幸福,她就一辈子不会去打扰。"

文皖成皱着眉头,"这个华惠姗,拉斯克奖得主啊!看来,女人要强,必须心狠才行啊!"

文池分发结婚请柬这天,办公室里的年轻医生们闹成一团。就在大家纷纷送上祝福之时,李冰茵推门出现在办公室。在她冰冷的目光中,大家如同被拔掉了电源,立刻噤声,气氛相当尴尬。

李冰茵板着脸,拿起桌上的病历,转头离开办公室。

文池随即跟了出去,"冰茵……冰茵……"

李冰茵头也不回地往前走。

无奈之下,文池只好加快脚步,拦在李冰茵的面前,"冰茵,我真心希望你能参加我和信惠的婚礼。"

李冰茵看了一眼文池手中的请柬,抬起头,目光冰冷道:"文池哥,你不觉得你这么做很残忍吗?"

说完,她推开文池,消失在走廊的尽头。

李冰茵来到手术室的时候,沈信惠和其他医护人员已经准备完毕。一群实习医生也来到手术室观摩,华惠姗则站在观察室的大玻璃前目不转睛地注视着手术室里发生的每一个细节。

沈信惠介绍病情:"患者男性,四十五岁,急性心肌梗死入院,经检查患有严重的缺血性二尖瓣反流。今天的主刀医生是住院医生李冰茵。李医生开始吧!"

李冰茵接过十号手术刀,在患者胸骨正中做切口,建立体外循环。

"用冷生理盐水灌注左心室,观察瓣口的反流情况……从后瓣环中央开始缝合……后瓣环需要八个褥式缝线,前瓣环需要六个……"沈信惠一步一步指导着李冰茵的每个动作。

二尖瓣恢复自然形态，两侧瓣叶吻合后，沈信惠提醒李冰茵："左心室内需注入冷生理盐水，做加压测试。"

加压测试刚进行到一半，心脏后交界的中部便出现泄漏，这让李冰茵不知所措。

"用4-0涤纶编织线，进行间断缝合进行修补。"沈信惠冷静地说道。

心脏缝合结束，沈信惠将关胸留给李冰茵独立完成。她离开手术室，去找心脏外科主任程子宜。

看到沈信惠，程子宜表情冷得就像块儿冰，"沈主任，有什么事情赶紧说，我还要手术。"

"子宜，我和文池这个月15号的婚礼。这是请柬，希望你能参加。"

程子宜看了一眼对方手中的请柬，不冷不热地说道："放桌上就行！如果沈主任没有别的事情，手术前我还有很多准备工作要做。"

"子宜，那你忙吧！"

虽然被程子宜很不友好地从办公室请了出来，沈信惠还是很欣慰，因为对方并未拒绝她的邀请。

李冰茵将患者安排在重症监护室，嘱咐护士为患者点注多巴胺、多巴酚丁胺和硝普钠，左心房压维持在十二到十五毫米汞柱之间。待患者无异常状况后，李冰茵离开了重症监护室。这时，惠姗打来电话，约她在咖啡厅见面。

李冰茵来到咖啡厅，"妈，您找我有事儿？"

"手术完成得很好。"

"又不是什么高难度手术。"李冰茵不以为然。

"冰茵，医生最重要的是谦虚谨慎，小小的错误就可能导致生命的终结。"

"妈，我知道。您有什么事儿，赶紧说！"

"我刚才见到文池了，他希望……"华惠姗的话没讲完，便被女儿打断，"妈，不管你说什么，我绝不会参加他们的婚礼！"

"妈不是要强迫你去参加婚礼，我是担心你解不开心里的结。你姐……"说到这儿，华惠姗突然停了，"沈医生今天在手术室里对你的指导还是很耐心的。"

"妈，请您把工作和私人感情分清楚。沈信惠是主任医师、研究院主任，责任就是培养我们这些住院医生。指导手术是她的工作，我不会因为她做了该做的事情而

第十二卷
医生逃不脱生死

感激她!"

"冰茵啊,你这么想问题,妈很担心你啊!"

"没什么可担心的,我现在挺好。"

这时,扩音器里突然响起:"李冰茵医生速到重症监护室!李冰茵医生速到重症监护室!"

李冰茵冲进重症监护室时,医护人员已经忙成了一团。

"患者心率增快,脉压骤降,收缩压低于12kPa,李医生现在怎么办?"护士焦急地催促道。

面前的情景让李冰茵不知所措。

"李医生,患者血压持续下降!"

"注射……注射肾上腺素。"李冰茵慌不择路地说道。

"肾上腺素注射完毕……无效。李医生!李医生!"

李冰茵已经无计可施,无论护士怎样喊她的名字,她就像根木桩似的一动不动。

"呼叫沈医生!立刻呼叫沈医生!"最终,护士放弃了对李冰茵的希望。

很快,沈信惠便出现在众人面前。检查过患者体征数据,她果断说道:"患者出现低心排血量综合征,通知手术室,立刻准备手术。"

心脏外科手术室,沈信惠再次切开患者前胸,迅速建立起体外循环,阻断主动脉。

沈信惠道:"灌注一计量温血。"

灌注师:"灌注完毕。"

"重新复跳!"

"复跳成功。"

"延长患者体外循环时间……"沈信惠的话音刚落,心脏监测器突然发出警报声。

"患者心脏再次骤停!患者心脏再次骤停!"

李冰茵焦急地喊叫声和心脏监测仪的警报声交织在一起,提醒着手术室里的每个人,死亡正在逼近。

"准备电击复跳!"沈信惠迅速从护士手中接过电极板,紧紧贴在心脏壁上,"充电第一次，10焦耳，准备，电击……充电第二次，15焦耳，准备，电击……充电第三次，20焦耳，准备，电击……"

将电极板交还给护士，沈信惠摘下口罩，"患者死亡，死亡时间15时38分。"

消毒室里，沈信惠来到精神恍惚的李冰茵身边。

"低心排血量综合征是术后最常见的并发症和死亡原因。很多事情无法避免。李医生，你已经尽力了。"

李冰茵并没有理会沈信惠的关心，她低着头，继续冲洗着自己的双手。

第十二卷
医生逃不脱生死

05

夕阳早早收起最后的光芒,冬日的最后一场雪静悄悄地从黑色的天空中飘落。汽车一辆接一辆地在橘色的路灯下排起长队,公路显然成了巨大的停车场。

耐不住性子的司机准会在这个时候破口大骂,而文池握着方向盘,优哉游哉地听着车内的音乐,欣赏着窗外霓虹灯下的雪景。

"冰茵的一个患者突发低心排血量综合征,没抢救过来。她是主治医生,很难过,我看得出来。"副驾上的沈信惠担心地说道。

"这是每个医生成长的必经之路。"文池抬手关掉音乐,"对了,我妈去找过华教授,希望她以亲家的身份参加婚礼。华教授没有同意,她不想打扰你现在的生活。"

"这样最好!"沈信惠说道,"就当作陌路人,谁也不要打扰谁。当初她放弃做母亲的角色,现在也不必再把这角色拾起来。哭哭啼啼不是她的性格,也不是我的性格。她是华惠姗教授,我是沈信惠医生,很好,大家都很习惯!"

"你们毕竟是母女!"

"有些事情,我无法选择。但不是每一件事情,我都要去接受。"

"信惠,你可以接受冰茵,就不能……"

沈信惠打断了文池,"冰茵和我一样,命运不是自己能够安排的。也许她不接受我这个姐姐,但我希望她能成为一名杰出的医生。"

"信惠……"

"谢谢你,文池,这件事一开始你就没有瞒着我。"

"信惠,无论你做出什么决定,我都支持你!"

拥挤的车辆开始缓慢向前移动,沈信惠伸手再次打开车内的音乐。一个个蓝色音符就如窗外的雪花,片片覆盖在沈信惠的心上。

铺满整座城市的积雪开始慢慢融化。又过了两周,那场大雪便了无痕迹了。

文池和沈信惠的婚礼在大教堂拉开序幕。走过红毯,李亦晨将沈信惠交到文池面前。婚礼进行曲悄然结束,两人站在了婚姻殿堂的门前。

此刻,再希医院医生值班室里,李冰茵茫然地坐在办公桌前。她曾一手策划的幸福今天彻底失败了。

接受现实,是一件令人痛彻心扉的事情,无论爱情,抑或生活。但是,李冰茵没有再去记恨谁。无论是沈信惠,还是文池,在她心里似乎不再是具体的形象,扎在她心上更多的是痛的感觉。

突然,护士闯进办公室,"李医生,患……患者突然出现急性心肌梗死!"

随着护士,李冰茵冲进病房。老陈一动不动地躺在病床上,身边仪器发出刺耳的警报声似乎与他毫不相干,他仿佛已经准备好接受死亡的结局。

"立刻注射利多卡因,准备直流电复律。"李冰茵迅速从护士手中接过电极板,"充电第一次,200焦耳,准备,电击……充电第二次,300焦耳,准备,电击……充电第三次,360焦耳,准备,电击……"

"复律无效!"

"准备心内注射肾上腺素!"

李冰茵从护士手中接过九号注射针,十几厘米长的针头毫不犹豫地刺穿老陈的胸腔,直奔心脏。抽得回血后,李冰茵将药液快速注入老陈的心脏。

"准备电击复律!"李冰茵再次接过电极板,高声喊道,"充电300焦耳,准备,电击……"

沈信惠和文池的婚礼酒会移居到酒店大礼堂。各界名流,西装革履,热闹极了。人群中,文池母亲突然看到一个熟悉的身影,便立刻走了过去。

"金记者,你怎么来了?我们没有邀请你,你也不受欢迎!"

第十二卷
医生逃不脱生死

金秉阳并没有介意对方冷淡的态度,面带笑容地说道:"文太太,恭喜您了!"

"我们不需要你的恭喜,请你离开这里。"

这时,文池和沈信惠并肩来到两人面前。

"妈,是我邀请金记者来的。"文池解释道。

文母还要发火,李亦晨带着程子宜和朴亚朋疾步走过来。

"夫人、文医生、沈医生!"李亦晨说道,"医院还有事,我们就先告辞了。"

文母脸上刚才刮的是寒风,现在成了霜冻。

她冷冷地质问李亦晨道:"今天是文池的婚礼。李副院长,您把两个主任全部带走,是什么意思?"

朴亚朋打圆场:"伯母,您误会了。医院确实有急事!"

朴亚朋出面,看来是真的有事,文母也就不再说什么了。

婚礼现场的气氛依然热烈,沈信惠却感到有些疲惫。文池将送她到休息室休息,自己回到大厅,继续和母亲一起给亲朋好友敬酒。这时,他接了个电话,说了几句之后,便挂了。

看着儿子面色沉重,文母问道:"谁的电话?"

"亚朋哥。"

"有事?"

文池看了一眼母亲,轻声道:"老陈醒了!"

"老陈?老陈是谁?"

"信惠的前夫。"

说完,文池放下酒杯,准备离开婚礼现场,却被母亲一把拉住。

"你干什么去?"文母问道。

"我去通知信惠。"

"不行!"文母断然说道,"不能告诉她,婚礼不能没有新娘。"

"妈……"

"婚礼没结束,新娘就跑了,你想让我和你爸把老脸都丢在这儿吗?当初,我就不该同意这门婚事。"

再希医院的会诊室里,护士将刚刚出来的影像图交给李冰茵。

李亦晨道:"李医生,你可以开始了。"

李冰茵将影像图贴在灯箱上,开始介绍:"一小时前,患者血压突然迅速上升,并突发急性心肌梗死。体温始终处于三十八度的高烧状态,蛛网膜下腔发现有出血。这是MRI和CT图像。"

看过影像图,朴亚朋说道:"患者颅内动脉瘤破裂,引起动脉痉挛,导致急性心肌梗死。"

程子宜问:"朴主任,老陈会不会有生命危险?"

朴亚朋指着CT影像,分析道:"由于血凝块凝固以及血管痉挛收缩,加之脑脊液的促进作用,破裂处现在已经停止出血,暂时没有危险,但需要尽快手术。如果拖下去,就不好说了,可能会出现二次破裂。"

从教堂到酒店,沈信惠身上的衣服就换了几套。这个平时在手术室一站就是十几个小时的女医生,在烦琐的婚礼流程面前显得有些力不从心。

靠在沙发上,沈信惠昏昏沉沉地正要睡去,文池推门走了进来。

"是不是需要我出去招待客人?新娘躲起来很不礼貌。"

沈信惠正要起身,却被文池轻轻地按坐在沙发上,"信惠,有件事我必须告诉你。"

文池沉重的目光让沈信惠有些莫名其妙,"发生什么事情了?"

"老陈……老陈他醒了。"

是惊喜?是忧伤?是向往?还是畏避?幸福的大门似乎重如千斤,即使平淡也仿佛遥不可及。

沈信惠从沙发上站起身。

文池也跟着站了起来,"信惠,我送你去医院。"

沈信惠望着文池,此刻对方目光中的真诚让她灼心。茶几上的手机不失时机地响起,沈信惠伸手接起电话。

"沈信惠,是我!"是程子宜的声音。

"子宜!"

"老陈醒了,他想见你,你立刻来医院。"

第十二卷
医生逃不脱生死

沈信惠并没有看文池,沉默片刻之后道:"子宜,我不能去。对不起!"

"沈信惠,你对不起的不是我,你对不起的人是老陈!"喊完之后,程子宜挂了电话。

沈信惠转过身,平静道:"文池,我们去招待客人吧!"

沈信惠随着文池出现在大厅里的那一刻,文太太对这个在她心里没有任何好感的儿媳妇竟然产生了感激之情。

"信惠,你该多休息休息!"文母上前说道。

"妈,婚礼上怎么能没有新娘呢?"

沈信惠的一句话让文母的眼泪掉了下来。

"妈,你怎么哭了?"沈信惠问道。

"信惠,真是难为你了。"

酒店洗手间的镜子前,沈信惠抹去脸颊上的泪痕。

"你真的不去看老陈?"一旁的金佳楠问道。

"佳楠,这个时候我要是离开,为难的是文池的父母,我不能那样做。"

"可老陈……老陈是孩子的父亲啊!"

"文池接受了我的一切,我不能只想着自己。"

"信惠,你……你还爱老陈吗?"

洗手间里突然沉默了。

婚礼结束,宾客散去,休息室里只剩下文池和沈信惠。

沈信惠带着歉意的目光望着文池,"文池,我……我想去看看老陈。"

文池没说话,看了一眼面前的妻子,转身离开休息室。在酒店大厅的电梯间,他碰到了母亲。

"你去哪儿?"文母问道。

"信惠想去看老陈,我去取车。"

母亲再次拉住儿子,婚宴上的笑容已经荡然无存,"如果信惠选择了前夫,这也是人之常情,毕竟他是孩子的父亲。"说到这儿,文母有些哽咽,"妈希望你能够平静地接受这个现实。放手,也是一种爱。"

文池点了点头。

"好，那就好。送信惠去医院吧！"

看着儿子离去的背影，文母一阵心酸。她没有埋怨谁，她只是觉得儿子太善良，而善良就意味着更多的付出，承受更多的伤痛。

去医院的路上，文池似乎只专注驾车，不说话。沈信惠沉默许久之后，想说什么，欲言又止。

车子驶入再希医院，文池给沈信惠开了车门，陪她走进住院部大楼。

下了电梯，文池突然止住脚步，"信惠，我还是不去见老陈了，在楼下车里等你。"

"文池，对不起！"沈信惠紧握住文池的双手，"老陈是我生命中一段美丽的回忆，希望你能理解。"

文池点了点头，松开沈信惠的双手，转身进了电梯。

文池的身影消失在电梯门后。沈信惠犹豫片刻之后，向老陈的病房走去。这段路恐怕是她人生中走过最漫长的一段。鼓足勇气，她终于站在老陈的病房门前。

再希医院住院部楼下，黑色奥迪静静地停靠在台阶前。文池坐在车厢里等待，等着沈信惠的出现。突然，车门被拉开，李冰茵不经邀请，坐在了副驾驶的位置上。

"文池哥，你还要等下去吗？"

文池紧握方向盘，"冰茵，信惠知道你和她是同母异父的姐妹。这件事从一开始，我就没有瞒她。"

"文池哥……"

"冰茵！"文池打断李冰茵，"信惠没有承认和华伯母的母女关系，我想她有她的理由。但在她心里，你就是她的妹妹。她并不期望你能接受她这个姐姐，但是她希望你能成为一名优秀的外科医生。信惠心里装着身边的每个人，现在该是我为她做些事情的时候。"

"文池哥，你要真的想为她做些事情，那就离开她，不要让她选择。"李冰茵突

第十二卷
医生逃不脱生死

然说道。

门开了,沈信惠出现在老陈的病房内。

老陈将目光投向沈信惠,"谁来了?子宜,是谁来了?是信惠吗?"

这一幕让沈信惠目瞪口呆。

程子宜从椅子上站起身,对沈信惠说道:"老陈颅内动脉瘤压迫视神经,他现在暂时什么也看不到。"

"子宜,是谁啊?"老陈再次追问。

"老陈,信惠来了。"

老陈脸上立刻透出幸福的微笑和对未来的渴望,"对不起,信惠,我现在还看不到你。"

沈信惠含着眼泪,来到病床前,"老陈,说对不起的人应该是我。"

"没关系,真的没关系。子宜已经和我说了,你有手术,脱不开身。"

沈信惠抬起头,程子宜正冷冷地看着她。这时,姜美娟推门走进病房,通知沈信惠和程子宜去会诊室。

离开老陈的病房,沈信惠由衷道:"子宜,谢谢你。"

"沈主任,你不用谢我,我是担心老陈受不了刺激。他现在还不知道孩子和你改嫁的事情,等他病情好转,你自己和他解释。"

会诊室里,除了李亦晨和朴亚朋,华惠姗也在。

看到沈信惠和程子宜进来,李亦晨说道:"信惠、子宜,你们坐。找你们来是想在通知患者之前,征求一下你们对手术的意见。朴医生,你说吧!"

朴亚朋打开投影仪,介绍道:"患者颅内肿瘤位于大脑中动脉,虽然已经停止出血,但随时都有再次破裂的可能。我们的手术方案是对动脉瘤颈进行闭夹,阻断动脉瘤的血液供应,避免发生再出血。同时,保持载瘤及供血动脉继续通畅,维持脑组织正常血运。"

"手术风险有多大?"沈信惠问道。

"动脉瘤夹闭术是目前被普遍使用的方法,不过,手术中也会出现不可控因素。例如一旦突发肿瘤爆裂,死亡率非常高。但是,突发肿瘤爆裂的概率并不大。"

"但并不排除爆裂的可能性?"程子宜说道。

朴亚朋摇了摇头。

"可以采用非外科治疗。"程子宜继续说道。

朴亚朋道："非外科治疗只能是降低再次破裂的概率。一旦肿瘤再次破裂，死亡率在30%以上。"

"沈医生，你有什么意见？"李亦晨问道。

手术间里，沈信惠是一位当机立断的医生。而此刻，面对自己孩子父亲的生死，她早已失去了医生的果断。

"沈信惠，你有什么想法，你说啊？手术做，还是不做？老陈现在的状况等不起！"程子宜迫不及待地催促道。

这时，一直沉默的华惠姗突然发声："程主任，你就不要逼沈医生了。你们给她点时间，让她想一想。毕竟，老陈是孩子的父亲，我们体会不到沈医生的心情。"

李亦晨带着朴亚朋和程子宜离开会诊室，房间里只剩下华惠姗和沈信惠。

华惠姗来到女儿面前，安慰道："信惠，不要勉强自己。"

突然，沈信惠扑进华惠姗怀里，失声痛哭，"妈！"

华惠姗的眼泪也瞬间涌出眼眶。这泪水并非因为激动，而是一位母亲看到了女儿内心的悲伤，更是华惠姗难辞其咎的自责。

她抚摸着女儿的长发，"信惠，该面对的就要面对。妈，陪你！"

第十二卷
医生逃不脱生死

06

华惠姗陪着沈信惠再次来到老陈的病房外。

"信惠,老陈是孩子的父亲,有权利知道发生的一切,隐瞒是对他的不公平。"华惠姗说道,"至于手术,还是要他自己决定,毕竟你们已经不再是夫妻。"

有生以来,沈信惠第一次体会到从母亲那里得到的力量,她那本已孤独的世界突然闯进了一束阳光。

"信惠,去吧!诚实虽然残酷,但只有诚实才能让人做出正确的决定。"

看着沈信惠走进病房,华惠姗不免担心。她心里清楚,道理讲得再明白,自己也只是动动嘴而已,她无法代替女儿去面对残酷的现实和纠结的选择。

沈信惠再次来到老陈的病床前。

"信惠,是你吗?"

虽然老陈无法看到面前的沈信惠,但目光里却充满了期待。沈信惠的眼泪瞬间决堤。

"是我。"

"信惠!"老陈的脸上立刻洋溢起幸福的波澜。

沈信惠握住老陈摸索着的双手,说道:"老陈,我……我有事要和你说。"

"信惠,你说!"

她将老陈的手轻轻放在自己的小腹上,"老陈,你要做父亲了。"

老陈的手指微微地颤动着,眼泪悄然从眼角处滑落,"信惠，我们一家终于团聚了，我们又能在一起了。我保证，我一定做一个好丈夫、好父亲，决不让你再受任何委屈。"

"老陈……我……我还有一件事……"说到这儿，沈信惠哽咽了。

"信惠，你说，你快说。不管发生什么，我一定会把我们失去的都拿回来。"

看到老陈对未来充满期待的神情，沈信惠突然失去了坦诚的勇气。此刻，诚实就如一把利刃，沈信惠举起它，却不忍刺伤老陈的心。

就在沈信惠犹豫不决之际，李亦晨和朴亚朋走进病房。

李亦晨道："沈医生，我和朴医生给老陈介绍一下病情。"

朴亚朋道："陈先生，我是您的主治医生朴亚朋。"

老陈点头微笑道："朴医生，您好。"

"您颅内的动脉瘤虽然停止出血，但如果再次破裂，就很危险了。我们建议采取手术，将动脉瘤进行封闭处理。手术技术虽然成熟，但依然存在危险性。"

"朴医生，您这是为难我。做手术也是死，不做手术也是死。"老陈开玩笑地说道。

朴亚朋一笑，"脑部手术都存在一定的风险。如果我保证100%没有危险，那我就不是医生，是算命的了！要不您和沈医生再商量一下。"

"不用了！"老陈紧紧握住沈信惠的手，"不能再让信惠为难了，这个决定我来做。"

华惠姗坐在自己的办公室里，一点一滴地为女儿沈信惠计算着未来的道路。随着一阵敲门声，文池和李冰茵出现在她的视线中。

文池开口道："华教授，有件事我想和你说。"

"你说吧，文池。"

"我想和信惠离婚。"

华惠姗并没有惊讶。她从椅子上站起身，来到文池面前，"这个时候，你能为信惠做出这样的牺牲，真是难为你了。不过，在信惠最艰难的时刻，你突然提出离婚，你有没有想过，这么鲁莽做出决定，不仅伤了自己，更会伤了信惠。虽然你是为信惠着想，可是你有没有考虑过她的感受？现在，信惠需要的是支持，不是你替她做出选择。"

第十二卷
医生逃不脱生死

"妈,我不同意你的观点!"李冰茵突然说道。

"住嘴!"华惠姗厉声喝道,"现在轮不到你说话。文池,感情的事不是简单的你谦我让,你要想仔细。我现在有话要对冰茵说。"

文池离开办公室,华惠姗冷冷地盯着李冰茵。对于后者来说,她还是第一次品尝到母亲如此严厉的目光。

"妈——"

"你不要说话!"华惠姗断然喝道,"信惠是我女儿,我不允许任何人在这个时候去伤害她,也包括你!"

"让沈信惠在孩子的父亲和现任老公之间选择,您不觉得残忍吗?"

"老陈随时都有生命危险。你让文池和信惠离婚,一旦老陈出了状况,信惠这辈子就完了。信惠和文池是夫妻,至少在老陈病情稳定之前,这个事实不能改变。等老陈脱离危险,再说。"

"妈,你太自私了!"说完,李冰茵甩头就走。

"站住!"华惠姗一声断喝,"我不管你出于什么目的,信惠的事情以后你不要参与。"

文家已经是宾客散尽,文氏夫妇精疲力尽地坐在书房的沙发上。陈姐将沏好的茶水放在茶几上,然后离开。

"这件事,你准备怎么处理?"文皖成问道。

"希望沈信惠是个识大体的女人,不要为难我们文家。"

"她不是因为感情破裂才和前夫分开,而且两人还有了孩子,换成任何人都会选择回到前夫的身边。我们文家这次要颜面尽失啊!"

文母叹了口气,"我现在顾不了什么名声,就是担心文池。年纪轻轻,刚结婚就遇到了这样的事情。如果当年不送他出国,留在我身边,就不会有这些麻烦。"

"你总想为文池设计人生,设计来设计去,到头来一场空。"

"我不想和你争论这些事情!"

"我说的都是事实。"

"皖成,我承认我曾经忽略了文池的感情。这是我的错,我不否认。我想弥补,可如今受伤的还是文池。我只希望给儿子铺一条平整的道路,可怎么做都是错。"说到这里，文太太老泪纵横。

"美英，我刚才态度不好，我认错。文池的路让他自己走吧！我们做父母的只有协助的份儿。至于现在这个局面，也是预料不到的。文池的婚姻不论是分是合，我们做父母至少要镇定。"

这时，陈姐慌慌张张闯进书房，"董事长，夫人，文医生和沈医生回来了。"

谁也没有预料到，沈信惠会再次出现在这个家里。文氏夫妇面面相觑，目瞪口呆。

沈信惠随文池走进书房的瞬间，文氏夫妇一下子不知道该说什么。

"忙了一整天，你们俩也没好好吃饭。陈姐，你赶紧去准备。"还是文母反应快，谈家事之前，先把陈姐打发走。

陈姐离开后，文母赶紧问道："信惠，老陈怎么样了？"

"让您担心，真是对不起。"

"信惠，咱们是一家人，千万别客气。"

"妈，信惠身体不舒服，我先送她回房间休息。"

"对对对，你身体不好，赶快回去休息。文池，你好好照顾信惠。"

文池和沈信惠离开书房，文母如坐针毡，"到底怎么想的，沈信惠也不说说，这不是要急死我吗？"

"她不可能马上就在文池和前夫之间做出选择，总要有一个过程。"文皖成叹了口气，"这也够为难她的了。"

文皖成刚说完，陈姐再次闯进书房，"董事长，夫人，华惠姗教授来了。"

文氏夫妇赶紧来到客厅。

文太太道："惠姗，信惠刚回来。身体不太舒服，我让她回房间休息去了。"

华惠姗点头道："是啊，她身体不好，不能再折腾了。"

"陈姐，赶紧给华教授沏茶。"

华惠姗道："对了，以后我们就是一家人了。"

"惠姗，你的意思是？"

"信惠已经知道我是她的母亲了。虽然我是个不称职的母亲，但此时我必须站出来，不能让我的女儿独自面对。"

第十二卷
医生逃不脱生死

　　文太太一直期望华惠姗和沈信惠能够相认，两家正式联姻。这次，她终于如愿以偿。不过，很快，她的惊喜变成了担忧。她突然意识到华惠姗的出现，是代表女儿来和文家摊牌的。

　　文太太道："惠姗，恭喜你们能够母女相认。既然我们是亲家，我有话直说了。现在信惠的前夫突然醒过来，而且他又是孩子的父亲。在这种情况下，信惠总是要做出选择的。当然，如果信惠没有选择文池，我们也理解。"

　　"这件事不用再讨论了。"华惠姗道。

　　"信惠……信惠已经做决定了？"文母迫不及待。

　　华惠姗平静道："手术中，老陈颅内动脉瘤再次破裂，没抢救过来。"

　　自从老陈离世后，沈信惠变得沉默寡言。她尽可能接更多的手术，从早到晚几乎不离开手术室。遇到心脏停搏在手术台上的患者，她总是亲自通知家属，陪伴他们度过最艰难的时刻。

　　金佳楠不无担忧地说："信惠，自从老陈走后，我发现你不太正常！"

　　"佳楠，我真的没事。"

　　"有情绪就要抒发，憋在心里，总有一天会爆炸，伤到自己，也伤及无辜。"

　　"你让我抒发什么呢？"

　　"悲伤啊！"

　　"如果我每天都沉浸在悲伤里，受伤害的就是文池和他的父母，我不能只顾及自己的情绪。"

　　"文池什么反应？"

　　"文池是一个好丈夫。我希望自己能成为一名称职的妻子，一位合格的母亲。"

　　这时，姜美娟气喘吁吁地站到两人面前，"沈医生，406号床患者突然心力衰竭。"

　　沈信惠冲进病房，患者已经停止心跳。

　　"注射利多卡因，准备电击复跳。"沈信惠接过电极板，"200焦耳，准备，电击……300焦耳，准备，电击……"

　　七岁的时候，沈信惠的父亲走了，十几岁的时候奶奶走了，现在老陈也走了。面对亲人离去留下的悲伤，她只有一个愿望：救治更多的患者，让手术室外那些焦急的人们等来的是与家人的再次团聚。

傍晚，华惠姗受文太太之邀，来到文家别墅。已经成了亲家，文母比以往更加热情，不过言谈举止中难免仍是心事重重。

"亲家，有什么话你就直说吧！"华惠姗直言不讳道。

文母放下茶杯，"惠姗啊，我在想，以后这孩子生下来，你说是姓陈啊，还是姓文啊？"

这个问题立刻让华惠姗想到"继承权"三个字。谁也不希望自家财产将来被一个和自己毫无关系的人继承。在西方社会生活了几十年，华惠姗能够理解这种心情，换成她，也会考虑这个问题。不过，还没等她表明态度，文池就回家了。

"文池，信惠怎么没和你一起回来？"文母问道。

"信惠今晚加班。"

"她现在的身体弱，你怎么还同意她加班呢？"文母立刻责问道。

"她本来要加一整夜，我劝了半天，她才答应只加到上半夜。晚一点，我去接她。"

"不行，半夜也不行。睡眠不好，对孩子影响很大，你赶紧回去把她接回来。"

华惠姗赶紧说道："咱们先吃饭。吃过饭，我去劝信惠回来。"

晚饭后，华惠姗告辞，匆匆赶往医院。首先，她要劝女儿爱惜身体，这个时候该多休息；其次，和她说清楚，孩子不要姓文，不要造成贪恋人家财产的嫌疑。

华惠姗走后，文母也没闲着，立刻把儿子叫进书房，就是要讨论即将要出生的孩子的姓氏问题。在这一点上，文氏夫妇的态度不仅一致，而且相当坚决。

给患者做完检查，沈信惠叮嘱值班的住院医生注意患者的动脉压、CVP和血氧饱和度，如出现心包填塞征象，立刻通知她。

走出重症监护室，沈信惠正好撞见华惠姗。

"妈，这么晚你怎么来了？"

"信惠，还有两个月就要进产房，你不应该再值班了。"华惠姗严肃批评道。

"妈，我没事儿。产假之前，我想多做点事情。多挽留一个患者，就少一个不幸的家庭。"

"别把自己弄成患者就好，你身体里还有一个小生命。"

沈信惠点点头。

第十二卷
医生逃不脱生死

"信惠,你有没有和文池商量过,孩子出生之后是姓陈,还是姓文?"

"妈,这事儿我还没想过。"

"信惠,这孩子和文家没有关系,我认为应该让孩子跟老陈的姓。"

"您怎么突然说起这事儿来了?"

"今天,你婆婆提到这件事。不管怎样,不能让人家误解咱们对文家的财产有什么想法。爱情一旦和金钱扯在一起,幸福也就没了,徒留猜忌。"华惠姗拉住女儿的手,"信惠,文池对你的感情是纯洁的。但很多时候,婚姻不仅仅是两个人的事情。"

"孩子不是文池的,文池父母的想法我能理解,我也不会把孩子强加给他们。妈,您放心吧,我明白您的意思。"

深夜,沈信惠回到家,小心翼翼地推开卧室房门。为了不惊醒熟睡的文池,她没有开灯,轻手轻脚地上了床。突然,文池将沈信惠拥在怀里。

"你还没睡?"沈信惠问道。

"等你回来。"

"白天在手术间站了十几个小时,你应该早点睡。"

"信惠,我和你说件事,你千万不能胡思乱想。"

"好,你说。"

"我妈找我谈了关于孩子姓文还是姓陈的问题。我觉得我妈想得没错,所以……"

"孩子应该姓陈。"沈信惠立刻打断文池,"孩子是老陈的,应该姓陈,和文家没有任何关系。"

"信惠……"

"我累了,想睡了。"

"信惠,你听我把话说完。"

"今天真的很累,有话明天再说吧!"沈信惠转过身,背对着文池,没有再给他解释的机会。

沈信惠理解,也接受文池父母有那样的想法,但她不能接受文池也有同样的想法。经历无数风雨之后,她本以为他们之间只有相濡以沫的信任,可万万没想到文池在心里也和自己筑起了一道金钱的高墙。沈信惠的心被割伤了。

十号手术刀

清早,文池睁开眼睛,沈信惠已经去医院了。为重症监护室里的患者做了晨检,沈信惠便匆匆赶去手术室,准备今天的第一台手术。走廊上,文池突然出现,将她拦下。

"信惠,你听我解释。"

"我还有手术。"

沈信惠要走,再次被文池拦住,"信惠!"

"手术台上的患者今年七十岁,患有预激综合征,情况非常危险。和他相濡以沫四十多年的老伴儿正在手术室外等着结果,女儿也正在从美国飞回来的班机上。文池,我现在真的没有时间和你讨论孩子应该姓文还是姓陈。"

说完,她没再理会文池,直奔手术室。

手术室里,白发苍苍的田老先生静静地躺在手术台上。看到沈信惠站到自己面前,他目光颤抖地问道:"沈医生,我爱人她还好吗?"

"阿姨在外面等着呢!有护士陪着,您就放心吧!"

"我陪了她四十年,从来没有离开过。这一次恐怕我要走了,女儿又在国外,剩下她一个人,我不放心啊!"

"我们一定会尽最大的努力,您就放心吧!"沈信惠安慰道。

田老先生点了点头。

在沈信惠的示意下,麻醉师将药物推注进患者体内。田老先生很快便失去了知觉,手术正式开始。

器械护士递过十号手术刀,沈信惠熟练地切开患者的胸腔……沿着三尖瓣环,她将探头插入冠状静脉窦口……仔细检测过心内膜,以确定旁路在心房中的插入位置……

在常温体外循环和维持患者心跳的状况下,助理医生利用牵引线将患者心脏提起,沈信惠沿冠状动脉后降支切开心脏内膜……

缝合切口,停止体外循环,她开放升主动脉。就在大家准备庆祝手术即将顺利结束时,心脏监测器发出蓝色生命警报。

接着,助理医生急声叫喊道:"心脏出现严重传导阻碍!心脏出现严重传导阻碍!"

第十二卷
医生逃不脱生死

沈信惠道:"立刻推注肾上腺素,准备心脏人工起搏。"

手术室外,患者的老伴儿静静地坐在椅子上,脸上的每一条皱纹都深深刻着与爱人相濡以沫的岁月。对于手术室里发生的一切,她一无所知。此刻,在她的生命中剩下的只有等待。

沈信惠出现在老人面前。老人缓缓站起身,没有任何表情,似乎早已为最坏的消息做好了准备。不过,那微微颤抖的目光还是难以隐藏对相守四十多年的爱人依依不舍的悲伤。

"阿姨,您爱人的手术很成功。"

一瞬间,老人的眼泪从眼眶中奔涌而出。

沈信惠离开抢救室,文池迎面走过来。

"信惠……"

沈信惠立刻斩断了文池的讲话,"孩子是老陈的,应该姓陈,不会牵扯到文家。这一点我们想法一致,没有什么可说的。"

"信惠,你听我说完……"

"文池,我希望我们之间的感情能够没有任何杂质和猜忌。我会努力做好一位母亲,也会努力成为一个好妻子。四十年也许是奢望,但至少我们努力过。"

"信惠,孩子应该姓文。"

沈信惠呆愣在原地,惊诧的目光紧紧锁住文池的双眼。

文池紧紧握住沈信惠的双手,"孩子需要健康的长大,特别在心理上,不能让他感觉是寄人篱下,我们是一家人。这是全家的意见,我想老陈也一定会同意。信惠,我们的四十年不是奢望。"

眼泪一颗接着一颗从沈信惠的脸颊上滚落。

突然,扩音器里传来一阵急促的声音:"心脏外科的文池医生,速到一号抢救室!心脏外科的文池医生,速到一号抢救室!"

"信惠,我答应过你,我会做一个好父亲。"说完,文池松开沈信惠的双手,冲出楼梯间。

爱情,是在某段时间,你心里满满装的都是那个人;婚姻,是山盟海誓的幻觉消散之后，你依然愿意一生一世陪伴着那个人。

　　泪水渐渐模糊了沈信惠的双眼。这时，一阵手机铃声响起。她接起电话，耳边传来护士急迫地喊声："沈医生，华教授突然晕倒在办公室。"
　　"我马上就到。"
　　收起手机，沈信惠沿着楼梯直奔母亲的办公室。突然，脚下一滑，她的身体重重地摔倒在台阶上，沿着楼梯滚落下去。

第十二卷
医生逃不脱生死

07

文池出现在抢救室。

住院医生立刻向他汇报患者病情:"患者二十岁,警校学生,与歹徒发生搏斗,左胸腔被匕首刺穿,这是X线胸片。"

文池从住院医生手中接过胸片,放在灯箱前,"患者胸腔积液超过肺门平面,已经出现创伤性血胸。"

突然,护士急促地喊道:"患者心血输出量迅速下降。"

"注射阿托品,补充血容量,立刻准备胸腔引流。"

接过手术刀,文池迅速在患者腋下第六和七根肋骨间切开皮肤,沿肋骨上缘伸入血管钳,分开肋间肌肉各层直至胸腔。然后,他将引流管插入胸腔内,腔内积血立刻沿着引流管涌出。

固定好引流管,文池指示护士:"患者心脏和主动脉出现破裂。通知手术室,准备手术。"

华惠姗睁开双眼的时候,李冰茵和朴亚朋正围在病床前。

"华教授,脑供血不足,导致您暂时性意识丧失。"朴亚朋轻声说道。

"妈,您以后要注意休息。"李冰茵满是焦虑和担心。

华惠姗微微一笑,"我没事,不用担心我。"

李冰茵还要说什么,这时病房的门被猛地撞开,姜美娟气喘吁吁地闯了进来。

"华教授,沈……沈医生摔倒在楼梯上,已经送去抢救室了。"

听到这个消息,华惠姗顾不上自己的身体状况,立刻下床，随姜美娟直奔抢救室。朴亚朋和李冰茵紧随其后。

就在华惠姗等人赶到抢救室的同时，李亦晨和金佳楠也刚好赶到。

华惠姗拉住李亦晨道："我必须进去看看信惠。"

"华教授，您先别着急。有什么情况，我会及时通知您。"说完，李亦晨和金佳楠匆匆进了抢救室。

华惠姗心急如焚，转头对朴亚朋说道："亚朋，你不是家属，你进去看看现在到底什么情况。"

华惠姗的话音刚落，李亦晨和金佳楠等医护人员推着轮床上昏迷不醒的沈信惠出现在抢救室外。

"信惠怎么样了？"华惠姗冲上前去。

"沈医生需要立刻手术。"李亦晨没再多解释，直奔手术室。

手术室外，华惠姗再次被护士拦了下来，沈信惠毫无血色的面颊渐渐消失在她的视线中。

文池打开患者胸腔，"心脏受损，伤口很大，已经出现严重心包压塞，心搏也无血排出。需要立刻做心包切开手术，减压。"

器械护士迅速为文池更换了手术刀。就在他持刀切开心包的刹那，在巨大压力的作用下，心包内的血液如同决堤的洪水，咆哮而出。

医护人员迅速清理患者胸腔内积满的血液。紧张时刻，监测仪突然发出心搏骤停的警报。文池毫不犹豫地将手伸进胸腔内，不间断地为患者进行心脏按压。

与此同时，他指示助理医生："心腔内注射肾上腺素，阻断降主动脉，保持患者脑部足够的血液供应。"

护士迅速准备好注射器，交给助理医生。尖细的针头刺入患者心脏，助理医生将配好的肾上腺素推注进心脏。另一名助理医生也按照文池的指示，将患者左肺向前牵开，阻断降主动脉。

华惠姗呆坐在手术室外的椅子上，记忆的碎片闪回到几十年前。当时，二十几岁的她看都没看女儿一眼，便拎起行李箱，踏上了美国的寻梦之路。随着岁月老去，那段记忆越来越频繁地出现在她的回忆中，毫不留情地折磨着她那颗亏欠的心。

第十二卷
医生逃不脱生死

金佳楠的身影出现在华惠姗的面前。

华惠姗匆忙起身，焦急地问道："金医生，信惠的情况怎么样？"

"出血已经被止住。不过，信惠出现严重的左心室梗阻，并伴有心室颤动。我们采取电击复律，目前心跳正常。"

"孩子呢？"

"胎儿缺氧，情况不是很乐观。产科专家建议立刻做剖宫产，以免再次出现大出血，危及大人和胎儿的生命。"

"信惠患有肥厚型梗阻性心肌病，心脏非常脆弱，现在做剖宫产，恐怕随时都有猝死的危险。"

"华教授，信惠曾经说过，如果出现意外，一定要保住孩子。"

"不行！先抢救大人，必须保住大人。"华惠姗的回答不夹杂半点犹豫，"我知道，信惠一定会怪我。可她是我女儿，我只能做这样自私的决定！"

还没等金佳楠做出反应，一名护士慌慌张张冲出手术室，"沈医生再次大出血，心排量迅速降低，正在抢救，需要立刻输血。"

"那还不赶紧派人去血库。"华惠姗喊道。

"沈医生是RH阴性AB型熊猫血，咱们医院血库里没有。"

金佳楠急道："立刻给市血站打电话，马上派人去调取。"

"来不及！"华惠姗斩钉截铁地说道，"我是RH阴性AB型，信惠需要多少，你们就抽多少。"

就在华惠姗正要随金佳楠进手术室时，李冰茵毅然将母亲拦下，"妈，您的身体状况不能抽血。"

"我自己的事情，我自己说了算。"华惠姗语气严厉。

这时，朴亚朋也走上前，"华教授，您刚刚因为脑供血不足失去意识，如果现在大量抽血，非常危险。"

"欠女儿的，我这个母亲应该还上。"

华惠姗心意已决，可女儿李冰茵依然不肯让母亲走进手术室，"妈，您不是只有一个女儿！"

"李冰茵！"华惠姗厉声断喝。

"妈，我也是您的女儿，让我为姐姐做些事情吧！"

看着李冰茵随着金佳楠走进手术室,华惠姗最后的一个心结终于烟消云散。她为女儿沈信惠祈祷,也为女儿李冰茵感到欣慰。

几个小时后,文池终于顺利完成手术。他在洗手台前一边清洗手臂,一边又开始琢磨给孩子起个什么名字。突然,"文昕"二字跳进他的脑海。他觉得这名字好,念起来清新文雅。他要把这名字讲给沈信惠,在妻子的功劳簿上为自己记上一笔。

走出手术室,文池突然看到走廊椅子上坐着的李冰茵,"冰茵?你怎么坐在这儿?"

带着忧郁的目光,李冰茵缓缓站起身,"文池哥……有件事情……我要和你说。"

厚重浓密的乌云紧紧压在城市上空,豆大的雨点随着肆无忌惮的狂风从高空直冲而下,恶狠狠地砸在窗户玻璃上,发出"砰砰砰"的撞击声。文池失魂的脚步焦急地奔跑在医院走廊的大理石地面上。

他疯狂地冲向重症监护室。看到文池的身影,沈信惠苍白的脸庞显露出一丝微笑。

文池紧握住妻子的双手,目光中充满忧虑和歉意,"信惠,对不起,我应该在你身边,对不起!"

"文池,我没事。"沈信惠安慰道,"你现在不就在我身边嘛!"

这时,金佳楠走进来,"信惠,你刚做完剖宫产,失血过多,需要好好休息。二位有话明天再说。文池,我带你去看看宝宝。"

"去吧,去看看宝宝。"沈信惠幸福地说道。

文池恋恋不舍地离开重症监护室,一把拉住金佳楠,"金医生,我想知道信惠的病情。"

金佳楠的脸色旋即黯然,"信惠从楼梯跌落,导致大出血和早产。幸运的是,孩子保住了。不过,她患有左心室功能不全,心肌大面积纤维化,心室功能非常弱,手术期间出现了低血排。"

"这样的情况有可能出现心力衰竭和猝死,需要尽早手术。"

"信惠失血过多,以现在的状况,心脏难以承受大型手术,只能等身体好一些,再说。"

看到文池焦虑的表情,金佳楠安慰道:"信惠能被抢救回来已是不幸中的万幸,

第十二卷
医生逃不脱生死

我们应该往好的方向想。我带你去看看宝宝,特别可爱!"

金佳楠带文池去了婴儿室,朴亚朋陪华惠姗去做脑血管检查,病房外只剩下李冰茵一个人。她同情沈信惠的经历,也敬佩其对患者的职业精神。沈信惠对自己的关心,李冰茵也心存感激。

站在窗外,望着病床上同母异父的姐姐,李冰茵内心装满的是默默的祈祷和祝福。

突然,一阵刺耳的警报声如利箭般刺入李冰茵的耳膜。她不顾一切地冲进病房,沈信惠已经人事不省。李冰茵立即指示护士为其注射胺碘酮。药物被推注进沈信惠的身体,依然无法阻止心脏监测仪预示死亡的警报声。

"准备电击复律!准备电击复律!"在李冰茵的嘶喊中,护士迅速将除颤仪推进病房,交到她的手中。

"200焦耳,准备,电击!"

李冰茵按下开关,巨大的电流在沈信惠身体中穿过,无济于事。

"300焦耳,准备,电击!"

李冰茵的努力再次无效!

"加大剂量注射胺碘酮……充电360焦耳,准备,电击!"

重症监护室的所有医护人员屏住呼吸,目光聚焦在心脏监测仪的屏幕上。每个人都清楚,如果这次电击再度无效,也就失去最后的抢救机会了。

一秒、两秒、三秒……"滴"的一声之后,屏幕上的光点开始有节奏地跳动起来,所有人都松了一口气。

李冰茵道:"立刻送沈医生去手术室,准备手术。"

值班护士立刻提醒道:"金医生说,沈医生现在的身体状况不能进行心脏手术!"

李冰茵狠狠瞪了一眼护士,加重语气重复道:"立刻送沈医生去手术室!"

随金佳楠来到婴儿室,文池站到育儿箱前。

"虽然宝宝早出生两个月,但很健康。"金佳楠欣慰地说道。

文池目不转睛地看着新生儿,对方也聚精会神地瞪着他。刚才焦躁的情绪突然安静下来,此刻的文池对父亲的角色充满了期待,对未来的生活充满了向往。

"宝宝的大眼睛让人看了就会想起沈信惠同志,以后必定也是一美女。取名字了吗？"金佳楠问道。

文池的脸上不自觉地透出一股清泉般的微笑，"文昕，不过还没经过信惠批准。"

"现在给孩子取名可是门学问。我有个患者，花了三万块钱，专门找大师给女儿起名。大师算了一卦，最后取名'欣舒'，和姓连起来读就是'程欣舒'。从那以后，'诚心输'他爹玩麻将就没赢过。"

说到这儿，文池和金佳楠都笑了。

这时，姜美娟出现在婴儿室，"文医生，刚做完手术的那个警校学生血压突然下降，出现心脏衰竭。"

文池不放心沈信惠和孩子，犹豫的目光落到金佳楠的脸上。

金佳楠会心道："去吧，信惠和宝宝有我呢，放心！"

病房里，体征监测仪发出刺耳的警报声。刚刚手术完的学警直挺挺地躺在病床上，不省人事。

文池冲了进来，急迫地询问道："患者什么状况？"

助理医生："心指数降低至3L，周围血管收缩，组织灌注不足，出现心包填塞征象。"

文池："术后并发症，立刻送手术室，准备开胸止血。"

此刻的婴儿室里，金佳楠正端详着宝宝可爱的样子。突然，一阵急促的手机铃声响起。

"喂……沈医生怎么了？"金佳楠脸色突变，"我马上就到！"

手术台前，李冰茵接过十号手术刀，毫不犹豫切开沈信惠的胸口，建立起体外循环，阻断升主动脉，再切开主动脉根部，将停搏液灌注进心脏。

就在这时，金佳楠闯进手术间，厉声喝道："立刻停止手术！马上给沈医生进行缝合。"

为时已晚，在停搏液的作用下，沈信惠的心脏已经停止了跳动。医护人员停下手里的工作，只有李冰茵还在低头继续手术。

"李冰茵！"

金佳楠的愤怒并没有转移李冰茵的注意。她边继续手术边说道："沈医生心排血量骤减，伴有心房颤动，左心室收缩功能减弱，流出道血压差超过七十毫米汞柱，

第十二卷
医生逃不脱生死

出现晕厥。金医生,你告诉我,我是应该停下手术,还是应该继续?"

手术室里一片沉默。

一开始,金佳楠就预测到沈信惠可能会发生李冰茵描述的症状,只是没想到会来得这么快,这么集中。目前的状况,只有一个选择,那就是尽快手术;否则,沈信惠只能面对死亡。

李冰茵面无表情道:"金医生,有时间站在那儿浪费时间,不如参加手术。"

在金佳楠的协助下,李冰茵顺利切除心脏多余的肌肉组织,缝合主动脉壁切口,恢复心脏跳动。

一切完成得很顺利,李冰茵从护士手中接过缝合针,正要做最后的胸腔缝合,突然体征监测仪疯狂响起。

"心血输出量小于1.5,搏血指数低于20,中心静脉压小于1.73,心脏指数小于2.5。"

助理医生喊出的每一条体征数据都指向"低心排出量综合征",心脏外科最严重的生理异常。李冰茵命令医护人员立刻为沈信惠泵入2:1配比的多巴胺和多巴酚丁胺,但药物注入未能阻止血压的持续下降。

"加注乌拉地尔和肾上腺素。"

没等李冰茵的声音落地,心脏监测设备突然显示沈信惠心搏骤停。

"电击复跳!准备电击复跳!"接过电极板,李冰茵声嘶力竭地喊道,"10焦耳,准备,电击!"

"砰"的一声巨响,电流穿透沈信惠的心脏。

金佳楠:"电击无效!"

"15焦耳,准备,电击!"

……

经过整晚抢救,心脏受损的学警终于转危为安。手术一结束,文池便直奔沈信惠的病房,迫不及待地要将文昕这个名字讲给沈信惠听,她一定会喜欢这个名字。

初春的朝阳穿透走廊上的玻璃窗,洋洋洒洒地覆盖在文池的身体上。阳光的温暖渗入进他的每一寸肌肤,幸福铺洒在文池的脸庞上……